文庫

ブラック・ショーマンと名もなき町の殺人

東野圭吾

KOBUNSHA

光 文 社

ブラック・ショーマンと名もなき町の殺人

プロローグ

尺八の音が流れる中、真っ暗なステージにスポットライトが落ちた。

その下に立っている男の姿に、オーッ、という驚きの声が客席全体から上がった。

あるいは日本なら、反応は違っていたかもしれない。だがここは日本ではない。アメリカのラスベガスだった。

男は白装束に身を包み、赤い襷《たすき》で両脇と肩を縛っていた。首の後ろでまとめた長い髪は、背中の半ばまで届いている。

男が横にすっと腕を伸ばすと、光の外に出た手首が一瞬見えなくなった。次に男が腕を戻した時、手に握られているものを見て、観客たちは息を呑《の》んだ。

それは優に一メートル以上はあると思われる剣——日本刀だった。男が刀身を左右にゆらゆらと動かすと、研ぎ上げられた刃が怪しげに光を反射させた。

日本刀の先端が、すっと下に向けられた。その途端、ぱっとステージ全体に光が広がった。同時に観客たちの、特に男性客たちの表情も明るくなった。ステージ上には三人の金髪女性が立っていた。肌を露出した、華やかなドレス姿だった。

男が今度は刀の先端をさっと上に向けた。すると舞台の袖から、全身黒ずくめの三人組が現れた。この格好ならば外国人にもよく知られている。ニンジャだ。覆面で頭も顔も隠れている。

三人の忍者たちは、それぞれ脇に大きな巻物を抱えていた。草を編んで作った薄茶色のカーペットだ。筵《むしろ》という名称を知っている者が、観客の中に何人いるだろうか。

美女たちに近づいた忍者たちは、徐《おもむろ》に筵を広げると、それで彼女たちの身体《からだ》を包み込もうとした。彼女たちは驚いた様子で抵抗するが、忍者たちは力ずくで、その身体に巻きつけていく。そんな彼等の周りを、白装束の男は日本刀を手に歩き回っている。尺八の音色が激しくなった。

やがて三人の女性たちは、その細い身体に筵を巻きつけられ、すっかり姿が見えなくなった。それでも立ったまま、もぞもぞともがいている。忍者たちは紐《ひも》を取り出し、筵の上から縛りつけていく。ついに彼女たちは動かなくなり、ステージに三本の筵の柱が立った。

白装束の男が足を止めた。右手に持っている日本刀を高く掲げ、じっと見つめた後、その鋭い目を、一番近くに立っている筵の柱に向けた。

男はゆっくりと近づくと、刀を両手で持ち、上段の構えを作った。ひと呼吸置いた後、勢いよく振り下ろす。鈍い音をたて、筵の柱は斜めに切断され、ばたんと倒れた。

声をあげる観客はいない。悲鳴も上がらない。いつの間にか尺八の音も消えている。

男が二本目の柱に近づき、今度は間髪をいれずに刀を振り下ろした。その柱もまた見事に切断され、どさりと床に転がった。しかしそれを見届けることなく、男は三本目の柱に駆け寄っていた。

静寂の中、男は刀を真横に振り抜いた。空気を切り裂く音と筵が断たれる音が混じって場内に響いた。

切断された柱の上半分がぐらりと傾き、やがて落ちた。下半分は立ったまま残っている。

白装束の男は観客のほうを一瞥《いちべつ》した後、ステージの中央に移動し、客席に背を向けた。

続いて三人の忍者が、彼と向き合うように並んだ。

男は高々と日本刀を構えた。観客が見つめる中、袈裟《けさ》懸《が》けに勢いよく振り下ろした。

忍者たちの覆面が、はらりと落ちた。

場内にどよめきが起こった。覆面の下から現れたのは、何と先程の女性たちの顔だった。

どよめきは歓声に変わった。それは瞬《また》く間に大きくなり、劇場全体を揺るがした。

忍者姿の女性たちが豊かな金髪をかきあげ、満面の笑みをたたえながら前に歩み出ると、観客たちが次々と席から立ち上がった。手を叩《たた》き、声をあげ、口笛を鳴らした。足踏みも聞こえる。

白装束の男が、ゆっくりと観客たちのほうを向いた。さらに大きく両手を広げた後、不敵な笑みを浮かべ、頭を下げた。

1

液晶モニターに映し出された画像を目にした瞬間、顔が熱くなるほど気恥ずかしくなった。女子高生時代の自分が友達と二人で写っている。学校からの帰り道、コンビニの前で撮ったものだ。

「この写真は……やめておこうかな」真世《まよ》は呟《つぶや》いた。

「えっ、なんで？」隣にいた中條健太《なかじょうけんた》が意外そうに訊《き》いた。「いい写真だと思うけど」

「この頃、一番太ってたんだよね。しかも足が丸出しだし。ヤバくない？」

写真の中の女子高生二人は、どちらも極端にスカートが短い。

「全然太ってないよ。でも、たしかにスカート丈は短いな」

「スカートのウエストのところを二、三回折って、裾を上げてたわけ。学校にいる時は先生に注意されるから、元に戻しておくけど。——やりませんでした？」

真世が尋ねた相手は、テーブルを挟んだ向かい側にいる女性だ。今はマスクをしているが、何度か顔も見ている。おそらく年齢は三十歳前後だろうから、真世と同世代のはずだ。ホテルの制服に身を包んでいる。

「ええ、私たちもよくやりました」女性は目で笑った。「懐かしいです」

「ですよね。健太さんたちの世代はやってなかった？」

健太は三十七歳で、真世よりも七歳年上だ。

「どうだったかな。よく覚えてない。何しろ俺は男子校だったから」

「通学途中で、ほかの学校の女子とか見なかったわけ？」

真世の問いに健太は苦笑する。

「眺める程度で、じろじろ見たりはしなかったよ。とにかく、この写真も採用したらいいじゃないか。いい写真だよ」

「私もそう思います」ホテルの女性がいった。

「そうですか。じゃあ、入れておこうかな」

「コメントは、いかがいたしますか」

「コメントかあ……」真世は少し考えてからいった。「高校時代、スカート丈に命がけ」

ははは、と隣で健太が手を叩いた。「それ、最高」

「いいですね」ホテルの女性は目を細め、キーボードで文字を打ち始めた。

真世は健太と共に都内にあるホテルのブライダルサロンに来ていた。結婚式は二か月後に迫っている。今日は披露宴の途中で流すスライドショーの打ち合わせだ。二人で画像を持ち寄り、選んでいるのだった。スライドショーなど、最近では簡単に自作できるらしいが、やはりクオリティの高いものにしたい。本番になって動作しないとか、音が出ないなどのアクシデントも怖いので、専門業者に任せることにしたのだ。披露宴会場は屋外だ。始まるのは日没後だからモニターの画像が見えにくいことはないと思うが、微妙な画質やら色合いなど、素人《しろうと》では手に負えないことも多いはずだ。

その後も真世たちが写真を選んでいると、サロンの奥にある個室のドアが開き、一組のカップルが出てきた。真世は何気なく女性のほうを見て、はっとした。隠してはいるが、明らかに下腹部が膨らんでいる。

カップルたちはホテルの女性スタッフに見送られ、サロンを出ていった。その後ろ姿には、幸せそうなオーラが漂っていた。

「どうかした？」健太が訊いてきた。

「うん……今の女性、お腹《なか》が大きかったなと思って」

「えっ、そうなのか。いや、見てなかったけど」

真世はホテルの女性のほうを向いた。「最近は、ああいう方も多いんですか」

女性は小さく頷《うなず》いた。

「そうですね。年に何組かはいらっしゃいます」

「できちゃった婚とか、今は恥ずかしがる人は少なくなったのかな」

「どうでしょうか。そうでもないと思います。皆さん、やっぱり多少は気にされます。だからドレス選びの時、体形をごまかしやすいような提案をさせていただくことも多いです」

「やっぱりそうなんだ」

「どうしてそんなことが気になるんだ？」健太が怪訝《けげん》そうに眉根を寄せた。

「それも悪くないなと思ったの」真世は婚約者の顔を見つめた。「できちゃった婚も。結婚してから子供ができるかどうか、やきもきしなくていいし。そうは思わない？」

どうかな、と健太は首を傾《かし》げた。「そんなふうに考えたことない」

「ふうん」

「別にいいじゃないか。子供ができなくたって。それならそれで、二人だけの結婚生活を楽しめばいいわけだし」健太は、ねえ、とホテルの女性に同意を求めた。

「そうですね。世の中にはいろいろな御夫婦がいらっしゃいます。価値観は様々です」ブライダルプランナーの返答は当たり障りがないものだった。

「そうかもね……。ごめん、変なことをいって。続けよう」真世は座り直し、背筋を伸ばした。

写真選びを終え、ブライダルサロンを出たところで、「さっきのあれ、何？」と健太が訊いてきた。

「あれって？」

「できちゃった婚の話」

「ああ……別に何でもない。ちょっと気になっただけ」

「最近、よく子供の話をするよな。子供はすぐにほしいかとか、何人ほしいかとか」

「そんなにしてるかな」

「してるよ。自分じゃ気づいてないのかもしれないけど」

「でもさ、そういう話をしちゃおかしい？　結婚前なんだから、そんなことを話し合うのは、むしろふつうなんじゃない？」

「そうかもしれないけど、何だか拘《こだわ》っている感じがする」

だからあ、といって真世は足を止め、健太のほうに身体を向けた。

「そういうことに拘っちゃ悪い？　子供ができた時のことを考えるのは当然でしょ？　私だって働いているわけだし、考えないほうが無責任だと思う」

健太は顔をしかめ、両方の手のひらを真世のほうに向けた。

「それはわかってる。そんなにムキになるなよ」

「だって健太さんが変なことをいうから……」

その時、真世のバッグからメールの着信音が聞こえた。ちょっとごめん、といってスマートフォンを取り出した。

画面を見ると地元の幼馴染《おさななじ》みからだった。用件には察しがついた。文面の出だしだけを読むと思った通りのことが書いてあった。

ため息をつき、首を捻《ひね》った。「どうしようかなあ……」

「何？」

「同窓会の誘い。中学の。今度の日曜日なんだけど、出欠の回答をしてないのは私だけみたい」

「あまり気が進まないみたいだね。昔の仲間に会いたくないの？」

「会いたくないわけじゃないけど、たぶん疲れると思う。どうせ同窓会には父も呼ばれてるだろうし」

「そうか。当時の恩師を呼ぶのは同窓会の定番だからなあ」

うん、と真世は答えた。

「前にも話したよね。中学時代は気配を消してたって」

「目立たないように気をつけてたとはいってたね。でも、昔のことじゃないか」

「同じだと思う。以前、高校の同窓会に行ったんだけど、顔を合わせた途端、高校時代に戻った。人間関係も言葉遣いも昔のまま。中学の同級生なんて、狭い地元の顔見知りばかりだから、余計にそうなると思う。きっとまたいわれるよ、神尾《かみお》先生の盗聴器って」

「そんなふうにいわれてたのか」健太は意外そうに眉を上げた。

「面と向かってじゃなくて、陰口だけどね。あいつがいるところで悪いことをしたら、神尾先生に告げ口されるから気をつけろっていわれてたみたい。まるでスパイ扱いだよ」

「それはひどいな。だけど仲の良かった友達もいたんだろ？」

「そりゃあ、何人かはね。メールをくれたのも、その一人。だけど、今はあまり付き合いはないしなあ」

「でも真世が行かなかったら、お父さんが寂しがるんじゃないか」

「父は私のことなんかどうだっていいと思ってるよ。年に何度かは会ってるわけだし。それより私が行かないことで、父があれこれ訊かれたら面倒だろうなと思うわけ。まあ、いいや。もう少し考えてみる」

「ちょっと待てよ。同窓会が来週なら、状況によっては、行きたくても行けないかもしれないぞ」

健太のいいたいことは真世にもわかった。「コロナでしょ？」

そう、と健太は頷いた。

「感染拡大の予兆があるって都知事がいいだしてる。だから近いうちに何らかの措置を執るかもしれないって話だ」

「ステイ・イン・トウキョウ――しばらくは東京から外に出ないでってなっちゃうかな」

「可能性は十分にある。何しろ懲りてるからな」

二〇一九年に確認された新型コロナウイルス感染症――COVID-19の話だ。多くの国と同様、この日本でも完全に収束したとはいいがたい状況が続いている。

いくつかの治療薬の効果が確認され、感染者数も抑えられているということで、今では日常生活にさほど大きな影響はない。だが感染者がゼロになることはなく、時には急激に増加したりもする。それでも感染ルートがはっきりしていればいいが、不明な場合は厄介だ。感染拡大のおそれあり、ということで、様々な方策が立てられる。そのレベルは何段階にも分かれていて、「密閉、密集、密接を避け、不要不急の外出は控える」といった基本的なものから、休校要請や特定の業種への休業要請など、行動制限の範囲は様々だ。

仮に、「東京都から他道府県への移動は避けること」という要請が出されたら、余程のことがないかぎりは従わざるをえない。強制ではないが、周囲から白い目で見られるのは確実だからだ。下手《へた》をすれば氏名を特定され、ネットで袋叩きに遭うことだってある。

「もしそうなったら、それはそれでいいかも」真世はため息交じりにいった。「東京を出ちゃいけないってなったら、迷う必要がないもん。同窓会を欠席したって、みんな何とも思わないだろうし」

「むしろ、もし東京でコロナの感染が拡大したりしたら、地元の人間からは、変な時に帰ってくるんじゃないっていわれるだろうしな」健太は、にやにやした。最近は二人だけでいる時には、外でもマスクをしないことが多い。ただし真世もバッグには入れている。

「まっ、そういうこと」

スマートフォンをバッグに戻す前に時刻を確認した。午後四時を少し過ぎているのを見て、やばい、といって画面を健太のほうに向けた。「もうこんな時間だ」

「おっとまずい、急ごう」

足早にエレベータホールに向かった。この後、映画を観《み》ることにしているのだった。映画館は通常通りに営業している。以前は席が一つ飛ばしだったが、今は隣り合って座れる。

真世が独り暮らしをしているマンションは、地下鉄森下《もりした》駅から徒歩一分のところにある。約八畳の部屋とキッチンやバス、トイレが付いただけの1Kだが、家賃は十万円以上だ。もっと広いところに住みたいと思っていたが、その夢は結婚という手段で叶《かな》えることになりそうだった。

その部屋に帰り、ベッドに腰を下ろした時、枕元の時計は午後十時四十分を示していた。健太と映画を観た後は、日本橋《にほんばし》にある居酒屋で食事をしてから別れたのだ。土曜日ならどちらかの部屋で一緒に過ごすことが多いが、生憎《あいにく》今日は日曜日だ。

真世が勤めているのは市谷《いちがや》にある不動産会社で、所属はマンションのリフォーム部門だ。元々はインテリアに興味があって大学のデザイン科に入ったのだが、途中から部屋全体をコーディネートすることに関心が向き、建築士を目指すことにしたのだった。

中條健太は同じ会社の先輩だ。彼は戸建て担当で以前は接点がなかった。だが二年前にフロアが同じになったのを機に顔を合わせる機会が多くなった。交際を始めたのは一年半ほど前だ。健太のほうから食事に誘ってきたのだが、意外ではなかった。何度か言葉を交わすうちに、好意を持たれていると感じるようになっていた。真世にしてもまんざらでもなく、そのことに彼も気づいていたはずだ。

半年前、プロポーズされた。コロナ騒動が落ち着いてきた頃で、そろそろだろうなと予想していたので、驚きはさほど大きくはなかった。しかし安堵《あんど》したのはたしかだ。三十歳になり、遊びで交際している暇はないと思っていた。

もちろんオーケーした。断られないはずだと健太は予想していただろうが、やはりほっとした顔をしていた。

父の英一《えいいち》には電話で報告した。ただし結婚するといったわけではなく、会わせたい人がいるといっただけだ。だがそれだけで英一は了解したらしい。「おめでとう。よかったな。忙しいだろうから、こっちから会いに行くよ」といってくれた。その口調に、寂しさが滲《にじ》んでいるのを真世は感じ取った。六年前に母がくも膜下出血で亡くなって以来、英一は独りで暮らしている。

それから間もなく、銀座《ぎんざ》の日本料理レストランで英一に健太を紹介した。健太が緊張しているのは明らかだったが、英一の笑顔も何となく硬かった。だがお互いに印象は悪くなさそうだったので真世は安心した。後で英一は健太について、「仕事の話をしている時の表情がよかったから、結婚しても大丈夫だろう」といった。どういうことかと尋ねると、こんな答えが返ってきた。

「家のリフォームを担当するからには、その家庭のことを知り、どんなふうに生活すれば快適かを考えなければならない。健太君は、その作業に生き甲斐《がい》を感じているようだった。他人の家庭を気遣えるのなら、自分の家庭をおろそかにすることはないだろう」

父らしい考え方だなと真世は思った。国語教師の英一は、話し方や話題の選び方で相手の人間性を評価する癖がある。

あの時の言葉を、真世は久しぶりに反芻《はんすう》した。結婚が二か月後に迫り、期待よりも不安が頭をよぎることのほうが多い。これを単なるマリッジブルーと片付けていいのかどうか、自分でもわからなかった。

スマートフォンに手を伸ばし、SNSをいくつかチェックしていると、電話の着信があった。本間桃子《ほんまももこ》、という名前が表示されている。

電話に出て、「こんばんは。久しぶりだね」といってみた。

「久しぶり、じゃないよ。どうしてメールに返事をくれないわけ？」中学時代から変わらない甲高い声で桃子は訊いてきた。

「ごめん。ちょっと迷ってて」

同窓会のことだ。メールで問い合わせてきたのが桃子なのだった。

「どうして？　仕事が忙しいの？」

「うん、それもある」

「それもってことは、ほかにも理由があるの？　えっ、もしかして、神尾先生と親子で参加するのは気まずいとか、そんなことじゃないだろうね」

「気まずいっていうか、みんなに気を遣わせたくない」

「気なんか遣わないよ」桃子は即座に否定した。「うちら、もう三十だよ。そんなこと気にしてどうすんの？　来なよ。真世がいないとあたしも寂しいし。それに、やっぱり地元はいいよ」

「そういえば桃子、今は実家に帰ってるんだよね。どんな感じ？」

　前に届いたメールに書いてあったのだ。本来の住まいは横浜だが、旦那が単身赴任で関西に行ったので、先月から二歳の息子を連れて実家で過ごしているらしい。横浜のマンションは、知人に貸しているそうだ。

「そりゃあ快適だって。チビの世話を両親に任せられるから、一人の時間もできるし。真世がこっちに来たら、いつでも付き合えるよ」

「それはいい情報だね」

「でしょ？　だからさ、帰ってきなって。同窓会、出席ってことでいいよね」

「ちょっと待って。仕事のこともあるから、もう少し考えさせて。二、三日中には必ず返事する」

「わかった」

「でもさ、同窓会なんてやれるの？　コロナで、また世間が騒ぎだしてるよ」

ああ、と桃子にしては低い声を発した。

「それについては考えてある。オープンスペースのある店を押さえたから。いざとなれば、そっちを使えばいいし、各自の席を離せばオッケーでしょ」

「なるほどね」頻繁に起きるコロナ騒ぎに、皆、対応に慣れてきているのだ。「ただ私の場合、東京を離れられなくなるかも」

「県境を越えた移動は自粛ってやつね」

「うん、変なタイミングで地元に帰って、石を投げられたくない」

ふふん、と桃子が鼻で笑うのが聞こえた。

「だったら、知事たちがおかしなことをいいだす前に、こっちに来ちゃったらどう？　あいつがそうだよ、エリート杉下《すぎした》」

「エリート？　あの杉下君？」

「そう、杉下快斗《かいと》。先週から嫁と赤ん坊を連れて帰省してる。コロナの状況が怪しいから、同窓会もあることだし、早々に東京を脱出することにした、とかいってた。うちの社はテレワークが進んでいるから、社長が東京にいる必要はないんだ、とも。変わんないよ、あのエリート意識は。昔のまんま」

「その言い方からすると、何度か会ってるみたいだね」

「同窓会の打ち合わせで一回だけ会った。あいつなんか誰も誘ってないのにさ。自慢したかったんだろうね」

その話が事実なら、たしかに昔のままらしい、と真世は思った。成績優秀、スポーツ万能、おまけに親は資産家で、持ち物はすべて高級品――それが杉下快斗という同級生のイメージだ。中学卒業後は、東京にある大学附属の私立高校に進学した。ＩＴ企業を立ち上げて成功したらしいという噂《うわさ》を耳にしたのは数年前だ。

「あとそれからもう一人、我が町のヒーローも帰ってきてるそうだよ」

桃子の言葉に真世はスマートフォンを耳に当てたまま、首を傾げた。

「ヒーロー？　誰のこと？」

「わかんないの？『幻《げん》ラビ』の作者、釘宮《くぎみや》君だよ」

あっ、と真世は口を大きく開いた。「そうか」

「ちょっと真世、同級生の中だけでなく、我らが母校最大の出世頭を忘れてはいかんよ」

「忘れてないけど、彼の場合、凄《すご》すぎてぴんと来ない」

「わかる。あたしもそうだから。でも彼が同窓会に出てくれるってことで、こっちじゃかなり盛り上がってるんだ」

「釘宮君が来るってことなら、そうなるかもしれないね」

「現金だよねえ、みんな。中学時代は漫画オタクとか、ひょろひょろ釘とか、馬鹿にしてたくせに。まあ、あたしも人のことはいえないけどさ」ペロリと舌を出した桃子の顔が目に浮かんだ。「ああ、そうだ。大事なことを忘れてた。同窓会の途中でさ、津久見《つくみ》君の追悼会をやろうってことになったんだ」

「津久見君の……へえ、そうなんだ」胸の奥がわずかにざわついたが、口調に表れないように気をつけた。

「それでさ、津久見君を偲《しの》ぶものを何か持っている人は、ぜひ持参してくださいってことになった。真世、津久見君と親しかったよね。何かない？　写真とか」

「えっ、そんなこと急にいわれても思いつかないよ」

「じゃあ、探しといてくれない？」

「いいけど、あんまり当てにしないで」

「そういわないで、何か見つけといてよ。ネタが少なくて困ってるの」

「わかった。探してみる」

「よろしく。じゃあ、電話を待ってるから」

「うん、連絡する」

「遅くにごめんね」

「ううん、大丈夫」

電話を終えると様々な思い出で胸が膨らんでいることを自覚した。桃子と話すのも久しぶりだし、懐かしい名前をいくつか聞いたからだろう。

津久見君……か――。

中学生にしては逞《たくま》しい体格と、精悍《せいかん》ではあるがまだ大人への入り口にまでは達していない少年っぽさの残る顔つきを思い出すと、ほんのり甘い懐かしさと古傷のような心痛が蘇《よみがえ》ってくる。

「神尾先生の子供だからって何なんだよ。おまえはおまえだろ。くだらないやつらのいうことなんか気にするなよ、馬鹿じゃねーの」

力強い言葉に励まされた。しかも彼はそれをベッドに横たわった状態で発したのだ。すっかり痩せて顔色もよくなかったが、活《い》き活きと輝く眼光の強さは、元気な頃と変わらなかった。

彼が逝《い》ってから十六年が経《た》つ。

もし彼が生きていて同窓会に出るのだとしたら、たぶん浮き立つ気持ちで参加を表明していただろうな、と真世は思った。

シャワーを浴び、就寝前のスキンケアを一通り済ませてからベッドに潜り込んだ。部屋の明かりを消す前にスマートフォンを確認すると、健太から『おやすみ』のメッセージが届いていた。おやすみと返し、明かりのスイッチに手を伸ばした。

2

腰を屈《かが》め、両手の指先をシャッターに引っ掛けた。金属の感触は冷たく、下の隙間から入り込んでくる空気も冷えている。まだ三月の初めだから当然か。

原口浩平《はらぐちこうへい》は両足を踏ん張り、シャッターを一気に持ち上げた。がらがらと派手な音をたてて勢いよく上がっていくが、途中で一箇所、必ず引っ掛かって止まるところがある。中柱が歪《ゆが》んでいるせいだろう。何しろ、三十年以上も使っている。

どんどんと下から叩くようにして、どうにか押し上げた。以前は早く電動シャッターにしたいと思っていたが、そんな考えはとうの昔に捨てた。

シャッターは三枚あるが、とりあえず真ん中の一枚だけを開けると、外に出て周囲を見回した。

片側一車線の道路を、ちらほらと何台かのクルマが通り過ぎていった。それからしばらくしてようやく小型トラックが現れたが、明らかに先週よりも交通量が少ない。

歩道にも人影が殆《ほとん》どなかった。かなり遠くのほうに、数人の子供たちが歩いているのが見えただけだ。学校に向かっているところらしい。去年の今頃、日本中の学校が休みになっていた。今年は春休みが早まることはないのだろうか。子供のいる友人たちが、政治家は共働き世帯の実態を何もわかってない、と憤っていたのを思い出した。

　原口は腕時計を見た。もう午前八時を過ぎている。駅から徒歩数分のところにある商店街にしては、あまりに活気に乏しい。しかも今日は月曜日なのだ。これからまたしばらくは、こういう日が続くのだろうか。

　すぐ横から物音が聞こえた。見ると隣の陶芸品店のガラス戸が開き、店主が出てくるところだった。ゴミ袋を提《さ》げている。

　おはようございます、と原口は挨拶した。

「ああ、浩ちゃん、おはよう」店主が短髪の頭を下げてきた。原口より十歳以上も上で、原口が小学生の時、すでに店を手伝っていた。

「どうですか、今日は？　陶芸体験の予約は入ってるんですか」原口は訊いた。

　店主は苦い顔を作り、首を横に振った。

「そんなもの、入ってるわけないだろ。昨日と一昨日《おととい》の土日でさえ、合わせて三組だからね。今週は、もっとだめだと思うよ」

「そうですかね。東京で、ちょっとクラスターが発生したっていう程度で、県内では感染が起きてないって話ですけど」

　隣の店主は口元を曲げた。

「だめだめ。少し経ったら、こっちでも感染者が何人か出ると思うよ。東京とは多少時間差があるだけだ。これまでもそうだった。で、例によって、観光やレジャーは控えましょうってことになる。巣ごもり生活の始まりだよ。そうなったら世間の人間は、陶芸品なんかには目もくれなくなる」

「そうなったら、うちもきついですね」

「おたくは大丈夫だろう。外出は控えても、酒を控える人はいない。むしろ、個人からの注文が増えるんじゃないの？」

「それがそうでもないんです。家飲みする人は、安い酒をネットで箱買いしちゃいますから。うちのメインは地酒なんで、やっぱり地元の料理屋さんとか居酒屋さんに買ってもらわないと」

「ああ、飲食店は、またきつくなるかもしれないなあ。それから旅館も苦しいね。昨日、『まるみや』で聞いたんだけど、早速、キャンセルが何件か出たって話だった」

「ああ、やっぱり」

「今度はどれぐらいの期間になるのかはわからないけど、まあ今後二週間、いや下手をしたら一か月はだめかもしれんなあ。参った話だよ」そういうと店主はゴミ袋を提げ、原口に背中を向けて歩きだした。

原口はため息をついた。『ホテルまるみや』は、このあたりでは一番大きな旅館だ。そのキャンセル数によって、売り上げの落ち込み方が大体推し量れる。店の売り上げではない。この地域全体での売り上げだ。

原口は店の隣にある駐車場に回った。古いトラックを駐《と》めてある。トラックの脇に書かれた『原口商店』という文字は、かなり色が褪《あ》せていたが、新たに書き直す余裕など今はなかった。

トラックを店の前に移動させてから、配達する酒を積み込み始めた。これから回る先は、旅館のほか、居酒屋や料理屋などだ。いつもは十軒以上あるが、今日はわずか三軒だった。しかもそれぞれの注文数が少ないので、荷台は寂しいほどだ。

配達に回ってみて、さらにショックを受けた。どこの店も、明日以降は注文する予定がないというのだった。

「仕方ないだろ。客が来る見込みないもん。地元の人間だけが相手じゃ、酒を仕入れたって余るだけだからね」間もなく還暦を迎えるという居酒屋の店主は、申し訳なさそうにいった。「まあはっきりいって、いつまで店を続けられるかって話なわけよ。今年はいよいよだめか、閉めるしかないかって、うちのやつとも話してるんだ」

原口は黙って頷くしかなかった。このところ、どこへ行っても同じような話しか聞かない。景気のいい話題など、とんと耳にしなくなっていた。

二〇二〇年の冬、すべてが変わった。この地だけではない。日本が、いや世界が一変したのだ。もちろん新型コロナの影響だ。

都市部の繁華街では、相当な数の飲食店が潰れたらしい。老舗《しにせ》といわれた名店、銀座で何十年と続けてきた高級クラブが、次々と閉店になったという。しかしそれは感染者数がさほどでもなかった地方でも同じことだ。特に観光客に支えられていた土地では、打撃が大きかった。

元々の人口は多くない。経営している飲食店の殆どが、収益の半分以上を県外からの来訪者に頼っている。だがコロナ禍によって他県との行き来が断絶されたことで、どの店も大きく売り上げが落ち込んだ。それは政府による緊急事態宣言が解除された後も、あまり変わらなかった。

新型コロナによる肺炎の治療薬はいろいろと出てきたし、有効なワクチンも開発されているようだ。しかしかつての賑《にぎ》わいが戻る日は来ないのではないか、というのが国民の一致した印象ではないだろうか。少なくともこの町ではそうだ、と原口は感じていた。

短期的には以前のような日常が続くこともある。たとえば先月は、それなりに観光客が訪れた。週末などは宿泊施設も満室になることがあったようだ。原口は酒の補充のため、毎日のように飲食店を回った。店には活気があり、店員や店主たち、そして何より客たちの表情が明るかった。

だがそういう日々が長続きしないことも、人々は悟るようになった。変化への対処にも慣れた。たとえば東京都知事が、「都内で感染拡大が確認された」などと発表すれば、翌日には、この町中を役所の広報車が走り回ることになる。「不要不急の首都圏への往来は控えてくださるようお願いいたします」とスピーカーで流しながら。

そうなると、さあ、また始まったぞ、と皆が覚悟を決める。この町から首都圏へ出て行く人間が減るだけではない、その逆、つまり首都圏からの来訪者も減るというわけだ。当然、店の売り上げは落ちる。同じようなことを、この数か月で何度繰り返してきたか。

そしてまた一週間前、東京で同様の通達が出た。「感染拡大の予兆がある」という表現で、これは天気予報に喩《たと》えれば「注意報」レベルだ。しかしそれがすぐに「警報」レベルに引き上げられる可能性を含んでいることは、今や誰もが知っている。

上京している大学生の中には、春休みに入る前から実家に帰ってきている者がいるようだ。いつまでも東京に残っていたら、帰省もままならなくなるおそれがあるからだ。

学生だけではない。勤務地が東京にもかかわらず、家族を連れて帰省している者もちらほらいる。この一年で企業のテレワーク化は大きく進んだ。会社に行かなくてもいいのなら、感染するおそれが少なく、比較的規制も緩い故郷で過ごしたほうがいいと考えるのは当然のことだった。

酒の配達を終えた後、原口は店に戻る前にトラックを住宅街のほうに走らせた。メイン道路から少しそれれば、どこも道幅が狭い。

赤信号で止まっている時、道路脇に看板が捨てられているのが目に留まった。イラストが描かれていて、『幻ラビ・ハウス 二〇二一年五月オープン予定！』と書かれた文字の横に大きな穴が空いていた。誰かが蹴っ飛ばして空けたのかもな、と原口は想像した。期待が大きいと、裏切られた時の失望もそれなりのものになる。

一軒の家の前でトラックを止めた。原口にとって馴染み深い家だ。子供の頃から来ているので何とも思わなかったが、改めて眺めると相当な年季が感じられた。

トラックから降りる前にスマートフォンを取り出し、アドレスから『神尾』という名字を選んで電話をかけてみた。二度三度と呼び出し音が聞こえるが、繋《つな》がる気配はない。

原口は電話を切り、首を傾げた。スマートフォンをポケットに入れながらドアを開け、トラックから外に出た。

門には『神尾』と記された表札が出ている。その少し下に付いているインターホンのボタンを押した。

だが応答はなかった。原口は、もう一度押してみた。しかし結果は変わらなかった。

おかしいな、と思った。もうどこかに出かけたのだろうか。

躊躇《ためら》いつつ、門扉《もんぴ》を開けて敷地内に入った。玄関に近づき、おそらく鍵がかかっているであろうと思いながらも、ドアノブを捻ってみた。

すると――。

ドアは、あっさりと開いた。施錠されていないのだ。つまり、家の主《あるじ》は出かけているわけではなさそうだ。

こんにちは、と原口は大きな声で挨拶してみた。だが薄暗い廊下で虚《むな》しく反響しただけで、どこからも応えは返ってこない。

「こんにちは、神尾先生。いらっしゃいますか？」

やはり返事がないことを確認し、どうしようかな、と原口は迷った。何かあったのではないか。もしかしたら倒れているのではないか、などと考えたが、上がり込んでいいものかどうか判断がつかなかった。目の前のドアは閉まっている。その向こうに広い部屋があることは知っていた。

ああそうだ、と思い出した。この家には裏庭があるのだった。

原口は一旦玄関から外に出て、家の壁沿いに通路を進んだ。昔、ここの裏庭でバーベキューをしたことがあったのを思い出した。集まったのは近所に住む同級生たち数名だ。中学を卒業してから五年以上が経っていた。店の酒を差し入れとして持ってきたら、「申し訳ないから」と皆が代金を集め始めた。辞退しようとしたら、「いいから受け取っておきなさい」といったのは神尾だ。「君は酒屋さんだ。どんなに親しい仲でも、本業を無償にしてはいかん」

いわれてみて、その通りかもしれないと思ったので代金を受け取った。神尾英一という人物は、卒業して何年経っても、原口に道標《みちしるべ》を示してくれる恩師だった。

通路を抜けると裏庭に出た。隅に小さな柿の木が立っているのも、そのそばに植木鉢が並んでいるのも昔のままだ。

だが明らかに奇妙なものがあった。裏の家との間に塀があるのだが、その手前に潰した段ボール箱が重ねて積まれていた。まるで何かが隠されているように見えた。真面目《まじめ》で几帳面《ちょうめん》な神尾英一教諭がやったことだとは思えなかった。

原口は、おそるおそる近づいていった。何も見なかったことにして引き返したほうがいいのではないかという考えと、隠されているものを見なければならないという思いが交錯した。後者のほうは好奇心というより使命感に似ていた。

一番上の段ボール箱に手をかけた。それを引っ張ると、荷崩れを起こすように重なっていた段ボール箱が次々と横に滑り落ち、下に隠されていたものが露《あら》わになった。

3

月曜日の午後――。

キッチン関連のショールームを覗《のぞ》きに行こうと思い、真世が会社を出たところでスマートフォンが鳴りだした。液晶画面に表示されているのは、全く知らない番号だった。ただし、局番には馴染みがあった。生まれ故郷のものにほかならなかった。

電話に出ると男性の声が、「神尾真世さんでしょうか」と尋ねてきた。

「はい……」

すると相手が名乗った。真世の出身地を管轄している警察署の警官だった。

「神尾英一さんは、あなたのお父さんですね？」

「そうですけど、父が何か……」

「大変申し上げにくいのですが、今日の午前、御自宅で倒れているところを発見されました。すでに死亡が確認されています」

頭の中が空白になり、相手の声が聞こえなくなった。


東京駅から新幹線で約一時間、そこから私鉄の特急列車に乗り換え、さらに一時間近く揺られて、ようやく生家の最寄《もよ》り駅に到着した。構内から外に出て、駅前を見回した。駐車場がやたら広く、バスやタクシーの待機スペースもたっぷりあるのは、この地が一応観光を主産業の一つにしているからだ。食堂や土産物《みやげもの》売り場も並んでいる。しかし現在は繁盛しているとはいいがたいであろうことは、外から眺めるだけで想像がついた。

観光地とはいっても、さほど見所がたくさんあるわけではない。地名にもなっている歴史的な寺院が最大の目玉だが、そこを除けば、至って平凡な温泉地だ。それでもこれから桜が咲けば、年配客を中心に賑わうはずだが、果たして今年はどうなるのか。きっと地元民たちは気を揉《も》んでいるはずだった。

日本中の、いや世界中の観光地と同様、ここも昨年は散々だったと聞いている。新型コロナウイルスの影響で、春から初夏にかけて、観光業は全く機能しなかったのだ。昨年の秋から、ようやく少しずつ観光客を受け入れられるようになったらしいが、それでも最盛期の三分の一にも届かないそうだ。

タクシーが一台止まっていて、中で白髪《しらが》頭の運転手が居眠りをしていた。真世が窓ガラスを叩くと、運転手はぼんやりした顔で後部ドアを開けた。

「すみません。トランクも開けてもらえますか」

大型のスーツケースを引いてきたのだ。いつ東京に戻れるかわからないので、思いつくままに着替えなどを詰め込んできた。

乗り込んでから行き先を告げた。警察署と聞き、運転手は意外そうな反応を示した。

「どちらからですか」好奇心を抑えられなかったらしく、少し走ったところで運転手が尋ねてきた。

「東京です」わざと素っ気なく答えた。

「あっ、じゃあ帰省ですか」

「ええ、まあ」

「なるほどね。またコロナが広がり始めたみたいですからね」

運転手は納得した様子だが、それにしても何のために警察に向かうのかは気になっているはずだ。訊かれたら面倒だなと思ったが、それ以上は尋ねてこなかった。

真世はショルダーバッグからタブレットを取り出し、テキストを開いた。一行目には本日の日付と、警察から電話があった時刻が記されている。

英一の遺体が見つかったという知らせを聞き、混乱のあまり思考が停止しかけたが、何が起きたのかを聞いておかねばという気持ちが、辛うじて真世に正気を取り戻させた。急いでバッグから手帳とペンを取り出し、相手の話をメモに取った。気が動転しているせいで、先方のいっていることの意味がよくわからず、途中で何度も質問したが、相手の警官は根気強く説明してくれた。

テキストに記された内容は、手帳にメモした内容を清書したものだ。列車の中でメモを読み返してみたところ、あまりに字が乱雑で、これでは自分でも判読できなくなるかもしれないと思い、打ち直しておいたのだ。

テキストには次のように箇条書きしてある。

『三月八日午前十時頃　遺体発見の通報
・場所　　神尾英一宅
・通報者　神尾家訪問客（男性　教え子　名前は不明）
・死亡確認　午前十時二十五分

・遺体身元　神尾英一
・死亡時期　未確定
・死因　未確定（事件性が強い）
・近親者　固定電話機の記録で推測』

つまり、こういうことだ。今日の午前中、英一のもとを訪ねてきた男性が遺体を発見し、通報した。駆けつけた警察が遺体を確認したが、死亡時期と死因は確定できなかった。しかし事件性があることは遺体の外観や状況から明らかであり、捜査が行われることになった。遺体の人物は独り暮らしであるため、近親者に連絡を取ることにした。自宅に固定電話があり、真世の電話番号が登録されていた——。

訪問者というのは英一の教え子らしい。現在は教職から退いていたので、正確には元教え子ということだろう。名前は不明だが、単に電話をかけてきた警官が把握していないだけで、警察署で訊けばすぐにわかるはずだ。

もしかしたら自分たちの同級生かもしれない、と真世は思った。英一は教え子たちから慕われていたが、生徒や卒業生が頻繁に自宅を訪ねてくるほどではなかった。日曜日に予定されている同窓会のことで、誰かが訪ねていったのではないかと想像した。

タブレットをバッグに戻し、すでに薄暗くなった窓の外に目をやった。周囲は小高い山に囲まれていて、中央線もない狭い一本道を挟んで、民家が建ち並んでいる。やたらと駐車場が目につくのは、この地はクルマがないと生活できないからだ。一世帯で複数台のクルマを所有しているケースは少しも珍しくない。

よく知っている土地だが、異国に来たような違和感があった。故郷なのに懐かしさを味わえないという特異な状況のせいかもしれない。まさかこんなふうに帰省するとは想像さえしなかった。

電話をかけてきた警官が、遺体の身元は判明しているが、できれば確認してほしいといってきたので、これから向かうと告げた。とはいえ準備があるし、職場に事情を伝える必要もある。夜になるかもしれないと断ってはおいた。

その後、すぐに職場に引き返し、上司に事情を話した。いつも意味もなく薄ら笑いを浮かべている上司も、さすがに顔をひきつらせた。

とりあえず今日は早退にし、明日から金曜日まで休暇を取ったが、状況によっては当分職場には戻れないかもしれない。顧客や関係各所に連絡し、予定を極力ずらし、それが無理なものについては代わりの者を探した。職場に来なくてもテレワークでこなせる作業に関しては、すべて持ち帰ることにした。スーツケースの中には、ノートパソコンや仕事のファイルも押し込んである。

会社を離れていた健太には、新幹線に乗る前に電話で知らせた。父が死んだ、殺されたのかもしれないというと健太は絶句した。

「詳しいことは私もわからない。これから警察に行って、いろいろと聞いてくる。落ち着いたら、また連絡する」

わかった、と絞り出すような声で婚約者はいった。

「俺にできることがあったらいってくれ。何なら、俺も休みを取るから」

「ありがとう。もしそういうことがあれば相談する」そういって電話を終えた。

健太とのやりとりを思い出しながら、彼の力を借りるとすればどんな時だろうかと考えた。まだ彼とは結婚していない。それどころか、殺人事件に巻き込まれたとなれば、結婚式どころではない。

無我夢中で準備をしたので、事態についてゆっくりと考える余裕がなかった。だがこうして故郷の景色を眺めているうちに、とんでもないことが起きたという実感がじわじわと胸に迫ってきた。

交差点が少ないので信号待ちもない。間もなく警察署の前に到着した。

スーツケースを引きながら正面玄関に向かった。警察署は三階建ての古いビルで特にいかめしい雰囲気はなく、無駄に広い駐車場にパトカーが並んでいなければ、公民館か何かかと思ってしまいそうだ。考えてみると、この警察署に来たのは初めてだった。

入り口に制服姿の若い警官が立っていたので、用件を話してみた。たぶん話が通じないだろうと思ったのだが、意外にも警官は頷いた。

「伺っております。こちらへどうぞ」

驚いたことに案内までしてくれるらしい。東京の警察ならこうはいかないだろう。さすがは田舎《いなか》だ。

若い警官は受付カウンターに行き、何やら話してから真世のところに戻ってきた。

「こちらで待っていてくださいとのことです。すぐに担当者が来るそうなので」

「わかりました」

待合室の古びた小さなソファに座っていると、中年男性が大股で近づいてきた。背は高くないが、身体の幅はあり、貫禄《かんろく》を感じさせる。

「ええと、神尾英一さんの……」

真世は立ち上がった。「娘です」

男性は呼吸を整えるように胸を上下させ、顎を引いた。

「このたびは誠に御愁傷様です。心中、お察しいたします」

「あの……父の遺体はこちらに？」

「はい。御案内いたします。こちらにどうぞ」

男性が歩きだしたので、真世は後に続いた。

歩きながら彼は自己紹介をした。刑事課の係長で柿谷《かきたに》というらしい。電話をくれた警官とは別人のようだ。

遺体安置室は地下にあった。まるで倉庫のように素っ気ない部屋の中央にベッドが置かれ、その上に英一の身体は横たえられていた。顔には白い布が掛けられている。そばに丸い縁の眼鏡《めがね》が添えられていた。教師時代、英一のトレードマークだった。

「あの……父の顔には何か変わったことがあるのでしょうか」

無残な傷痕でもあるのなら、覚悟して布を外さねばならないと思ったのだ。

「顔ですか。いや、特にそういうわけではないです。布を掛けたのは私ですが、深い理由はありません。何となく、そうしたほうがいいかなと思っただけで。眼鏡は地面に落ちていました」

「そうですか……」

真世はゆっくりと近づき、おそるおそる顔の布を外した。

柿谷がいったように、布に隠されていた顔には特に異状は見られなかった。だが眠ったように瞼《まぶた》を閉じている老人の顔を見て、一瞬英一とは別人のように思えた。こんな顔だっただろうかと考え、すぐに表情がないせいだと気づいた。英一はいつも表情が豊かだった。それに比べて目の前にある顔は能面のように平坦《へいたん》で、何の感情も表していなかった。

いかがですか、と後ろから柿谷が尋ねてきた。

「父です。間違いありません」そう答えた瞬間、胸の奥から熱いものがこみ上げてきた。遺体を英一と認めた自分の言葉で、大切な家族を失ったという実感が迫ってきたのだ。

顔が紅潮するのを自覚すると同時に、涙が溢《あふ》れ始めた。バッグからハンカチを出そうとしたが間に合わない。ぽたぽたと床に落ちた。

真世は英一の頬に触れた。冷たく硬い感触に、絶望感が一層深くなった。

瞼を閉じ、最後に父と会ったのはいつだっただろうと考えた。どんな話をしただろうか。だがいくら記憶を辿《たど》ってみても、ずいぶんと古い思い出しか探り出せなかった。

深呼吸を何度か繰り返した後、ようやくバッグからハンカチを取り出し、目元を拭った。

柿谷のほうを振り返り、「父に何があったんですか」と一番知りたいことを訊いた。

「御説明します。こちらからお伺いしたいこともありますし。今から少々お時間をいただいてもよろしいでしょうか」

「構いません。そのために来たんですから」

「では、場所を変えましょう」柿谷は部屋のドアを開けた。

案内されたところは小さな会議室だった。柿谷は、「少し待っていてください」といって出ていった。数分してドアが開いて柿谷が入ってきたが、その後ろから何人かの男性が続いた。中には制服姿の、地位の高そうな人物もいた。誰もが険しい表情を浮かべている。

向かい側に座った柿谷がA４の書類を手にした。

「では詳しい経緯をお話しします。ただその前に、一昨日の朝から今朝までの行動を教えていただけますか」

「えっ……」真世は当惑した。質問の意味がすぐには理解できなかった。「行動って、誰のですか？　私の、ですか」

「そうです」

「それは、あの、何のためにそんなことを？」

申し訳ございません、と柿谷は両手を机につき、頭を下げた。

「この後、説明いたしますが、こちらとしては極めて重大な事件と認識しています。おそらくかなり大々的な捜査になると予想されます。関係者の皆様全員に対し、事件に関与している可能性があるかどうかを確認することになります。例外はありません。したがってお父様を亡くされ、まだ気持ちの整理もできていないことは承知の上で、このような失礼な質問をさせていただいております。どうか御理解ください」

真世は、ほかの人物たちに視線を走らせた。全員が沈痛そうに俯《うつむ》いている。ただ事ではない、と改めて感じた。彼等だって緊張しているのだ。

わかりました、と真世は柿谷に答えた。

「一昨日は一日中自宅にいて、掃除や洗濯などをしていました。昨日は午前中から、結婚式の準備や打ち合わせで、婚約者と二人であちらこちらを回っていました。連絡先や担当者もわかりますから、確認してください。その後は映画を観に行きました。映画を観た後は食事をしました。婚約者は中條健太という人です。夜は十時半頃に自宅に戻り、今朝はいつも通りに出社しました」

　以上です、と締めくくった。

「ありがとうございます。では後ほど、それぞれの連絡先を教えていただけますか」

「結構です」

「よろしくお願いします。一昨日はずっと御自宅におられたということですが、お一人でしたか？」

「一人です」

「全く外出しておられないわけですか？　お食事に出られたとかは？」

「部屋からは出ていません。ただ、夜に近所のお店から料理を届けてもらいました」

「何という店で、何時頃でしょうか」

「『南風亭《なんぷうてい》』という洋食屋さんです。たしか七時頃だったと思います」

「よく利用されるんですか」

「以前は、よく食べに行ってました。コロナ騒ぎ以後、近所には出前をしてくれるようになったので、時々注文します」

「すると、配達の店員さんとも顔馴染みとか？」

「まあ、そうですね」

「わかりました。ええと、もう一度店の名前を」

南風亭です、といって真世は漢字も教えた。

さて、と柿谷は手にしている書類に視線を落とした。

「では事件の概要について御説明します。あなたは神尾英一さんの教え子で、ハラグチという男性を御存じですか」

真世の頭の中で、ハラグチが原口と変換されるまでに時間はかからなかった。たしか酒屋の息子だった。中学時代のひょうきんな姿が蘇った。

「私の同級生に、原口コウスケ……コウヘイだったかな。そういう名前の人はいます」

柿谷は満足そうに頷いた。

「コウヘイさんです。本日の午前中、神尾英一さんを訪ねていったのは、その原口さんです。原口さんによれば、近々行われる同窓会のことで用があり、昨日の昼間と夜に神尾さんに電話をかけたが繋がらなかった、今朝早くにもかけたが同様だった、それで何となく気になって家を訪ねていった、ということでした」

さらに柿谷は次のように続けた。

原口はインターホンを押したが、応答がなかった。留守なのかと思いつつ、一応玄関のドアを開けようとしたら鍵がかかっていない。奥に向かって声をかけたが、反応はなし。無断で上がり込むのは躊躇われたので、家の中の様子を確かめようと裏庭に回った。すると庭の隅に、何かを隠すように、畳んだ段ボール箱が何枚も重ねて積まれていた。取り除いてみて、仰天した。段ボール箱の下に隠されていたのは人間だったからだ。しかも遺体のようだった。それが神尾英一かどうかを確認する余裕はなく、原口はその場で警察に通報した――。

「その後の経過は聞いておられると思いますが、手短に御説明します。すぐに警察が駆けつけ、倒れていた人物の死亡を確認すると同時に、原口さんの証言、遺体が所持していた運転免許証などにより身元を神尾英一さんであろうと判断しました。お身内の方の連絡先を調べるために屋内を捜索したところ、固定電話機に真世さんの名前で番号が登録されていて、娘さんだということは原口さんが証言されました」

柿谷は書類から顔を上げ、「ここまでで何か御質問は？」と訊いてきた。

父は、と発したところで声がかすれた。真世は咳払《せきばら》いをし、改めて口を開いた。

「父は殺されていた、ということですか」

柿谷は、上司と思われる人物たちのほうを見てから真世に目を戻した。

「その可能性が高いと考えています」

「どんなふうに……殺されてたんでしょうか。さっき……遺体を見た時には、よくわからなかったんですけど」

それは、といって柿谷はまた上司たちを一瞥した後、首を横に振った。

「まだ何とも。これから司法解剖に回されます。それまでいい加減なことはいえません」

「刃物か何かで刺されたわけではないんですか」

「すみません。お答えできかねます」

「殴られたとか？」

柿谷は無言だ。否定しているのか、答えられないと拒絶しているのか、わからない。

「犯人は？　さっき私のアリバイを訊いたぐらいですから、まだ捕まっていないということですよね」

はい、と柿谷は答えた。「捜査は始まったばかりです」

「手がかりは？　犯人の目星はついてるんですか」

柿谷が何かをいいかけた時、「お嬢さん」と横から声が聞こえた。この中では一番偉そうに見える、制服姿の男性が真世を見ていた。

「そういうことは我々に任せてください。何としてでも犯人を逮捕するつもりですから」

「でも少しぐらいは――」

教えてくれてもいいじゃないですか、といいかけたが真世は我慢した。遺族に詳しいことを教えても捜査の足しにはならない――警察はそう考えているのだろうし、それは事実かもしれなかった。

「こちらから質問してもいいですか」柿谷が訊いてきた。

どうぞ、と真世は答えた。

「ありきたりな訊き方になるのですが、あなたに心当たりはありませんか。お父さんが誰かと対立していたとか、何らかのトラブルに巻き込まれていたとか」

「全く思いつきません」真世は即座に否定した。

「もう少しよく考えてみていただけませんか」

真世はゆっくりとかぶりを振った。

「自宅を出てから、ここへ来る途中、ずっと考えていました。父が殺されるなんてこと、夢にも思わなかったけれど、逆恨みとか妬みとか、父に落ち度がなくても憎まれる可能性だってあると思い、あれこれと考えを巡らせました。でも、やっぱり何も思いつかなかったんです。無差別殺人とか、通りすがりの殺人とか、そんなことぐらいしかあり得ないと思いました」

気持ちを抑えて語り終え、柿谷の顔を見返した。刑事は瞬《まばた》きを繰り返し、小さく頷いた。

「よくわかりました。では質問を変えます。神尾英一さんのお宅に、つまりあなたの御実家に、とても価値の高いものや稀少《きしょう》なものは置いていませんでしたか。盗まれそうなもの、という表現をしてもいいかと思いますが」

真世は目を見開いていた。「強盗の仕業《しわざ》かもしれないんですか？」

「その可能性も考えているということです。いかがでしょうか」

どうやら家に誰かが侵入した形跡があるらしい。先程柿谷は、屋内を捜索して固定電話機から真世の連絡先を知った、といった。家が戸締まりされた状態だったなら、無断で入ったりはしないだろう。何者かによって屋内が荒らされている様子を想像し、一層暗い気持ちになった。

「私には心当たりはありません。少なくとも、そんなものを家で見たことはないです」

「そうですか。ただ、盗まれているものがないかどうか、一応確認していただけますか」

「構いませんけど、今日これからですか？」

「今日は遅いので、明日の午前中はいかがでしょうか」

「大丈夫です。家には直接行けばいいですか」

「いえ、こちらからお迎えに上がります。今夜の宿泊先はお決まりですか」

「はい、『ホテルまるみや』という旅館です」

昼間の電話で、当分の間は現場保存に協力してもらいたいといわれたので、急遽《きゅうきょ》宿を予約したのだった。曲がりなりにも観光地なので、そういう点では困らない。

「『まるみや』ですね。承知しました」柿谷はメモを取ってから顔を上げた。「ところで神尾英一さんの先週末の予定について、何か御存じではありませんか。どこかに行くとか、誰かに会うとかいう話を聞いておられませんか」

「特には聞いてないです。このところ、あまり連絡を取ってなかったので」

「そうですか……」柿谷は、またちらりと上司のほうを窺《うかが》った。今の質問には、何か重大な意味があったのだろうか。

その後柿谷は、最後に英一と会ったのはいつかとか、どんな話をしたかとかを尋ねてきた。先程真世が遺体を前にした時に考えたことだが、ここでもはっきりしたことは思い出せず、たぶん前回帰省した時だと思うが、会話の内容は覚えていないと答えた。

最後に、いろいろと手続きをさせられた。英一の携帯電話を調べることや、住民票や戸籍謄本を取得することに対する承諾などだ。父のプライバシーが明かされることに抵抗はあったが、捜査のためには仕方がないと割り切った。

真世が解放された時には、午後七時を過ぎていた。柿谷が玄関まで送ってくれた。タクシーを呼びますかといわれたので、その言葉に甘えることにした。

タクシー会社への電話をすませた後、スマートフォンを内ポケットにしまいながら柿谷は申し訳なさそうに頭を下げた。

「お疲れになったでしょう？　すみません、大勢で取り囲むようなことになってしまって。殺人事件なんてめったに起きませんから、署長たちも肩に力が入っているんです」

先程の偉そうな人物は署長だったようだ。いいえ、と真世は短く答えた。

「さぞかし無念なことだろうとお察しいたします。あれほど人望のある方が殺されるなど、全く理不尽としかいいようのない悲劇です。自分も心の底から犯人を憎みます」

「あれほど?」真世は柿谷の顔を見返した。「父のことを御存じなのですか」

はい、と彼は答えた。

「自分も、この町の出身です。中学時代、神尾先生から国語を教わりました」

「ああ……そうだったんですか」

「必ず、犯人を逮捕します。お約束します」

「ありがとうございます。お願いします」礼をいいながら、ほんの少しだけ救われた思いを嚙《か》みしめた。

やがてタクシーが到着した。警察署を離れる瞬間、英一と最後に交わした言葉を思い出した。結婚式当日のスケジュールを電話で伝えた時だ。電話を切る直前、父はいった。

ついに真世が花嫁か。幸せになるんだぞ——。

4

アラーム音が耳に入ってきて、真世は瞼を開いた。腕を伸ばし、枕元に置いたスマートフォンを操作して音を止めた。時刻は午前七時。カーテンの隙間から強い日差しが漏れている。

ようやく朝になったようだ。

夜中に何度も目を覚ました。窓の外が真っ暗なので、もう一度寝ようとしたが、深い眠りにつくことはできなかった。今もアラームで目を覚ましたわけではない。とっくに意識は覚醒していたが、起き上がる気力が湧かず、布団の中で丸くなっていただけだ。

思いきって掛け布団を撥《は》ね上げ、勢いをつけて上体を起こした。畳の上で寝たのは久しぶりだが、熟睡できなかった理由はそれではない。

英一の顔が、遺体安置室で見た父親の死に顔が、瞼に焼き付いて離れないのだ。

同時に、元気だった頃の英一の姿や家族で楽しく過ごしたシーンなどが次々と蘇り、そのたびに悲しみが襲ってくるのだった。父親はいつまでも元気、と根拠もなく信じていた自分は何と能天気だったのだろうと自己嫌悪に陥ったりもした。

トイレで用を足し、洗面所で顔を洗った。寝不足のせいか頭が重い。鏡に映った顔は、目の下に隈《くま》こそできていないが、明らかに生気が足りない。両手で頰をぱんぱんと叩き、肌と心に気合いを入れた。

今回の宿泊は朝食付きだ。食欲はまるでなかったが、食堂に向かうことにした。おそらく今日は長い一日になる。何か食べておかないと身体がもたないだろう。

スマートフォンを手に取った瞬間、メッセージが届いた。健太からだった。

『おはよう。少しは眠れた？　俺もそっちに行ったほうがいいかな。』

健太には昨夜電話をかけ、警察署でのやりとりを説明した。やはり殺人の可能性が高いと知り、彼は改めて驚いた様子だった。結婚式をどうするかということが気になったはずだが、口には出してこなかった。それどころではないと思ったのだろう。

真世は少し考えてから、『ぐっすり眠れたわけじゃないけど元気だよ。とりあえず今日は実家を見て来る。ひとりで大丈夫だから心配しないで。』とメッセージを送った。そばにいてほしいと思う反面、甘えてはいけないという気持ちもあった。健太には健太のすべきことがある。自分たちは、まだ結婚していないのだ。

食堂に行くと、ほかに客はいなかった。そういえば昨夜から館内で人影を見かけた覚えがない。平日ということもあるが、新型コロナの影響もあるのかもしれない。

割烹着《かっぽうぎ》姿の中年女性が、おはようございます、と愛想よく挨拶してきた。この女性が女将《おかみ》さんらしいことは、昨夜チェックインする時に知った。

どこに座ってもよさそうなので、窓際の四人掛けテーブルについた。

女将さんが料理を運んできた。焼き魚をメインにした和朝食だ。添えられた大根おろしを見ていたら、少し食欲が湧いてきた。いただきます、と呟きながら手を合わせた後、割り箸を取った。

いい香りのする味噌汁《みそしる》を一口飲んだら、全身の細胞が目を覚ます感覚があった。焼き魚も美味《おい》しく、これが単なる一人旅だったらどれほど幸せかと思った。

壁に貼られたポスターが目に留まったのは、朝食を半分ほど食べた頃だ。精悍な顔つきの若者が断崖絶壁を登っているイラストだった。そのキャラクターのことは真世もよく知っている。ある人気漫画の主人公だ。

ポスターには、『幻ラビ・ハウス建設決定！　来年五月オープン予定』と記されている。

そういえば、そんな話があったな、と思い当たった。ネットニュースで見た気がする。

ぼんやりと考えていると、「こちらにはお仕事で？」と横から声をかけられた。女将さんが近づいてきて、真世の湯飲み茶碗《ちゃわん》に急須で茶を注《つ》ぎ足してくれた。

「ええまあ、そんなところです」言葉を濁した。こちらに実家があるといえば、あれこれ尋ねられそうな気がした。

「そうですか。それは大変ですね。こんな時期に……」

よりによって新型コロナ感染拡大の気配がある時に、といいたい様子だった。

女将さんはポスターを指差した。「これ、御存じですか」

「知っています。『幻脳《げんのう》ラビリンス』ですよね」

俗に『幻ラビ』と呼ばれている。世間の若者たちは、何かの名称が少しでも長くなると略したがる。

「こんなポスター、もう外したほうがいいんですけどね。計画がなくなっちゃったから。でも何となく未練がありましてね」女将さんはいった。

「来年五月オープン予定ってありますね」

女将さんは力のない苦笑を浮かべた。

「そのポスターを貼ったのは去年の年明け早々だから、今年の五月ってことですよ。その時は、まさかコロナであんなことになるとは夢にも思ってませんでした」

「『幻脳ラビリンス』の家を再現するっていう計画ですよね、たしか」

そうそう、と女将さんは頷いた。

「じつはね、このアニメの作者、この土地の出身なんですよ」

「あ、そうなんですか」

もちろん知っているが、初耳のふりをした。

「この中に出てくる主人公が住んでいる町、このあたりがモデルなんです。それで主人公の家を、そっくりそのまま再現しようっていう話が持ち上がったわけです。ここに書いてあるでしょ、『幻ラビ・ハウス』って」

「『零文字《れいもんじ》アズマ』が眠っている家ですね」

真世は主人公の名前を口にした。

そうそう、と女将さんは満足そうに目を細めた。「お客さんもお好きなんですか、『幻脳ラビリンス』？」

「以前、たまに読んでました」

真世の答えを聞き、女将さんは少し驚いたように目を見開いた。

「読んでたってことは漫画をですか？　女の人にしては珍しいですね」

「だから、ごくたまにです」

「そうなんですか。私なんて、漫画の時は全然知りませんでした。でも息子たちがアニメを熱心に観てましてね、なんでそんなに夢中になってるのか訊いたら、すごく面白いし、しかもこの町がモデルだというじゃないですか。それで私も時々観るようになったんです。自分の知っている場所が、そのまま出てきたりすると、嬉《うれ》しくなっちゃいますしね。といっても、町のシーンは、毎回ほんの少しでしたけど」

「メインの舞台は『ラビリンス』ですものね」

「あれ、すごいですよねえ。よくあんなことを考えつくものだと感心しちゃいます。漫画家の頭の中って、一体どうなってるんでしょうね」女将さんは嘆息しながら改めてポスターに目をやった後、ふっと吐息を漏らした。「あのコロナ騒ぎさえなきゃねえ、今頃は盛り上がってたでしょうに」

「『幻ラビ・ハウス』の計画って、いつ中止になったんですか」

「正式に決まったのは、去年の六月頃だったと思います。でもその前から、たぶん中止になるだろうなって噂していたんです。一年後にコロナがどうなっているかわからなかったし、多少収束していたとしても、お客さんがどれだけ来るか予想できませんからね。仮にアニメファンが大勢詰めかけるようなことになったら、それはそれで感染が怖いって話になりますし。どっちにしても八方塞がりだったんですよ」

女将さんの話は意外でも何でもなかった。東京オリンピックが延期になり、ディズニーランドは長期にわたって休園した。一年後のアニメ記念館開業など、非現実的な夢物語といってよかっただろう。

「楽しみにしていた人が多かったでしょうから残念でしたね」真世はいった。社交辞令ではなく、本当にそう思ったのだ。

すると女将さんは頷いてから顔をしかめた。

「残念なだけならいいんですけど、大損しちゃった人も多いんですよ」

「そうなんですか」

「そりゃそうですよ。元々、どこかの企業が立ち上げたわけじゃなく、町おこしとして持ち上がった話ですからね。地元の人間が、ずいぶんと出資しているはずですよ。中には先祖伝来の土地を売ってお金を作った人もいるって話でね。工事は七割ぐらい進んでいたそうですけど、それまでにかかったお金は返っちゃきません」

「そんなことになってるんだ……」

生まれ故郷のことだというのに、まるで知らなかった。英一は知っていたはずだが、東京で働いている娘に聞かせても仕方がないと思ったのか。

女将さんが壁の時計を見上げ、あわてた様子で手を振った。「ごめんなさい。お客さんに無駄話の相手をさせちゃって」

「いいえ」

「どうぞ、ごゆっくり。お茶のおかわり、いつでもいってくださいね」女将さんは軽やかな足取りで去っていった。

　真世は再びポスターを眺め、『釘宮克樹《かつき》・作』という文字を見つけた。小柄で痩せっぽち、俯き加減で歩く姿が記憶の片隅にある。二年生の時に同じクラスになった。あの目立たない少年が日本中に大ブームを巻き起こす作品を生み出したというのだから、人間の将来というのはわからない。

　そういえば、と思い出した。病死した津久見直也《なおや》と釘宮克樹は仲が良く、いつも一緒にいた。病気で倒れるまで津久見直也はリーダー格で、そのため釘宮が「津久見のコバンザメ」と陰口を叩かれていたのを覚えている。

　桃子によれば、今回の同窓会では津久見直也の追悼会も行われるらしい。だから忙しいはずの釘宮も出席するのかもしれない。

　食事を終え、部屋に戻って化粧をしているとスマートフォンに電話の着信があった。柿谷からだった。これから一時間後ぐらいに迎えに行きたいのだが問題ないか、という問い合わせだった。それで結構ですと答えた。

　その後、部屋の電話を使ってフロントにかけ、延泊の手続きをした。今日、東京に戻るのは無理だろうと思われた。

支度を終えた頃に再び柿谷から電話がかかってきた。宿の前にいるとのことだった。

急いで出ていくと、路上に一台のセダンが止まっていて、脇に二人の人物が立っていた。

一方は柿谷で、もう一人は若い男性だ。どちらもスーツ姿だった。パトカーが来ていることを予想していたので意外だったが、考えてみれば、それでは目立ちすぎてしまう。

クルマの後部座席に柿谷と並んで座った。若い男性は運転係のようだ。

「少し落ち着かれましたか」クルマが動きだして間もなく、柿谷が訊いてきた。

「まあ、何とか」

「お辛《つら》いのは重々承知しておりますが、犯人の早期逮捕のため、捜査に御協力いただけますと助かります」

「わかっています。こちらこそ、よろしくお願いいたします」

「恐縮です。それで早速なのですが、その後、今回の事件について思い出されたことはありますか。どんな些細《ささい》なことでも構わないのですが」

「それは、あの、昨夜もいろいろと考えてみたんですけど……」

「思い当たることはないと？」

「すみません……」

「あなたが謝ることはありません。そういうケースのほうが多いですから」

はい、と頷きながら、柿谷の言葉の真意を考えた。そういうケースとはどういうことだろうか。特にこれといった理由もなく理不尽に殺害されることは多い、ということか。それとも、じつは殺される動機というのが存在していたが、それに身内の人間が気づいていないことは多々あるという意味か。

真世は何となく、柿谷は後者の意味で口にしたのではないかという気がした。実家を出て東京で暮らしている娘が、故郷の父親についてすべてを把握しているわけがないだろうと思っているに違いない。

残念ながら、それは否定できなかった。大学進学と共に上京し、そのまま一度も故郷に戻ることなく就職して東京暮らしを始めた。帰省するのはせいぜい一年に一度か二度で、それも大抵は一泊だ。父親が最近趣味にしていたことは何か――こんな質問にすら満足に答えられない。

もっとも、真世が家を出る前からそうだったかもしれない。父親のしていることに関心を持った覚えがなかった。いや、敢《あ》えて持とうとしなかったといったほうが正しいか。決して父のことが嫌いだったわけではない。好きだったし、尊敬もしていた。ただ、お互いに干渉しすぎないようにしていたのはたしかだ。

神尾家は代々地元で教師をしてきた。曽祖父は社会科で、祖父は英語を教えていたらしい。英一によれば教師以外の職業など考えたことがなく、大学を選ぶ際に迷ったのは、英米文学か日本文学か、あるいは中国文学の道に進むか、だけだったという。どの国のものであれ古典文学というのは人間の真理の宝庫であり、子供たちに人の道を教える際の指南書になるはずだとの考えがあったらしい。結局日本文学を選んだわけだが、その理由は、「教えるほうも教わるほうも日本人だから」という単純なものだったそうだ。

真世が物心ついた時、英一はすでに地元では知られた存在だった。曽祖父や祖父の頃から付き合いのある家が多いこともあるが、それ以上に生徒への指導が熱心だということで有名だった。問題のある子供にも、いや問題を抱えているからこそ、親身に相談に乗ってくれる、という評判を真世も何度か耳にしたことがある。生徒の立場になり、学校側に抗議したことさえもあるようだ。

真世は小学生の頃から、神尾先生の娘さん、と呼ばれた。その時点では悪い気はしなかった。そう呼ばれる時には必ず、英一を賞賛する言葉が付け足されたからだ。父親を褒められて不愉快になる人間などいない。

しかし同じ中学に入ると勝手が違った。生徒の数が少なく、二クラスしかなかった。授業の際、教壇に父が立つと居心地が悪くなり、ずっと下を向いていた。

神尾英一教諭が、優しくて物わかりがいいだけの教師でないこともわかった。当たり前のことだが、不真面目な生徒には厳しく対応していた。些細な規則違反を見逃さない頑固さをあわせ持っていることも、それまでの真世が知らなかった一面だ。

ある日、学校の帰り、同級生たちがゲームセンターにいるところを目撃した。そのうちの一人が真世に気づき、何やら仲間に耳打ちしていた。嫌な予感がしていたら、数日後に現実となった。彼等は職員室に呼ばれて注意されたらしい。町民から連絡があったそうだが、同級生たちは信用しなかった。真世が英一に告げ口したのだろうと憶測し、噂を広めた。その日以来、一部の同級生たちの態度がよそよそしくなった。

もちろん、嫌なことばかりではなかった。生徒たちの中には英一を慕っている者も少なくなかった。彼等はほかの同級生たちに接するのと同等に気軽に接してくれた。

だが中学校生活が息苦しくなかったといえば嘘《うそ》になる。英一の立場を考えると、校則を破るようなことはもちろんのこと、ほかの教師から注意を受けるようなことも絶対に避けねばならなかった。一定以上の成績を残す必要があったし、学校に不満があっても口には出せなかった。そして何より、目立たないように気を遣った。

無口で地味な優等生――それが中学時代の真世が演じねばならなかったキャラクターだ。当然、英一とも距離を置いた。それは家庭でも変わらなかった。

そんな気持ちを、おそらく英一も感じ取り、理解していたのだろう。家にいる時も、殊更「父と娘」に戻ろうとはしなかったように思える。説教めいたことは一切いわず、中学生の娘を「大人」として扱おうとしていた。

その関係は、真世が高校に進んでからも続いた。英一としては、急に父親面《づら》をすることには抵抗があったのかもしれない。真世にしても、今さら甘えるのも躊躇われた。

高校に通っていた三年間の父娘の関係は、そういうものだったのだ。そしてそこから関係は一歩も近づくことなく、今日まで来てしまった。

だから真世は英一について、何も知らない。殺されたと聞いても、警察に進言できることは何もないのだった。

5

クルマが真世の馴染み深い場所に到着した。路上にパトカーと警察のワゴン型車両が数台止まっていて、神尾家の前には二人の制服警官が立っていた。

外に出ると、真世は生家を見つめて深呼吸をした。生け垣に囲まれた古い日本家屋は元々祖父が建てたものだ。何年かおきに外壁や屋根などを修復しているので、ところどころ和洋折衷の気配が漂っている。こんなふうに改めて眺めるのは久しぶりだが、奇妙な味わいのある家だというのが建築士としての感想だ。

止まっていたパトカーやワゴンのドアが開いた。中からぞろぞろと出てきたのは、スーツ姿の男たちだ。ほぼ全員がマスクをつけていた。本来なら不気味な光景だろうが、コロナ騒動ですっかり見慣れた。

一人の男が真世のところに歩み出てきた。マスクはつけておらず、キツネのように細い目をしている。その目でじろじろと彼女の顔を見ながら、「こちらが被害者の？」と柿谷に訊いた。

「そうです。神尾真世さんです」柿谷は答え、真世のほうを向いた。「県警本部から応援に来られた方々です」

「あ……はい」

そんなふうに紹介されたところで、どのように挨拶していいかわからなかった。

「この家に住んでいたのは、いつ頃まで？」細い目の男が、名乗りもせずに無愛想な口調で訊いてきた。真世は心の中で、キツネおやじと名付けた。

「十二年ぐらい前までです」

高校を卒業した年だが、ここでわざわざ年齢を明かす必要はない。

「その後は、どのぐらいの頻度で帰省を？　盆と正月だけとか？」

「大体そういう感じです」

キツネおやじは露骨に顔をしかめた。

「それじゃあ、家のことは大して把握してないかな。たとえば財産のこととか」

ぶしつけな質問だが、不愉快さを顔に出すのは堪《こら》えた。

「さっぱりわからないです。昨日もそういいましたけど」ちらりと柿谷のほうを見た。

うーんと唸《うな》りながらキツネおやじは眉間を指先で掻《か》き、ため息をついた。

「それでもまあ、とりあえず見てもらったほうがいいか。何か気づくこともあるかもしれない」そういって真世の手元を見てから、部下らしき男たちのほうを振り返った。「おい誰か、手袋を貸してやってくれ」

「あ、自分が持っています」柿谷がスーツのポケットから白い手袋を出してきた。

真世は受け取り、両手に嵌《は》めた。そうするだけで、これから犯行現場に立ち入るのだという実感が湧いてきた。

「では御案内します」柿谷が先に門をくぐった。

自分の生家に入るのに「御案内」されるのか――釈然としない思いを抱いたまま、真世は柿谷の後に続いた。後ろからキツネおやじたちもついてくる。

柿谷が玄関のドアを開け、どうぞ、と真世にいった。

真世が靴脱ぎに立った瞬間、ほのかに樟脳《しょうのう》の香りがした。書物を守るための虫除《むしよ》けの匂いだ。いつもは懐かしく感じるが、今日にかぎっては悲しみのほうが勝った。

柿谷が黒光りのする廊下を横切り、ドアを開けた。そこは本来居間だが、最近では英一が書斎として使っていた部屋だった。

入り口から室内を一瞥し、真世は愕然《がくぜん》とした。足の踏み場もないほど、床に様々な物が散らばっているからだ。書類、紙袋、眼鏡、時計、筆記用具、薬、CD、DVD、カセットテープ、ビデオテープ——規則性などまるで感じられない。

ひどい、と思わず呟いた。

「これはお尋ねするまでもないと思うのですが」柿谷が横から声をかけてきた。「この状態は通常とは違うわけですよね。つまり、この部屋が、いつもこのように散らかっているわけではありませんよね」

「当たり前です。こんなことあり得ない。むしろ父は奇麗好きで、整理整頓を心がけていました。どこに何をしまうか、きちんと決めていて、何かを出しっぱなしにすること自体、めったにありませんでした」

「そうでしょうね。私の記憶にある神尾先生のイメージも同様です」

真世は慎重に足を踏み入れた。居間は二十畳ほどの広さで、テーブルとソファ、そして書斎机が適度な間隔を空けて配置されている。だがこの部屋を特徴づけているのは、何といっても壁際に作り付けられた書棚だ。祖父がこの家の新築時に作らせたそうで、高さは天井まである。最上段にあるのは主に英米の書物で、祖父が集めたものだ。その下の段からは英一の蔵書が多く、こちらは日本文学が中心だ。隅のほうには学校関連のファイルが、英一らしくきちんと年度別に並んでいる。

中段から下の棚には扉が付けられているが、それらの多くが開いたままになっていた。中を見ると空っぽになっている棚がいくつかあった。

キツネおやじが両手をポケットに突っ込み、書棚に近づいた。

「床に散らばっている物の殆どは、この中に収納してあったと考えていいのかな」

どうですか、と真世のほうを振り向いた。

「そうだと思います。私も、よく知っているわけではないんですけど」

扉付きの棚には、英一は主に書籍以外のものをしまっていた。大量の音楽ソフトや映像ソフトのコレクションなども、その一部だ。文学だけでなく、音楽や映画鑑賞も趣味にしていたのだ。

「何かなくなっているものはありませんか？　特に貴重なものだとか、被害者が大切にしていたものとかで」キツネおやじが訊く。

真世は棚の中と床に散らばっているものを交互に眺めた後、ゆらゆらと頭を振った。

「正直いって、わかりません。どの棚にどんなものが入っていたのか、きちんと把握していたわけではありませんから。それに昨日もいいましたけど、うちに特別価値のあるものがあったなんて話、聞いたことがないです」

「そうはいっても、貴重品が全くないってことはないでしょう。あなただってここに住んでいた頃、親父《おやじ》さんがそうしたものをしまっているのを見たんじゃないですか？　いわば金庫代わりにしていた場所です」

「金庫代わりですか。それなら……」

真世は書斎机に近づいた。その抽斗《ひきだし》も引き抜かれ、中身が床にぶちまけられている。その中に通帳が二冊あるのを見つけた。

「ああ、やっぱり……大事なものは、この抽斗にしまっていたんです」

真世は通帳を拾い上げようとしたが、「触るなっ」とキツネおやじの鋭い声が飛んできたので、ぎくりとして手を引っ込めた。

失礼、とキツネおやじは冷めた声でいった。

「現場のものには無闇に触らないでください。その通帳のことは我々も確認しています。ほかに貴重品はありませんか。たとえば宝石とか」

「宝石……」

「お母さんが亡くなっているらしいですね。アクセサリーとか指輪とか、そういったものがあったんじゃないですか」

「それはありましたけど、私が持っています」

「あなたが？」

「母が亡くなった時、父がくれたんです。自分が持っていても仕方ないし、お母さんも真世に譲るつもりだっただろうからって」それに、と続けた。「思い出深い品々ですけど、大して価値はありません。少なくとも、強盗に入ってまで欲しがる人はいないと思います」

「なるほどね」キツネおやじは納得顔で頷いたが、元々大した答えを期待してなかったようにも見えた。

「強いて貴重品といえば」真世は書棚を見上げた。「本、でしょうか」

「本？」

「祖父も父も文学者でしたから、古今東西の書物を集めていました。もしかすると中には貴重なものもあるかもしれません」

ははあ、と興味のなさそうな顔つきでキツネおやじは書棚を眺めた。

「しかし見たところ、荒らされた形跡はありませんね。犯人も、本には関心がなかったようだ」

「そうみたいですね……」

真世が書棚から目を離した時、「何ですか、あなたは？」と部屋の外から声が聞こえてきた。「今、警察の捜査中です。勝手に入らないようにっ」

「勝手に入っているのはどっちだ。一体、誰の許可を得た？」いい返す声が聞こえた。

真世は、はっと息を呑んだ。声の主に心当たりがあったからだ。だが、まさか――。

キツネおやじが眉間に皺《しわ》を寄せ、廊下のほうを見た。「どうした？」

「いや、あの、この家の住人だという男性が……」部下が答えている。

「住人？」

「邪魔だっ。通せといってるだろ。どうしてこんなに密集しているんだ？　おまえら全員、コロナウイルスの抗体保持者か？」吐き捨てるようにいいながら、刑事たちをかきわけ、一人の人物が姿を現した。

長身で痩せた身体、天然パーマの髪は肩まで伸びていて、清潔感のない無精髭《ぶしょうひげ》も相変わらずだ。ミリタリージャケットを羽織っているが、かなりの年代物に見えた。

「おたくは？」キツネおやじが訊いた。

「人の名前を尋ねる前に自分から名乗るのが礼儀だと思うが、まあいい。さっきから何度もボンクラどもにいっているが、俺はこの家の住人だ。嘘だと思うなら、役所でもどこでも問い合わせたらいい」かなりの早口で、それでも滑舌がいいのは昔からだ。生まれつきなのか、訓練の賜《たまもの》なのかは真世は知らない。

あっ、と声をあげたのは横にいた柿谷だ。「あなたはもしかして……」

キツネおやじが怪訝そうな顔を柿谷に向けた。

「今朝部下に、この家の住民票を調べさせました。そうしたらたしかに、被害者のほかに記載されている名前があったそうです」柿谷は内ポケットから出した手帳を広げた。「ええと、あなたは神尾武史《たけし》さんでしょうか？　神尾英一さんの弟の」

ミリタリージャケットの人物――真世の叔父《おじ》である神尾武史は、不満そうに口元を曲げて柿谷のほうを向いた。

「そこまで調べてあるなら、なぜ玄関にいる馬鹿どもにいっておかない？　おかげで無駄なやりとりをさせられる羽目になった」

「いや、しかし、まさか今日帰ってこられるとは……」

「いつ自分の家に帰ろうが俺の自由だろ。そしてあんたたちには、俺たちの家に勝手に上がり込む権利はない。さっさと出ていってもらおうか」武史はドアを指差した。

キツネおやじが突然の闖入者《ちんにゅうしゃ》を睨《にら》みながら、左手でスーツの内側からスマートフォンを取り出した。素早く右手で操作し、耳に当てた。

「俺だ。調べてほしいことがある。そこに神尾家の住民票はあるか？　……そうだ。登録者は被害者以外にいると聞いたが本当か？　……名前は？　……ふん、どういう字だ？……そうか、わかった」電話を終え、スマートフォンを内ポケットに戻した。

「確認できたようだな」武史がいった。

「何か身分証は？　運転免許証とか」

「まだ疑っているのか」

「念のためにね」

あの、と真世は口を開いた。「間違いないです。この人、私の――」

叔父です、と続けようとしたが、武史が制するように左手を真世のほうに向けた。そしてカーゴパンツのポケットから財布を出すと、運転免許証を引き抜いた。

「じっくり見るといい」そういってキツネおやじの前に差し出した。

キツネおやじが腕を伸ばして免許証を受け取った瞬間のことだ。武史は目にも留まらぬ素早さで相手の上着の内側に左手を突っ込み、懐から何かを取り出していた。黒い警察手帳だった。

「あっ、おいこら、何をするっ」キツネおやじが細い目を少し見開いた。

「こちらが身分証を出すんだから、そっちも出さないと不公平だろう」武史は手帳を開いた。「ふうん、コグレ警部か。惜しいな、真世。メグレなら頼りになったんだが」身分証を真世のほうに向けた。キツネおやじの顔写真の下に、木暮大介と記されている。

「返せっ」木暮が喚《わめ》いた。

「いわれなくても返すよ。それより俺の身分は確認したのか」

木暮は持っていた免許証を一瞥した後、げんなりした顔で武史のほうに差し出した。

武史は意味ありげな笑みを浮かべて木暮に近づき、警察手帳を彼の左胸の内ポケットに戻してから、自分の免許証を受け取った。

「それで改めて訊くんだが、人の家に上がり込んで何をしている？」免許証を入れた財布をポケットに戻しながら武史がいった。

木暮は何かをいいかけてやめ、真世のほうを向いた。「あなたから叔父さんに説明を」

真世は呼吸を整えてから武史にいった。「お父さんが死んだの」

だが武史は無表情だ。驚きのあまりぴんときていないのか、単に動じていないだけなのか、傍目《はため》にはわからない。

「遺体が裏庭で見つかって、それで、殺された可能性が高いって……」

武史はやはり表情を変えなかったが、大股で歩きだした。裏庭に面したガラス戸に近づき、じっと外を見つめた。

「どんなふうに殺されていた？　刃物か何かで刺されたのか」皆に背中を向けたままで武史が訊いた。

「悪いが、それには答えられない」木暮が即答した。「捜査上の秘密だ。死体発見者でさえ死因には見当がついてないはずだから、捜査関係者以外で殺害方法を知っている者がいたら、そいつが犯人である疑いが濃いということになる」

それで昨日も教えてもらえなかったのか、と真世は横で聞いていて納得した。

「服装は？　発見された時、兄はどんな格好をしていた？」

「それも捜査上の秘密だ。はっきりいっておくが、おたくからの質問にはたぶん一切答えられない。むしろ質問するのはこちらだ。おたくにも訊きたいことが山ほどある。たとえば先週土曜日から昨日にかけての行動についても――」

「心配しなくても、質問には答えてやるから少し待て。あんたの目にはどう見えているかはわからんが、実兄を失った悲しみを嚙みしめているところだ」

この言葉には、さすがに木暮もいい返せないようだ。ばつが悪そうに顔をしかめ、頭を掻いた。柿谷も居心地が悪そうだ。

しばらくして武史がくるりと身体を回転させ、真世たちのところに戻ってきた。木暮の前で立ち止まると、「さあ、何でも訊いてくれ」といった。「土曜日から昨日までの行動を知りたいといってたな。土曜日は朝からずっと店にいて、一歩も外に出ていない。翌日は――」

ストップ、と木暮が制した。「店というのは？」

「俺が経営しているバーだ。場所は恵比寿《えびす》で、店名は『トラップハンド』という」そういいながら武史は再び木暮のスーツの内側に手を入れると、今度は先程とは逆の右内側のポケットからスマートフォンを取り出した。「検索してくれれば、どんな店なのか、すぐにわかるはずだ。ただしレビューは信用するな。酒の味がわからない、貧乏人の戯《ざ》れ言《ごと》ばかりが並んでいる」

「勝手に人のポケットに触るな」木暮は武史の手からスマートフォンを奪い返した。

「取り出す手間を省いてやっただけだ。どうした、検索しないのか？　もう一度店名をいってやろう。『トラップハンド』だ」

「後でじっくりと見させてもらう」木暮はスマートフォンを内ポケットに戻した。「一歩も出ていないといったが、証明はできるか？」

「それはどうかな。店を開けたのは夜だし、それまでは誰とも会っていない。開店後も常に客がいたわけじゃないから、証明は難しい」

「従業員は？」

「人は雇わない主義だ。ただで働いてくれる酔狂な人間がいるなら話は別だが」

ふん、と木暮が小馬鹿にしたように鼻を鳴らした。場末の小さなバーらしいと気づいたのだろう。

「ふだんは、その店で寝泊まりしているのか」

「そうだ。店の奥に居室がある」

「日曜日は？」

「昼過ぎに起きて、夕方まで部屋で映画を観ていた。その後は土曜日と同じようなものだ」

木暮が意外そうに眉を動かした。「日曜日も営業しているのか」

「基本的に休日はない。店を開けてりゃ、物好きな客が金を落としに来るかもしれないからな」

「昨日も同様か？」

「いや、昨日は店を休みにした」

おい、と木暮が口を尖《とが》らせた。「たった今、休日はないといったじゃないか」

「基本的に、と断ったはずだ。野暮用があって、臨時休業にした。野暮用の内容については黙秘させてもらう。プライバシーに関わることなんでね」

木暮は腕組みをして武史を睨んだ。

「今の話を総合すると、こういう結論になる。おたくにはアリバイがない」

「仕方がないだろうな。事実なんだから」武史は、しれっといった。

「もう一つ、重要なことを訊きたい。今日、ここへ帰ってきた理由は何だ。事件については、まだ報道されていない。何のために帰ってきた？」

「それはまたおかしな質問だ。何度もいっているが、ここは俺の家だ。自分の家に帰ることに特別な理由などない。それとも何か。あんたは理由がないと自宅に帰らないのか」

「では訊くが、前に帰ったのはいつだ？」

「いつだったかな。覚えていない」

「帰る頻度は？　月に一度か？　それとも半年に一回ぐらいか。嘘はつかないほうがいいぞ。徹底的に調べるからな」

「いわれなくても嘘をつく気はない。帰ってきたのは二年ぶりぐらいだ。何となく帰る気になってね」

「何となくだと？　それで納得しろというのか」

「あんたが納得しようがしまいが、俺には関係がない。何となくだ。どうしても理由がほしいというのなら、虫の知らせってことにしておこう」

「虫の知らせだと？」

「この家で何か悪いことが起きているような気がした。それで帰ってきたら、家の前にパトカーが止まってるじゃないか。勘が当たったと思った」

木暮は細い目に疑念の色を浮かべている。明らかに武史の話を信用していなかった。

「まあ、いいだろう。今日のところは、そういうことにしておいてやる。ただし、気が変わって訂正したくなったら、いつでもいってくれ。話を聞いてやろう」

武史は、ふんと鼻を鳴らした。「そんな日は永久に来ない」

「それはどうだろうな。おたくが血相を変えて、あわてて言い訳をする日が来るように思うがね」

「だったら賭けようか？　来ないほうに十万円だ。百万円といいたいところだが、地方公務員には荷が重いだろうからな」

「その賭けに乗りたいが、残念ながら警察官はギャンブルを禁じられている。ラッキーだったな。さて次の質問だ。見ての通り、この部屋は荒らされている。何か盗まれたものがないかどうか、被害者の娘さんに確認してもらっていたところだ。この家の住人だというからには、おたくの意見も聞いておく必要がある」

武史は部屋をぐるりと見回し、両手を広げた。

「生憎《あいにく》、俺にはわからない。ここは兄貴の部屋だから、俺は立ち入らないことにしている。それにさっきもいったと思うが、最後にこの家に帰ったのは二年以上も前だ。何かなくなっているものがあったとしても、今回盗まれたのか、兄貴が自分で処分したのか、判別できない」

「だったらこの部屋でなくてもいい。この家に何か貴重品はあるか？　宝物といえそうなものだ」

「宝物？　先祖伝来の壺《つぼ》とか掛け軸とか？」

「そんなものがあるのか」

「知らないが、たぶんない。親父にも兄にもそんな趣味はなかった。二人に共通していたのは、本好きということだ」武史は書棚を指差した。

木暮はちらりと書棚に目をやってから、武史に顔を戻した。「おたくはどうだ？」

「俺に骨董品《こっとうひん》を集める趣味があるように見えるか？」

「金目のものを置いてなかったかと訊いているんだ。住民票はここらしいが、この家におたくの部屋はあるのか？」

「二階の南側だ。まさか勝手に調べちゃいないだろうな」

「いや、あの、それは……」柿谷が狼狽《ろうばい》した様子で一歩前に出た。「昨日、念のため、すべての部屋を確認させていただきました。ただし、戸締まりや室内の様子を確かめただけで、不要に手を触れたりはしていません。二階の部屋は、いずれも一見したところでは異状はないとのことでした」

「つまり勝手に俺の部屋に入ったわけだな」

「住人の変死体が裏庭で見つかり、この部屋が明らかに侵入者によって荒らされているんだ。犯人が屋内に潜んでいる可能性もあるわけで、初動捜査として何の問題もない」木暮が冷徹な口調でいい放った。「一見したところでは異状なしとのことだが、本人に見てもらわないことには断定できない。これから確認してもらえるかな」

「構わないが、異状が見つからないかぎり、あんたらは部屋に入るな。廊下から見ているだけだ」

「ああ、いいだろう」木暮が真世のほうを見た。「二階には、ほかにどういう部屋があるんですか」

「私の部屋があります。高校卒業まで使っていて、今も帰省した時に泊まります。あとは父の部屋です。元々は両親の寝室でした」

「なるほど。それらの部屋はあなたが確認してくれますか」

「わかりました」

「では早速案内していただきたいのですが」

「あ……はい。じゃあ、どうぞ」

木暮の真世に対する言葉遣いが、先程までと比べて明らかに丁寧になっている。武史との乱暴なやりとりとは対照的だ。扱いが厄介そうな人物の突然の登場に、被害者の娘を懐柔しておくのが得策だと思ったのかもしれない。

真世が二階に向かうと木暮がついてきた。それに柿谷が続き、武史は最後だ。

最初に英一の部屋を見た。この家が建てられた時は祖父夫妻の部屋だったらしい。真世が物心ついた頃には祖父は亡くなっていて、祖母は一階の客間を使っていた。この部屋は英一と母の和美《かずみ》が寝室にしていた。和室なので両親たちは布団を敷いて寝ていたが、今はベッドが窓際に置かれている。それ以外には箪笥《たんす》がある程度で殺風景なものだ。一階に広い書斎があるので、英一にとっては寝るためだけの部屋だったのだろう。

柿谷がいったように異変は見られなかったので、木暮にそういった。

次は真世の部屋だ。六畳の洋室で、床にはカーペットが敷かれている。シングルベッド、勉強机、一階の書斎にあるものとは比べものにならないぐらい小さな本棚が、この部屋にある家具のすべてだ。男性アイドルの写真を何枚も貼り付けたコルクボードが壁に掛かっているのを見て、恥ずかしさのあまり逃げだしたくなった。なぜ今日まで片付けなかったのだろう。

クロゼットには懐かしい服が並んだままだ。早く処分しなくては、と改めて思った。机の抽斗なども一応確認し、「特に変わりはないと思います」と木暮たちにいった。

「さて、次はいよいよおたくの番だ」木暮が武史にいった。

武史は無言で廊下を歩き始めた。彼の部屋は突き当たりにある。ただし、真世の記憶にこの叔父と同居していたシーンは存在しない。英一が結婚する前には家を出ていたからだ。

この部屋は単なる物置だと、真世はずっと思い込んでいた。事実、数年前までは不要品などが置かれていた。片付けられたのは、母の和美が亡くなった後だ。

武史は部屋の前に立つと徐にドアを開けた。中は薄暗かった。遮光カーテンが閉じられているからだ。手探りで壁のスイッチを入れ、武史は室内に進んだ。木暮は入り口から首を伸ばし、中の様子を窺っている。その後ろから真世も覗き込んだ。

室内は英一の部屋より殺風景だった。丸いテーブルと椅子が一脚あるほかには、小さな戸棚が一つ置いてあるだけだ。だが壁に掛けられている絵を見て、ぎくりとした。左目を閉じている女性の顔だった。開けている右目は虹彩《こうさい》が真っ黒で、真正面を向いている。まるで自分が見つめられているようで、真世は目をそらした。

武史が窓に近寄り、カーテンを開け、続いて窓のクレセント錠を外した。

「おい、何をしている？　勝手に触るな」木暮が怒鳴った。

「ここは俺の部屋だ。空気の入れ換えをして何が悪い」そういって武史は窓を開け放った。

「場合によっては、この部屋も詳細に調べることになるかもしれんのだ。そんなところに紛らわしい指紋を付けられたら――」木暮が言葉を切った理由は真世にもわかった。武史は白い手袋を嵌めていた。

「いつの間に手袋を……」後ろで呟いたのは柿谷だ。

その時、武史の上着から電子音が聞こえた。スマートフォンのようだが、彼は意に介さぬように放置している。

「気が済んだか、木暮警部。この部屋に異状はないようだ」

「戸棚の中はどうだ？」木暮はいった。「開けて確かめなくていいのか」

「その必要はない。何も盗まれていない」

「どうして見もせずに断言できる」

「理由は彼に訊けばいい」武史は柿谷を指差した。

木暮が怪訝そうに後ろを振り返った。

「あ……はい、そうですね。その戸棚の中は無事だと思います」柿谷が、どぎまぎした様子でいった。「鍵がかかっていますから」

「鍵？」

「これだ」武史がキーホルダーを掲げた。小さな鍵がぶら下がっている。「これがないと開けられない。鍵穴が壊された形跡がないから、中は無事のはずだ」そういって腰を屈め、戸棚の把手《とって》を引っ張ったが、びくともしなかった。

さすがに何もいえなくなったのか、木暮は不愉快そうに口元を曲げ、顎を撫《な》でた。

「さて、納得してもらえたようだから、退散願おうか。空気の入れ換えも終わったしな」

武史は窓を閉めて錠を掛け、チャコールグレーのカーテンも閉じた。

6

現場を極力保存したいので、当分の間、この家は立入禁止とします――そういわれて真世が木暮たちから解放された時には、昼過ぎになっていた。来た時と同様に柿谷たちが旅館まで送ってくれることになったが、「真世はどこに泊まっているんだ？」と武史が訊いてきた。『ホテルまるみや』だと答えると、少し考える顔になってから頷いた。

「冴《さ》えない旅館だが、まあいいか。よし、俺もあそこに泊まることにしよう。一緒に乗せていってくれ」

「えっ、私は構わないけど……」真世は柿谷を見た。

「いいですよ。じゃあ、自分は前に乗ります」そういって助手席のドアを開けた。

真世が後部ドアを開けてクルマに乗り込むと、後ろから武史も続いた。

「助かった。柿谷係長は話のわかる人だな」シートベルトを締めながら武史がいう。

「恐縮です」

「名刺を貰《もら》っておこうか。何かあった時に連絡したい」

「あ、はい」

柿谷が出してきた名刺を受け取り、武史はしげしげと眺めた。

「念のために訊くんだが、我々の宿泊費は捜査費用から出してもらえるんだろうな」

その問いかけにぎょっとして、真世は思わず叔父の横顔を見た。だが彼は特段変わったことをいったつもりはない様子だ。

「えっ、いや、それはちょっと……」柿谷が答えを濁す。

「なぜだ？　捜査に協力するため、我々は自分たちの家を明け渡したんだ。補償してくれるのが当然じゃないか」

「一応、総務と相談してみます……」

「よろしく頼む、柿谷係長。それによって、今夜食べるものも変わってくるからな」武史は平然という。警察が費用を払ってくれるようなら、贅沢《ぜいたく》な料理を食べるつもりらしい。

それにしても、と真世は首を傾げる。武史は名刺を受け取る前に柿谷の名字を呼んだ。それどころか、係長という肩書きも知っているようだ。いつ知ったのだろうか。柿谷が自己紹介した場面を真世は思い出せなかった。

間もなくクルマが『ホテルまるみや』の前に到着した。今後も御協力お願いいたします、という柿谷の言葉を聞いてから、真世たちはクルマを降りた。

正面玄関から中に入るとカウンターに女将さんの姿があった。お帰りなさいませ、と愛想よく声をかけてくる。まさか殺人事件の現場検証に立ち会っていたとは、夢にも思っていないだろう。

部屋の鍵を受け取った後、「今夜から叔父も泊めてほしいといってるんですが」といってみた。「部屋はありますか？」

女将さんは微笑《ほほえ》みに多少の戸惑いの色を滲ませ、手元のパソコンを見てから顔を上げた。

「はい、御用意できますけど」

「できれば一番いい部屋にしてもらいたい」武史がいった。「ロイヤル・スペシャルスイートとか、プレジデンシャルスイートとか、そういうのはないのか」

女将さんの顔から笑みが消えた。

「スイートはございますが、お二人様以上の御利用とさせていただいております。お一人様の場合ですと、御用意できるのは一タイプだけなのですけど……」

武史は大きな音をたてて舌打ちした。

「東京のコロナ感染拡大騒ぎで、どうせほかには客なんていないんだろう？　散財してやろうというのに商売気のない宿だな。仕方がない、それでいい」

「申し訳ございません。ではこちらに御記入を」女将さんが宿泊票を出してきた。

宿泊の手続きは終わったが、チェックインタイムまでには時間があるようだった。腹がへったと武史がいうので、館内にある和食レストランで昼食を摂《と》ることになった。朝と同様にあまり食欲はなかったが、メニューを見て、これなら食べられそうだと思い、真世はとろろ蕎麦《そば》を選んだ。武史は焼き鳥定食と生ビールを注文している。

「よくそんな重たいものを食べる気になれるね」真世は呆《あき》れる思いでいった。「おまけにビール？　実の兄が殺されたっていうのに」

「御不満か」

「不満ていうか、おかしいよ。ふつうならびっくりして、ショックで食事どころじゃないと思うから」そういいながら真世は武史の冷めた顔を見て、はっと気づいた。「もしかして、とっくに知ってたわけ？　お父さんが殺されたこと」

だが武史は無言で腕組みをすると目を閉じた。答える気はなさそうだ。

叔父さんっ、といって真世はテーブルを叩いた。「聞いてんの？」

「うるさいな。こっちは睡眠不足なんだ」武史は目を閉じたままだ。

「答えて。どうして突然帰ってきたの？　今まで、こんなことなかったじゃない」

「さっきのやりとりを聞いてなかったのか。虫の知らせだといっただろ」

「信用できない。本当のことを教えて」

「何のために知りたい？　真世には関係のないことだ」

「気になるの。お願い、教えて」真世は両手を合わせたが、武史は無反応だ。

やがて料理が運ばれてきた。ようやく武史も目を開け、生ビールのジョッキに手を伸ばした。さらに焼き鳥を口にし、小さく頷いた。

「味は、まあまあだな。しかし値段に見合っているかどうかとなれば、話は別だ」

真世はテーブルの端に立ててあるメニューに目をやった。焼き鳥定食の値段は、さほど高いとは感じなかった。

その瞬間、思い出した。この叔父には、ある大きな特徴があった。

「お昼、私が奢《おご》ろうか?」

武史の箸が止まった。訝《いぶか》しそうな目を向けてくる。

「そのかわり、俺がここへ来た理由を教えろ、というわけか。こんな端金《はしたがね》で俺の気持ちが動くとでも思ったか」

「だったら今夜の宿代と夕食代も私が払う。それでどう?」

「一週間分だ」

「えっ」

「事件解決の目処《めど》が立つまで、俺はここに滞在するつもりだ。最低でも一週間ぐらいはかかるだろうと思ってね」

「何それ。ふつう姪《めい》にそこまでたかる?」

「嫌なら交渉決裂だ。俺はどっちだっていい」

「……明日のお昼も奢る」

「値切りすぎだ。四日分で妥協してやってもいい」

「二日分。これ以上は出せない」

「プラス三日目の昼飯代で手を打とう」

真世はため息をついた。思いがけない出費だが、後には引けない。「わかった」

武史は上着の下からスマートフォンを出してきた。

「俺が自分の部屋に入って間もなく、こいつが鳴ったことに気づいたか？」

「覚えてる。でも叔父さんは無視してた」

「何を着信したのか、わかってたからな」武史はスマートフォンを操作し、画面を真世のほうに向けた。

それは動画だった。真世は目を凝らし、あっと声をあげた。

映っているのは武史だった。そして場所は、ついさっき見た彼の部屋だ。武史が部屋を横切り、カーテンと窓を開けたところで動画は止まった。

「どうしてそんな動画が？」

「部屋の壁に女の顔を描いた絵が飾られていたのを覚えてるか？」

「うん。片目を閉じている女性だよね」

「あの絵には動体検知機能の付いたカメラが仕込んである。動くものがあれば撮影し、自動的にこいつに送信する仕組みだ」武史はスマートフォンをひらひらさせた。

「そんなもの、いつから仕込んであるの？」

「もちろん、和美さんが亡くなって、あの部屋を片付けてからだ。兄貴はいつでも好きに使っていいといってくれたが、住む気はなかった。しかし留守中に誰かに勝手に入られるのは不愉快なので、監視用に仕掛けたわけだ。この二年間、たまに仕掛けが作動したが、いずれも兄貴が部屋の空気を入れ換える時だけだった。ところが昨日の午後、こんな動画が送られてきた」武史は再びスマートフォンを操作し、画面を真世に向けた。

映っている場所は、やはり武史の部屋だった。しかし画面の中で動いているのは、キャップを被《かぶ》り、黒っぽい服を着た男性だ。部屋を見回しながら例の戸棚に近づき、扉に手をかけている。「班長っ、ここに小さな戸棚が——」男性がそこまで口にしたところで動画はストップした。

「と、いうわけだ」武史はスマートフォンを置いた。「映っている男性の服装は、警察の鑑識班のものだ。つまりあの家で何らかの事件が起きたことを意味する。そこで急いで様子を見に来たわけだ。俺が家のそばまで行った時には、すでに門には立入禁止のテープが張られていて、見張りの警察官が立っていた。そこで近所で聞き込みをして、どうやら兄貴の遺体が警察によって運び出されたらしいことを確認した」

「聞き込み？　どんなふうに？」

「別に難しくない。あの家で何が起きたか、知っていることがあれば教えてほしいといっただけだ」

「近所の人には叔父さんだと気づかれなかったの？」

「俺があの家で生活していたのは三十年以上も前だ。特に付き合いがあったわけじゃないし、覚えているわけがない。それに念のため、マスクをつけた。皆、うまい具合に俺のことを刑事だと勘違いして、あれこれと想像を交えた話を聞かせてくれたよ。もちろん、俺がそう仕向けたんだが」

さらりというのを聞き、真世は納得するしかなかった。この叔父なら、それぐらいの芸当は朝飯前だろう。

「さあ、これで種明かしは終わりだ。この食事と二日分の宿泊費、三日目の昼食代は任せたからな」武史は箸を取り、食事を再開した。

仕方がない。約束は約束だ。ため息をつき、真世も箸を手にした。とろろ蕎麦を口に運びながら、これからのことを考えた。

「あっ、そうだ」再び箸を止め、顔を上げた。「お葬式、どうする？」

武史はジョッキを傾けかけた手を止めた。「葬式か……」

「やらないわけにはいかないよね。親戚とかにも連絡しなきゃいけないし。きっとみんな驚くだろうなあ。どんなふうに説明したらいいだろ。やるとしたら、もう準備を始めたほうがいいのかな。だけど遺体はまだないし、どうしたらいいわけ？　司法解剖をするとかいってたけど、遺体はいつ頃戻ってくるんだろう」

「早ければ今夜。遅くとも明日には戻るはずだ」武史が断定口調でいった。

「どうしてわかるの？」

「司法解剖はもう終わっているからだ。県立大学の法医学教室にしてみれば、さっさと遺体を引き取ってもらわないと困るだろ」

「終わってる？　なんで叔父さんがそんなことを知ってるの？」

「捜査責任者のスマートフォンに報告が届いていた」

「捜査責任者？　スマートフォン？」

木暮のキツネ顔が真世の頭に浮かんだ。あの男と武史とのやりとりを振り返り、あっ、と声をあげた。

「もしかして、あの時？　木暮警部の内ポケットから警察手帳を抜き取ったよね。あの時、じつはもう一つのポケットからスマートフォンを盗んだの？」

「正しくは警察手帳を奴《やつ》のポケットに返す時だ。それに人聞きの悪いことをいうな。盗んだんじゃなく、拝借しただけだ。あの男が遺族たちに捜査情報を開示してくれるとは思えなかったからな。案の定、殺害方法も兄貴が殺された時の服装も秘密だとぬかしやがった。そういう不届き者に対しては、個人情報の保護など無視していい」

武史が裏庭を見つめながら、それらの質問をしていたことを真世は思い出した。あの時武史の手の中には、木暮のスマートフォンがあったというわけか。

あの後、経営している『トラップハンド』というバーについて話した時、検索してみろといって木暮のポケットからスマートフォンを取り出したように見えた。じつはその前からずっと持っていたのだ。

「あの警部のスマホ、ロックされてなかったの？」

「いや、一応ロックナンバーは要求された」

「どうやって解除したの？」

「どうもこうもない。ロックナンバーを入れて解除したまでだ」

「だって……」

「俺のことを確認するために、奴がスマートフォンで電話をかけただろ。あの時に、ナンバーを覚えておいた」

その時のことは真世も覚えている。

「でも叔父さんに画面は――」

見えなかったはず、という前に武史は人差し指を立てた。その指先を宙で動かしながらいった。

「画面は見えなくても、操作する指と目の動きを見ていれば、ナンバーぐらいは馬鹿でもわかる」淡泊な口調でいうと、焼き鳥に手を伸ばした。

そういうことか、と真世は合点した。ほかの人間から同じことを聞いたとしても、まさかと疑っただろう。しかし刑事のふりをして近所で聞き込みをしたというのと同様、この人物にとっては何でもないことなのだ。

はっとした。柿谷の名前や肩書きを知っていたのも、木暮のスマートフォンを見たからではないか。それをいうと、「まあ、そんなところだ」という答えが返ってきた。「所轄連絡先は刑事課柿谷、となっていた。木暮は警部だから、同じ階級だとお互いに気を遣う。とはいえ、あまりに下っ端《ぱ》をあてがわれたら臍《へそ》を曲げるだろう。だから柿谷の階級は警部補、肩書きは係長だろうと見当をつけた」

何でもないことのようにいう叔父の顔を真世は眺めた。それなりに論理的だ。

さすがだね、といってみた。「さすがはサムライ――」

がんと大きな音をたて、武史がビールのジョッキを乱暴に置き、真世を睨みつけてきた。

「その名を口にするな」

「どうして?」

「どうしてもだ。口が裂けてもいうな」

真世は首をすくめた。

サムライ・ゼン――この叔父がマジシャンだった頃の芸名だ。

7

父の英一に十二歳も年下の弟がいると初めて聞いたのは、真世が小学六年生の時だ。祖母の富子《とみこ》が亡くなり、斎場で通夜の準備をしている途中だった。

「今夜には間に合わないが、明日の葬儀には来られるそうだから、予《あらかじ》め真世にも話しておこうと思ってね」

弟の名前は武史という、と英一は教えてくれた。

「全然知らなかった。なんで今まで話してくれなかったの？」

父は困ったように首を傾げた。

「きっかけがなかったというのが一番の理由かな。それにお父さん自身、十年以上も会ってないんだ。何しろ、最後に会ったのは真世が生まれる前だからね。お母さんだって、結婚前に一度会っただけだ。もしかしたら、もう会うことはないかもしれないという気もしていた。だから、真世には下手に話さないほうがいいんじゃないかと思ったんだよ」

「どうして会わなかったの？　仲が悪かったの？」

「そんなことはないよ」英一は苦笑した。「理由は簡単だ。弟はアメリカで仕事をしているんだ。しかも各地を転々としていてね、一箇所に留《とど》まっていないから、予定を合わせるのが難しかった」

「そうなんだ」

「だけどお祖母《ばあ》ちゃんが死んだことをメールで伝えたら、葬式には出席するという返事が戻ってきた。帰れないといってくるんじゃないかと予想していたから、少し驚いた」

現在武史はフロリダから帰ってくる途中で、明日の朝には成田《なりた》に到着するはずだと英一はいった。葬儀は正午からだった。

父の弟がアメリカでどんな仕事をしているのか、真世は訊かなかった。自分に叔父がいたというだけで驚いていたから、そこまで頭が回らなかったのだ。

翌朝、斎場の控え室で、その人物と会った。背が高く、モデルのようにスタイルがよかった。顔は端整で英一とは少しも似ていない。

英一が真世を紹介してくれたので、こんにちは、と頭を下げて挨拶した。

「君のことはよく知っている」武史は笑みを向けてきた。「絵を描くのが得意で、猫好きだそうだね。よろしく、武史叔父さんだ」そういって握手を求めてきた。

真世は戸惑いながら応じた。描画が得意で猫好き――彼がいったことは当たっていた。たぶん父から自分のことを聞いているのだろうと思った。

武史は母の和美とも挨拶を交わしていた。十四年ぶり、という言葉が聞こえてきた。結婚式に出られなかったことを武史は詫《わ》びていた。

祖母の富子は人付き合いがさほど多くはなかったから、葬儀は親戚が中心のこぢんまりとしたものだった。粛々と進められ、棺《ひつぎ》を閉じる前に各自が花を添えながら最後のお別れをする列も、あまり長くはなかった。

最後が武史の番だった。彼の姿を見て、おかしいな、と真世は思った。手に花を持っていなかったからだ。

武史は棺に近づくと富子の頬を両手でそっと包み込んだ。続いてその両手をゆっくりと上げ、祖母の胸のあたりまで移動させて合掌した。さらにその両手を上下に動かした。

次に見た光景を、真世は一生忘れないだろう。

武史が合わせた両手から、赤や白や紫といった花びらがひらひらと落ち始めたのだ。その量は次第に増えていき、あっという間に富子の胸を覆った。周りの人々から驚きの声が上がった。

花びらが落ちなくなると、武史は合掌したまま黙禱《もくとう》した。そして目を開けて手を下ろすと遺体に向かって一礼し、皆が呆気《あっけ》にとられている中、棺から離れた。

真世は自分たちのところにやってくる武史の顔を見上げた。彼は何も特別なことはしていない、とでもいわんばかりに無表情だった。

火葬場での骨上《こつあ》げの後、身内だけでの食事会となった。真世は初対面の叔父が気になって仕方がなかった。あれは何だったのか、なぜあんなことができるのかを訊きたかった。

だが武史は英一や和美と少し言葉を交わす程度で、何となく近寄りがたい雰囲気を発していたので、遠目に眺めているしかなかった。

そのかわり、真世のそばにいた親戚のおばさんたちが、武史についてひそひそと話し始めた。それを聞き、武史がアメリカでマジシャンをしていることを初めて知った。

手品なんかで食べていけるの？　さあねえ、でもわりと有名だって聞いたけど。そうなの？　収入、いくらぐらいあるのかしら。そんなの、私には想像もつかないわよ。でも、さっきの手品はさすがだったわね――。

そうか、あれは手品だったのか。真世は聞き耳を立てながら合点した。

その後すぐに英一が皆に挨拶し、食事会はお開きとなった。結局、武史とは話せないままだった。

その夜、両親と三人だけでの夕食時、真世は武史のことを改めて英一に尋ねた。

「ああ、親戚のおばさんたちから聞いたのか。そう、武史はアメリカでマジシャンをしているんだ」英一は特に隠す気はない様子でいった。

「どうしてマジシャンになろうと思ったの？」

「それは、お父さんにもわからないんだ。よく訊かれるんだけどね」英一は困ったように眉を八の字にして、和美と顔を見合わせた。

たぶんこうしたやりとりを夫婦で交わしたこともあるのだろう。和美はある程度の事情を英一から聞いたことがあるのか、黙って微笑んでいた。

英一が真世のほうを見た。

「ただ、子供の頃から変わったやつでね、超能力に興味を持っていた」

「超能力？」

「真世はユリ・ゲラーという名前を聞いたことはあるかな」

初耳だったので、ない、と首を振った。

「ユリ・ゲラーというのは自分のことを超能力者だといって、一九七〇年代に話題になった人物だ。来日もして、おかげで日本中に超能力ブームが訪れた。スプーンを超能力で曲げるというパフォーマンスが人気でね、私も友達と一緒に、よく真似事《まねごと》をしたものだよ」

「スプーンを？　本当にそんなことができたの？」

英一は微笑み、首を振った。

「残念ながら間もなくトリックだったことが判明して、ブームは去ってしまった。武史が生まれたのは、それより数年前だ」

この後、英一が語った話は、次のようなものだった。

武史が小学生の頃、なぜかこの過ぎ去った超能力ブームに関心を持ち、調べるようになった。どこから入手したのか、ユリ・ゲラーの古い映像を、当時普及し始めた家庭用ビデオで繰り返し観たりしていたのだ。両親が理由を尋ねると、「面白いから」という答えが返ってくるだけだった。

学校の成績は悪くない、というかむしろ優秀なほうだったので、両親は放っておくことにした。いずれ飽きると思ったのだろう。

そんなある日の夕食前、こんなことがあった。その日の献立はカレーライスだったが、武史は母親の富子に向かって、スプーンを差し出しながらこういった。

「お母さん、これじゃ食べにくいよ」

英一はそのスプーンを見た。何の変哲もないスプーンで、特に問題があるようには見えなかった。富子も首を傾げて、どうして食べにくいのと訊いた。

「だってこれじゃ食べられないだろ」武史はそういって手首を少し捻った。

次の瞬間、信じられないことが起きた。武史が持っているスプーンが、ぐにゃりと曲がったのだ。

英一は心底驚いた。スプーン曲げはトリックで、じつは観客の目を盗んで床などに押しつけて曲げている、というのが定説だったからだ。だが武史は、一切そんなことはしていない。空中で曲げて見せたのだ。

両親も一緒に見ていた。あまりの衝撃に唖然《あぜん》とするばかりで、すぐには誰も声を出せなかった。だが、その後は大騒ぎになった。一体どうやった、何をしたんだと武史を質問攻めにした。だが武史は何もいわなかった。薄笑いを浮かべて新しいスプーンを取ってくると、平然とカレーライスを食べ始めた。何か仕掛けがあるに違いないと、英一は両親と代わる代わるスプーンを確かめた。しかしそれはいつも神尾家で使っているスプーンに違いなく、指先に少し力を加えたぐらいで曲がる代物ではなかった。

結局、武史は最後まで種明かしをしなかった。だから今もどんな仕掛けだったかはわからない、と英一は笑いながらいった。

「あいつが家族に対してそんなことをしたのは、それが最初で最後だった。その後、あいつが何を考えながら毎日を送っていたのか、私はよく知らない。歳《とし》が離れているせいで、腹を割って話すことなんて殆どなかったからね」

「でもそれは超能力なんかじゃなくて手品だったんだね」真世はいった。「で、叔父さんはその頃からマジシャンに憧れてたってこと？」

「たぶんそうなんだろうと思う。そのことを知ったのは、それから何年も経ってからだ」

英一は再び昔話を始めた。

武史が高校三年になって間もなくの頃、卒業したらマジシャンの修業をするため、アメリカに行きたいといいだした。

子供の頃からの夢だ、と武史は父の康英《やすひで》に訴えた。自分はマジックをするために生まれてきたと思っている、その道を禁じられたなら生きている意味がない、とまでいいきった。

驚いたことに武史は、すでにアメリカでの修業先を決めていた。ボストンにあるマジシャンの養成学校に、申し込みを済ませていた。

百万円貸してほしい、と武史は康英に頼み込んだ。五年以内に必ず返す、もし返せなかったら夢を断念して帰国する、といって頭を下げた。

武史の本気さが伝わったらしく、康英は許可した。しかも百万円ではなく、その倍の二百万円を用意してやるといった。

ただし、と康英は釘を刺した。「成功するまでは、絶対に日本には帰ってくるな」

わかった、と武史は答えた。「もしかしたら、成功しても帰ってこないかもしれない」

次男坊の決意に康英は、「それもよかろう」と満足そうに頷いた。

翌年の春、高校を卒業した直後に武史は渡米した。あらゆる準備をすべて一人で整えた弟を見て、あいつならきっと大丈夫だろう、と英一は確信した。

それから少しして英一は和美と結婚した。結婚式に武史は出席しなかった。ボストンから祝福の電報が届いただけだ。武史には彼の渡米前に、和美と引き合わせてあった。

結婚した翌年に和美の妊娠が発覚し、女児が生まれた。真世と名付けられた女の子は元気に育った。だが神尾家に訪れたのは幸福な時間だけではなかった。

康英が倒れた。検査の結果、肺癌《はいがん》であることが判明した。しかもかなり進行していた。余命半年といわれた。

病床に就いた康英が富子や英一たちに命じたのは、武史には知らせるな、ということだった。

「あいつはまだ夢に向かって修業中の身だ。成功するまでは帰るなといってある。余計なことであいつの心を乱すな」

ふだんは温厚だが頑固な一面も持っていることを知っていた家族たちは、康英の意思を尊重した。おそらく一番辛かったのは富子だろうが、何もいわなかった。

それから程なくして康英は帰らぬ人となった。そのことを英一が武史に国際電話で知らせたのは、四十九日を過ぎてからだった。康英の指示で今まで知らせなかったことも打ち明けた。

わかった、と武史は静かにいった。「当分、墓参りに帰る予定はない。世話を頼む」

了解した、と英一は答えた。

知り合いから興味深い話を耳にしたのは、それから三年ほどが経った頃だ。アメリカで評判になっている日本人マジシャンがいる、というのだった。あなたの弟さんではないかといって、一本のビデオテープを渡された。

再生してみて驚いた。華やかなステージに立っている、『サムライ・ゼン』というステージネームの演者は、まさしく武史だった。

武史は山伏のような格好をしていた。美女を中央に立たせると、そばに置いた箱から大量の藁《わら》を掴《つか》み取り、それを女性の身体に巻き付け始めた。その手際の良さは驚くほどで、あっという間に全身が見えなくなった。ステージの中央に、等身大の藁人形が立っているという光景だ。

次に武史は日本刀を手にした。鞘《さや》から引き抜くと、その刃の輝きを強調するように振りながら、ゆっくりと藁人形に近づいていった。そして足を止め、日本刀を両手で上段に構えたかと思うと、藁人形に真上から振り下ろした。

藁人形は縦に真っ二つに切断された。だがあまりに切り口が鋭いからか、まだ立ったまま だ。すると武史は今度は横から真っ二つに切った。藁が飛び散るが、人形の上半身は落ちない。武史は反対側から斜め下に、さらに今度は斜め上にと、目にも留まらぬ速さで何度も日本刀を振った。切断された大量の藁が宙を舞った。

やがて武史は動きを止めた。舞っていた藁は落ちて、床で山となった。武史はその藁に近づいて跪《ひざまず》き、呪文を唱えるような格好をした。

次の瞬間、藁の山が激しく燃え、火柱が立った。その大きさは武史の背丈を超えている。眩《まぶ》しさで何も見えなくなった。

だがその炎はすぐに消えた。そしてそこには、最初に現れた美女が立っていた。

一瞬の静寂の後、観客たちの拍手と歓声が沸き上がった。武史は胸の前で合掌し、頭を下げていた。

「びっくりしたよ。それまで時折手紙や電話でやりとりをしていたけれど、武史が仕事ぶりについて報告してくることはなかったからね。きっと苦労しているんだろうと思っていたんだが、立派に成功しているとわかって嬉しかった。すぐにお祖母ちゃんにも見せてやったよ」

「すごいじゃん。それ、私も見たい」真世はいった。

「残念ながら、借り物だったから手元にない。どうしてダビングしておかなかったのかと思うけど、後悔先に立たずだ」

「叔父さん、アメリカじゃ有名なんだね。見たいなあ」

「大きくなったら見に行けばいい。それまで武史が有名でいてくれたら、の話だが」

「お父さんたちは見に行かないの？」

「いっただろ、予定を合わせるのが難しいって。それに武史は、私には見られたくないんじゃないかな」

「どうして？」

真世が訊くと、うーんと英一は唸った。

「うまくいえないんだけどね、あそこは武史の世界で、お父さんが立ち入ってはいけないような気がしているんだ。だからこれまでも関与しないようにしてきたんだ」

父のいうことが真世にはよくわからなかった。歳が離れているにしても兄弟ではないか。

「最近はあまり連絡も取り合ってなかった。向こうもこっちのことは何も知らないはずだ」

「でも、私のことは教えたんでしょ？」

「真世のこと？　どうして？」

「だって知ってたもの。絵を描くのが得意なこととか、猫好きとか」

英一は首を傾げた。

「おかしいな。そんなことを知らせた覚えはないが」

「えっ、そうなの？」

ではなぜ知っていたのだろうか。不思議だが、確かめる術《すべ》がなかった。

それからしばらくは、武史のことが話題に上ることはなかった。真世にしてみれば、中学生になり、教師の娘という窮屈な思いと戦うことのほうが重大事だった。英一にしても、弟がアメリカでどんなふうに過ごしているか、とりたてて知ろうとは思っていないようだった。

そんな武史が突然帰国したのは、今から八年ほど前だ。理由はわからない。本人が何もいわないからだ。

それなりの蓄えがあったのか、恵比寿でバーを始めた。派手な開店パーティをする気はないようだったが、祝ってやろうと英一がいいだし、真世も両親と共に出かけていった。

カウンターのほかには二人掛けテーブル席が一つあるだけの小さな店だった。武史は兄家族の来店に迷惑そうな顔はしなかったが、さほど歓迎しているようにも見えなかった。

真世が会うのは十年ぶりだった。武史が彼女を見て最初に訊いたのは、「相変わらず絵を描いているのか」ということだった。

建築家を目指しているので家の絵はいっぱい描いていると答えると、それはよかった、といって口元を緩めた。

その後、何年かに一度、顔を合わせた。特に和美が亡くなった直後は、家をどうするかということで、英一と武史は何度か話し合いをしたようだ。英一が独り暮らしをするには、あの家は大きすぎるからだ。とはいえ手放すのは惜しい。

使いもしない武史の部屋が復活した理由には、そうした事情が絡んでいた。

8

「犯行時刻は三月六日、つまり土曜日の午後八時から十二時の間だと見られているらしい」焼き鳥の最後の一本を食べ終え、串を皿に置きながら武史はいった。

「そうなのか。道理で……」

「何かあったか？」

「昨日警察で、土曜日からの行動を訊かれたの。特に土曜日のことをしつこく確認された。

一日中、部屋にいたんだけど、夜に近所の洋食屋から出前を取ったことを話したら、やっと納得した感じだった」

真世の話を聞き、武史は何度か首を上下に動かした。

「なるほど。被害者の一人娘を容疑者から外せて安堵したんだろう。そのかわり、実の弟にはアリバイがなかったがな」自分の胸元に親指の先を当てた。

「警察って、家族でさえも疑うんだね」

「すべての人間を疑うのが刑事という人種だ。逆に、そうでなければあの仕事は務まらない。木暮なんかは、俺のことを要注意人物と見ているんじゃないか」

「それは何ともいえないけど……」

少なくとも好感は抱いていないだろうな、と真世は思った。

「殺害方法は絞殺だ」武史が、さらりといった。

「えっ、マジ?」真世は顔をしかめた。「それも木暮警部のスマホに?」

「そうだ」

「紐とかで絞められたの?」

「凶器は見つかっていないようだ。しかし細い紐なんかではない。首に痕が残ってないそうだからな。ただし指の痕もないから扼殺《やくさつ》でもない」武史はジョッキを手にし、底から二センチほど残っていたビールを飲み干した。「たぶんタオルなどの、柔らかくて、ある程度幅のある布ではないか、というのが鑑識の見解だ」

「タオルで……」真世は右手で自分の首に触れた。

「元来、絞殺には向かないものだ。首の気管を絞めるなら、細くて頑丈な紐がいい。タオルなんかだと、気管を完全に潰すのは難しい。ただし、首の両脇にある血管を絞めることはできる。静脈と動脈を絞められたら、脳から血液が出ていかなくなり、酸素も入ってこなくなるから、結果的に死に至る。行き場を失った血液は、眼球の細い血管を破って溢れたりする。兄貴の遺体はそういう状態だったようだ。瞼を開いたら、血の涙を流したようになっていた」

真世は箸を置いた。とろろ蕎麦はまだ少し残っているが、武史の話を聞いて、すっかり食べる気がしなくなった。

「もし眼球の異変が起きなければ、心不全として処理されるおそれもあったわけだが――」

やめて、と真世はいった。「その話、もう聞きたくない」

武史は虚を衝かれたような表情を見せた後、そうか、といって湯飲み茶碗に手を伸ばし、茶を啜《すす》った。

「話題を変えよう。兄貴の土曜日のスケジュールを知っているか」

真世は首を振った。

「そんなの知るわけないじゃん。離れて暮らしてるんだよ」

「やっぱりそうか。まあ、そうだろうな」

「それ、警察でも訊かれた。お父さんの週末のスケジュールが重要なわけ？」

「まだわからない。ただ土曜日、兄貴はどこかに出かけていたはずだ。わりとオフィシャルな場に行ったか、誰か大事な人間と会っていたかだ」

「どうしてそんなことがわかるの？」

武史はミリタリージャケットの襟をつまんだ。

「服装だ。遺体で見つかった時、兄貴はスーツ姿だった。ネクタイは外していたが、上着は羽織ったままだった。画像で確認したから間違いない」

「画像で……」

「いろいろな角度から遺体を撮影した画像が、木暮のスマホに保存されていた」

「それ、お願いだから、私には見せないでね」真世はしかめた顔を横に向け、両手を前に出した。

「残念ながら手元にはない。こっそりと俺のスマホに送信することも考えたんだが、いくら何でも痕跡が残るのはまずいと思い、我慢した」

「そうなんだ。よかった……」

「で、どう思う？　教師を引退して何年にもなる身で、しかも土曜日にスーツを着ていたとなれば、どこか特別な場所に出かけていたと考えるのが妥当じゃないか」

「そうかもね。だから警察でも、週末のお父さんの行動を訊かれたのか」

「改めて尋ねるが、土曜日に兄貴がそんな格好で出かけていく先に心当たりはないか？」

真世は腕組みをし、うーんと首を傾げた。

「現役時代は、学校だけじゃなく、どこへ行くにもスーツだったけどね。そういえば教師を辞めてからは、着ているところはあまり見たことないかも。といっても、めったに会わなかったんだけど」

「昔の教師仲間に会う時なんかはどうだ」

「スーツは着ないと思うよ。駅前の居酒屋で飲むとかだもの。今の時期はまだ寒いから、セーターにダウンとか、そういう感じじゃないかな」

「趣味や学問に関する集まりは？　文学者同士で語り合うとなれば、あまりラフな服装はまずいんじゃないか」

ぶんがくしゃ、と真世は口に出していってみた。ぴんと来なかった。父親のことだとわかりつつ、それがどういう存在なのかを考えたことなど一度もない。

「ごめん。正直いって、定年退職してからお父さんがどんな生活を送ってたのか、よく知らないんだよね。役に立たなくて申し訳ないんだけど」

武史は、仕方がないなとばかりに、ふんと鼻から息を吐いた。

「では女性関係は？」

「女性？」真世は思わず目を見開いた。「どういう意味？」

「そのままの意味だ。和美さんが亡くなってから、五年だか六年だかが過ぎているだろう。一人娘も家を出て一向に帰ってこないとなれば、新たな出会いを求めても不思議じゃない」

「お父さんが？　まさか。あり得ないよ」

「なぜそう断言できる？　六十二歳で恋愛をしている人間なんて、俺の周りにはいくらでもいるぞ」

「そりゃ、叔父さんの周りにはいるかもしれないけど」

「兄貴がそうでなかったと決めつけるのはおかしい。まあいい。この点については警察が調べるだろう。もしそういう女性がいて、殺される前に会っていたのだとしたら、何らかの痕跡が残るだろうしな」

「痕跡って？」

「所持品でいえば、ラブホテルの領収書、ＥＤ治療薬の入ったピルケースといったところだ。衣類でいえば下着だな。本人の精液、場合によっては相手女性の体液が検出される可能性もある。セックスの後でシャワーを浴びてなければ、性器自体から何かが――」

ストップ、といって真世は右手を出した。「そこまでにして」

「刺激が強すぎたか」

「父親のそういうところを想像したくない。仮に、そんな女性がいたとしても、一緒に食事をする程度だったと思いたい」

武史は首を横に振った。「一緒に食事はしていない」

「どうして？」

「六十二歳の男がわざわざスーツを着て、恋人とラーメン屋には入らない」

「ラーメン屋？」

武史はスマートフォンを取り出し、素早く操作した。

「胃の中から消化の進んだ麺、未消化のチャーシュー、ネギなどが見つかっている。食後二時間程度の状態とみていいそうだ」

話を聞いているだけで、真世は口の中に不快な酸《す》っぱさが広がるのを感じた。

つまり、と武史は続けた。

「兄貴は殺される二時間前にラーメンを食べたということだ。時間帯から考えて、おそらく夕食だったんだろう。以上から推察されるのは次のようなことだ。土曜日、兄貴はスーツを着て家を出た。誰かと会うためかもしれないし、目的地がきちんとした服装でなければ足を踏み入れづらい場所だったせいかもしれない。いずれにせよ用を終えた後、兄貴はラーメンを食べ、帰路に就いた。一方、ある人物が兄貴の留守中に、家に忍び込むことを企《たくら》んだ。こっそりと裏庭から侵入しようとしたが、その前に兄貴に見つかった。それでその人物が、さっさと逃げれば今回の悲劇は起きなかった。だがその人物は逃げず、兄貴の命を奪う道を選んだ。かなり争った形跡があり、鑑識の見立てでは、乱闘の末に倒れたところを背後からタオルのようなもので首を絞められたのではないか、ということらしい。遺体は糞尿《ふんにょう》を漏らしており、その痕跡は裏庭からも見つかっている。さっきもいったが、遺体は喉を絞められて窒息死したのではなく、首の動脈と静脈が圧迫されたことにより――どうした？　なぜ顔をそむける？」武史は言葉を切り、尋ねてきた。ようやく姪のただならぬ様子に気づいたらしい。

だって、と真世は息を整えてから叔父を睨みつけた。

「デリカシーがなさすぎるんだもの。そんなに具体的に説明する必要ある？　私の身にもなってよ。お父さんが殺されたところなんて、想像したくない」いいながら、目が充血するのが自分でもわかった。

そうかと呟き、武史は小さく頷いた。

「それは悪かった。てっきり真世も俺と同じ考えだろうと思ったんだが、決めつけるべきではなかったな。わかった。もう、こういう話はしない。忘れてくれ」

「同じ考えって？」

「俺は犯人逮捕を警察に任せっきりにするのではなく、できれば自分の手で真相を突き止めたいと思っている。仮に警察が犯人を逮捕できたとしても、情報をすべてこっちに開示してくれるとはかぎらないからな。いや、おそらく殆どしてくれないだろう。警察なんて遺族のことを、単なる証人や参考資料の一つぐらいにしか思っていない」

真世は叔父の整った顔を見つめた。

「自分の手でって、そんなことできる？　叔父さんは捜査のプロではないでしょ？」

「もちろんそうだが、できないと決めつける理由は何もない。警察にはできないが、俺にはできるということもあるしな」そういうと武史は立ち上がった。「では、これで」

「どこへ行くの？」

「チェックインタイムを過ぎたから、フロントで鍵を受け取って部屋に行く」

「待って」真世も腰を上げた。「そういうことなら、私も手伝う」

「手伝う？　何を？」

「だから真相を突き止めるのを。お父さんが誰に、なぜ殺されたのか、私も自分の手で調べたい」

武史は冷めた顔を横に向けた。「やめておいたほうがいい」

「どうして？　私だって真相を知りたいよ」

武史は蠅《はえ》を追い払うように手を振った。

「甘ったれたことをいうな。その真相が真世の気に入るものだとはかぎらないんだぞ。爛《ただ》れた愛憎の縺《もつ》れが明らかになるかもしれないし、我々が知らなかった兄貴の醜い部分がさらけ出されるかもしれない。父親が殺された状況を、少しばかり詳しく聞かされたからといって青くなっているようでは先が思いやられる。俺としても足手まといは歓迎しない。俺が真相を突き止めるのを大人しく待ってろ」

「もう大丈夫。泣き言はいわない」

「無理だ」

「そんなことないっ」

するとと武史はまたしてもスマートフォンを取り出し、「これでも無理じゃないか？」といって画面を真世のほうに向けた。

そこに写っているのは、一瞬灰色の粘土の塊に見えた。だがすぐに顔だとわかった。目を見開き、口元を歪めている。口からは粘液が漏れ、目は血の涙を流しているように真っ赤だった。安置室で見た遺体とはまるで違っていたが、英一にほかならなかった。発見された直後は、こんなふうだったのだ。

強烈な酸味がこみ上げてきた。真世はしゃがみこみ、口元を押さえた。だがそれでは嘔《おう》吐《と》を防げなかった。先程食べたばかりのものが床を汚した。

どこからか女性従業員が飛んできた。「大丈夫ですかっ」

真世は懸命に頷いた。大丈夫です、と声に出す余裕がなかった。

9

「画像、自分のスマホには送ってなかったんじゃないの？」部屋に備え付けのタオルで口元を押さえながら真世は訊いた。

「手の内を隠しておくのは、エンタテイナーの常識だ」スマートフォンを操作しつつ、武史が答える。「それで、気分はどうだ？」

「もう平気。ごめんなさい」

チェックインを済ませた武史の部屋に入っていた。真世と同じ間取りだった。

「もう一度念を押しておく。真相の解明に全力を尽くす、常にそのことを優先し、決して躊躇ったり逃げたりしない——そのことを誓えるんだな」武史が真世に向けてくる目の光は鋭くて強い。気を緩めると精神を引っ張られそうだ。

誓う、といって真世は右手を挙げた。「もう逃げない」

よし、と武史は首を大きく縦に動かした。

「警察の連中とは、昨日顔合わせをしたといってたな。奴らとのやりとりをすべて聞かせてくれ。どんなことを質問された？　連中は何を訊いてきた？　脳細胞を総動員させて、包み隠さず、覚えているかぎりのことを話すんだ」

「包み隠さずって……どこから？」

「警察が接触してきたのはいつだ？」

「それは昨日の午後。仕事中に電話があって……」

「じゃあ、そこからだ」武史は腕組みをし、座椅子の背もたれに身体を預けた。

叔父の得体の知れぬ迫力に気圧《けお》されたまま、真世は昨日からのことを説明した。その内容は、今日武史が現れたところまで続いた。

話を聞き終えた武史は腕を組んだままだった。気持ちを集中させるように薄く閉じていた目を、ゆっくりと開いた。

「状況はよくわかった。では我々なりの考察に移ろう。その前に真世にも必要な情報を提供しておきたい。さっき、もう平気だといったな。じゃあ、この程度のものも問題はないだろう」武史は傍らに置いてあったスマートフォンを操作して、新たな画像を真世に見せた。

真世は、びくんと背筋を伸ばした。それもまた遺体の写真だったからだ。ただし、これには全身が写っている。

目をそむけてはいけないと自分を叱咤《しった》した。そんなことをしたら、この叔父は今後一切相手にしてくれないだろう。懸命に気持ちを落ち着け、画面を凝視した。

先程武史がいったように、英一はスーツ姿だった。見覚えのある焦げ茶色のものだ。遺体のそばには畳んだ段ボール箱が重ねられている。これで隠されていたのだろう。

「何か気がついたことはないか」武史が尋ねてきた。

ええと、と画像に改めて視線を落とした。

「たしかに争った感じがあるね。服装がずいぶんと乱れてるし、汚れてる」

「ほかには？」

「ほかには……」父の遺体を頭の先から爪先まで見つめた。不思議なことに、もう恐怖心は消えていた。やがて、あることに気づいた。「あっ……」

「どうした？」

「靴を履いてない。靴下のままだ」

「それだ」武史は指を鳴らした。「しかもよく見ろ、靴下の裏が汚れているだろ？　つまり何かの拍子に脱げたのではなく、靴を履かないまま、格闘していたことを意味する」

「どういうことだろ」

「兄貴は裏庭に下りる時、いつもどうしていた？」

「サンダルを履いてた。サンダルはガラス戸の手前に置いてあったんじゃないかな」

「つまりサンダルを履く余裕もなかったということか。とはいえ不審者相手に格闘するのに、サンダル履きはまずいかもしれないな」

「不審者って……」

「つまり、こういうことだろうと思う」武史は人差し指を立てた。「さっきもいったように、土曜日、兄貴はスーツを着てどこかに出かけた。そしてラーメンを食って帰ってきた。玄関から入り、靴を脱いで、書斎に入った。ところが部屋の明かりをつける前に、裏庭に不審者がいることに気づいた。ガラス戸を開け、見咎《みとが》めた。不審者は通報を恐れ、兄貴に襲いかかってきた。格闘になり、兄貴は殺された」

話は簡潔だが、強烈な説得力があった。真世も光景が目に浮かぶようだった。

「お父さん、格闘技とかしてなかったからなあ」

「そういう問題じゃない」武史はかぶりを振った。「どれだけ命がけか、ということだ。格闘しながらも、兄貴は相手が死んでもいいとは思わなかっただろう。ところが相手はそうではなかった。見つかった以上、殺すしかないと考えたのではないかな」

「犯人の目的は何だったんだろう」

「問題はそこだ。留守宅に侵入しようとするからには、何かを盗むのが目的と考えるのがふつうだが……」

「何を盗んだのかな？　私にはさっぱりわからなかった。ていうか、あんなにでたらめに散らかされたんじゃ、お父さんでもわからなかったかも」

「たしかに、あの散らかしようは異常だった。不必要とさえいえた。何かを探しただけでは、あんなふうにはならない。真世がいうように、何が盗まれたのかがわからないようにするため、ということは考えられる。しかしやはり一番妥当な答えは、物盗りの仕業に見せかけようとした、だろうな」

真世は首を傾げた。「どういうこと？」

「犯人の目的は、最初から兄貴の命を奪うことだった。だが、ただ殺したのでは、警察に怨恨や利害関係といった動機が探られてしまう。そこで単なる物盗りによる流しの犯行に見せかけようとした。実際に金目のものを漁《あさ》ったわけではないから、散らかり方も不自然なものになってしまったというわけだ」

「だったら、犯人が留守宅に忍び込もうとしたのも、お父さんを殺すためだったわけ？」

「そういうことになる。忍び込んで、待ち伏せし、兄貴が帰ってきたところを襲う算段だったのかもしれない。だから裏庭で殺害することになったのは、犯人にとって計算外だった。しかし、せめて物盗りの仕業に見せかけようと考え、室内を荒らしておいた」

「そうか……」

「ただし、もしそうだとすれば納得のいかないことがある。殺害方法だ」

「殺害方法？　絞殺なんだよね。どうして納得いかないの？」

「最初から殺すのが目的なら、刃物を使えばいい。そのほうが確実だ」

その指摘は的確だった。それもそうか、と真世も同意した。

「もしかして、凶器は現地調達すればいいと思ったんじゃない？　台所に行けば、出刃包丁とかナイフぐらいはあるだろうってことで。そうすれば凶器の入手先から身元がばれる心配もないでしょ」

「現地調達か」武史は、ふっと口元を緩めた。「人ひとりを殺そうというのに、ずいぶんと行き当たりばったりだな。ちょうどいい出刃包丁やナイフが見つからなかったらどうするんだ。何しろ男の独り暮らしだ。そういう可能性だってあり得る。俺が犯人なら、万一のことを考えて、凶器ぐらいは自前で用意する。大型量販店で購入すれば、そう簡単には身元が割れる心配はないだろうしな」

「何か事情があって、刃物を入手してる時間がなかったとか……」

「だからといって、代わりに用意した凶器がタオルってことはないんじゃないか」

「ああ、さっきもそのことをいってたね」

「鑑識の見解——背後からタオルのようなもので首を絞められたと思われる。じつはこれが最大の謎だ。刃物が手に入らなかったから、次善の策として絞殺を考えたのはまだいい。しかしそれなら、ロープとか電気コードとか、もっと細くて頑丈なものを用意するんじゃないか。なぜタオルなんだ？　ハンカチやハンドタオルと違って、たまたま持っているような代物でもない」

武史は思考を巡らせる顔つきで、遠くを見つめる目をしていたが、やがて大きく息を吐いて真世のほうを見た。

「現場や遺体の状況から考察できることは、今のところこれぐらいだ。さらに推理を進めるには、ほかに情報が必要だ。何かないか？」

「そんなこと急にいわれても……」

真世は狼狽《うろた》えた。思いつくことなど何もなかった。

「遺体発見者は真世の同級生だといったな」

「そう、原口君っていう人。日曜日に同窓会が予定されているから、その打ち合わせでお父さんと会おうとしたんだと思う」

「原口君の職業は？」

「たしか酒屋さんだったと思うけど」

「やはり自営業か。だから月曜日の朝に、兄貴を訪ねていけたんだな」よし、といって武史は指を鳴らした。「その原口君から話を聞こう。すぐに段取りをつけてくれ。おそらく向こうも、真世に連絡を取りたがっているはずだ」

「えっ、そうかな」

「ふつうに考えれば、そうでないとおかしい。さっさと連絡を取ってみろ」

わかった、といって真世はスマートフォンを手にした。原口の連絡先を知らなかったので、桃子に訊いてみようと思った。そういえば彼女にも連絡しなければいけなかったのだ。

ところがその前にスマートフォンがメッセージの着信を伝えた。健太からだった。

『何度もごめん。その後、どういう状況ですか。何か困ってないかと思って。』

短い文面の中に、健太の不安と何もできない無力感が込められているようだった。婚約者の父親が殺されたのだから当然だろう。だが素人の彼に何ができるわけでもない。そのことは本人が一番よくわかっているはずだった。

しばらく考えてから、次のように返した。

『家がすごく荒らされてました。何だか現実じゃないみたい。でも叔父が来てくれたので、少し心強いです。心配してくれてありがとう。』

送信してから顔を上げると武史と目が合った。

「兄貴から聞いている。結婚が決まったそうだな。こんな時に口にするのはどうかとも思うが……」武史は躊躇いを示しつつ続けた。「とりあえずいっておこう。おめでとう」

「ありがとう」真世は作り笑いを浮かべながら応じた。しかし頰が強張《こわば》るのはどうしようもなかった。「今のメッセージ、婚約者からだろうってわかったわけ?」

「わからないほうがどうかしている。こんな状況下では、ほかの人間からのメッセージなら、すぐには返事しないだろ。そもそも読まないんじゃないか」

「たしかにそうかも」

この叔父に嘘は通用しないな、と思った。

改めてスマートフォンを操作し、本間桃子にかけた。

電話はすぐに繋がった。

「はい、桃子です……」沈んだ声が聞こえた。

「私、真世。連絡、遅くなってごめん」

「うん、あの……大変だったね」

桃子のたどたどしい口調に、真世は状況を察知した。

「あ……知ってるんだ」

「うん。昨日、原口君から聞いた。すごいびっくりした。真世のことは気になってたけど、電話をかけるのもあれだし、メッセージを送るにしてもどんなふうに書けばいいのかわかんなくて……」

「そうだったんだ」

反対の立場なら自分もそうだろうと真世は思った。慰めの電話をかけたり様子を確かめたりするのは無神経だ、と自制したに違いない。

奇妙な声がスマートフォンから聞こえてきた。桃子がしゃっくりをしているようだ。

桃子、と問いかけた。「どうしたの？」

「うん、あの、うん……ごめん。きっと、きっと、真世のほうがショックに違いないのに、あたしなんかが泣いたって、何にもならないのに……」嗚咽《おえつ》を漏らしながら桃子はいった。

その途端、真世の胸に何かが急速にこみ上げてきた。その勢いは激しく、押し留めることなど不可能だった。こみ上げてきたものは、あっという間に心の壁を決壊させた。

気づくと声をあげていた。堪えようとしても無理だった。喉が痛くなるほど泣き叫んだ。

そうしながら頭の片隅には、号泣というのはこういうものなのか、とやけに冷静に考えているもう一人の自分がいた。

10

『ホテルまるみや』から徒歩十分ほどで行ける商店街は、この町では最も賑やかな場所とされているが、残念ながら華やかという言葉とは縁遠かった。並んでいる土産物店や飲食店に生気が感じられないのは、やはりコロナ禍の影響だろう。シャッターの閉まった店が多いが、今日たまたま休んでいるわけではなさそうだ。

商店街の中程に『原口商店』はあった。

原口浩平の連絡先は桃子から聞いた。真世からの電話に原口は驚いた様子だったが、詳しいことを教えてほしいという頼みに難色は示さなかった。店に来てくれればいつでも話す、といってくれた。そこで善は急げとばかりに、武史と共に宿を出たのだ。

真世が武史と共に店に入っていくと、棚に向かって伝票のようなものを付けていた男性が振り返った。やあ、と声をかけてきたが、その笑みはぎこちない。

原口浩平だった。眉尻と目尻が下がった、どこか安心感を与えてくれる顔つきは中学時代のままだ。だがひょろりとしていた体形は、がっしりとした大人のものに変わっていた。

お久しぶり、と真世はいった。

原口は発すべき言葉に迷ったのか、唇を少し舐《な》めてから口を開いた。

「神尾……大変だったな」

うん、と真世は頷いた。「原口君にも迷惑をかけちゃったね」

「俺なんか、別にいいんだけど……」原口の目が真世の後方に向いた。

「あっ、紹介しておく。電話で話したけど、私の叔父。父の弟」

よろしく、と後ろから武史が挨拶した。

よろしくお願いします、と原口も応じた。

原口は真世たちを店の隅にあるスペースに案内してくれた。そこには丸いテーブルとそれを囲むようにパイプ椅子が置いてある。原口によれば、祖父の頃からのサービスで、観光客に地酒を試飲してもらうために設置したものらしい。だが最近は、近所の常連客が腰を据えて酒を飲んでいくことのほうが多いという。

それはいい、といって武史がパイプ椅子に腰を下ろした。

「そういうことなら、せっかくだから一杯もらおうか。一合だけとか頼めるのかな」

「ええ、それは大丈夫ですけど……」原口は戸惑いの色を浮かべながら答えた。こんな時に酒を飲むのか、と呆れているのだろう。

「酒は何にするかな。この店は、『萬年酒蔵《まんねん》』の特別取扱店なんだろ」

「そうです。よく御存じですね」

「兄貴から聞いたんだよ。兄貴も酒好きでね、カガミホマレを愛飲していた」そういって武史は棚に並んでいる瓶の一つを指差した。ラベルに『鏡誉』と記されている。

「そうでしたか。じつは『萬年酒蔵』の社長はうちの親戚で、全商品を置かせてもらっているんです。中には、うちでしか扱っていない酒もあります」

「そうらしいね。兄貴がよく君のことを自慢していたよ。『萬年酒蔵』には特別なコネがあるから、いざとなれば幻の銘酒だって手に入るってね」

「神尾先生がそんなことを……」原口は意外そうに瞬きした後、しんみりとした表情になった。その恩師が今は亡く、それどころか自分が遺体を発見したことを思い出したのかもしれない。

それよりも真世は内心驚いていた。たしかに『萬年酒蔵』は、この土地で唯一の醸造所だが、武史が英一から原口のことを聞いていたわけがない。家業が酒屋だということさえ、ついさっきまで知らなかったのだ。そういえば武史は宿を出る直前まで、スマートフォンを睨んでいた。もしかすると『原口商店』について、インターネットで調べていたのか。

「そういうことでしたら、『鏡誉』にしますか」原口が武史に訊いた。

「任せるよ。ほかにお勧めがあるのなら、それもいい」

「わかりました。ええと、神尾はどうする？」原口は、まだ立ったままでいる真世に訊いてきた。

「私は遠慮しておく」

「何だ、どうして飲まない？　ここは酒屋だぞ」武史が物言いをつけてきた。

「そんなことはわかってるけど、お酒を飲みに来たわけじゃないし」真世は叔父の隣に座った。

「だったらソフトドリンクでもいいから注文したらどうだ。勘違いしているようだが、ここは原口君にとっては大事な仕事場だ。簡易テーブルとパイプ椅子だけでも、立派な接客スペースといえる。俺は俺のバーを、何も注文せず、ただおしゃべりだけをする人間に提供したりはしない」

「いや、いいです。気にしないでください」原口があわてた様子で手を振った。「何も買わないで、単に無駄話だけをしに来る人もたくさんいますから。じゃあ、ちょっと待っててください」そういって離れていった。

原口の背中を見送った後、真世は武史のほうに顔を寄せ、「よく、あんな適当な嘘が出てくるね」と小声でいった。

「何のことだ」

「とぼけないで。お父さんが家で地酒を飲んでたところなんて見たことないよ。おまけに、幻の銘酒が手に入る、だって？　口から出任せをいって、ばれたらどうすんのよ」

「コミュニケーションを深めるための、ちょっとしたテクニックだ。それに兄貴は死んでいる。ばれる心配はない。矛盾を指摘されたら、勘違いで済ませればいい」澄ました顔で武史はいった。

「いい加減なことを……」

原口が両手でトレイを運びながら戻ってきた。トレイには四合入りのガラス瓶とコップが載っていた。

コップを武史の前に置き、原口は瓶の酒を注いだ。「どうぞ」

武史は真剣な顔つきでコップを引き寄せた。鼻先に近づけ、香りを楽しむしぐさをしてから徐に酒を含み、喉越しを確かめるようにゆっくりと飲んだ。「うん、うまい」

よかった、と原口が安堵したように呟いた。

「甘さが抑えめでキレがある。後味がすっきりしていて、爽やかだ。じっくり味わうというより、ぐいぐい飲みたくなる酒だな」

「基本的に『鏡誉』ですけど、醸造用アルコールの比率を微妙に変えてあるそうです。今度、うちで扱わせてもらう予定の限定オリジナル商品なんです」

「なるほど。たしかにひと味違う」

「どちらかというとターゲットは若者です。商品名も、正式には決まっていません。『萬年酒蔵』からは、販売戦略は全面的にうちに任せるといってもらっているんです」原口は瓶のラベルを見せた。白い紙に『鏡誉　オリジナル特別本醸造酒』と素っ気ない活字がプリントしてあるだけだ。

「そんな特別なものを飲ませてもらってよかったのかな」

「もちろんです。味がわかる人に飲んでもらってこその酒です」

「恐縮だ」

横で二人のやりとりを聞いていて、真世は苛々《いらいら》した。呑気《のんき》に酒の話なんかで盛り上がっている場合ではない。

原口君、と口を挟んだ。「遺体を見つけた時のこと、詳しく聞きたいんだけど」

「ああ……いいよ。何でも訊いてくれ」

「前の日に、父に連絡しようとしたらしいね」

「そう。同窓会のことで、ちょっと」

「どんなこと？」

「大した話じゃない。じつはその前に神尾先生から連絡があったんだ。せっかく懐かしい顔ぶれが集まるのなら、祝いの酒を差し入れたい、どういう酒がいいと思うかってことだった。で、俺なりにいろいろと考えて日曜日に連絡しようとしたんだけど、何度電話をかけても一向に繋がらないんだ。それで何となく気になって、月曜日の朝、配達のついでに様子を見に行ったというわけだ」

「そういうことか」

原口の話を聞き、お父さんらしいな、と真世は思った。久しぶりに教え子たちと会うことになり、単に招待されるだけでは気が済まず、自分なりの「おもてなし」をしたかったのだろう。そういう見栄っ張りなところが英一にはあった。

「家の前についてから電話をかけたけど、やっぱり繋がらなかった。インターホンを鳴らしても応答なし。それで思いきって玄関のドアを引いてみたら、鍵がかかってなかった。家の中に向かって呼びかけた後、もしかしたら部屋で倒れてたりするんじゃないかと心配になって、裏庭に回ったというわけだ。それで、ええと……」

「わかった、もういい」遺体を見つけたくだりを話しにくそうにしている原口を、真世は手で制した。「ありがとう」

「警察から話を聞かれた後、誰に連絡したらいいかわからなくて、本間に電話をかけたんだ。あいつが神尾と親しかったことを覚えてたから」

「そうらしいね。桃子から聞いた」

ごめんな、と原口が謝ってきた。

「日曜日、電話じゃなくて、もっと早い時間に俺が直接先生の家を訪ねてたら、あんなことにはならなかったかもしれない」

「そんなふうに考えなくていいよ。それに、たぶん土曜日の夜には殺されてたって話だし」

土曜日に、といって原口が顔を強張らせた。「やっぱり殺し……なのか」

「警察によれば……ね」

へえ、と原口は力なく相槌《あいづち》を打った。

二人の会話に加わらなかった武史が、不意にコップを目の高さまで上げた。「やっぱりうまいな、この酒は」

真世は舌打ちしたくなった。また酒の話をする気なのか。

だが彼女の表情には気づかない様子で、武史は何かを思いついたように原口を見た。

「そういえば、この酒の話を兄貴から聞いた覚えがある」

えっ、と原口が戸惑ったような声を漏らした。「そうなんですか」

「新製品の酒に関して昔の教え子から相談されている、とかいってたような気がする。あれは原口君のことだったんじゃないかな」

「先生がそんな話を……」

「たしか、厄介なことを相談されたようにいってたぞ。ええと、何だったかな」武史はコップを置き、何かを思い出そうとするかのように眉間に指先を当てた。

真世は当惑した。これもたぶん作り話だ。武史は最近英一とは会っていないし、電話で話してもいないはずだ。だがなぜこんなことをいいだしたのか、真意が摑めなかった。

「先生が、この酒について何かお話しになったんですか」原口は酒瓶を触った。

「酒についてというより、君についてだ。苦労しているようだ、といってたな。ああそうだ、思い出したぞ。新しい酒のことで、教え子が苦労してるようだ、何とか力になってやりたいと思ってると兄貴はいってたんだ。事情を聞いて、たしかにそれはなかなか難しい相談だなと俺も思った。何しろほら、兄貴なんて単なる教師じゃないか。教え子の誰もが恩義を感じているとはかぎらない」

「あっ……具体的なことをお聞きになってるんですね」

「大まかなことだけだ。でも、あれだね、新製品を扱うのって、やっぱりかなり大変なんだね。とにかく、いろいろとカネがかかる」

「そうですね。もちろんカネはかかるんですけど……」

「皆までいわなくてもわかっている。カネはかかるが、カネ以上に重要なことがある。商売をしていると頭の痛いところだ」武史がくるりと真世のほうに顔を向けてきた。「商売で新製品を扱おうとした時、カネ以上に重要なこと——それは何だと思う?」

「えっ、私?」

「考えてみろ。何だと思う?」

さあ、と真世は首を傾げた。「わかんない」

「少しは考えたらどうだ」

「そんなことといったって……」

なぜこんな会話をしているのかさえわからず、途方に暮れるばかりだった。

「原口君、教えてやってくれ」

「宣伝だよ」原口は真世にいった。

「せんでん？」

武史が、ぱちんと指を鳴らした。

「そう、宣伝だ。モノを売ろうとする時、何よりも大事なことだ。新製品なら尚更《なおさら》だ。だけどあれだね、原口君。敵は手強《てごわ》い。そう簡単には首を縦には振らないだろう」

「俺もそう思ったから、神尾先生にお願いしたんです」

「だろうね。だけど兄貴も悩んでたなあ。どうしたものか、と。何しろ相手は、ああいう人間だからね。何というか、はっきりいって、扱いづらいというか、アプローチしにくいというか……」

「お高くとまってるってやつです」原口は、ややひそめた声でいった。

「そう、それだ。お高くとまっている。じつに的確な表現だ。世の中にプライドの高い女は多いが、彼女は特にそういうタイプらしいじゃないか。だから話の持っていき方が難しいと兄貴もいってた」

「やっぱりそうですか。じゃあ先生は、まだ向こうには話してなかったのかな」

「俺が聞いた時点では、まだのようだった。でもその後、状況が変わったかもしれない。君は、そのことを確認したくて、日曜日、兄貴に連絡を取ろうとしたんじゃないのか」

武史の問いかけに、原口はきまりが悪そうに顔をしかめた。「すみません。じつはそうなんです」

「だろうと思った」

「でも、神尾先生から同窓会に差し入れる酒のことで相談を受けていたのも事実なんです」

「うん、まあ、それは信じよう」

ちょっと待って、と真世は二人の会話に口を挟んだ。

「一体、何の話をしてるの？ 私にはさっぱりわからないんだけど」

「だから、この酒の宣伝についてだ」武史はテーブルの上の瓶を顎で示した。

「それがわからないといってるの。どういうこと？」

「仕方がないな。兄貴からはあまり口外するなといわれてたんだが」武史は大げさにため息をついた。「原口君、うちの姪に説明してやってくれるか」

原口は諦めたような表情で頷き、口を開いた。

「この酒の商品名を考えていて、『幻ラビ』を使わせてもらえないかと思いついたんだ」

意外な名称が出てきたので、真世は目を見張った。

「『幻脳ラビリンス』を使う？　どんなふうに？」

「俺が考えているのは、商品名をずばり『零文字アズマ』にすることなんだ。醸造所の社長は、名字の『零文字』だけでいいんじゃないかというんだけど、それじゃあ目立たない。主人公のフルネームを付けてこそ特別感が出る。『オリジナル特別本醸造酒　零文字アズマ』、もちろんラベルには戦闘服姿のアズマのカラーイラストを印刷する。どうだ、インパクトがあると思わないか？」

真世は酒の瓶を見ながら頭の中で想像した。日本酒と人気ＳＦアニメの主人公――悪くないアイデアかもしれない。

「すごいとは思うけど、作者の許可が必要なんじゃないの」

「問題はそれなんだ。もちろん許可を取らなきゃいけない。それにできればイラストは、釘宮に新しく描き下ろしてほしい」

「オーケーしてくれなそうなの？」

「それがねえ……」原口は、うーんと唸り声を漏らし、武史のほうを見た。

「今まで何を聞いていたんだ」武史は眉根を寄せた。「さっき敵は手強いといっただろ。そう簡単に話は進まない。何しろ相手はプライド高き女性芸術家だからな」

「女性？　誰のこと？」

「だから作者のだな」

「作者は釘宮君だよ。女性って誰のことよ」

武史はひと呼吸置いた後、ちっちっちと舌を鳴らしながら人差し指を左右に振った。

「今はクギミヤ君のことをいってるんじゃない。わからないのか？　勘の鈍いやつだな。真世たちの同級生で、プライドが高い女子と聞けば、すぐにぴんと来るんじゃないか」

「えっ、誰？」

「ココノエだよ」原口が横からいった。「中学時代はココリカって呼ばれてたな」

「ココリカ？　あっ、九重梨々香《ここのえりりか》？」

うん、と原口は答えた。

ポニーテールにした髪型と猫のような目を真世は思い出した。名前にふさわしく言動が派手で、おまけに勝ち気、当然いつも女子のリーダー格だった。

「ようやく気づいたか。世話のやけるやつだ」武史が、やれやれとばかりに首を振った。

「あいつ今、『報通《ほうつう》』にいるんだ」原口は、東京に本社がある有名広告代理店の名を出した。「しかも『幻ラビ』関連の仕事を任されているらしい。たぶん、釘宮と中学の同級生だってことを社内でアピールしたんだと思う。それで、すっかり釘宮のマネージャー気取りで、『幻ラビ』に関する話は全部自分を通してくれ、なんていってるんだ。釘宮が今、こっちに帰ってきてることは知ってるか？」

「桃子から聞いた。同窓会にも出てくれるそうだね」

「そうなんだけど、じつは一緒に九重も帰ってきてる。おかげで釘宮と二人だけで話すこともできない。釘宮はすっかり九重のいいなりで、どこへ行く時でも必ずあいつを同席させるからさ。たぶん釘宮は九重に惚《ほ》れてるんだと思うけど、どうにかしてほしいよ」

「そんなことになってるんだ」

「わかったか、真世。そういう事情があったから、原口君は彼等への仲介役を兄貴に頼んだというわけだ。――そうだね、原口君？」

「その通りです。釘宮だけなら俺から頼んでも何とかなるように思うんですけど、マネージャーのほうが問題で……」

「君は今、彼女のことをマネージャーといったが、その分析は正しくない。兄貴の説によれば、彼女もまた芸術家だ。作品を作者と共に生み出しているという自負がある。だから正確にいえば、自称芸術家ということになるかな」

「ああ、そうかもしれません。それでさっき、九重のことを女性芸術家だとおっしゃったんですね。おかしいと思った」

「説明不足で申し訳ない」

いいえ、と答えてから原口は真世と武史を交互に見た。

「二人にお願いがあります。今の話、当分の間は口外しないでほしいんです」

「どうして?」真世が訊いた。「極秘の販売戦略だから?」

原口は苦笑した。

「残念ながら、そんな格好のいい理由じゃない。抜け駆けしたと思われたくないんだ」

「抜け駆けって?」

「『幻ラビ・ハウス』のことは知ってるよな」

「計画が中止になったという話なら聞いたけど」

原口は顎を引き、そのことだ、といった。

「あの話が出た直後、この町は相当盛り上がったわけよ。これはすごい町おこしになるってことでさ。まさに『幻ラビ』一色って感じで、みんないろいろと便乗して儲《もう》けようと企んでたと思う。ところがコロナで計画が消え、何もかも御破算になっちまった。だけど諦めきれない人間も多い。だから有志が集まって、自分たちだけで何かできないかって相談し始めたところなんだ。中心になってるのは俺たち釘宮の同級生だけど、特に鼻息が荒いのは柏木《かしわぎ》だ。あいつ今、『柏木建設』の副社長なんだ」

「へえ、そう」

真世としては特に予想外の話でもないから驚きはない。同級生の柏木広大《こうだい》の父親は、地元の有力企業である『柏木建設』の社長だ。

「何しろ『幻ラビ・ハウス』の建築工事を請け負っていたのが『柏木建設』だから、あいつとしても惜しいんだと思う。それにほら、柏木って昔から親分風を吹かせるのが好きだっただろ？　地元のために俺がひと肌脱いでやるって感じなんだよ」

「でもさっきの話だと、『幻ラビ』絡みの話なら、ココリカにお伺いを立てなきゃいけないんじゃないの？」

「そういうことなんだ。だから柏木も、面倒臭いけどそこは筋を通すとかいってる。でもさ、俺としてはそんな悠長なことはいってられないんだよ。早いところ新製品の販売方針を決めないと、『萬年酒蔵』に顔向けできない。だけど俺が神尾先生を通じて釘宮や九重たちに根回ししたと知ったら、何を勝手に動いてるんだって、柏木は怒ると思うんだよ」

「そうかもね。だけどお酒が販売されることになったら、どうしたってばれるじゃない」

「商品名の権利を取れた後なら、柏木が何かいってきても構わない。どうにでも言い訳できると思うし。横槍《よこやり》が入って、釘宮たちとの契約がこじれるのが困るんだ」

「なるほどね」

真世の知らないところでいろいろな思惑が交錯しているらしい。

「いいんじゃないか、秘密にしておくということで」武史は原口のほうを向いた。「警察にも、このことは話してないわけだね」

「話す必要はないかなと思って……」

「了解した。では我々も黙っておこう」

「すみません、助かります」原口は頭を下げた。

武史は残っていた酒を飲み干し、コップを置いた。「ごちそうさま。うまかった」

「もう一杯いかがですか」

「いや、遠慮しておこう」武史はジャケットの内側に手を入れた。「いくらかな？」

「お金は結構です。俺の奢りです」

「それは悪いよ」

「いえ、本当に大丈夫ですから」

「そうか……そこまでいってくれるなら、お言葉に甘えておこうか」武史は不承不承という顔でジャケットの内側から手を戻した。

真世としては疑いの目を叔父に向けずにはいられなかった。本当に代金を払う気などあったのだろうか。

「あの、それで神尾、本間からも聞いたと思うけど、同窓会をどうしようかって話になってるんだ」原口がいった。「先生があんなことになって、中止したほうがいいのかなっていう意見もあってさ」

真世は首を捻った。

「それは任せる。私からどうのこうのいう話じゃないから。でも、せっかくなんだから集まったほうが、あの世の父も喜ぶような気はする。ただ、私はやめておこうかな。みんなに気を遣わせたくない。それに、お葬式に来てくれる人もいると思うし」

「あっ、俺、必ず行くよ。いつ？」

「まだ決まってない」

「決まったら教えてくれ。俺からみんなに連絡してもいい」

「ありがとう。桃子もそういってくれた。――じゃあ叔父さん、行こうか」

武史は頷いてから、テーブルの瓶を指差した。「この次は必ず酒代を払わせてもらう」

「お待ちしています」原口は笑顔でいった。

店を出て、しばらく歩いたところで、「さっきのは何？」と真世は武史に問い質《ただ》した。

「さっきの、とは？」

「お酒の商品名のことで原口君がお父さんに相談してたなんて話、叔父さんは知らなかったはずだよね？」

ふん、と武史は鼻を鳴らした。

「知るわけがない。彼が何か隠し事をしているようだと気づいたから、それを暴こうと思ったまでだ」

「どうして原口君が隠し事をしてるってわかったの？」

「大した理由じゃない。彼の話を聞いていて、少し引っ掛かった」

「彼はこういった。同窓会に差し入れる酒のことで神尾先生から相談されていたので、それについて連絡しようと思い、日曜日に何度か電話をしたが繋がらなかった」

「そうだったよね。別におかしいと思わないけど」

「この話を聞くかぎり、用があるのは兄貴のほうで原口君のほうじゃない。酒のことで相談され、何らかの回答を用意したのなら、連絡がほしいと留守電に残せばいいだけだ。何度もかけ直す意味はない」

「そういわれればたしかに……」

「それだけでなく月曜日にわざわざ訪ねていっている。それで思ったんだ。兄貴ではなく原口君のほうに、どうしても早く会いたい事情があったのではないか、とね。しかもそのことを隠している。男が隠し事をする時には、主に二つの理由が絡んでいる。女か、カネだ。しかし中学時代の恩師に色恋沙汰を相談するとは思えない。カネの話にしても、ギャンブルや不正についてではないだろう。すると必然的に仕事の話ということになる。現在、彼が一番重きを置いている仕事とは何だろう？」

真世は、はっとした。「あのお酒かあ」

「だが新商品のことで、資産家でもない引退した教師にカネの相談をするだろうか？　何かを頼むとしたら仲介役だ。つまり原口君が本当に用があるのは兄貴ではなく、兄貴がよく知る人間、つまり教え子じゃないかと見当をつけた。同窓会が近いようなことをいってたから、その人物は同級生の可能性が高い。しかし原口君自身は、その人物とさほど親しくないから、兄貴に間に入ってもらう必要があった」

真世は歩きながら武史の顔をしげしげと眺めた。

「あの短時間で、そこまで推理しちゃったわけ？」

「推理といえるほどのものじゃない。人間の行動パターンなんて、そんなにバリエーションはないということだ」

「でもあの時点では、交渉相手が釘宮君だとわかってたわけじゃないよね」

「当たり前だ。わかるわけがない。同級生に金持ちがいて、兄貴を通じて出資話でも持ちかけようとしたんじゃないかと思っていた。だから、新製品を扱うのはいろいろとカネがかかるだろうと鎌を掛けてみた。すると原口君は同意しつつ、もちろんカネはかかるんですけど、といった。それを聞き、カネではないのかと察知し、大急ぎで軌道修正した」

「突然私に振ってきた時だね。そういうことだったのか」

真世は、あの時のやりとりを振り返ってみた。そういえば武史はぺらぺらとしゃべっていたが、じつは具体的なことは何ひとつ発言していなかった。すべて原口自身が武史に誘導され、勝手に告白したのだ。

「叔父さん、釘宮君のことを女性だと思ってたみたいだしね」

「キーパーソンについて原口君は、お高くとまっている、と表現した。男に対してはあまり使わない言葉だ。それで女性だと気づき、安心してしまった。兄貴が仲介する相手にマネージャーが付いているとは誤算だった」

「でも、うまくごまかせたじゃん。原口君、全然怪しんでなかった」

「あの程度のことは何でもない。それより、彼の話を聞き、会っておくべき人物を二人思いついた」

「ココリカ——九重梨々香と釘宮君だね」

「そういうことだ。二人はこっちに帰ってきているという話だったな。すでに兄貴と会っているかもしれない」

「わかった。何とか二人から話を聞ける機会を作ってみる。もしかすると葬儀に来てくれるかもしれないし」

「そうしてくれ。ところで、ひとつ教えてほしいことがある」

「何？」

「ゲンラビ、というのは何だ？　何とかラビリンスとかいってたようだが」

えっ、と真世は足を止めた。「叔父さん、『幻ラビ』も知らないで話を合わせてたの？」

「今さら驚くな」

「いや、驚くでしょう、ふつう」

「そんなことはどうでもいい。何なんだ、ゲンラビって。説明してくれ」

真世は、ふうーっと長い息を吐き出すと、「宿に戻ってから教えてあげる」といって再び歩きだした。

11

『幻脳ラビリンス』は釘宮克樹の初の連載作であり、現時点では最大の代表作といえた。何度か休載を挟みながらも、十年近くも連載が続いたというだけで、その人気のほどが窺える。

物語はSFであり冒険譚《たん》であり、ミステリでもある。人間ドラマの要素も多い。インターネットの百科事典には、序盤のストーリーが次のように紹介されている。

『零文字アズマは元冒険家で、エベレストをはじめ、世界の最高峰クラスの山を単独でいくつも登頂した。だが南極を単独で横断中、クレバスに転落し、奇跡的に救出されたものの、両手と両足を失い、冒険家としての人生に幕を下ろすことになった。引退後は故郷に戻り、妹レイナに介護されながら毎日を送っていたが、生き甲斐を失い、内心は絶望感に占められたままだった。レイナが、愛する男性からプロポーズされているにもかかわらず、兄のことが心配で結婚に踏みきれないでいることにも気づいていて、自分のようなものが生きていても意味がないと思い、死ぬことばかりを考えていた。

一方、世界では異変が起きていた。各地で原因不明の停電が頻発し、電力システムが機能しなくなっていたのだ。

ある日、アズマのところに万波と名乗る政府関係者が訪れる。そしてアズマに、「人類が破滅を迎えつつある。救えるのは君だけだ」といいだした。

話は二か月前に遡る。世界的に有名な理論物理学者が行方不明になった。捜索したところ、学者は極秘で作られていた研究施設で眠っていた。しかもその脳はコンピュータを介して、巨大なネットワークと繋がれていた。

じつは世界の何人かの天才科学者たちも、このネットワークに繋がって眠りについていた。彼等は自分たちのことを「ストレイシープ（迷える羊）」と名乗っていた。ネットワークの中にはラビリンスと呼ばれる仮想空間が作られていて、学者のアバターたちは、そこで暮らしている。

やがてストレイシープたちの驚くべき計画が明らかになった。彼等は地球環境破壊を食い止めるため、いくつかの要望を主要先進国首脳に送っていた。その内容は、原子力発電の全廃、CO_2削減、徹底した水質浄化といったものだった。それらにはいずれもスケジュールが小刻みに設定されていて、期限内に行われない場合、全世界の電力供給を順次停止させていくというのだった。じつは世界中の電力システムが、ラビリンスに乗っ取られていたのだ。

要求は過激なもので、容易には実行できなかった。各国の首脳も要求に従うことには反対した。計画をストップさせるには、誰かがラビリンスに入っていき、ストレイシープたちを説得する以外に方法がなかった。

これまでに何人かの交渉人がネットワークにアクセスしたが、活動はことごとく失敗に終わっていた。ラビリンスは想像以上に広大で、かつ複雑な世界だったからだ。現実世界に酷似しているが、全く異なる部分もある。何より厄介なのは、交渉相手に会えないことだった。ラビリンスには多くの住人がいるが、その殆どはコンピュータが作りだした架空の存在にすぎなかった。まずはストレイシープを見つけだし、接触する必要があった。

交渉人たちは苦労の末、ストレイシープの居場所を摑んでいたが、大きな難関があった。その居場所に辿り着くには、「グレート・コスモス」と呼ばれる巨大な山脈を越えねばならないのだ。それは数千メートル級の山の連なりで、何らかの航空機を使わなければ越えられない。だが無断で飛行すれば、監視カメラに見つかり、撃墜されてしまう。

エベレスト級の山を単独で越える技量の持ち主を交渉役にするしかない、というのがラビリンス対策委員会が出した結論だ。そこで世界中の登山家たちについて調査が行われた結果、選ばれたのが日本に住む零文字アズマだった。両手両足を失っていても、脳に手足を動かす機能が残っているのなら、仮想空間の中では五体満足の身体で動き回れるらしい。アズマに与えられた使命は、ラビリンスに行き、ストレイシープと交渉し、計画をストップさせるよう説得するか、電力システムを支配している中枢プログラムを見つけ、破壊するかだった。

もちろん危険は伴う。仮想空間であっても、大きなダメージを受ければ、命に関わる。衝撃を受ければ痛みを感じるし、大量に出血すれば脳貧血に陥る。実際にはそのように脳が錯覚しているだけなのだが、その錯覚によって現実の肉体機能に影響を及ぼし、最悪の場合は死に至るのだ。

過酷な任務だが実行できるとしたら君しかいない、と万波はいった。

アズマは悩んだ。そんな困難なことが果たして自分にできるだろうか。だが身動きできずに苦悶するだけの毎日に比べれば、はるかに生き甲斐があると思った。何より、仮想空間とはいえ、またあの命がけの登山に挑めると考えただけで、血が騒いでくる。ついにアズマはミッションを引き受ける決断をした。

アズマの身体を極力動かすことなく、脳をネットワークにアクセスさせる必要があった。そのための巨大なアクセス装置が、彼の自宅に設置されることになった。

対策委員会の連中やレイナが見守る中、アズマの脳には無数の電極が取り付けられ、ついにアクセスが実行された。

仮想空間ラビリンスに侵入したアズマは、見知らぬ街で様々な正体不明のキャラクターたちと出会う。彼等の殆どはコンピュータが作りだした架空の存在なのだが、そうとは思えないほどに自我を持っており、それぞれが独立していた。敵は多いが、味方となって協力してくれる者も少なからずいた。だが信用できそうだと思っても油断してはならなかった。肝心なところで思わぬ相手に裏切られたり、危機一髪の局面で意外なキャラクターに救われたりする。

定期的にアズマは現実世界に戻り、ラビリンス対策委員会に状況を報告する。仮想空間では時間の流れが現実の百分の一で、ラビリンスでの一日というのは現実世界での約十四分半に相当する。そのたびにアズマは目を覚まし、報告を済ませた後、再び仮想世界に挑むわけだ。

やがてアズマはグレート・コスモスに辿り着き、いよいよ山脈越えに挑むことになる。だが本格的な苦難はここからだった。

スマートフォンから顔を上げ、武史は指先で両瞼を揉んだ。

「読み終わった？」真世が訊いた。

「序盤だけは」武史はスマートフォンを真世の前に置いた。「ずいぶんと長い物語のようだな。『グレート・コスモス』とかいう山も、どうせすんなりとは越えられないんだろう」

「もちろんそうだよ。むしろ、そこからが本筋だもの」真世はスマートフォンの画面を戻した。「何しろ、全三十五巻だからね」

「真世は全部読んだのか」

「まさか。最初のほうの五、六巻ぐらいまでかな。しかも飛ばし飛ばしだから、あまりよく覚えてない」

「で、舞台のモデルはこの町だって？」

「そう。物語の大半はラビリンスでの『アズマ』の冒険だけど、定期的に現実世界に戻るから、実際の世界がどんなふうに混乱しているのかも並行して描かれるわけ。その時、この町に似た景色がいろいろと出てくる。『アズマ』と『レイナ』が住んでいる日本家屋もね。その家を再現しちゃおうってのが、このポスターにある計画だったの」真世は壁に貼られたポスターを指差した。

二人は『ホテルまるみや』の食堂にいた。夕食までには時間があるが、急遽ここで葬儀社の人間と会うことになったのだ。柿谷から電話があり、司法解剖が終わったので遺体を引き取りにきてもらっていい、といわれたからだ。

和美が亡くなった時、真世も通夜や葬儀の準備を手伝ったので、葬儀社には当てがあった。すぐに電話をかけ、事情を話した。殺人事件の疑いがあることも正直に打ち明けた。

男性の担当者は驚いたようだが、「ではこちらで警察に確認してから、お伺いいたします」と落ち着いた口調でいった。職業柄、訳ありの遺体にも慣れているのだろう。

葬儀社の担当者が来るのを待つ間、『幻脳ラビリンス』について武史に説明することにした。といっても簡単ではないので、インターネットで検索し、百科事典の記事を読ませたというわけだ。

「『幻ラビ・ハウス』の再現ねえ。衰退した観光地が漫画で一発逆転の景気回復を目論《もくろ》むとは、溺れる者は藁をも摑むってやつか」武史は、ひょいと肩をすくめた。

「そう馬鹿にしたものでもないよ。『幻ラビ』の人気は別格だからね。とはいえ、爆発的に売れたのはアニメがきっかけだけど」

漫画の連載はすでに終わっているが、アニメが放送されたことで原作の人気も再燃したのだった。

真世はスマートフォンの時計を見た。そろそろ葬儀社の担当者が来る頃だ。

「ところで叔父さん、親戚はどうする？」

「親戚？　どうするって？」

「お父さんが死んだこと、いつ知らせる？」

「神尾家の親戚にならもう知らせたぞ」

「えっ、いつの間に？」

「さっき真世が葬儀屋と電話をしている間だ。埼玉の叔父さんに連絡しておいた」

そういえば真世の隣でどこかに電話をかけていたようだが、さほど長い時間ではなかったはずだ。

「それで、どうなった？」

「どう、とは？」

「殺されたっていったの？」

「いうわけないだろ。心不全だといっておいた」

「心不全？」真世は思わず声のトーンを上げた。

「心臓が止まったんだから心不全だ。嘘じゃないだろ」

「それでいいの？」

「何か問題があるか？　心不全と聞いて、細かいことを尋ねてくる人間はいない。尋ねようがないからな。真世にひとつ、いいことを教えといてやろう」武史は周囲を見回してから顔を近づけてきた。「有名人が死んで、心不全と報道されたら、自殺か事件に巻き込まれたかのどっちかだ。もしどちらでもないとしたら腹上死だ。間違いない。心不全というのは魔法の言葉だ」どれほどの裏付けがあるのかは不明だが、自信たっぷりだ。

「通夜とかお葬式についてはどういったの？」

「家族だけで済ませるから悪《あ》しからず、といって丁重に断った。それで完了だ」

「えっ、お父さんの親戚、誰も来ないの？」

「来てほしかったのか？」

「ほしいっていうか、来るもんだと思ってたから」

「日頃、大して付き合いのない親戚に来られたって迷惑なだけだ。向こうだって面倒だと思ってるだろ。これでいいんだよ」

「じゃあ、芝垣《しばがき》のほうはどうしたらいいだろう」

芝垣というのは、死んだ和美の旧姓だ。母方の親戚とは、真世は今もそこそこ付き合いがある。

「真世の好きにすればいいが、面倒だと思うのなら、俺と同じように説明したらいいんじゃないか」

「心不全だっていうの？　で、通夜や葬儀には来なくていいって」

「そうだ」

「ばれないかな。殺人事件だから、いずれニュースになるんじゃない？」

「その心配はない。今日の木暮の対応を見るかぎり、警察は死因を公表したくないはずだ。ニュースになるとしても、容疑者が特定されてからだ」ここでも武史は断定口調だが、どこまで信用していいのかはわからない。

「でも幹子伯母《みきこおば》さんとか、お通夜とかお葬式には出たいっていうだろうなあ」

幹子は和美の姉で、昔から世話好きなのだった。

いるといえ」

「その場合は、新型コロナ再感染の噂が広まっていて、他府県からの来訪者は敬遠されている」

「あ、コロナ。そうか、その手があった」

「今の時期、下手にこっちに来たら、県外の人間はひどい嫌がらせを受ける、とでもいって脅せばいい」武史は指先でこめかみを突いた。「もっと頭を使え」

かちんときたが、反論はできない。

「わかった、後で電話してみる」

「それがいい。部外者には、うろちょろされたくないからな」

「部外者？」

「事件に関係していないことが明らかな人間は、全員部外者だ」

武史が短くいい放った言葉に、真世はぎくりとした。近くに旅館の従業員がいないことを確認してから、「叔父さんは、お父さんを殺した犯人が通夜や葬儀に来るかもしれないと思ってるの？」と訊いた。

「そう考えないほうがどうかしている」武史は即答した。「単なる物盗りの仕業でないとすれば、犯人は兄貴の顔見知りの中にいる。どの程度の間柄だったかは不明だが、秘密の関係とかでもないかぎり、通夜や葬儀があれば出席する可能性は高い」

真世は、ごくりと唾を呑み込んだ。

「来るかな、自分が殺した人間の通夜や葬儀に……」

「犯人の心理を想像しろ。今こうしている間にも、いつかばれるんじゃないかとびくびくしているはずだ。参列しないと怪しまれるかもしれない、と考えるのがふつうだ。捜査がどの程度進んでいるか、情報も欲しいだろうしな」

「そうかもしれない。でも、どうやって犯人を見つけだすの？」

「問題はそこだ。いきなり見つけるのは無理だろう。だが通夜と葬儀を通じて、兄貴の人間関係を把握することは可能だ。芳名録は、貴重な容疑者リストというわけだ」

武史の鋭い目つきに真世は気圧されそうになる。この叔父には、いくつもの顔があるようだ。

葬儀社の担当者が現れたのは、それから間もなくだった。野木《のぎ》という小柄な体格の男性だった。空豆を連想させる顔立ちに覚えがあった。和美の葬儀を担当した人物だ。そのことをいうと野木は大きく頷いた。

「そうです。そこで今回も私が担当させていただくことになりました。お父様のこと、本当にお気の毒だと思います。謹んでお悔やみ申し上げます」

野木によれば、すでに警察署での確認を済ませてきたらしい。できれば明日の午前八時までには遺体を運び出してほしいといわれたそうだ。

「当方で直接斎場にお運びいたしますが、立ち会いはどうされますか。病院とか施設でお亡くなりになった場合、立ち会われることがあります。ただ警察からとなりますと、いろいろと制約がございまして」

「立ち会う必要はない」横から武史がいった。「解剖から戻ってきたままの遺体を見たって仕方がない。どうせ、雑な縫合をしているに決まっている。最後の対面をするのは、納棺師にきちんと形を整えてもらってからのほうがいい」

相変わらずデリカシーの欠片《かけら》もない言い方にげんなりしつつ、真世は野木を見た。すると小男は、ひょいと頭を下げた。

「私も、そのほうがいいのではないかと思います。責任を持って、お父様のお姿を整えさせていただきます」

どうやら解剖から戻ってきた遺体というのは、あまり見た目がいいものではないようだ。それにしても武史は、なぜそんなことまで知っているのか。

「じゃあ、よろしくお願いいたします」真世は野木に頭を下げた。

「かしこまりました。では早速お打ち合わせに移りたいと思いますが、これだけは、という何か御希望はございますか。たとえば御親族が少ない場合、最近では通夜を省略した一日葬にする方も多いです。その分、当然費用も安くて済みます」

「あっ、一日で済むんですか」

「いや、だめだ」武史が口を差し挟んできた。「通夜と葬儀を別々にすべきだ。そのほうがいろいろな人間が来られる。ただし両方に参列するのは遠慮してもらおう。通夜か葬儀か、どちらか一方を選んでもらうんだ。そうすれば一日あたりの人数が減り、コロナ対策にもなるだろう」

真世は叔父の狙いを察した。容疑者リストに記される名前は多ければ多いほどいい、ということだろう。

「承知いたしました」野木は答えた。「コロナ対策は当社も重視していることです。特にこのたびの故人は学校の先生をされていたこともあり、参列者が十人や二十人では済まないのではないかと推察いたします。そこで提案させていただきたいのは、オンライン葬儀というものです」

最近よく耳にする言葉だ。どういうものですか、と真世は訊いた。

当社のお勧めは、と切りだした野木の説明は以下のようなものだった。

祭壇を飾り、住職が経を読むのは通常通りだ。ただしそこに臨場するのは身内だけで、参列者には別室で待機してもらう。そこは換気の行き届いた広い部屋で、椅子の間隔も十分に空けてある。そして通夜や葬儀の様子はカメラで撮影され、動画で配信されるという。

「住まいが遠方だとか高齢が理由で参列できない人でも、インターネットで葬儀の様子は見られるわけです。御参列者様には別室に用意したモニターで見ていただきます。スマートフォンをお持ちの方なら、屋外で御覧になっていただくことも可能です。これによって部屋が密になることを防げます。また受付の際、御参列者様には整理番号をお渡しいたします。会場の脇にデジタル表示板を置き、そこに焼香する方の番号を表示しますので、それを見て順次会場に入っていただく、というわけです。焼香を終えた方は、別のドアから出ていただきます。これも参列者の密を避けるためです」

野木の説明を聞き、そんなやり方があるのか、と真世は驚いた。コロナ禍は日常生活のいろいろなものを変えたが、冠婚葬祭にまで影響は及んでいたのだ。

「コロナ禍がひどかった時には、ドライブスルー焼香という方式も採用していました。参列者がクルマに乗ったままで焼香できるというものですが、現時点ではそこまでの必要はないのではと」

いいんじゃないか、と武史はいった。

「そのお勧めのシステムを採用したらどうだ？」

「私もいいと思う」真世は同意した。

「では、そちらで手配させていただくということで」野木は書類に何やら書き込んだ。

「ひとつ希望があるんだがね」武史がいった。

「何でしょうか？」

「焼香台を棺のそばに設置し、参列者は遺体と対面してから焼香し、会場を後にする、というふうにはできないだろうか。棺の蓋は開けたままにしておくわけだ」

「ははあ、御遺体と……」野木は少し戸惑った色を示した。

「儀式が一通り終わった後、親しい人間だけで棺を囲むようなことが以前はあったが、それでは密集するおそれがあるだろ？　せっかく焼香をそんなふうにシステマティックにやるのならば、最後の対面もその流れでやれば安全で合理的だ」

野木は首を縦に揺らした。

「おっしゃる通りです。かしこまりました。ええと、それは通夜と葬儀の両方でそのようにされるわけですか」

「そうだ。それから参列者の遺体との対面や焼香の様子は、すべてカメラに収めてほしい。その動画はネット配信しなくていい。記録を我々のほうで保管したいだけだ」

「承知いたしました」野木はペンを走らせる。

真世は武史の横顔を見た。何か考えがあっての要望だろうが、まるで見当がつかない。

その後、通夜と葬儀について細部が決められていった。とはいえ、ただ単に野木の提案を真世が了承する、という感じだ。途中から武史は殆ど口を挟まなくなった。関心を失っているようにさえ見えた。

遺影に使う写真は、真世のスマートフォンに保存してある画像から選んだ。三年前、親戚の結婚式に出た時のものだ。特にそれがよかったわけではないが、ほかに適当なものが見つからなかった。

結局、打ち合わせには一時間を要した。しかし野木が、神尾家の宗派や菩提寺《ぼだいじ》、墓所について通じていなければ、もっと長引いたかもしれない。

時刻は午後七時を過ぎていたので、夕食を摂ることにした。女将さん自らが料理を運んでくれた。大変ですね、と気の毒そうに声をかけられたので、大丈夫です、と答えた。食堂の隅で葬儀の打ち合わせをすることは説明してあった。

「何か必要なものがあったらいってくださいね。お手伝いさせていただきますから」

「ありがとうございます」

「本当にね、コロナとか、いろいろと気をつけなきゃいけない世の中になっちゃったわ」

そんなことを呟きながら女将さんは下がっていった。彼女には父親の死因については話していないが、どうやら病死だと思っているふしがある。

「さっきのあれの狙いは何？」真世は声をひそめ、武史に訊いた。

「あれ、とは？」

「焼香前に棺の遺体と対面させる件。何か考えがあってのことでしょ？」

まあな、といって武史は瓶ビールをグラスに注いだ。

「人を殺した人間が、後日に相手の遺体を前にした時、完全に平静を装うことは難しい。必ず何らかの変化を示すはずだ」

「それを見極めようってこと？」

「そうだ。些細な変化も見逃さないよう気をつけるんだぞ。カメラで撮影するが、やっぱり生の感覚が大事だ」

「わかった」

いい加減なところは多いが、この叔父は抜け目がなく頼りになると思った。

食事を終えた頃、スマートフォンに着信があった。柿谷からで、葬儀社と打ち合わせは終わったかと訊いてきた。三十分ほど前に終わり、通夜を明日、葬儀を明後日《あさって》にすることになったと話した。

「そうですか。じつはこちらからお願いしたいことがあるんです。今からそちらに伺ってもよろしいでしょうか」

「あ……それは構いませんけど」

「ありがとうございます。では、すぐに向かいます。よろしくお願いいたします」そういうと真世の気が変わらないうちにとでも思ったか、さっさと電話を切ってしまった。

武史にいうと、唇の左端を上げた。

「おそらく警察も俺たちと同じことを考えているんだろう」

「同じことって？」

「まあ、奴が来ればわかる。ちょうどよかった。こちらから要求したいこともあるしな」

「どんなこと？」

「いろいろとだ」武史は残っていたビールを飲み干し、不敵な笑みを浮かべた。

それから数分で柿谷がやってきた。真世が思ったよりも早い。余程、急いでいるらしい。

真世は武史の隣に移動し、テーブルを挟んで柿谷と向き合った。

「昼間はありがとうございました。捜査への御協力に心より感謝いたします」頭を下げながら柿谷は席に着いた。

「こちらに何か頼みがあるそうだね」挨拶などどうでもいいとばかりに武史が訊いた。

「はい、ええと、葬儀の手配が整われたと伺いました。それでちょっとお願いが……」

「どんなことかな」

「お話しする前にお尋ねしたいのですが、どの程度の規模の葬儀になりそうですか？　御家族だけとか、御親戚だけとか、そういう感じなのでしょうか」

「いや、親戚は来ない。俺たち以外で参列するのは、主に兄貴の知り合いだ。以前働いていた中学校関係者が殆どだと思う。明日になったら町内会にも声を掛けるつもりだが、近所の連中がどの程度来るかはわからない」

「すると何人ぐらいですか？」

「さあな。学校関係者には姪の友人たちが連絡してくれることになっているが、誰が来て誰が来ないのか、現時点では不明だ」

「でも、五人とか六人とか、そんな数ではないのですね」

「どうかな。生前の兄貴の人望にもよるんじゃないか」

柿谷は真世のほうに顔を向けてきた。「あなたはどう思われますか？」

「私の同級生たちは、結構来てくれそうな気がします。とはいえ、二十人は来ないと思います。ほかの代の卒業生とか、先生仲間とかは全く予想できないです」

「なるほど、なるほど」柿谷は得心した顔で繰り返した。

「で、頼みというのは何かな？　さっきからずっと待ってるんだが」

「あっと失礼しました。じつは通夜と葬儀に捜査員を配置させていただけないか、という御相談なんです」柿谷は二人を交互に見ながら、商人のように手を擦り合わせた。「もちろん警官の格好なんかはさせません。参列者や葬儀関係者に紛れ込ませることを考えております」

ははあ、と武史が声を漏らした。「潜入捜査というわけか」

「そんな大層なものではないのですが」柿谷は両方の手のひらを真世たちに向けた。「犯人あるいは事件関係者が参列することは大いに考えられます。そこで警察としては、どういう方々が参列したか、そして会場でどのように振る舞われたかなどを、できるだけ把握しておきたいのです。いかがでしょうか？」

先程武史がいった、「警察も俺たちと同じことを考えている」とはこのことかと真世は納得した。

「どう思う？」武史が真世に訊いてきた。

「叔父さんに任せる」

うん、と武史は顎を引き、柿谷に顔を向けた。

「話はわかった。そういうことなら刑事が葬儀関係者に紛れ込むことは許可しよう。ただし参列者に混じるのは遠慮してもらいたい」

「何か理由でも？」

「通夜と葬儀は、特殊な方法で行われるからだ」

武史はオンライン葬儀と整理番号式焼香のことを柿谷に説明した。

「話を聞いてわかったと思うが、参列者は別室から次々と焼香に入っていく。すると刑事が参列者に化けていた場合、その者たちだけが残る。そんなところをほかの参列者に見られたら話が面倒だ」

「おっしゃる通りかもしれません。参列者になりすました捜査員たちにも焼香させるという手はありますが……」

「それは断る。縁もゆかりもない人間に焼香されたって、兄貴も喜ばないだろう」

「私も同感」真世は右手を挙げた。「そういうのは抵抗があります」

「お気持ちはよくわかります。では葬儀社と交渉して、捜査員には社員を装わせるようにいたします。ほかに何か条件はございますか」

「潜入捜査については了承した。ただ、こちらから要求がある。通夜の前に一度自宅に入りたい。姪によれば兄貴にはいくつか大切にしていた品物があり、死んだ時には棺に入れてほしいと頼まれていたそうだ。それらを取りに行きたい。――なあ？」

いきなり武史から同意を求められ、真世は狼狽しつつ、うん、と答えた。事前に打ち合わせていなかったことだ。

「ああ、なるほど……。わかりました。明日の何時頃がよろしいでしょうか」

「午前十時にしよう。迎えは不要だ」

「了解です。見張りの者にいっておきます。ただ、書斎のものにはなるべく触れないようにしていただけますか。犯人の痕跡が残っている場所で、極力、そのままの状態で保存しておきたいのです」

「おいおい、無茶なことをいわないでくれ。兄貴の所持品を回収するんだ。書斎のものに手を触れないなんて不可能だ」

「ですから、極力、と申し上げています。あの部屋自体が大切な証拠なのです。どうか、御理解を」柿谷は両手をテーブルにつき、頭を下げた。

武史は大きく息を吐き出し、肩をすくめた。「仕方ないな。何とか努力しよう」

「ありがとうございます。そのかわりといってはなんですが、ほかの部屋には自由に立ち入っていただいて結構です」

「当たり前だ。自分たちの家なんだからな」

「ほかには何か？」

「今のところは、それだけだ」

「そうですか」柿谷は、ほっとしたような表情を見せた。無理難題をふっかけられたらどうしようと思ったのだろう。「では、そういうことで」椅子から腰を浮かせた。

「潜入の件、話がついてよかったな。これで君も木暮警部に顔が立つだろ」

「ええ、まあ……」柿谷は苦笑いを浮かべた。

「捜査のほうはどうだ？　何かわかったのかな」

「まだ始まったばかりですので何とも……がんばります」

「しっかり頼むぞ」

「はい、では失礼いたします」柿谷は踵《きびす》を返した。

柿谷が出ていくのを見送った後、「家には何しに行くの？」と真世は武史に訊いた。

「説明した通りだ。棺に入れるものを取りに行く。真世だって、そういう品物の一つや二つは思いつくだろ？」

「それはまあね。でも表向きの理由でしょ。本当の目的は何なの？」

「もちろん現場をじっくりと見るためだ。今日の昼間は警察がいて、ゆっくりと見られなかったからな」

「それはたしかにいえる」

二人で食堂を出た。武史が服の袖をまくり、腕時計を見た。

「もうこんな時間だ。長い一日だったが、明日はもっと長くなる。何しろ通夜だからな。覚悟しておいたほうがいいぞ」そういうと宿の玄関に向かって歩きだした。

「どこ行くの？」

「コンビニだ。下着と靴下を買ってくる」くるりと背中を向け、足早に歩きだした。

着替えを持ってきてないのか――。

そういえば昼間に現れた時も手ぶらだった。だが武史は、昨日、家の近所を聞き込みしたといっていたではないか。すると昨夜は、どこに泊まったのだろうか。それとも一旦東京に戻って、出直したのか。いや、そんな無駄なことはしないはずだ。

真世は首を傾げた。あの人物は謎が多い。油断できないと思った。

部屋に戻ってから、本間桃子に通夜と葬儀の詳細な予定を記したメッセージを送った。するとすぐに了解したという旨の返事があった。知り合いの葬式もオンラインだった、と記されていた。最近ではふつうのことらしい。

その後、気が重かったが伯母の幹子に連絡することにした。和美が亡くなった時、何かと世話になった。携帯電話の番号もスマートフォンに登録してある。

電話が繋がると、「真世ちゃん、お久しぶりー」と能天気に明るい声が飛び込んできた。

「どうも……御無沙汰しています」よからぬことがあったことを察知してほしくて、意識的に暗い声と口調を心がけた。

だがこの思いは相手には全く伝わらなかった。

「聞いたわよー。社内結婚なんだってね。おめでとう。式は五月よね。こんな御時世だから、披露宴は屋外だそうだけど、季節柄きっと気持ちいいわよ。喜んで行かせてもらう。晴れるといいわねえ」真世に言葉を差し挟ませない早口で、ぺらぺらとしゃべった。この伯母は、親戚の中でも特に口が達者なのだ。

「いえ、あのね伯母さん、今日はそういう話じゃなくて」

「えっ、何なの？　ええっ、もしかしておめでた？　真世ちゃん、できちゃったの？」

違う違う、と真世はスマートフォンを耳に当てながら、空いたほうの手を大きく振った。

「そんなんじゃないです。あのね、伯母さん、落ち着いて聞いて。じつは、あまりよくない話なの」

「えっ、何？　破談？」

がくっと膝を折りたいところだが、そんなことをしている場合ではなかった。

「違います。あの……」唾を呑み込んでから続けた。「父が亡くなりました」

その途端、電話が切れたのかと思うほど、突然何も聞こえなくなった。もしもし、と真世は呼びかけてみた。

「あっ……ごめんなさい。真世ちゃん、今、何ていった？」

「父が亡くなった、といいました。急なことで、驚かれたと思いますけど」

息を大きく吸う気配が伝わってきた。「……どうして？　事故？」

「ええと、それは」唾を呑み込んでから、心不全です、といった。

「ああ……そうなの。へええ、元気そうだったのにねえ……」

幹子は途端に口調が重くなり、その後も突っ込んだことを訊いてはこなかった。武史がいったように、魔法の言葉だ。

通夜と葬儀については、コロナ禍を考慮してオンラインですることを話した。県外の人間は歓迎されないことをいうと、さすがの幹子も、「残念だけど、そういうことなら仕方ないわね」と納得してくれた。

電話を終えてからスマートフォンをチェックしてみると、健太からのメッセージが届いていた。

『いろいろと大変だろうと思ったので、こちらから問い合わせるのは遠慮していました。その後、どうなりましたか。時間のある時でいいので、返事をもらえるとうれしいです。』

控えめな文章に、健太の気遣いが感じられた。どういう状況か、きっと気になっていたのだろうが、様々な対応に真世が右往左往しているであろうことを想像し、メッセージを送ることさえ遠慮していたに違いない。たしかに今日一日の出来事を振り返れば、ＳＮＳ

に対応している余裕なんてなかったなと思う。

電話をかけてみると、すぐに繋がった。スマートフォンをそばに置き、待機してくれていたのかもしれない。

「私、真世。今、大丈夫？」

「大丈夫、自分の部屋にいるから。それで、どう？」

「うん、やっぱりいろいろと大変だった」

「そりゃ、そうだよな。何か困ってることはない？」

「ええと、そうねえ……」英一を殺した犯人がわからなくて困っている、とはまさかいえない。「とりあえず、通夜と葬儀を無事に終えることで頭がいっぱいって感じかな」

「あっ、決まったんだ。いつ？」

「通夜は明日。午後六時から」

「明日か……」困惑する気配が伝わってきた。「夕方、お客さんとの打ち合わせがある。床材の実物を確認してもらいたいから、直接会うしかないんだよな」

「あっ、無理しなくていい。便利な方法があるから」

オンライン葬儀のことを聞いても健太は驚かなかった。知っていたようだ。

「それなら通夜の様子を見ることはできるんだね。でも、夜遅くには行けると思う。詳しい場所を教えてくれる？」

「うん、後で送る。でもほんと、無理しないでね。コロナのこともあるし」

「少しは無理するよ。婚約者の父親が亡くなったっていうのに、通夜にも葬儀にも出ないなんて、そんなのあり得ないだろ」

「そういってくれるとありがたいけど……」

「じゃあ、明日の夜に会おう」

「うん、わかった」

「おやすみ」

「おやすみなさい」

電話を切り、吐息を漏らした。健太がいった「婚約者」という言葉が妙に耳に残っている。安堵感と不安感の両方が喚起されたような気がする。

自分には彼がいる。不幸にも父親を失ったけれど、新たな家族が間もなくできる——そういう心強さがあるのは間違いない。だが同時に、まだ家族じゃない、という不安定な気持ちも存在する。今後まだ自分の運命が大きく変わる可能性は十分にあるのではないか、という思いが消えない。

真世は小さく頭を振った。今はそんなことを考えても仕方がない。自分のやるべきことをするだけだ。

会場の場所と連絡先を記したメッセージを健太に送信した。ついでにふと思いついてメールの受信ボックスを確認すると、ずいぶんとたくさん届いていた。どうせ意味のないメールばかりだろうと思いつつ、ざっと目を通してみた。

はっとして指を止めた。『神尾真世さまへ』というタイトルが目に入ったからだ。差出人として記された名称にも見覚えがあった。

躊躇いつつ、中身を開いた。文章は、それほど長いものではなかった。

『何度もごめんなさい。もう彼には確認しましたか？　もし確認したのなら彼は何と答えたでしょう？　それを聞いてもあなたの気持ちは変わらなかったのでしょうか？』

真世はメールを消去し、スマートフォンを投げだした。

12

遠くで誰かが泣いている。女の子の声だ。

真世は長い廊下を歩いていた。板張りの古い廊下だ。声は、その奥から聞こえてくる。

廊下を進むと和室があった。布団が敷かれ、その上で母の和美が座っていた。和風の寝間着姿で、赤ん坊を抱いている。

和美が顔を上げ、困ったように眉尻を下げた。「私が寝ようとすると泣きだすのよ」だがその口元には微笑みが浮かんでいる。

ごめんね、と真世は謝った。困らせたいわけではないのだけれど。

泣いていたはずなのに赤ん坊は目を閉じていた。しかし、どこからか泣き声だけは聞こえてくる。えんえんえん、という声が、いつの間にか、ぴっぴっぴっという電子音に変わっていた。

真世は目を開けた。薄暗い中で床の間が見えた。カーテンの隙間から漏れた光が掛け軸に当たっている。掛け軸には、梅の木が描かれていた。この地には梅の名所が多い。今の季節、本来ならば稼ぎ時のはずだ。

そんなことをぼんやりと考えながらスマートフォンに腕を伸ばし、ストップボタンを押した。アラーム音が夢の中では赤ん坊の泣き声に聞こえるのだから、人間の脳というのは不思議だ。

身体を起こし、首を回した。あまりいい目覚めとはいえない。あんな夢を見たせいだ。いや、あんな夢を見た理由が何となくわかるからといったほうがいいか。いずれにせよ、早く忘れようと思った。たかが夢だ。

顔を洗い、食堂に行ったが、相変わらずほかに客はいなかった。武史の姿もない。おはようございます、と女将さんが挨拶してくれた。

「叔父は、まだ来ていませんか」

真世が訊くと女将さんは少し意外そうに瞬きした。

「つい先程、お食事を終えて出ていかれましたよ。御存じありませんでした？」

「あ、そうなんですか。いえ、別に一緒に食べようと約束していたわけじゃないから」

料理が運ばれてくるのを待つ間に、武史に電話をかけてみた。呼び出し音が何度か聞こえた後、繋がる気配があり、「どうした？」といきなり尋ねてきた。

「どこにいるの？」

「外だ」

「それはそうだろうけど、場所を訊いてるの」

「あちらこちらだ。ひと言ではいえない」

「たとえば？」

「うるさいな。俺は俺でやることがあるんだ。そうだ、ちょうどいい。頼みたいことがある。柿谷に電話をして、兄貴のスマートフォンはいつ返してもらえるか訊いてみてくれ。まあたぶん、重大な証拠だから当分返せないといわれるだろうがな」

「ダメ元で訊くわけね」

「そうなんだが、問題はそこからだ。そういわれたら、だったらメールやSNSのメッセージ、電話の通話記録だけでもいいから見せてほしいと頼むんだ。遺族なんだから、知る権利はあるといえ」

「いいけど、何だか難しそうだなあ」真世は頭を掻いた。「そういう交渉は叔父さんがやったほうがいいんじゃないの？」

「俺はだめだ。アリバイがない」

「アリバイ？」

「捜査に関わる情報を犯人の可能性が残っている人間に見せるわけにはいかない、とかいうに決まっている。連中の常套句《じょうとうく》だ。それがわかっていたから、昨夜は切りだきなかった」

「私ならアリバイがあるから大丈夫ってこと？」

「少なくとも、今いった口実は使えないはずだ。そのかわり、ほかの人間に見せられたら困るからだめだ、というだろう。だから、絶対にほかの人間には見せない、といって粘ってみるんだ」

「わかった。やってみる」

「頼むぞ。その情報があるとないとでは大違いだからな。じゃあ、午前十時に家の玄関前で集合だ。遅れるなよ」武史は早口で一方的にいい、電話を切った。

うわあ、面倒臭そう――スマートフォンを見つめながら呟いた時、料理が運ばれてきた。

朝食を済ませ、部屋に戻って化粧をしていたら桃子からメッセージが届いた。思いつくかぎりの学校関係者に連絡した、という内容だった。卒業生がどれだけ参列するかはわからないが、同級生たちの多くは今日の通夜に出るといってくれているらしい。

化粧を終えてから感謝のメッセージを送った。さらに深呼吸をひとつし、柿谷に電話をかけた。すぐに繋がり、「何かありましたか？」と柿谷の緊張した声が尋ねてきた。スマートフォンについて尋ねると、「そのことですか」と途端に声のトーンが落ちた。

「申し訳ないのですが、事件解決の目処が立ったら、御相談に乗りたいと思います」言い方はソフトだが、武史が予想した通り、やはり断ってきた。

「わかりました。では、メールだとかメッセージだとか、あと電話の通話記録だけでも見せてもらえるとありがたいんですけど」

「ああ、そういうことですか……」

「お願いします」

うーんと柿谷は唸った。

「それはですねえ……ちょっとお待ちください」

誰かと——おそらく木暮あたりと相談しているのだろう。かすかに柿谷の声が聞こえるが、会話の内容まではわからない。

お待たせしました、と柿谷の声がいった。

「ごめんなさい。やっぱり、それも今は無理です」

「どうしてですか。だって私、アリバイありますよ。犯人じゃないことは確実なんだし、遺族なんだから、見せてもらう権利はあるんじゃないですか。私、絶対にほかの人には見せません。叔父にだって見せません」武史からの受け売りを主張してみた。

「わかります。お気持ちは大変よくわかります。でもですね、たとえ見せなくても、あなたが内容をついしゃべってしまうってこともあり得るわけでして」

「しゃべりません。信用してください」

「いや、あの、信用するとかしないとかではなくて、捜査上、こちらとしてはそういうリスクは避けたいってことなんです。どうか御理解ください。すみません、今から会議が始まりますので、これで失礼させていただきます。どうもすみません。ではまた」

「あ、でも……」遺族なのに、という前に電話は切られた。

ため息をつき、武史に電話をかけ、柿谷とのやりとりを話した。

「やっぱりだめか。柿谷は人がよさそうだから、もしかしたらと期待したんだが」

「誰かに相談してた」

「木暮だな」舌打ちが聞こえた。「仕方がない。そっちは諦めよう」

「そっちはって？」

「後で説明する。じゃあな」

電話を切ってから時刻を確認すると、午前九時を少し過ぎていた。立ち上がり、クロゼットから喪服を出した。昨夜寝る前にスーツケースから出し、ハンガーにかけておいたのだ。和美が亡くなった時に買ったもので、袖を通すのはそれ以来だ。

スマートフォンがメッセージの受信を知らせた。今度は健太からだった。『おはよう。喪主、がんばって。夜に会おう。』とあった。『ありがとう。これから出かけます。』と返しておいた。

スーツケースに突っ込んでおいた大きめのトートバッグを出し、黒のハンドバッグを放り込んで肩に掛け、部屋を出た。トートバッグを持ってきたのは、通夜や葬儀の際には、香典袋に弔電の束、契約書といったやたら細々《こまごま》とした荷物が増えていくことを、和美の時に知ったからだ。

女将さんにタクシーを呼んでもらい、それを待つ間にネットのニュースを確認した。東京のコロナウイルス感染拡大の兆候は低減した、という記事が目に留まり、安堵した。これなら健太も東京を出やすいだろう。

タクシーが到着したので、生家に向かった。車内から通りを眺めたところ、歩いている人の数が昨日より少し増えている気がした。東京でのコロナの状況が、早くも影響し始めたのだろうか。繰り返される制限と緩和で、人々に素早い対応力が備わってきているのはたしかだ。

生家には午前十時より五分ほど早く到着した。制服姿の若い警官が門の前に立っている。近づいていき、事情を話した。

「聞いております。家に入っていただいて結構です」

「あっ、でも、ここで叔父と待ち合わせをしているので」

「その方なら、もう中にいらっしゃいますが」

「えっ、そうなんですか」

「十分ぐらい前に入っていかれました」

「えーっ」

真世は急いで門をくぐり、玄関ドアを開けた。すると書斎の前にもマスクをつけた警官が立っていた。彼女を見て、ぴんと背中を伸ばした。

靴脱ぎを見ると、二足の靴があった。一方のくたびれた靴は警官のものだろう。もう一つの男性用の革靴は比較的新しい。

真世は警官に会釈してから書斎を覗いたが、武史の姿はなかった。

「被害者の弟さんなら二階に上がっていかれましたが」警官が遠慮がちにいった。

「あ、そうなんですか」

真世が廊下を進んでいくと、ちょうど武史が階段を下りてくるところだった。意外なことに喪服を着ている。

「叔父さん、家の前で集合っていったじゃない」

「少々早く着きすぎた。待ってるのも時間の無駄だと思ってね。別に構わないだろ」

「まあいいけど……それより喪服、どうしたの？」

「おかしいか？　遺族なんだから通夜に喪服を着るのは当然だ」

「そうじゃなくて、どこから持ってきたのって訊いてるの。レンタル？」

「自前だ。喪服ぐらいは持っている」

「どこに置いてあったの？」

武史は億劫《おっくう》そうに口元を曲げた。「どうでもいいだろ、そんなこと」

「気になる。どこよ」

「駅のコインロッカーだ。荷物になるから預けてあった」

「それは？」真世は武史の右手を指した。小さなバッグを提げている。

「いちいちうるさいやつだな。旦那になる男に嫌われるぞ」

武史は面倒臭そうにため息をつき、バッグのファスナーを開けた。中から取りだしたものを見て、真世ははっとした。香典袋だった。

「今、渡したほうがいいか？　参列者たちの香典をまとめる時に渡したほうがいいかな、と思っていたんだが」

「貰っておく。ありがとう」

真世は武史から受け取った香典袋をバッグに入れ、ゆっくりと深呼吸をした。自分は香典を受け取る立場なのだと思うと、改めて悲しみがこみ上げてきそうになった。

二人で書斎の前に戻ると見張りの警官から手袋を渡された。まだ無闇に指紋を付けられると困るということらしい。

ドアを開けて書斎に入り、室内を見回した。昨日と同様、散らかされたままだ。武史の指摘通り、何かを見つけるために漁ったようには見えない。物盗りの犯行に見せかけるため、でたらめに荒らしたとしか思えなかった。

くそっ、と武史が吐き捨てるようにいった。

「どうしたの？」

武史は書斎机の上を指した。

「ファクス電話が警察に持ち去られている。兄貴は家で自分から電話をかける時は、固定電話を使うことが多かった」

「そういえばそうだった。携帯電話だと電波が心配だとかいってたな」

「ケータイが繋がりにくかった頃の癖が抜けなかったんだろう。スマホがだめならこっちの通話記録を調べようと思っていたんだが……」武史は苦々しい顔で唇を噛んだ。

真世は書斎机に近づいた。抽斗が引き抜かれ、中のものが床に散らばったままだ。その中にモンブランの万年筆があるのを見つけ、拾い上げた。大事な手紙を書く時など、英一はいつもこれを使っていた。結婚十周年の時、和美からプレゼントされたものだ。英一から妻へのプレゼントは、たしか真珠のネックレスだった。その日、三人で食事に行ったことを真世は覚えている。夜景の奇麗なレストランだった。海老《えび》フライが大きくて、美味《おい》しくて、とても嬉しかった。

次に手に取ったのは、英一の老眼鏡だ。乱視だったので、ふだんは丸縁の眼鏡をかけていたが、本を読む時にはこちらを使っていた。鼻眼鏡をしているのを真世が初めて見たのは、英一が五十歳になる少し前だったか。お父さんも歳《とし》を取ったんだなあ、としみじみ感じたものだ。

武史を見上げると裏庭を背に仁王立ちし、室内を眺めていた。

「何やってるの？」

武史はゆっくりと腕組みした。

「犯人の心理を考えているところだ。なぜこんなふうに部屋を荒らしたのか……」

はあ、と真世は眉をひそめた。

「まだそんなことを考えてるの？　だからそれは単なる物盗りの犯行に見せかけるためでしょ。自分でそういったじゃない。今さら何いってんの」小声でいいながら真世は入り口を見た。警官は室内に入ってこないが、ちらちらとこちらの様子を窺っている。

武史は、うーんと唸り声を漏らした。「下手すぎる」

「下手？」

「偽装にしては下手だし、雑すぎるといってるんだ。金目のものを探ったように見せかけたいなら、棚や抽斗の中を少し荒らしておくだけで十分だ。ここまでやる意味がない」

「そういえば、預金通帳を置いていったのもおかしいしね」

「預金通帳？」

真世は、昨日ここで床に落ちていた通帳を拾い上げようとして木暮から制止されたことを武史に話した。もちろんその通帳は今は消えている。あの後、警察が回収したのだろう。

「たしかにそれは妙だな。預金通帳と印鑑があっても、本人確認ができないと金を引き出せないから、近頃のコソ泥はそんなものは盗まないそうだが、そこまで考えて残したとは思えない。金銭目当てに見せかけたいなら、持っていくはずだ。凶器を用意していなかったことも不可解だし、犯人の狙いがわからない。本当に兄貴を殺すことが目的で忍び込んだのか……」武史は考え込みながら真世のところに近づいてきた。「棺桶《かんおけ》に入れるものは決まったのか？」

「うん。とりあえず、これとこれはどうかなと思って。あの世でも、筆記具と眼鏡は必要でしょ？」真世はトートバッグから万年筆と眼鏡を取り出した。

武史は首を振った。「そんなものはだめだ」

「どうして？」

「ガラスにしろプラスチックにしろ、火葬したら溶けて骨に付着する。骨拾いの時に後悔するぞ。それらを一緒に埋葬したいのなら、火葬の後で骨壺《こつつぼ》に入れるんだな」

「じゃあ、どういうものならいいの？」

「まあ、無難なのはあっちだな」そういって武史は背後にある書棚を親指で示した。

「本か」真世は立ち上がり、書棚に近づいた。「たしかに相応《ふさわ》しいかも」

並んでいる背表紙を見つめ、考えた。父の思い入れが強い作品とはどれだろうか。

やがて一冊の本が目に留まった。『走れメロス』の文庫本だ。

気がつくと、すぐ後ろに武史が立っていた。「決まったようだな」

「この本にする」真世は文庫本を見せた。

「熱き友情の物語か。ま、いいんじゃないか」

真世は書棚に視線を戻した。

「以前は、この手の本がもっとたくさんあったんだけどね。今では、これしか残してなかったみたい」

「この手の本とは？」

「中学生でも読める本。ホームズとかルパンなんかもあった。昔は生徒を家に連れてくることがよくあって、その時に勧めてたんだって」

「中学生を自宅にか。俺には考えられないな。部屋を汚されるか、ものを壊されるのがオチだ。下手をすれば盗まれる」

そういえば、と真世は『走れメロス』の表紙を眺めながら首を傾げた。

「私が小学生だった頃、この部屋で中学生らしき男の子が本を読んでたのを覚えてる。お母さんに訊いたら、お父さんの生徒だっていってた」

　小学生といっても低学年だったから、二十年以上も前のかすかな記憶だ。今まで思い出すこともなかった。

　真世の思い出話には興味がないのか、武史は別の棚を眺めている。学校関連のファイルが並んだ棚だ。

「真世は中学の何期生だ？」

「私？　四十二期生だけど」

　武史は棚から一冊のファイルを引き抜いた。サインペンで、『四十二期生　卒業文集』と記されている。

「何する気？」

「ちょっと見るだけだ」

「私のを見ないでよ」

「何をいってる。知らない人間の作文を読んで、何が楽しい？」くるりと背を向け、ファイルを開いた。綴《と》じられた原稿用紙を、ぱらぱらとめくっている。

「ちょっと、やめてよ」

「おう、あったぞ。三年二組、神尾真世。なかなか奇麗な字だ」

「やめろっ、読むなっ」

真世はファイルを奪おうとしたが、長身の武史が斜め上に両腕を伸ばしたので届かない。

「ふうん、そうか。中学の時はイラストレーターになりたかったのか」

「悪い？　もういいでしょ」

武史が腕を下ろしてファイルを閉じたので、真世はそれを奪い、書棚に戻した。

「うん？」ほかのファイルの背表紙に目を向けていた武史が、不可解そうに眉根を寄せた。

「どうかした？」

「ここ、順番が逆になっている」武史が指差したのは、三十七期生のファイルだ。たしかに隣の三十八期生のものと入れ替わっているのだった。

ほんとだ、といって真世はファイルを正しく並べ直した。

「それにしても、こんなものをわざわざ保管していたとはな」ずらりと並んだファイルを眺め、武史はいった。

「お父さん本人に、あの世に持っていきたいものは何だって訊いたら、これら全部だって答えるんじゃないかな」

「そうかもしれんが」武史は腰に両手を当て、ため息をついた。「棺桶に入れるには、些《いささ》か多すぎる」

13

斎場は、町外れの小高い丘の上にあった。白い壁とガラス扉に囲まれた、清潔そうな三階建てだ。火葬場も隣接していて、屋根のある通路で繋がっている。和美の葬儀の日は雨だったが、おかげで傘をささずに移動できたことを真世は思い出した。

野木がエントランスホールで待っていた。背後に社員と思われるマスクをつけた数名の男性がいたが、野木によれば全員捜査員だということだった。

「私以外の社員は三人だけです。本物の社員たちは今、会場で準備に当たっています」

その言葉に納得した。ニセ社員たちは手持ち無沙汰そうにしている。参列者が来るまではすることがないのだろう。

武史は冷めた目で刑事たちを見た後、野木のほうを向いた。

「追加でお願いしたいことがあるんだけど、まだ間に合うかな」

「どのようなことでしょうか」

「動画撮影をもう一箇所増やしてほしい。場所は受付カウンターだ。受付での様子を後で見たい。これも我々だけの記録用だから配信は不要だ」

「ははあ」野木は内ポケットからスマートフォンを取り出した。「わかりました。可能だと思います。すぐに手配いたします」

「よろしく頼む。どの位置から撮影するかとか、詳しいことは後で指示する」

「かしこまりました」

野木がどこかに連絡している間に、「撮影追加の狙いは何?」と真世は武史に訊いた。

それに対する答えは、「必要な時に教える」というものだった。

野木が戻ってきた。撮影場所の追加は可能らしい。武史は満足そうに頷いた。

会場に行くと、祭壇の飾り付けがなされている最中だった。白木の棺が置かれているのを見て、真世は立ち止まった。蓋は閉じられておらず、傍らに置いてある。

真世はゆっくりと近づいていった。やがて英一の顔が見えた。瞼を閉じた、穏やかな表情をしている。警察の安置室で見た時とは全然違っていて、今にも目を覚まして起き上がりそうだ。納棺師の技術はすごいと思った。

ふと思いつき、バッグから『走れメロス』の文庫本を取り出した。それを遺体の傍らに置いた。通常の出棺式のようなものは行われないので、忘れないうちに、と思ったのだ。

「死亡届はあるかな」武史が野木に訊いた。

ございます、といって野木は脇に抱えたファイルから一枚の書類を取り出した。

武史は書類を受け取ると、野木から少し離れた。真世がそばに寄ると、なるほどな、と呟いた。

「どうかした？」

「死体検案書に死因がどう記されているかが気になったんだ」

「何と？」

「頸部《けいぶ》血管の圧迫による心停止、とある。やはり単なる窒息死ではなかった」

「凶器は細い紐とかじゃないってことね」野木に聞こえないよう小声で囁《ささや》いた。

そうだ、といって武史は野木のもとに戻り、書類を返した。それから祭壇に近寄り、すでに飾られている英一の遺影を見上げた。こちらを向いて笑っている写真だ。結婚式の披露宴会場で撮ったものだが、背景がうまく消されている。

神尾様、と野木が真世に話しかけてきた。

「御説明させていただきたい件がいくつかございます。今、よろしいでしょうか」

「構いません」

「では控え室のほうで」

「わかりました。――叔父さんはどうする？」

「俺はいい。雑務は真世に任せる」武史は遺影を見上げたまま、素っ気なくいった。

控え室に移動すると、今後の手順について野木が説明してくれた。和美の時に比べると、ずいぶんと簡略化された印象だ。コロナウイルスの影響で、なるべく人々の接触が少なくなるよう配慮されているせいらしい。

打ち合わせを終え、再び会場に戻った。飾り付けは粗方《あらかた》終わっているようで、社員たちの姿がない。遺族用のパイプ椅子が二つ並んでおり、右側に武史が座っていた。

「叔父さん、おにぎり食べる?」トートバッグからレジ袋を取り出し、真世は訊いた。ここへ来る途中でコンビニに寄り、昼食用におにぎりとペットボトルの日本茶を買っておいたのだ。

「おう、貰おうか」武史が振り向いて答えた。

真世は彼の隣に座り、レジ袋から出した鮭《さけ》とイクラのおにぎりとペットボトルを武史に渡した。真世はツナマヨネーズだ。

「何だか変な感じだね。棺桶のそばでおにぎりを食べるなんて」おにぎりのラップを外しながら真世は棺に目を向けた。

「いいんじゃないか。俺たちだけで一足先に通夜ぶるまいというわけだ」

コロナウイルスを警戒し、今日は通夜ぶるまいを行わないのだった。

しばらく黙々とおにぎりを食べていたが、ふと思い出したことがあり、真世は武史の横顔を見つめた。

「どうした? 俺の顔に何かついてるか」

「私、叔父さんと初めて会ったのは、お祖母ちゃんのお葬式だった」

「そうだったな」

「あの前の晩、通夜の準備をしている時、お父さんから弟がいるってことを聞いた。初耳だったんで、すごくびっくりした」

「そうか」

「それで私、ずっと叔父さんに訊きたいことがあったんだけど」

「何だ？」

「初めて会った時、叔父さんは私のことをよく知っているといった。絵を描くのが得意で猫好きだそうだねって。覚えてる？」

武史はペットボトルの茶を飲み、首を傾げた。

「そうだったかな。覚えてないが、いったかもしれない」

「それを聞いて、お父さんから私のことを聞いてるのかなって思った。でも後でお父さんに確かめたら、私のことを詳しく話したことはないってことだった。叔父さんは、どうして私が絵が得意で猫好きだってことを知ってたの？」

「どうしてだったかな」武史は小さく首を捻った。「忘れた」

「そんなわけない。絶対、嘘だ」

武史が心外そうな顔を向けてきた。「なぜそう断言できる？」

「何かからくりがあるんでしょ。そういうのを叔父さんが忘れるわけない」

ふふん、と武史は鼻先で笑った。「なかなか鋭くなってきたな」

「教えて」

武史は、じろりと見つめてきた。「そんなに知りたいか？」

「知りたいから訊いてるんでしょ」

「いくら出す？」

武史に問われ、思わずむせそうになった。口元を手で押さえ、「またそれ？」と睨んだ。

「悪いか？　どこの世界に無料で手品の種明かしをするマジシャンがいる」

「信じられない。神経を疑っちゃう」

武史は吐息を漏らし、食べ終えたおにぎりのラップを丸め、レジ袋に入れた。

「仕方がない。今日は特別だ。香典代わりに教えてやろう。まず、なぜ猫好きだと見抜いたか。答えはこうだ。長年生きてきたが、俺は今までに猫嫌いの女の子に会ったことがない。少なくとも猫好きだろうといわれて気を悪くする女の子はいない。――以上だ」

えっ、と真世は目を見開いた。「それだけ？」

「そうだ」

「何、それ。要するに当てずっぽうだったってこと？」

「統計学に基づいた推測といえ」

がっくりきた。二十年近くも引きずってきた謎の答えがこんなものだったとは。これのどこが手品なのか。

「絵のほうは？　猫嫌いは少なくても、絵が苦手な女子は結構いるよ」

「そうだな」

「そっちの謎解きは？」

「それはまた今度教えてやろう」

「えー、どうしてよ」

真世が口を尖らせて抗議した時、背後で物音がした。振り返ると喪服姿の桃子が顔を覗かせたところだった。

桃子っ、と声をあげながら立ち上がった。

お久しぶり、といって桃子も駆け寄ってきた。二人で手を取り合った。

「ずいぶんと早めに来てくれたんだね」

彼女には受付を頼んであるのだ。

「何かほかにも手伝えることがあるかもしれないと思って。でも、いくら何でも早すぎちゃったかな」

「そうでもない。コロナ絡みで、説明しておかなきゃいけないことがいっぱいあるし」

「それならよかった。真世、無理しちゃだめだよ。人に任せられることは任せたほうがいいからね。適当にサボらないと身体を壊しちゃう」

「うん、気をつける」

武史が背後から近づいてきた。「こちらが桃子さんか」

「そう。——桃子、紹介する。うちの叔父さん。父の弟で武史さん」

桃子が緊張した表情を浮かべた。「初めまして」

「あなたのことは真世から聞いているよ。料理が得意だそうだね」

「えっ？　いえ、そんなことないです」桃子は手と首を一緒に振った。

「そうなのか。しかし真世によれば、昔、御馳走《ごちそう》になった料理がとても美味しかったそうなんだが。ええと、どういう料理だったかな？」

武史が顔を向けてきたが、真世には何のことかさっぱりわからない。この叔父は、どうしてこう突然おかしなことをいいだすのか。

あっ、と桃子が何かを思いだした顔になった。「もしかして、餃子《ギョーザ》？」

「それだ」武史は桃子を指してから真世を見た。「あんなに美味しい餃子は初めて食べたっていってたじゃないか。なあ？」

そんな話を武史にした覚えはまるでなかったが、中学生の頃、桃子の家へ遊びにいって、餃子を御馳走になったことはかすかに思い出した。ああ、と曖昧に頷いた。

「いやだ、あんな昔のことを覚えてくれてたの？」桃子は口元に手をやった。「大した餃子じゃないです。恥ずかしい」

「御謙遜を。料理上手な奥さんで、旦那さんが羨ましい。今日は受付をしてくださるそうだね。よろしくお願いします。では後ほど」

武史は出口に向かったが、姿を消す前に一度だけ振り向き、にやりと笑ってみせた。その顔を見て、真世は、はっと気づいた。少女だった真世に、絵が得意だそうだね、といったのも、今と同じからくりだったのだ。仮に絵が不得手でも、小学生なら図工の授業などで何かを描いている。その絵を誰かが——たとえばお父さんが褒めていた、とかいえばいいのだ。それで不愉快になる人間はまずいない。

「素敵な叔父さんだね」桃子が囁いてきた。

真世は友人の顔の前で人差し指を振った。「いい加減な男だから信用しないで」

新方式の通夜や葬儀では受付にも工夫が必要だ。芳名帳はカード式で、名前と連絡先、故人との関係を書き込む欄がある。いくつか用意された机で参列者が記入した後、受付で香典袋と共にカードを出すという流れだ。記入用のペンは「未使用」の箱から取り、使った後は「使用後」の箱に入れる。ペンは何本かあり、定期的に消毒し、補充する。受付係の桃子はマスクとフェースシールドを着用するだけでなく、手袋も装着する。香典袋と芳名カードはトレイに並べられるが、一定数に達したところでトレイごとケースに収納される。ケースの中はスイッチ一つで消毒される仕組みになっている。

「何だか大層で申し訳ないね」真世は桃子に謝った。

「大丈夫だから気にしないで」桃子は早速書き込んだ芳名カードと香典袋をトレイに置いた。袋には『池永良輔』、その横に『桃子』と記されている。それを見て、彼女の現在の名字が池永《いけなが》だったことを真世は思い出した。下の名前でしか呼んだことがないので、すぐに忘れてしまう。

「うちの人も、後から来ることになってるから」桃子がいった。

「えっ、そうなの？　でも関西にいるんでしょ」

「そうなんだけど、神尾先生が亡くなったことを知らせたら、参列しないわけにはいかないからって」

「あっ、旦那さんもうちの中学だっけ？」

「そう。一年と三年の時の担任が神尾先生だったみたい。いわなかったかな、先生にはすごいお世話になったらしいって」

「聞いたかもしれないけど、ごめん、覚えてない。そうだったんだ」

ここ数年、桃子とは年に何度かメールのやりとりをする程度で、ゆっくりと話す機会がなかった。結婚したと聞いた時も、祝福のメールを送っただけだ。良輔という名前の夫にも会ったことがない。

「旦那さん、まだしばらくは単身赴任なの？」

「わからないけど、たぶんね」

「関西かあ。一緒に行くことは考えなかった？」

「それねえ……」桃子は首を傾げた。「コロナは収束してないし、正直、環境の違うところに行くのが怖かった。それよりも、よく知っている地元で、待っているほうがいいかなと思った。子供もいるしさあ」

彼女の話を聞き、それもそうだな、と真世も納得した。コロナの感染拡大次第では、他府県への移動は自粛しなければならない場合もある。慣れない土地でそんなことになったら、途方に暮れてしまうかもしれない。

自分ならどうするだろうと考えた。真世たちの会社に転勤はないが、健太が転職でもして遠方に行くことになったとしたら、一緒に行かねばならないのだろうか。ついていくなら会社を辞めるしかない。

「桃子は今、仕事をしてないわけね」

「うん、でも……」桃子が躊躇いがちに続けた。「正直いうと、また働きたいんだよね。黙ってたけど、仕事をしてないのは会社が潰れちゃったからなんだ」

「えっ、そうだったの？」初めて聞く話だ。「たしか旅行代理店だったっけ」

「そう。去年の秋に倒産したんだ。観光業はコロナで大打撃を受けちゃったからね。小さい旅行会社なんてイチコロ。コロナでイチコロって、洒落《しゃれ》にもなってないけど」肩をすくめ、苦笑した。

苦労しているんだな、と友人の丸い顔を見て真世は思った。明るく振る舞っていても、それぞれに悩みがある。三十歳にもなれば当然か。

行方をくらましていた武史が野木と共にどこからか現れて、受付のそばで何やら打ち合わせを始めた。先程いっていた、参列者たちの受付の模様を撮影する位置などを指示しているようだ。何を目論んでいるのかは不明だが、野木に耳打ちする武史の表情は、胡散臭《うさんくさ》さに満ち溢れている。

やがて、ぽつりぽつりと喪服姿の人々が現れるようになった。最初に真世のところへ挨拶に来たのは、知らない老人だった。聞けば、英一が最後に勤務していた頃の校長らしい。惜しい人を亡くした、犯人が早く捕まることを祈っている、という意味のことを聞き取りにくい声でいった。英一が殺されたことは知っているようだ。報道はされていないが、小さな町なので噂はすぐに広まる。

酒屋の原口が、三人の男性と一緒にやってきた。同級生たちのようだ。会うのは久しぶりだし、何より全員がマスクをつけているので、誰が誰だかさっぱりわからない。

肩幅のある男性が真世の前に立った。

「神尾、大変だったな。俺だよ。柏木だ」そういってマスクを外し、またつけた。今や『柏木建設』副社長の柏木広大だ。

「あ……お久しぶり」

「原口から話を聞いて、驚いた。ひでえことをする人間がいるもんだ。何か力になれることがあれば遠慮なくいってくれ」頼もしい口調でいった。肩書きにふさわしい貫禄が身についている。

ありがとう、と真世は礼を述べた。

同じようにしてほかの男性たちも挨拶してきた。小太りの沼川《ぬまかわ》は飲食店を経営しており、対照的に細い顔に眼鏡をかけた牧原《まきはら》は、地方銀行に勤めているらしい。

真世は原口から聞いた話を思い出した。『幻ラビ・ハウス』計画が中止になり、それに代わる町おこしを柏木が中心になって考えているということだった。沼川や牧原も、その件に関わっているのかもしれない。

四人は受付カウンターに向かったが、牧原だけが何かを思いついたように真世のところに戻ってきた。

「神尾さ、最近、先生と何か話した？　同級生のこととか」

真世は首を振った。

「このところ、あまり話す機会がなかった。どうして？」

「いや、あの、同窓会があるからさ。それで何か僕らのことを話したかなと思って」

「たとえばどんなこと？」

「だから、牧原は今こんなふうだとか、沼川の店はコロナで苦労しているらしいとか……。

要するに、どの程度気にしてもらえてたか、知りたかったんだ」

「そんなことが気になるの？」

「ちょっとね。同窓会で先生に訊くつもりだったんだけど、訊けなくなったからさ。でも、神尾は何も聞いてないならいいよ。時間取らせてごめん」そういうと足早に離れていった。

変なやつだな——痩せた背中を見送りながら真世は思った。

その後も次々に参列者が訪れたが、野木に呼ばれ、住職への挨拶などをしているうちに通夜の時刻が迫ってきて、会場入りすることになった。行ってみると武史はすでに席につき、足を組んでいた。

真世が座るなり、「容疑者たちの来訪具合はどうだ？」と武史が尋ねてきた。声をひそめたのは、カメラを構えた葬儀社員が近くにいるからだろう。

「容疑者っていわないで。同級生たちが結構来てくれてるんだから」

「大いに容疑者だ」

武史がいった直後、進行役の葬儀社員から通夜の開始が告げられた。

通常の通夜と同じように、住職が入場してきて、読経《どきょう》が始まった。ふつうと違うのは、葬儀社員以外にはたったの二人しかいないことだ。この模様は動画でＷｅｂ配信されているはずだった。

焼香の時が来た。まず真世、続いて武史が席を立った。少しして、一般参列者の焼香となった。最初に入ってきたのは、元校長の老人だ。頼りない足取りで棺に近寄り、中を覗き込んだ後、悲しげな表情で合掌した。それから徐に焼香を済ませ、床に付けられた印を辿って前方の出口へと向かった。一連の動きは、武史の要望通り、少し姿勢を低くした葬儀社員が撮影している。

その後、参列者たちはソーシャル・ディスタンスを守って縦に並び、遺体と対面しては、焼香し、真世たちの前を通り過ぎていった。真世は武史にいわれたことを思い出し、棺の英一を見た時、彼等がどんな反応を示すか、さりげなく、しかし懸命に観察した。

同級生たちの順番も回ってきた。柏木は険しい顔で棺の中を見つめて手を合わせた。マスクをつけているのでわからないが、真一文字に結ばれた唇が目に浮かぶようだった。沼川や牧原たちも、皆と同様に儀式をこなしていく。特に気になることはない。

最後は男女二人組だった。桃子と背の高い男性だ。彼女の夫だろう。香典袋に『池永良輔』と書いてあったのを真世は思い出した。関西からわざわざ駆けつけてくるほど恩義を感じているとは、英一はこの男性にどんなことをしてやったのだろうか。

二人は緊張した様子で棺に近づいた。棺の中を覗き込み、桃子は辛そうに眉根を寄せた。池永良輔も同じような反応だったが、その目が一瞬驚いたように見開かれた。

だがそれから後の彼の態度に不自然なところはなかった。焼香し、真世たちに頭を下げてから出ていった。

間もなく読経を終えた住職が退場すると、葬儀社員が通夜の終了を告げた。

外に出ると桃子たちの姿が目に入ったので、真世は駆け寄った。

「受付、ありがとう。大変じゃなかった？」

「大丈夫、問題なかった。要領はわかったから、明日も任せといて」

「うん、助かる。ええと……」真世は桃子の隣にいる男性を見上げた。「今日は遠くからありがとうございます。おまけに奥様に手伝わせちゃって、本当に申し訳ございません」

いえいえ、と池永良輔は手を横に振った。

「神尾先生には本当にお世話になったので、こんなことは当然です。それより、何というか……御愁傷様……いや、そんな言葉じゃすませられない思いでいっぱいで、僕も残念です。残念で、悔しいです。すみません、こんなことしかいえなくて」顔をしかめたのがマスクをしていてもわかった。気持ちをうまく表現できないもどかしさが伝わってきた。

「それで十分です。父も喜んでいると思います」

「だといいんですけど」

良輔《りょうすけ》さん、といって桃子が腕時計を指差した。「そろそろじゃない？」

「あっ、そうだな。では神尾さん、僕はこれで失礼します」

「今夜は桃子の実家にお泊まりですか？」

「いえ、戻ります」

「戻るって、関西に？　これから？」

「とんぼ返りなの」桃子が横からいった。「仕事が忙しいみたい」

真世は改めて池永を見上げ、瞬きした。

「そんな中、わざわざ来てくださって……。本当にありがとうございます」

「気になさらず。平気です。慣れてますから。——じゃあ桃子、またな」

「気をつけてね」

池永は頷き、失礼します、と真世にいってから正面玄関に向かった。

「大変なんだね」桃子にいった。

「仕事人間なの」彼女は吐息を漏らした。

周りを見ると、ほかの参列者たちはすでに帰ったようだ。

桃子と一緒に受付に戻り、野木と明日のことを打ち合わせた。集められた香典袋は、除菌されたケースに収められている。真世はそれをトートバッグに入れた。

「あれ、芳名カードは？」

「それは叔父様にお渡しいたしました」野木がいい、視線を真世の背後に向けた。振り返ると武史が二人の男性と向き合っている。何やら険悪な雰囲気だ。相手はニセ葬儀社員、つまり刑事たちだった。

「何やってるんだろう？」

さあ、と野木は首を捻った。「では神尾様、明日もよろしくお願いいたします」

「あ、こちらこそよろしくお願いします」

野木は丁寧に頭を下げた後、武史のほうをちらりと見て、さっさと立ち去っていった。面倒なことに関わり合いたくないのだろう。

「じゃあ、あたしもこれで帰るね」桃子がいった。「また明日」

「うん、よろしく」

桃子を見送ってから、真世は武史たちに近づいていった。

「どうしたの？　何があったわけ？」

「どうしたもこうしたもない。こいつらがわけのわからない要求をしてくるので、そんなことはできないと断っていたところだ」

「どうしてわけがわからないんですか？　捜査のためだといってるでしょう」二人のうち年嵩《としかさ》だと思われる刑事が困ったような口調でいった。

「一体何なんですか？」真世は訊いた。

刑事が大きなため息をついて彼女のほうを向いた。

「芳名帳を貸していただきたいんです。それがだめならコピーを取るか、撮影させてもらいたいんですが」

「あれを……」真世は武史を見た、手に紙袋を提げている。芳名カードはその中に入っているようだ。

「参列者の大切な個人情報だ。軽々しく他人に見せるわけにはいかない」

「だから決して外には出さないといってるじゃないですか。約束します」

「そんな約束、当てになるか。盗聴だとか無断でGPSを付けるとか、警察の違法捜査がしょっちゅう問題になってるじゃないか」

「信用してください。困ったな。どういえば、わかってくれるんですか。あなただって、お兄さんを殺した犯人が早く捕まってほしいと思うでしょ？　お互い力を合わせましょうよ」もはや懇願口調だ。

武史が、ふん、と鼻を鳴らした。

「力を合わせる？　そんなことをいうからには、そっちもこちらの要求を呑んでくれるんだろうな」

「どんなことでしょう？」

「ほかでもない。兄貴のスマホだ。すぐに返してもらいたい。それができないというなら、データだけでも見せてほしい」

武史の言葉に刑事たちの目つきが変わるのがわかった。

「いや、それはちょっと……」

「だめなのか。だったらこっちも断る」

「無茶いわんでください。重要事項だから、私の一存では決められないんです」

「上司の許可が必要というわけか。君はどこの部署だ？　所轄か？」

「いえ、我々は県警本部から来ています」

「すると直属の上司は木暮警部だな。――よし」武史は視線を横に移動させ、成り行きを見守っていた別の刑事を指した。「君、名前は？」

「私ですか？」突然尋ねられ、刑事は当惑した様子だ。

「そうだ。名前は何という？」

「マエダですが」

「ではマエダ君、木暮警部に電話だ。繋がったら代わってくれ。俺が直接話す」

「えっ、今すぐですか？」

「今すぐだ」

マエダは指示を求めるように、もう一人の刑事を見た。こちらが先輩のようだ。先輩刑事は無言で頷いた。

マエダが電話をかけた。

武史が真世のほうを見て、持ってろ、というように提げていた紙袋を差し出してきた。

「……あ、マエダです。……はあそれが、芳名帳なんですが、遺族の方から貸してもらえなくて……いえ、見せるのもコピーもだめだと……見たいのなら、代わりに被害者のスマホを見せろと。……スマホです。被害者の……はい、つまり交換条件です。それで課長補佐と直接話したいとかで」

武史はマエダに近づき、その手から素早くスマートフォンを奪った。耳に当て、くるりと刑事たちに背を向けた。

なぜか少し間を置いてから、もしもし俺だ、と乱暴な口調でいった。

「もう忘れたのか。神尾英一の弟だ。……どうしてって、直《じか》に話したほうが話が早いと思ったからに決まってるだろうが。おたくの部下から聞いたが、兄貴のスマホを見せないくせに、こっちの情報を寄越せとは、図々《ずうずう》しいにもほどがある。一体何様のつもりだ」

現場検証の時と同様、県警本部の警部が相手でも、武史は一向に臆することなく相変わらず粗野な口ぶりでまくしたてる。この恐れ知らずの自信はどこからくるのか。

そんなことを考えながら武史を眺めていて、真世はどきりとした。彼は左の耳にスマートフォンを当てて話しているのだが、右手にもスマートフォンを持っていて、何やら操作しているのだった。上着の内側に隠しているが、正面にいる真世からは丸見えだ。

しかも武史が通話に使っているのは彼のスマートフォンで、右手で操作しているほうがマエダのスマートフォンのようだった。

つまりマエダからスマートフォンを取り上げた直後、一旦電話を切り、素早く自分のスマートフォンで木暮にかけ直したのだ。妙に間が空いたのは、そのせいらしい。何という早業か。しかもこんなに近くにいるのに、すり替えに真世は全く気づかなかった。刑事たちもそうだろう。

武史の会話は続いている。

「――仕方がないな。そこまでいうのなら、あんたの顔を立ててやろう。スマホのデータを見ることは諦める。そのかわり、教えてほしいことがある。兄貴が土曜日にどこにいたかだ。それを教えてくれるのなら、芳名帳をコピーさせてやる。……とぼけるな。スマホの位置情報記録を調べりゃすぐにわかることだ。……何のためにって、そんなことはあんたには関係ない。どうする？　こっちはどちらでもいいぞ」

真世のバッグの中でスマートフォンが震えた。出してみるとメールの着信がある。差出人の名前を見て、息を呑んだ。『前田』となっている。武史がマエダのスマートフォンから勝手に送信したようだ。

「――『東京キングダムホテル』？　たしかだろうな。……時間は？　……その後は？……わかった。……見損なうな、ちゃんと約束は守る。あんたらと一緒にするな」武史は電話を切り、くるりと刑事たちのほうを向いた。「おたくらのボスと話はついた。真世、芳名帳を渡してやれ。それからマエダ刑事、ありがとう」左手で耳に当てていたスマートフォンを若い刑事に返した。

それをいつ右手から持ち替えたのか、そしていつ自分のスマートフォンをポケットにしまったのか、真世には全くわからなかった。

14

タブレットのモニターに映っているのは、今日の受付の様子だった。一定の間隔で並んだ参列者が、順番にカウンターに近づき、桃子に挨拶してから芳名カードと香典袋をトレイに置いていく。すぐそばに喪服を着て、腕に腕章をつけた男たちが何人か立っているが、武史によれば葬儀社員ではなくすべて刑事らしい。

「この男の動きに注意しろ。何となく不自然だと思わないか?」武史は桃子の隣にいる男性を割り箸の先で示した。

真世は、その人物を見つめた。しかし、ただ立っているだけで特に不審な動きはない。

「別に……ふつうだと思うけど」

武史は不服そうに口元を曲げた。

「観察力のないやつだな。よく見ろ。参列者が前に立つたび、桃子さんと一緒に頭を下げている。その直後、左手でネクタイに触っているだろうが。ほら、また触った」

真世は画面に顔を近づけた。

「そういえばそうだ。何してるんだろ」

「撮影だ」

「えっ？」真世は目を見開いた。

「刑事がなぜ桃子さんと一緒に受付に立っているのか。その理由はただ一つ、参列者たち全員の顔写真を正面から撮りたいからだ。おそらくタイピンに見せかけた隠しカメラをネクタイに取り付けているんだろう。リモコンで操作するシャッターボタンを右手に持っていて、参列者が前に立った瞬間に押している。左手でネクタイに触れるのは、カメラを安定させるためだ。揺れていたら画像がブレるからな」

武史の話を聞き、ひどーい、と真世は憤慨した。

「本人たちだけでなく、私たちにも無断でそんなことをやってたんだ。それって盗撮じゃん。犯罪だよ」

「まさに盗撮だが、奴らに罪の意識はかけらもない。捜査のためには何をしてもいいと思っている。ふん、ところがどっこいだ。コロナの影響で参列者たちはほぼ全員がマスクをつけている。これでは顔の正確な把握などできまい。いい気味だ。おっと、そろそろだな。画面から目を離すな」

「そろそろって？」

「見ていればわかる」武史は画面を見たまま、箸でつまんだ卵焼きを口に入れた。

二人は葬儀会場の隣にある控え室にいた。刑事たちが引き揚げた後、出前の弁当を食べながら作戦会議をしているのだった。今見ているのは、武史が野木に命じて撮影させた受付の様子だ。

　画面の中では柏木がカウンターの前に立つところだった。ほかの参列者と同じように桃子たちに挨拶し、カードと香典袋を置き、離れていく。桃子の隣にいる男性は相変わらず頻繁にネクタイに触れるが、ほかの刑事たちには特に目立った動きはない。

　続いて原口が立ち、桃子たちに向かって頭を下げた。芳名カードをトレイに置き、続いて香典袋を置こうとした。

「今だ」武史が動画を静止させ、人差し指を画面に向けた。

　彼が指しているのは、トレイのすぐ脇に立っている男性だ。マスクをしているが、誰なのかはわかった。ついさっき武史に命じられて木暮に電話をかけた、前田という若い刑事だった。

「左手に注目しろ」そういって武史が動画を再スタートさせた。

　彼がいったように前田の左手が動いた。マスクを気にするように自分の耳の後ろを触ってから、その手を下ろした。

「いいか、前田の動きをよく見ていろよ」そういうと武史は映像を早送りした。

　真世は目をこらして画面の前田を注視した。すると、また左手を同じように動かした。

武史が画像を止める。カウンターの前に立っているのも、真世の知っている人物だった。

「牧原君だ……」

「こいつも真世の同級生か」

「うん、地方銀行に勤めてる」

地銀か、と呟きながら武史は動画の早送りを再開した。

その後の映像でも、前田は何度か同様の動きを見せた。

「何か怪しいね、前田刑事の左手」

「だろう？　当然、この動作には意味がある。よし、じゃあ戻すぞ」武史は動画を、原口が芳名カードを置く直前まで戻して静止させた。「今度は前田の右手を見てみろ。何かを持っているのがわかるか？」

真世は画面を凝視した。前田の右手は腰の前にある。

「スマホみたいだね。スマホの画面を見てるんじゃない？」

「その通りだ」

「何を見てるんだろ？」

「何だと思う？」

「わかんない。教えて」

武史は顔をしかめた。「少しは自分で考えたらどうだ」

「だって訊いたほうが早いもん。もったいつけてないで教えてよ」

武史は、ちっと舌を鳴らした。

「そんな手抜きばっかりしてると早くボケるぞ。いいか、前田がスマホを見ているのは、そこに名前のリストが表示されているからだ」

「リスト？　何の？」

「もちろん容疑者リストだ。参列者が芳名カードを置いたら、前田は素早く照合して、カードの名前がリストにあれば左手で耳に触る。つまり合図だ。それを見て、周りにいるほかの刑事たちがアクションを起こす」

「アクションって？」

「奴らが何のために通夜や葬儀に潜入すると思う？　顔写真を撮るためだけじゃない。要注意人物が姿を見せた場合に、その動向を監視するためだ。おそらく前田は、左手で合図を出すと同時に、右手に持ったスマホで、リストのどの人物かを送信しているに違いない。この後原口君は、潜入しているすべての捜査員たちから、その行動の一部始終を見張られていたはずだ」

ちょっと待って、と真世は手を挙げた。

「その容疑者リストっていうのはどういうもの？　何に基づいて作られたリストなの？　捜査はまだそんなには進んでないはずだよ」

「真世にしては、いい質問だ。そう、その通り、警察だって大した手がかりは持ってない。

だが、兄貴が最近連絡を取り合った人間たちのリストなら作れる」

「何それ。全然わかんないんだけど」

「なぜわからないんだ」武史は口調に苛立ちを含ませた。「俺が今朝からずっと入手しようとしているものだ。真世にも頼んだじゃないか。さっきも木暮を相手に交渉してみた。断られたがな」

そういわれ、思い当たった。

「もしかして、お父さんのスマホ?」

「ようやくわかったか。その通りだ。スマホは人間関係を示すデータの宝庫だ。メール、SNS、通話記録――最近どういう人間と連絡を取り合っていたか、すべてが記録されている。今回の事件の犯人が顔見知りなら、名前がその中に残っている可能性は高い。あと、固定電話の履歴も同様だ。警察は必ずリストを作っているだろう。そのリストを何とか手に入れたいと思った。そこで考えたのが受付の撮影だ」

「どういうこと?」

「警察は今後、リストに載っている人間一人一人に当たっていくつもりだろう。だがその前に、当人に関する情報をできるだけ多く集めておきたいはずだ。その点、通夜や葬儀は、それらを得られる絶好の機会といえる。だから俺は、潜入捜査員の中に、受付で名前をチェックする係が必ずいるはずだと睨んだ。チェックするだけでなく、該当人物が現れた際には、ほかの捜査員たちに合図を送るだろうとも予想した。だから通夜が終わった直後、俺は真っ先にこの映像を確認して、どの刑事がチェック役なのかを調べてみた。で、どうやらこの下っ端らしき若い刑事のようだと見抜いた」武史は画面に映っている前田を指差した。「右手に持っているスマホに、リストが表示されているらしいってこともな」

「それで敢《あ》えてあの刑事のスマホを盗んだわけね。芳名カードを見せるのを渋ったのは、そのための凝った芝居だったんだ」

「ほかの刑事のスマホにも同じリストが保存されているだろうが、あいつのスマホが一番確実だと思ってな。それに盗んだわけじゃない。見ていただろ？　きちんと借りて、きちんと返した」

「勝手に操作してたじゃん」

「今さら固いことをいうな。それより、真世にメールを送ったはずだ。確認したか」

「あっ、そうだった」

真世は自分のスマートフォンをチェックした。『前田』という差出人から届いたメールを開くと、たしかにずらりと名前が表示された。その数は二十人ほどで、『原口浩平』の名前は一番上にあった。そのことを武史にいった。

「彼は兄貴に連絡を取ろうとして何度か電話をかけたらしいから、着信履歴のトップに名前が残っていたんだろう。ほかに真世が知っている名前はあるか」

「うん、ある。やっぱり牧原君の名前がある。それから桃子の名前も。同窓会の準備で連絡を取ったんだろうな。杉下君の名前があるのも、そのせいかも」

「スギシタという名前は初登場だな。それも同級生か？」

「うん。東京でＩＴ企業を経営してる」

コロナを避け、最近になって帰省したらしいことや、渾名《あだな》がエリート杉下だということも話した。

「同窓会の打ち合わせに現れて、東京で成功していることを自慢してたって桃子がいってた。だからお父さんにも直接電話して、鼻高々で挨拶した可能性も大いにあると思う」

「なるほど。そういう気取った優等生が、クラスに必ず一人や二人はいるものだ」

「そう、それでエリート杉下。今日は来なかったけど、明日は来るのかな。やだな。——あっ、ココリカの名前があった」

「ココリカというのはたしか……」

「九重梨々香。広告代理店勤務だけど、実質的には釘宮君のマネージャー役だって原口君が話してたでしょ。ココリカと並んで釘宮君の名前もある。原口君から頼まれて、お父さんのほうから連絡を取ったのかもしれないね」

新しく売り出す地酒の名称に、『幻脳ラビリンス』の主人公『零文字アズマ』を使わせてもらいたい、という件だ。

「私の知っている人は、ほかにはいないみたいだけど」メールに記されたリストを一通り眺めてから、真世はいった。

武史が一枚の書類とボールペンを真世のほうに差し出してきた。

「この中に名前があれば、チェックしてみてくれ」

渡された書類は、芳名カードを受付順に並べ、コピーしたものだった。カードの実物は警察が持っていった。武史によれば、たぶんカードに付いた指紋が目当てだろうとのことだった。

カードはちょうど二十枚あった。夫婦が三組あるので、参列者は二十三人だったことになる。元中学教師の通夜としては多いほうなのかそうでもないのか、真世にはよくわからなかった。

リストを見ながら書類にチェックを入れた。全部で六人だったが、原口と牧原そして桃子以外は真世の知らない人物だった。

武史は書類と見比べながら、映像を最初から再生した。前田の動きを確認してみると、やはりチェックを入れた人物が芳名カードを置いた直後に、左手を上げていた。同級生以外の三人は、芳名カードに記された『故人との関係』によれば、『元教員仲間』、『町内会長』、『理髪店店主』だった。

「この元教員仲間だというおじいさんは、お父さんから名前だけは聞いたような気がする。

働いていた頃、一番親しかったんじゃないかな。それから床屋のおじさん、来てくれてたんだ。そういえば三十年来の付き合いだっていってたな」

小さな町で、地元での人間関係を頼りに、父はのんびりとした老後を楽しみ始めていたところだったのだ、と真世は改めて思い知った。

「今日の収穫はこんなところかな。さっきもう少し時間があれば、あの前田とかいう刑事のスマホの中身をもっと調べられたんだが、そのリストを転送するのが精一杯だった。まあ、いいだろう」武史はタブレットの映像を消し、弁当の残りを食べ始めた。

真世も海老フライに箸を伸ばしたが、食べる前に手を止めた。

「そういえばあの時、お父さんの土曜日の行動を木暮警部から訊きだしてたね」

武史は缶ビールを傾けながら頷いた。

「午後六時ちょうどに『東京キングダムホテル』に行っていることが、スマホの位置情報から判明したそうだ。調べてみたら、ホテルは東京駅から徒歩約十分のところだった。そこに八時頃までいて、その後、東京駅付近で三十分ほど過ごした後、新幹線に乗って帰路に就いている。東京駅での三十分は、たぶん夕食だろう」武史は意味ありげな目を真世に向けてきた。「夕食に兄貴が何を食べたか、覚えてるか?」

「ラーメン。それぐらいは覚えてるよ。馬鹿にしないでくれる? 胃袋から見つかったんでしょ」

「消化状態は食後約二時間ってことだった。スマホの位置情報によると兄貴が自宅に到着したのは土曜日の午後十一時頃らしいから、時間的には合う。で、俺が立てた推理では、兄貴は帰宅してすぐに殺されたはずだ」

「お父さんが殺されたのは土曜日の午後十一時頃……か」真世は海老フライから箸を離した。つい犯行の様子を想像してしまい、食欲がなくなった。

「これで服装の謎が解けた。東京の一流ホテルに行くとなれば、兄貴なら迷いなくスーツを着るだろう。会う相手が誰であろうともな」

「誰と会ってたんだろう」

「土曜日の夜六時から都内のシティホテルで約二時間の滞在――これが人気男性芸能人の行動だとしたら、想像されることは一つだな」

武史のいいたいことは真世にもわかった。

「女の人とのデート？　それはちょっと考えられないんだけど」

「決めつけは禁物だが、まあその点は俺も同感だ。『東京キングダムホテル』は、午後六時から八時という時間帯では、デイユースのサービスがない。宿泊料となれば、安い部屋でも一泊三万円はする。倹約家の兄貴が、恋人との逢瀬《おうせ》にそんな浪費をするわけがない」

真世は小鼻を膨らませて武史を見た。「そういう理由で賛成なわけ？」

「兄貴が遠距離恋愛をしていなかった、と断言する材料は何もない。しかし今いった理由から、とりあえず逢《あ》い引《び》きの可能性は排除しよう。俺が思うに、兄貴が利用したのはおそらくホテルのラウンジだ。東京にいる誰かと会ったわけだ」

「事件解決のためには、それが誰なのかを何とかして突き止めなきゃいけないわけね」

だが真世の言葉に武史の反応は鈍い。少し首を傾げて刺身をつまんでいる。

叔父さん、と呼びかけた。「私の話を聞いてる？」

「聞いているが、あまり同意はできない」

「どうしてよ」

武史は割り箸を置き、真世のほうを向いた。

「土曜日、兄貴が誰と会うために東京に行ったのか、それが全く大事でないとはいわないが、必ず突き止めなければならない、というものでもない。なぜなら、その相手は犯人ではないからだ。何らかの形で事件に関わっているかもしれないが、直接手を下した人間ではない」

「そうかな。でもホテルを出た後、お父さんがその相手と別れたとはかぎらないよ。もしかしたら一緒にラーメンを食べて、一緒に新幹線に乗ったかもしれない」

「そして一緒に自宅までついてきたと？」

「そう」

「あり得ない」

「なんで？」

「こんな小さな町でも防犯カメラは至るところにある。たとえば駅にもな。現時点で、警察がまだその映像を確認していないとはとても思えない。兄貴が誰かと一緒だったとすれば、必ずカメラに映っているだろうから、警察はその画像を真世に見せ、知っている人間かどうかを尋ねるはずだ。それをしないのは、そんな画像はないから、兄貴は一人だったからにほかならない」

納得したか、と問うように武史は冷めた視線を真世に向けてきた。

じゃあ、と真世は低い声を発した。

「東京で誰と会ったかはあまり重要じゃないっていうなら、何が重要だと思うわけ？」

「何度もいうが、俺の推理では、犯人は留守宅に侵入し、兄貴を待ち伏せしようとしていたはずだ。つまり、土曜日の夜に兄貴が家を空けることを知っていたことになる」

あっ、真世は小さく声を漏らした。「そうか……」

「兄貴の東京行きを知っていたのは誰か。それが事件解決の大きな鍵だ。警察も同じことを考えているだろう。だからといって、誰にでも尋ねて回ったりするなよ。犯人の耳に入ったら警戒されるからな。さりげなく探るんだ」

「わかった」

いい加減なところは多いが、武史の推理力には一目置かざるをえなかった。

誰が英一の上京を知っていたか、それを考えようとして、全く別のことが気に掛かった。おかしいな、と思わず呟いていた。

「どうかしたか」

「お父さん、どうして私に連絡してこなかったんだろう。東京に娘が住んでいて、自分が上京することになったら、ふつうは連絡しない？　土曜日だから、昼間でも会えるかもしれない。何だったら、夜は私の部屋に泊まったっていいわけだし」

なるほど、と武史はゆらゆらと顎を上下に揺らした。

「その着眼は悪くない。たまには役に立つことをいうじゃないか」

「たまにはってことないでしょ」

「俺にしては最大の賛辞だ。とにかく、そのことは気に留めておく必要がありそうだ」

賛辞といわれ、悪い気はしなかった。どうやら的外れではなかったようだ。

少し食欲が戻ったので、真世も食事を再開した。海老フライは冷めていたが、案外美味しかった。大好物なのだ。

弁当を食べ終えた武史は、胡坐《あぐら》をかいてタブレットで何やら見ている。そのタブレットも駅のコインロッカーに預けてあったらしい。

「ところで叔父さん、私、結婚式はどうしたらいいと思う？　これから事件の捜査がどうなるかわからないし、予定通りに進めていいのかどうか、迷ってるんだけど」

武史が顔を上げた。だがすぐには真世のほうを見ようとせず、しばらくあらぬ方向に視線を漂わせた後、顔を向けてきた。

「じゃあ、延期しろ」

あまりにストレートな回答に、真世は少したじろいだ。

「適当に答えてない？」

「あわてる必要はないといってるんだ」

「やっぱりそのほうがいいかな」

「相手の彼はどうなんだ。待ってくれそうか」

「わからない。今夜、相談しようと思ってる。でもこんな状況だから、理解してくれるんじゃないかな」

「そうか」武史は再びタブレットに視線を落とした。

スマートフォンが鳴りだした。健太から電話だ。すぐに出ると、たった今駅に着いたので、これからタクシーで向かうという。気をつけて、といって電話を切った。

「婚約者が着いたようだな」

「そう。タクシーで来るらしいから、叔父さん、そのクルマに乗って『まるみや』に戻れば？」

「真世たちはどうするんだ」

「私は喪主らしく、ここに泊まる。彼と一緒だったら怖くないし」

この部屋は本来、そういう目的で使う場所なのだ。だから和室で、押し入れには布団が収められており、シャワー室とトイレも付いている。入り口には鍵もかけられる。

「明日の葬儀には彼も？」

「わかんないけど、たぶん出てくれるんじゃないかな」

葬儀は午前十時からだ。野木によれば、参列者の人数にもよるが、火葬も含めて二時間あまりで終わるだろうとのことだった。

「そういうことなら、俺はそろそろ引き揚げるか。明日もあることだし」そういって武史は身支度を始めた。

「ああ、そうだ。あのね、叔父さん、ちょっといいにくいんだけど」真世はハンドバッグを引き寄せ、中から香典袋を取りだした。今朝、武史から貰ったものだ。「叔父さん、中身を入れるのを忘れてるみたい」

なかみ、と武史は気の入らない声を発した。「カネのことか」

「そう、お香典」真世は袋を開いた。「ほらね、何も入ってない」

先程、こっそりと確認し、袋の中が空だと気づいたのだった。

「それはそうだろう」ところが武史は平然といった。「香典はすでに払ったからな」

「払った？　いつ？」

「昼間だ。真世が猫好きで絵画が得意だと見抜いたトリックの種明かしをしてやった。あの時、香典代わりに教えてやるといっただろ。もう忘れたのか」

「えっ、あれがっ？」

「それとも香典を二重取りしようというのか。それは甘いぞ」

真世は香典袋と武史の顔を交互に見た。ハンドバッグを放置した記憶はない。

「いつの間に抜き取ったの？」

「さあ、いつだろうな。いくらか払うなら教えてやってもいい」

愕然とした。呆れてものがいえないとはこのことだ。一体どういう人格をしているのか。推理力はさておき、人間性は最低ではないか。まるで詐欺師だ。

だがそんな真世の思いをよそに、武史は荷物をまとめて靴を履くと、「どうした？　そろそろ彼が到着するぞ。玄関で出迎えなくていいのか」といって、さっさと出ていってしまった。

真世たちが正面玄関に行くと、ちょうどタクシーが止まるところだった。健太が財布を出しているのが見える。武史は真世のすぐ横にいるが、自分が降りる時に精算するからここでの支払いは不要だ、などとは口が裂けてもいってくれそうにない。

旅行バッグとガーメントバッグを両手に提げ、健太が神妙な顔つきで降りてきた。

「やあ、疲れてないか？」

「うん、大丈夫」

真世は武史を見た。彼はタクシーの運転手に声をかけていた。後ろから、叔父さん、と呼び、健太のほうを向いた。

「健太さん、こちらが父の弟の武史叔父さん。――叔父さん、婚約者の中條健太さんよ」

「おお、君がっ」武史が健太の前に進み出た。「真世から散々自慢話は聞かされているよ。じつに思いやりがあって、真面目で仕事熱心な人だってね」

「いや、それほどのことは……」健太は戸惑ったような照れ笑いを浮かべた。

「謙遜しなくていい。ああ、それからそうだ。繊細でありながら、ここぞという時には大胆な行動に出るとも聞いた。その大胆さを象徴するエピソードもね。ええと、何だったかな。たしか仕事に関することだったと思うんだが」こめかみに指先を当て、顔をしかめて思い出そうとするふりをする。

真世は呆れた。そんな話をした覚えなど全くない。

ところがたまたま思い当たることでもあるのか、健太が口を開いた。「仕事に関することというと、もしかすると、あれかな」

「たぶんそれだ」武史が健太を指差した。「いってみてくれ」

「健太さんっ」真世はあわてて二人の間に入った。「答えなくていいから」

「でも……」

叔父さんっ、と真世は武史のほうを向いた。

「今日はどうもお疲れ様でした。明日もよろしくお願いいたします。おやすみなさい」早口でいって、深々と頭を下げた。

武史は一瞬面白くなさそうに仏頂面を作ったが、すぐに口元に笑みを浮かべた。

「おやすみ。――では健太君、姪のことをよろしく」

「お任せください。おやすみなさい」

武史がタクシーに乗り込み、走り去るのを二人で見送った。

「ユニークな叔父さんだね」健太がいった。皮肉には聞こえないから本心のようだ。

「今からいっておくけど、あまり関わり合いにならないほうがいいよ」

「どうして？　楽しそうな人じゃないか」健太は不思議そうな目をする。

だめだこりゃ、と真世は脱力感に襲われる。なぜ誰も彼も、あんなインチキ男にコロリと騙《だま》されるのか。

「とにかく近寄らないほうがいいから」

「そうなのか？　ふうん……」

健太がまず焼香をしたいというので、会場に案内した。棺の中の英一と対面し、彼は深くため息をついてから合掌した。

「こんなことになるなんて、夢にも思わなかった。将来のこととか、もっといろいろと話したかったのに」無念そうに呟いた。

健太が焼香を済ませると、二人で控え室に行った。真世はトートバッグに突っ込んでおいたスウェットに着替えた。緊張が解けると同時に、思いの外疲れていることに気づき、畳の上で横になった。

健太が優しく覆い被さってきた。かすかな体臭が鼻孔をくすぐる。この匂いが真世は嫌いではなかった。

大変だったね、といって健太が唇を重ねてきた。真世は、ごく自然に応じる。

「うちの両親が、心よりお悔やみ申し上げます、と。お父様に一度もお会いできなかったのが、本当に心残りだって。それから俺には、真世さんをしっかり支えてやりなさいといってきた」

「うん、お二人にはよろしく伝えといて」

健太は栃木の出身だ。真世は彼の両親とは二度会っている。父親は公務員で母親は専業主婦だ。真面目そうで、堅実な人生を送ってきたと思わせる二人だった。息子の婚約者が殺人事件に巻き込まれたと知り、どんな気分だろうか。

「あのね、結婚式のことなんだけど……どうする？」

真世の問いかけに、健太は戸惑いの色を浮かべた。

「それか……。うん、俺も考えてたところなんだ。でもやっぱり、真世の判断に任せようと思って。真世は、どうするのがいいと思う？」

うーん、と唸り声を漏らしてから続けた。

「病気とか事故とかで死んだのなら、二か月も経てば気にしなくていいかなと思うけど、殺されたというのはちょっとね。もし、ちょうど結婚式の頃に、犯人の裁判とかが始まったらどうする？」

健太は苦々しい顔で首を捻った。

「それは……結構きついかもな」

「でしょ。逆に、まだ犯人が捕まってなかったら、それはそれで結婚式どころじゃないような気がする。事件が解決してないのに何を浮かれてるんだ、とかSNSで書かれたりしても嫌だし」

「そうだな。じゃあ、延期にする？」

「それがいいように思う」

「わかった。延期することを前提に、しばらく状況を見よう」

「ごめんね」

「どうして真世が謝るんだ」健太が抱きしめてきた。

恋人の胸に顔をうずめ、真世は目を閉じた。様々な思いが頭の中を漂っている。混沌《こんとん》としたそれらがどこに辿り着くのか、まるで見当がつかなかった。それでも今はとりあえずこうしていたい、と思った。

15

翌朝はタクシーを呼び、二人で町に出た。昔ながらの喫茶店があったので入り、モーニングセットを食べた。コーヒーを飲むのはずいぶん久しぶりのような気がした。

隣の椅子に置いたハンドバッグから着信音が聞こえてきた。スマートフォンを取り出してみると、武史からだった。電話を繋ぎ、おはよう、と挨拶した。

「彼と一緒か？」いきなり尋ねてきた。

「そうだけど」

「何をしている？」

「喫茶店で朝食を終えて、そろそろ斎場に戻ろうと思ってたところ。どうかした？」

「確認しておきたいことがある。健太君には協力してもらうのか？」

「協力？　お葬式を手伝ってもらうかってこと？」真世は向かい側の健太を見た。彼は少し首を傾げて見返してくる。

「そうじゃない。事件の真相を突き止めることに付き合わせるのか、と訊いてるんだ。昨夜、事件について話したんじゃないのか？」

「ああ、それ……」真世は視線を健太から窓の外に移した。「あまり話してない。疲れてすぐに寝ちゃったし」

「そうなのか。で、どうする気だ？　それによって今日の行動が変わってくるから、はっきりさせてほしい。俺はどちらでもいいぞ」

「私は、あまり関わらせたくないな……と」

「了解した。では俺もそのつもりでいる。彼は、すぐそばにいるんだな」

「うん……」

「今のやりとりをそばで聞いていて、自分に関することだと勘づいているはずだ。電話を切ったら、どういう用件だったか訊いてくるだろう。おかしな受け答えをしたら、余計に怪しまれてしまう。俺が今からいうように答えろ」そう前置きし、武史は健太への対応をアドバイスしてくれた。その内容は意外なものだった。しかし簡潔で説得力があった。わかった、といって電話を切った。

「叔父さんから？」健太が訊いてきた。

「そう」

「何だか、俺についてのことだったみたいだけど。あまり話してないとか、関わらせたくないとか。すごく気になるんだけど」

武史が予想した通りの反応だ。

「健太さんについてというより、あることで健太さんに相談するかどうかを訊かれたの」

「あることって？」

真世は少し間を置いてから答えた。「相続のこと。お父さんの遺産をどうするか」

「あ……」健太は意表を突かれたように、口を半開きにした。

「財産というほどのものではないんだけど、多少は遺《のこ》っているわけで、親戚との絡みもあっていろいろと面倒みたい。そのことを叔父さんに相談したら、健太さんと話し合ってみたのかって訊かれた。まだ結婚前だし、お金のことに健太さんを関わらせたくないから、そう答えたの」

「そういう話か。それは微妙だね」健太はぎこちない笑みを浮かべた。「君の家の財産に俺が口出しするのは絶対におかしいし」

「でしょ？　だからもういいの。この話はおしまい」真世は腕時計を見た。「そろそろ行こうか」

うん、といって健太は伝票を手にして立ち上がった。怪しんでいる気配は全くない。武史のアドバイスが的確だったということだ。あの人物の人間性に関する評価は最低のままだが、とっさの機転には改めて感心せざるをえなかった。

斎場に戻ると、すでに葬儀社員が到着していて、会場の準備をしているところだった。

真世たちを見て、野木が駆け寄ってきて挨拶し、今日の流れを確認してきた。とはいえ、昨日の通夜と殆ど同じようだ。違うのは火葬があることだが、それに立ち会うのは真世と武史、そして健太だけの予定だ。

「それから先程叔父様から連絡がございまして、本日は受付の撮影は不要とのことでしたが、よろしいでしょうか」

「はい、それで結構です。よろしくお願いいたします」

前田という刑事のスマートフォンからリストを盗めたので、もう目的は果たしたということだろう。

間もなく桃子が現れた。真世が健太を紹介すると、彼女は表情を輝かせた。

「真世から聞いています。このたびは――」そこまでいったところで、はっとした顔になり口元に手をやった。おめでとうございます、といいかけたのだろう。

いいんだよ、と真世は横から笑いかけた。「お祝いの言葉をいってくれて」

桃子は気まずそうに鼻の上に皺《しわ》を寄せてから、健太に顔を戻し、「末永くお幸せに」といって頭を下げた。

ありがとうございます、と健太は応じた。

「ごめんね、桃子。今日も受付をお願いしちゃうわけだけど」

「気にしないで。これぐらいしか手伝えないんだから」

「今日は同級生たち、誰か来てくれるのかな。釘宮君たちがこっちにいるみたいだけど」

「ココリカには連絡しておいた。カツキ君の都合がついたら行くとかいってた」

「カツキ君？　もしかして釘宮君のこと？　彼女、そんなふうに呼んでるんだ」

「らしいよ。自分は釘宮君にとって特別な存在だってことをアピールしてるみたい。逆に、ほかの人間には厳しいんだって」桃子は周囲をさっと見回し、顔を寄せてきた。「聞いた？　柏木君たちが『幻ラビ』で町おこしをしようとしてること」

「原口君から聞いた。釘宮君と交渉するには、ココリカを通さなきゃいけないんだってね」

「そう。で、柏木君たちには、釘宮君のことを先生って呼ぶように要求してるみたい」

「えー、マジで？」

「仕事の話をする以上は、きちんとけじめをつけてほしいって」

「うわあ、面倒くさーい。それでみんな従ってるの？」

「ココリカの前じゃ従ってるみたい。柏木君なんて、町おこしのためなんだから、その程度のことは何でもないっていってるそうだよ。経営者はやっぱり違うわ」

「へええ」

同級生たちのそれぞれの生き様に、真世は目を白黒させる思いだ。この小さな町で、彼等は彼等なりに戦っているのだなと痛感した。

三人で受付に行くと、「これが届いております」といって野木が弔電の束を差し出した。二十通ほどあるだろうか。ざっと目を通したところ、半分以上が親戚だった。ほかは知らない名前が多いが、文面に『センセイ』という文字が散見されるから、かつての教え子なのだろう。

「お父さんって慕われてたんだな。俺、中学や高校時代の先生が亡くなったと聞いても、たぶん電報を打とうって気にはならないと思う」健太がしみじみとした口調でいった。

「神尾先生は別格ですって」桃子の声には力が籠もっていた。「同窓会が近いってこともあるけど、亡くなったのがほかの先生だったら、うちらの同級生だって、こんなに通夜や葬儀に集まりませんから」

「ふうん、やっぱりそうなんだ」健太は感じ入ったように呟いた。

「昨日は桃子の旦那さんも来てくれたんだよ。やっぱりお父さんの教え子なんだって」

真世がいうと健太は驚いたように桃子を見た。「あっ、そうなんですか」

「詳しいことは知らないですけど、神尾先生には結構お世話になったみたいです」桃子は照れ臭そうに肩をすぼめた。

「なるほどねえ」

健太は納得したように首を縦に揺らしていたが、不意に真顔になると喪服の内側からスマートフォンを取り出し、ちょっとごめん、といって離れていった。電話がかかってきたようだ。

「素敵な人じゃん」桃子が小声でいった。「一緒に住んでないの？」

「どっちの部屋も狭いから」

「そうか。東京はそうだよね」

「まあね」

東京と聞き、昨夜武史と話したことを思い出した。

「ところでさ、桃子は最近、父と話した？　電話とかで」

したよ、と桃子はあっさり答えた。

「電話したし、家に御挨拶にも行った。同窓会のことで、前もってお話ししておきたいことがあったから」

「そうだったんだ。いつ頃？」

「あれはたしか……先々週の水曜日だったんじゃないかな」そういってから、ふっと吐息を漏らした。「とてもお元気そうだった。同窓会でみんなに会うのが楽しみだとおっしゃってて。特に、津久見君の追悼会の話をしたら、それはいいことだとすごく喜んでくださったんだ。そういうことなら、自分もひとつ、とっておきのネタを披露したいって」

「とっておきのネタ？　どういうの？」

桃子は残念そうに首を振った。

「訊いたんだけど、教えてもらえなかった。当日のサプライズにとっておきたいからって。悪戯《いたずら》っ子みたいな感じで笑っておられたのに、まさかこんなことになるなんて……」バッグからハンカチを取り出し、目元を押さえた。

「ほかにはどんなことを話した？」

「えっ？」桃子がハンカチを顔から離した。「ほかにはって？」

「今後の予定について、父は何かいってなかった？」

「今後の？」桃子は不審そうに眉根を寄せた。「どういう意味？」

「たとえば、ええと、近々東京に行くとか」

おかしな質問をしている、と真世は自分でも思った。こういう時、武史ならどんなふうに聞き出すのだろうか。

とうきょう、と桃子は戸惑ったように呟き、首を傾げた。

「どうだったかな。そんな話は聞かなかったと思うんだけど。どうして？」

「ううん、何でもない。大したことじゃないから気にしないで」

「そう……」桃子は釈然としない表情で頷いた。

健太が浮かない表情で戻ってきた。

「ごめん、真世。今夜は泊まれない。夜までに東京に戻らなきゃいけなくなった」

「そうなんだ。トラブル？」

「というほどのことではないんだけど、発注ミスがあったみたいで、お客さんのところへ説明と詫びに行ったほうがよさそうなんだ」

「それ、大変じゃん」

どんなにリモートワークが一般的になろうとも、顧客への謝罪をモニター越しで済ませる、というわけにはいかない。

「もし、今すぐ戻ったほうがいいなら、そうして。こっちは大丈夫だから」

いやいや、と健太は苦笑して手を振った。

「お客さんのところへは夜八時に行くことになっている。葬儀が全部終わるまでいるよ」

「そう？」

「お忙しいんですね」横から桃子がいった。

「会社にこき使われているだけです」

「桃子の旦那さんも大変だったんだよ。今の勤務地は関西なのに、わざわざお通夜に出てくれて、終わったらまた戻ったんだから」

「関西から？　それはすごい」健太は目を丸くして桃子を見た。「ほんとにすごい」

「どうってことないです。それより真世、さっきの話なんだけど」

「さっきの話？」

「ほら、先生が東京に行く話をしてたかどうかってやつ」

「あの日にあたしが先生から直接聞いたわけじゃなくて、そんなようなことを杉下君がいってたように思うんだけど」

「何か思い出した？」

「杉下君？」意外な名前が出てきた。「いつ？　どんなふうに？」

「先週の月曜日、同窓会の打ち合わせをした時に。でもごめん、詳しいことは覚えてない」桃子は片手拝みをした。

「いいよ。杉下君ね。わかった、ありがとう。その同窓会の打ち合わせって、ほかには誰が出てた？」

「ええと、あたしとエリート杉下でしょ、あと牧原君と沼川君かな。女子には、なかなか家を空けられる人がいないんだよね。結構地元を離れちゃってるし」

「子育てもあるしね」

そうそう、と桃子は首を縦に振った。

エリート杉下が鍵を握ってるのか——。

大きな手がかりかもしれない、と真世は思った。

「何の話？」健太が訊いてきた。

「何でもない。気にしないで」

「そういわれると余計に——」そこまでしゃべったところで健太の視線が真世の背後に向

けられた。「あっ、おはようございます」その声を聞き、真世は振り返った。武史が昨日と同様に、喪服姿で立っていた。

「おはよう。準備は整っているか」

「準備は大体終わったみたい」

武史はぐるりと周りを見渡した。

「参列者はまだ一人も現れてないようだな」

「始まるまで、あと三十分ぐらいあるからね」

そうか、といって武史は腕時計を一瞥した。

「それならちょっと、健太君をお借りする」

「えっ、何する気?」真世は身構えた。

「別に取って食おうというんじゃない。話をするだけだ。せっかくの機会だからな」

「何の話よ」

「君ら二人の将来についての話に決まってるだろう。兄貴が死んだことで、真世には両親がいなくなった。となれば、俺が親に代わって真世の結婚相手から、その覚悟と信念を聞いておくのは当然だと思わないか」

もっともらしい台詞《せりふ》だが、武史の口から放たれると胡散臭くしか聞こえない。

「いいだろう、健太君?」

「はい、もちろん」健太は緊張した声で返事をした。

「じゃあ、行こうか。──真世はここでお客様を出迎え、しっかりと御挨拶するように」

この言葉で、真世は武史の狙いに気づいた。事件の真相を二人で突き止めようとしている件について、健太には話さないと決めた。だが参列者に対して、いろいろと確かめたいことはある。だからその間、武史が健太を遠ざけておくというわけだ。

「わかった。ごゆっくりどうぞ」

離れていく二人の背中を見送りながら、どんな話をするのかも気になった。武史のことだから、いい加減な法螺話《ほらばなし》を交えながら誘導尋問するに違いない。それらに対して健太がどう答えるか、知りたいような知りたくないような、複雑な気分だった。

正面玄関から数人の男性が入ってきた。はっとしたが、彼等の発する不穏な気配から参列者でないことはすぐに察知できた。潜入捜査員たちだ。案の定、彼等は床に記された順路のマークを無視し、真っ直《ます》ぐに野木たちのほうに歩いていった。

最初に現れた参列者は年配の女性だった。五十歳より少し上だろうか。背が高く、ショートヘアがよく似合っている。顔が小さく見えるのは、マスクのせいだけではないだろう。

女性は順路に沿って移動し、芳名カードを書き込んだ後、受付に近づいた。すでに所定の位置で待機していた桃子に頭を下げ、芳名カードと香典袋をトレイに置いている。傍らでは、昨日と同じように前田刑事がスマートフォンを右手に持って立っているが、彼の左手は動かない。女性の名前はリストにないようだ。するとと桃子は左手で真世のほうを示した。女性は頷き、ゆっくりと近づいてきた。

「神尾先生のお嬢様ですね。たしかお名前は真世さん」

「そうです」

女性はマスクを外し、頭を下げた。

「私は昔、神尾先生のクラスにいた津久見直也の母でございます」

真世は大きく息を吸い込んだ。「津久見君の……」

「直也のこと、御記憶にございますでしょうか。何度かお見舞いに来ていただいたと思うのですが」

「もちろん覚えています。あ、そういえば、お会いしたことが……」病室で女性と会った時のことがうっすらと蘇った。

「思い出していただけました？　もうすっかりお婆《ばあ》さんになってしまいましたけど」女性は目を細め、マスクをつけ直した。

「御無沙汰しております。本日は、わざわざありがとうございます」真世は頭を下げた。

女性は悲しげに眉根を寄せた。

「このたびは突然のことで……。神尾先生がお亡くなりになったと聞いて、大変驚きました。しかも……あの、噂によれば、御病気でも事故でもないとかで」

「はい。現在、捜査中とのことです」真世は声を落とした。

彼女は小刻みに顔を左右に振った。

「信じられません。あんな素晴らしい先生がそんなことになるなんて……。神尾先生には、直也のことで本当によくしていただいたんです。最後の最後まで励ましてくださって」

「父も津久見君のことはよく話していました。元気だった頃だけでなく、津久見君が亡くなった後も」

「そうですか。直也は中学を卒業できませんでしたけど、いい先生といいお友達に恵まれた、ありがたかった、と心から感謝しているんです」

「それを聞けば、父もきっと喜んだと思います。今日は釘宮君も来てくれるかもしれないそうです」

釘宮君が、と女性は目を細めた。

「それなら後で御挨拶できますね。釘宮君は今でも年賀状をくれます」

「そうなんですか。親友でしたものね」

ええ、と津久見直也の母は頷いた後、「では、事件が早期に解決しますことを祈っております」と小声でいった。ありがとうございます、と真世は改めて頭を下げた。

立ち去っていく女性の後ろ姿を見送りながら、彼女にとって十数年前など遠い過去ではないのだろうな、と真世は思った。

総勢七十名ほどの同級生の中で、津久見直也は入学当初から目立った存在だった。いや、入学前からといっていいかもしれない。勉強ができて運動会ではいつもヒーロー、おまけにリーダーシップもある直也は、小学生の時、すでに有名人だった。クラスでいじめが起きそうになっても、被害者の児童が直也の背後に隠れれば、それで一件落着するといわれるほどだった。

その存在感は中学に入ってからも変わらなかった。同級生には力で引っ張っていく親分肌の柏木や杉下のような優等生がいたが、直也は彼等とはタイプが違った。筋の通らないことを嫌い、どんな時でも誰もが平等になるよう配慮し、時には自らが敢えて貧乏くじを引くことも厭《いと》わない性格だった。まさに真のリーダーといえた。

当時の学年主任だった英一も、そんな直也を何かと頼りにしている様子だった。クラスが荒れることなく、皆が平穏に過ごせているのは、津久見が類《たぐ》い希《まれ》な統率力を発揮してくれているからだ、といっていた。

それだけに彼が病気で倒れた時には、とても信じられなかった。白血病だという。たしかに体育の授業などで疲れた素振りを見せたりして、珍しいこともあるものだねと友達と話していたが、まさかそんな深刻な状態だとは思わなかった。

寄せ書きをし、千羽鶴を折り、皆でビデオレターを作った。それを届ける係に釘宮克樹と共に任命されたのが真世だ。一番親しいからというのが理由だが、「みんなが内心思っていること」を桃子がこっそりと教えてくれた。津久見君はたぶん真世が好きだから、そしてほかの女子と同様に真世だってまんざらじゃない、つまり二人は相思相愛だから、というのだった。

そんなふうにいわれ、自分の顔が赤くなるのがわかった。真世自身も薄々感じていたことだった。

その日をきっかけに、何度か見舞いに行った。時には悩みを打ち明けたりもした。父親が教師なので同級生たちに気を遣う、といったことなどだ。その時に聞いたのが、例の台詞だった。

神尾先生の子供だからって何なんだよ。おまえはおまえだろ。くだらないやつらのいうことなんか気にするなよ、馬鹿じゃねーの——。

三年生に上がって間もなく、津久見直也が亡くなったという知らせを聞いた。みんなと一緒に葬儀に出席した。同級生の女子たちの多くが泣いていた。あの時、自分も泣いていたのだろうか。真世は記憶を辿ってみるが、はっきりとしたことを思い出せなかった。

正面玄関から新たに入ってくる人影を見て、真世は現実に引き戻された。長めの髪に緩めのパーマをかけ、黒縁の眼鏡をかけた男性だった。つけているマスクの色も黒なのは、葬儀を意識してのものだろうか。

男性は真っ直ぐに真世のところへやってきた。

「真世さん、このたびは大変だったね」

いきなり名前で呼ばれ、ぎょっとした。誰だ、こいつは。

「ええと、ごめんなさい。どちら様でしょうか」

「ああ、そうか」男性が黒いマスクを外し、細い顔が露わになった。唇の両端が少し上がった特徴に見覚えがあった。

「杉下君……だね」

「お久しぶり。こういう形で再会することになって、とても残念だよ」悔しそうに眉尻を下げ、吐息をついた。感情豊かに、というよりやや大げさに表情を作るのは、中学生の頃と変わらない。

「わざわざ来てくれてありがとう。桃子から聞いたんだけど、杉下君、今はこっちに帰ってきているそうだね」

「じつはそうなんだ。都会暮らしにも飽きちゃってね」よくぞ訊いてくれたとばかりに反応した。「ネットビジネスを展開するのに、経営者が東京にいる必要はないってことにはずいぶん前から気づいていたんだけど、なかなかきっかけが摑めなかった。でもコロナを機に試してみたら、思った以上にうまくいった。今は暫定的だけど、いずれは本格的に拠点をこっちに移して、東京のオフィスは縮小してもいいかなと考えているんだ」

自分のことばかりをぺらぺらとしゃべるのも相変わらずだ。しかし、わざとらしいお悔やみを長々と聞かされるよりはましかもしれない。

「こっちに帰ってきて、父とは会った？」

真世が訊くと杉下は眉を八の字にし、首を振った。

「残念ながら直接はお会いできなかった。だから同窓会を楽しみにしていたんだけどね」

「でも父とは話したんじゃないの？　さっき桃子が、そんなことをいってたんだけど。父が東京に行くようなことを杉下君から聞いたって」

「ああ、そのことか」合点したように杉下は頷いた。「せっかくこっちに帰ってきたんだから、ひと言御挨拶しておこうと思って電話をかけたんだ。先生の近況も知りたかったからね。あの時は喜んでくださったんだけどなあ」

「それはいつ？」

「ええと、たしか先々週の土曜日だったと思う」

「で、その時に父が東京に行くとかいってたわけ？」

「そう。ホテルを教えてほしいといわれたんだ。東京駅のそばにあるホテルで、どこか落ち着いたいいところはないかって。真世さんに会いに行くんですかって訊いたら、まあそんなところだとおっしゃってた」そこまでしゃべってから、杉下自身が違和感を覚えたらしく怪訝そうな顔になった。「君はそのことを先生から聞いてなかったの？」

「うん、初耳」

「そうか。じゃあ、もしかしたら別の目的があったのかもしれないね」よくあることだといわんばかりの軽い口調で杉下はいった。

「東京にはいつ行くっていってた？」

「来週の土曜日を考えてるってことだった。土曜日だと人が多いので東京駅周辺は混雑する。それでなるべく静かそうな場所がいいだろうと思って、『東京キングダムホテル』をお勧めした。あそこは駅から少し離れてるからね。僕も取引先と会う時なんか、よく使うんだ」杉下の説明は簡潔でわかりやすい。やはり頭がいいのだろう。

「そのことを同窓会の打ち合わせでみんなに話したわけね」

「うん、先生の近況を知りたがっているだろうと思ったから」

「その時以外では？　ほかにその話をした相手はいない？」

「どうだったかな。ほかではしなかったと思うけど……。ええと、同窓会の打ち合わせでその話をしたのはいけなかったかな？」杉下が探るような目を向けてきた。

「ううん、そんなことない。桃子から聞いて、父が東京に行く予定をしていたなら、どうして私にはいわなかったんだろうと思って」

すると杉下は素早く周囲を見回した後、少し顔を寄せてきた。

「それが事件に関係しているかもしれない……とか？」低く小さな声でいった。

まさか、と真世は手を振った。

「ちょっと引っ掛かっただけ。別にどうってことないから気にしないで」

そう、と杉下はいったが得心が行っていないのは明らかだった。真世は後悔した。頭のいい相手に、根掘り葉掘り尋ねすぎたようだ。

受付に向かう杉下の背中を見送りながら、人から話を聞き出すのは難しいな、と思った。少し武史を見習ったほうがいいかもしれない。

その後、ちらほらと参列者がやってきた。中には近所の人もいる。会えば挨拶をする程度で、あまりよく知らない人々だ。向こうも真世に会釈だけ寄越してくる。

その中に一人、若い女性がいた。まだ二十代半ばだろう。地味な喪服が似合っていないのは、借り物だからかもしれない。芳名カードを記入し、受付に近づいていくのを、真世は何となく目で追った。

若い女性は桃子たちに一礼し、芳名カードをトレイに置いた。

その直後、そばに立っている前田刑事の左手が動いた。耳の後ろに触れる、例の動作だ。

真世は、さりげなく桃子に後ろから近づくと、「何か問題はない？」と耳元で尋ねた。

「うん、大丈夫だよ」

「そう。よかった」

トレイの上に視線を走らせた。先程の若い女性が置いた芳名カードには、『森脇敦美』と記してあった。故人との関係は、『教え子』となっている。

真世は受付を離れると、足早に移動した。参列者は葬儀会場に隣接している別室で待機することになっている。そこに向かう廊下の途中で、森脇敦美なる女性に追いついた。背後から、すみません、と呼びかけた。

女性が足を止め、振り返った。顔に不安げな色が浮かんだ。

「今日はありがとうございます」真世は微笑みかけた。「私、神尾英一の娘です」

あっ、と森脇敦美は小さく声を漏らした。

「あの……私は森脇《もりわき》といいます。中学二年の時、神尾先生が担任でした」

「そうでしたか。失礼ですけど、何期生でしょうか」

「四十六期生です」

真世たちより四期下だ。現在の年齢は二十六歳か。

「卒業して十年以上になるのにわざわざ……。父とは連絡をお取りになっていたのでしょうか」

「ええ、たまに。ちょっとした相談に乗っていただいたりして」

「そうなんですか」

その相談内容が知りたかったが、ここで尋ねるのはどう考えても不自然だ。

すると森脇敦美のほうが、あのう、と口を開いた。

「牧原さんは来ておられないのでしょうか」

「牧原……君？　四十二期生の」

「はい、たぶんそのぐらいだと思います」

「彼なら、昨日の通夜に来てくれましたけど」

「あ、そうなんですね」心なしか落胆しているようだ。

「彼が何か？」

「いえ、大したことじゃありません」森脇敦美は胸の前で小さく手を振った。

またまた気になる話だが、突っ込んで質問する口実が思いつかなかった。何より、これ以上引き留める理由がない。では本日はよろしくお願いいたします、といって引き下がるしかなかった。

踵を返し、どきりとした。すぐそばの壁際に潜入捜査員がいたからだ。前田の合図を受け、森脇敦美の動向を見張っているのだと気づいた。

ホールに戻り、再び参列者を待ち受けることにした。やがて長身の女性と、それより若干背の低い男性が入ってくるのが見えた。女性は長い髪を後ろでまとめている。すっきりとしたデザインの黒いワンピースがよく似合っている。つまりスタイルがいいということだ。顔の造作は中学時代より、さらに派手になっていた。マスクはつけていない。

彼女が近づいてくるのを見て、真世はなぜだか緊張した。少し遅れて男性もついてくる。

ココリカ――九重梨々香は真世の二メートルほど前で足を止めた。この美しい顔を忘れたとはいわせないとばかりにじっと真世を見つめると、無言で丁寧にお辞儀をしてきた。真世も黙ったままで応じた。

梨々香はバッグからマスクを取り出し、徐につけた。洒落たグレーのマスクだった。

「お久しぶり。私のこと、覚えておられる?」やや抑えたハスキーな声で訊いてきた。

「もちろん。来てくれてありがとう、九重さん」

「神尾先生のこと、本当にショックです。聞いた時には信じられませんでした。最後にお会いした時には、すごくお元気そうでしたから。心よりお悔やみ申し上げます」

敬語でいわれ、真世は少々当惑した。ありがとうございます、とこちらも敬語で返すしかなかった。

だがそれ以上に引っ掛かったことがあった。

「九重さん、最近父にお会いになったの?」

「ええ。ちょっと御相談したいことがあって、彼と二人でお宅にお邪魔しました」梨々香は後ろを振り返り、克樹君、と呼んだ。

少し猫背の男性が前に出て、梨々香の隣に並んだ。彼もマスクをつけていないので顔を確認できた。梨々香と対照的に、こちらは髪が伸びていることを除けば、中学時代と風貌が殆ど変わっていない。目が細くて、おちょぼ口、何となく小動物を思わせる顔つきだ。

「このたびは御愁傷様でした」釘宮克樹は聞き取りにくい声でいった。「僕のことは覚えてるかな」

「当然よ、釘宮君。すごい御活躍だね。いつも感心してる」

釘宮は唇の端をほんの少し動かし、ありがとうといって肩をすぼめた。中学時代と変わらずシャイなようだ。

「神尾先生への相談事というのは」梨々香が話の続きを始めた。「『柏木建設』の柏木さんたちが進めている町おこしについてです。何とか釘宮先生に力を貸してもらえないか、とうるさくて」形のいい眉をひそめた。

「その噂なら聞いています」

「私たちが生まれ育った町だし、克樹君にも協力したいという気持ちはあるんです。でも御存じの通り、大変忙しいので、できることには限度があります。柏木さんには、私のほうからやんわりとそのようにいってるんですけど、なかなかわかってもらえなくて。今のままだと、きっと神尾先生のところに仲介を頼みに行くんじゃないかと思ったわけです。今だからその前に私たちが先に先生に会って、そういう話には耳を貸さないでくださいとお願いすることにしたんです。先生が板挟みになるようなことは避けたいですからね」

真世は驚いた。今の話は原口が企んでいた内容とそっくりではないか。誰でも考えることは同じというわけか。

「それはいつ頃の話ですか」

「二週間前の木曜日だったと思います」

「それで父は何と?」

「よくわかったと。先生によると、柏木さんではないけれど、同じようなことを頼みに来た人がいたそうです。その人にもうまく説明しておこうといってくださいました」

原口のことだ、と真世は確信した。これですべての話が繋がった。

「私たちみんないい歳になったのに、未だに神尾先生に面倒なことをお願いすることになってしまって、本当に申し訳なかったと克樹君とも話してたんです。その矢先に今度の事件でしょ? とても信じられません。悪い夢だと思いたいです」梨々香は悲しくてたまらない、とばかりに身をくねらせた。

「今日は最後のお別れをしてあげてください」真世は頭を下げた。

その直後だった。

「やあやあやあ、これはこれは」背後から声が聞こえてきた。振り返らなくても誰なのかはわかった。「どなたかと思えば、釘宮克樹先生ではないですか。お忙しい中、わざわざお運びいただけたとは。神尾家の人間として心より感謝申し上げる次第です」

ひゅっと風をきる気配があったと思ったら、すでに真世の隣に武史が立っていた。

『幻脳ラビリンス』、拝読させていただきました。じつに素晴らしい。深いテーマ、衝撃的なストーリー、感動的なラスト、すべてに心を揺り動かされました。兄もよくいっていました。世に漫画家は多くいれど、あの独創的な物語を生み出せるのは釘宮克樹君をおいてほかにはいないと」

「あ……ありがとうございます」釘宮は怯《おび》えた表情で少し下がった。言葉の勢いに気圧されたのだろう。

「インタビュー記事も読ませていただきました。以前はもっと上品というか大人しい作風だったそうですね。たしかにデビュー作の『もう一人のボクは幽霊』なんかは、少年が主人公のメルヘンでした。しかしこのままではいけない、自分の殻を破りたいということで構想したのが、あの壮大な冒険SFだったとか」

「よく御存じですね」

「当然です。ファンですから。いやあ、お会いできて光栄です」

「あの、こちらは？」梨々香が真世に訊いてきた。

「真世の叔父、英一の弟で神尾武史といいます」武史が自己紹介した。「本日はありがとうございます。あなたは九重梨々香さんですね。いやあ、兄から話を聞いた通りの方だ。お会いできて光栄です」

梨々香の眉がぴくりと動いた。

「神尾先生からはどんなふうに聞いておられるんでしょうか」

「それはもちろん——」

武史がそこまでしゃべった時、神尾様、と野木が小走りにやってきた。

「お話し中、申し訳ございません。そろそろ御準備のほうをお願いできますか」

「あ、わかりました。叔父さん、もう行かないと」

「わかった。では、九重さん、釘宮先生、これで失礼いたします」武史は二人に頭を下げると、さっさと会場に向かって歩きだした。

真世も梨々香たちに会釈し、その場を離れた。気づくと、すぐ後ろに健太がいた。一緒に武史たちの後を追いながら、「叔父さんとはどんな話をしたの？」と訊いてみた。

「いろいろと話したよ。真世は叔父さんに、俺のことをわりとしゃべってるんだな。思った以上に踏み込んだことを御存じだったんで、驚いたよ」

健太の言葉に、真世は嫌な予感がした。「どんなことをいわれたの？」

「好きな女性のタイプとか。俺、いつそんなことを真世に話したっけ？」

話を聞き、真世は天を仰ぎたくなった。お人好《よ》しの健太の心を操って、自分についてべらべらとしゃべらせることなど、武史にとっては赤子の手を捻るようなものだろう。健太は一体どんなことを口走ってしまったのか。いやそれどころか、もしかすると巧妙にスマートフォンの中身を見られている可能性すらある。その場合は武史と交渉し、内容を教えてもらおうと真世は思った。

葬儀は、通夜と同じように始まった。僧侶の読経が始まり、しばらくして焼香だ。真世と武史の後、今日は健太が焼香に立った。

遺体の対面と焼香の様子は、今日も撮影されている。この狙いがどこにあるのか、武史はまだ教えてくれない。

続いて一般参列者の焼香だ。一番バッターは津久見直也の母親だった。先程受付に行き、絹恵という名前だと確認した。

順路に従って、次々と参列者が焼香を済ませていく。杉下が通過し、近所のおばさんたちが通り、森脇敦美や九重梨々香、釘宮克樹に続いて、今日も最後に桃子が焼香を終えて出ていった。

本来ならば親しい者たちによる最後の別れがあってから棺の蓋が閉じられるが、今回はそういう儀式は省略だ。

「棺にお納めするものはほかにはございませんか」野木が訊いてきた。棺の中には『走れメロス』の文庫本が入れられているだけだ。

それだけで結構です、と真世は答えた。

棺が閉じられると、いよいよ出棺となる。棺はキャスター付きの台に載っていて、葬儀社員が押しながら移動を始めた。真世は野木から位牌《いはい》を渡された。武史を見ると、いつの間にか遺影を抱えていた。

火葬場は、すぐ隣の建物だ。健太を加えた三人での納めの式を済ませた後、火葬が済むまでを待合室で過ごすことになった。

健太がトイレに立ったので、真世は杉下から聞いたことを手短に武史に話した。

「それは聞き捨てならない情報だな」武史は険しい顔をした。

「やっぱりそう思う？」

「その杉下という人物のいっていることが事実なら、兄貴の東京行きを知っていた人間はかなり絞られたことになる」

「同窓会の打ち合わせに来ていたメンバーってこと？」

「あるいは、その知り合いだ。いずれにせよ昨日と今日、この斎場に来ていた真世の同級生たちは、最重要人物といえそうだな」

「その中にお父さんを殺した犯人がいるというの？　そんなの考えられない」

「だったら、どんな人間が犯人なら真世は納得するんだ？」

「それは……」答えられなかった。

「犯人が兄貴の顔見知りの人物であることは間違いない。同級生にかぎらず、誰が犯人であったとしても、真世はその台詞を口にするだろう。そんなの考えられないってな。しかし犯人は必ず存在する。それが誰かを知りたくないなら、悪いことはいわないから真世は手を引け」淡々と語る武史の口調は、いつもとは打って変わった冷徹な響きに満ちていた。

「いやだ、引かない」真世は断言した。「真相を知りたい」

健太が戻ってきたので、秘密の会話は打ち切りとなった。

それからしばらくして火葬が終わり、骨上げが始まった。係の者にいわれるまま、真世は英一の骨を箸で拾い、骨壺に入れていった。すべての骨が壺に納められた後、これらも一緒に入れてほしいといって、真世は万年筆と眼鏡をバッグから取り出した。

16

『2月24日（水）　桃子　英一の家へ
2月25日（木）　津久見直也の追悼会で英一は何らかのサプライズを予定していた
2月27日（土）　ココリカと釘宮　英一の家へ　柏木たち対策
3月1日（月）　杉下が英一に挨拶の電話
3月6日（土）　東京のホテルについて英一から尋ねられる
同窓会の打ち合わせ（出席者・桃子、杉下、牧原、沼川）
英一　上京して午後六時に『東京キングダムホテル』に行く
午後十一時帰宅　直後に殺害される

3月7日（日）　原口　英一に何度も電話するがつながらず
3月8日（月）　原口　英一の遺体発見』

紙面から顔を上げ、武史は缶ビールに手を伸ばした。

「兄貴が津久見君の追悼会で予定していたサプライズとは何だろうな」

「それ、やっぱり気になるよね。桃子によれば、とっておきのネタってこと以外、お父さんは教えてくれなかったんだって」

「その言い方を聞いたかぎりでは、悪いものではなさそうだな」

「うん、お父さんは悪戯っ子みたいな顔つきで、楽しそうに話してたってことだった」

「とっておきのネタか」武史はビールを一口飲み、再び視線を手にした紙に戻した。「これによれば、十日あまりの間に、兄貴はずいぶんいろいろな人間と連絡を取り合っている。しかも大半が真世の同級生だ」

「それは別に不思議ではないよ。同窓会が近くて、お父さんも招待されてたから」右の手首を左手でマッサージしながら真世は答えた。久しぶりに手書きをしたら痛くなった。

『ホテルまるみや』の武史の部屋に二人でいる。斎場を出た後、東京に帰る健太を駅まで送り、戻ってきたのだった。自分の部屋でシャワーを浴びて着替えた後、武史の部屋に来た。今後の作戦を練るためだった。今日、同級生たちから聞いたことを真世が話すと、時系列で紙に書けと武史にいわれたので、不要になった香典袋の裏にボールペンで書いた。その香典袋とは、例の武史から貰ったものだ。

「兄貴と連絡を取り合った人間の名前が、『前田リスト』に載っていても不思議ではないわけだが……」

武史が自分のスマートフォンと見比べた。そこには『前田リスト』――前田という刑事からかすめ取ったリストが表示されている。

「同窓会の打ち合わせに参加した四人のうち、桃子さんと杉下君を除いた二人――牧原君と沼川君には、これまでの話を聞いたかぎりでは、兄貴と連絡を取ったという事実が確認されていない。だが『前田リスト』には牧原君の名前が入っている。なぜだと思う？」

「それは私も変だと思ってた。で、牧原君といえば気になることがある。しかも二つ」

「二つもか。いってみろ」

「一つ目は、昨日の通夜。牧原君から変なことを訊かれた。神尾先生が自分たちのことについて何かいってなかったかって。どうしてそんなことを訊くのか尋ねたら、どれだけ気に掛けてくれていたかを知りたいからだっていうの」

「それはたしかに不自然で怪しい話だな」

「でしょう？　ふつう、そんなことを知りたいなんて思わないよ。思ったとしても、お通夜の席では訊かないよねえ」

武史は宙を見つめる目になって指先でテーブルを何度か叩いた後、その指を止めて口を開いた。

「察するに牧原君は、兄貴が彼について真世に何らかのコメントを残しているのではないか、と考えたわけだ。しかもその内容は、彼のことをあまりよくいっていない、もしかすると批判的なものかもしれないと予想している」

「やっぱりそう思う？　私もそんな気がした」

「いい話ならごまかさないだろうからな。兄貴に対して何か後ろ暗いことがあるのかもしれない。気になったことの二つ目は何だ？」

武史に問われ、真世は傍らのバッグからコピー用紙を取り出した。今日の芳名カードをコピーしたものだ。

「じつは今日の葬儀で、前田刑事が例の合図を出すのを見たんだよね」

この女性の時、といって『森脇敦美』の名を指差した。

「教え子、とあるな。もしかするとポニーテールにしていた若い女性か」

そう、と答えながら真世は武史の顔を見つめた。「よく覚えてるね」

「葬儀に、あの髪型は微妙だからな。縛るなら、もう少し位置を下にするのがマナーだ」

やけに古風で細かいことをいう。常識があるのかないのか、よくわからない。

「で、この女性がどうした？」

「気になったから声をかけて、少し話してみた。そうしたら、お父さんには今でも時々連絡しているようなことをいってた」

「最近では、いつ連絡したか訊いたか？」

「訊いてない」

　武史は不服そうに眉をひそめた。

「なぜそういう肝心なことを訊かないんだ」

「ごめん。思いつかなかった」

「仕方ないな。それで？」

「向こうから牧原君のことを訊いてきた。牧原さんは来ておられないんですかって。昨日の通夜に来ましたといったら、何だかがっかりしている様子だった」

　ふむ、と武史は腕組みをした。

「その女性は牧原君に会いたかったように聞こえるな」

「私もそう感じたけど、それ以上は突っ込んだことを訊けなくて」

　武史は唇の端を歪めた。「ちっ、使えないやつだな」

「じゃあ、そういう時、どういえばいいの？」

「牧原さんには近々会う予定があるから、お伝えしたいことがあれば聞いておきますが、とでもいってみるんだ」

「それで話してくれるかな」

「だめで元々、何か聞き出せたら儲けものだ。今後はトライせずに諦めるな」

「はーい」

「森脇敦美さん……か」武史はスマートフォンを手にし、操作した。「たしかにその名前は『前田リスト』にある」

ただし、といって画面を真世のほうに向けた。そこには、『モリワキ』と記されている。

「さっき、私も確認した。なぜ片仮名なのかな？」

「そこだ。なぜ片仮名なのか。どうして片仮名なのかを考える前に推理といこう。なぜ森脇敦美さんは牧原君に会いたかったか？　真世の考えをいってみろ。適当でいい」

「なぜ会いたかったか……。ふつうに考えたら、女性が男性に会いたいというのは、その人のことが好きな場合だけど」真世は、牧原の細長い馬面を思い浮かべた。「牧原君には悪いけど、それはないような気がする。そういうキャラじゃない」

「人を見かけだけで判断してはいかんのだが、まあいい。そうでないなら何だ？」

「何か用があったとか」

「どんな用だ」

「そこまではわかんないよ」

「こう考えてみろ。牧原君は地銀勤務だといったな。つまり銀行マンだ。ある人物が銀行マンに会いたがっている。さて、その理由は何か？」

「あっ、わかった」真世は、ぽんと手を叩いた。「お金の相談」

「そう考えるのが最も妥当だろうな」

「森脇敦美さんはお金に困ってるのかな。それで牧原君に頼ろうとしているとか」

「その可能性もあるだろうな。しかし話はもっと複雑かもしれない」

「どういうこと？」

するとと武史は再びスマートフォンを操作し、テーブルに置いた。間もなく内蔵スピーカーから物音が聞こえてきた。お疲れ様です、と誰かがいっている。

「えっ、何これ？」

しっと武史が人差し指を唇に当てた。黙って聞け、ということのようだ。

(連中は十時頃に来たということだったな。で、どれぐらいここにいた？) ぞんざいな口調の声には聞き覚えがあった。キツネ顔が目に浮かぶ。

(一時間ちょっとだったと思います。男性のほうが先に来て、しばらく二階にいました。女性が現れたのは、それから十五分ほど後でした) 男性の声が答えた。

(男というのは被害者の弟だな。神尾武史とかいう。二階で何をしていた？)

(いや、それはちょっと……。自分の部屋に行ったようですが、ついていくわけにもいきませんし)

（そういう場合は構わずについていけ。追い払われるまで粘るんだ）

（すみません。次はそうします）

「ちょっとストップ」真世は右手を挙げた。

武史は、にやにやしながら音声を止めた。「驚いたか？」

「どういうこと？」真世は瞬きした。「しゃべってる男性の一人は木暮警部だよね。警部が話している相手は誰？」

「わからないか？　真世も会ってるぞ」

「えっ、どこで？」

「昨日、俺たちの家で。兄貴の書斎に入った時、入り口に見張り役の警官が立ってただろ。あの警官だ」

「えーっ、ていうことは、この会話は……」真世はスマートフォンを見た。

「俺たちが出ていった後、木暮がやってきて、見張り役の警官と話しているところだ」

「何でそれが録音されてるわけ？」

「どうということはない。昨日部屋を出る前に、書棚に盗聴器を仕掛けておいたんだ。俺たちが帰った後、きっと警察の連中がやってくるだろうと思ったからな。今朝、忘れ物をしたと見張りの警官にいって書斎に入り、こっそり回収してきた。再生してみたら、案の定こういう会話が録音されていたというわけだ。しかもラッキーなことに木暮が出張ってくれていた」

「盗聴器？　いつの間に……ていうか、何でそんなものを持ってるわけ？」

「かつての商売道具だ。観客を喜ばせるためには、文明の利器を使わなきゃいけない場合も多くてな」

「昨日、盗聴とか違法捜査をするって、警察の悪口をいってなかった？」

「他人の家に盗聴器を仕掛けたら違法だろうが、自分の家に仕掛けて、自分が聞くんだ。違法でも何でもない。そんなことより続きを聞くぞ。しっかり耳をすませろ」そういって武史は再生を始めた。

（娘が来てから、二人は何をしていた？）木暮が尋ねている。

（女性のほうは何かを探している様子でした。棺に入れるための被害者の遺品だと思われます。男性はファクス電話のことをいっていました。持っていかれている、とか）

（電話をどうする気だったんでしょう？）ここで違う人物の声が割って入ってきた。聞き覚えがある。柿谷のようだ。

（おそらく通話履歴が目的だ。今朝、君のところに娘が電話をかけてきて、スマホのデータ開示を要求してきただろ？　あれもあの男の差し金に違いない。スマホがだめなら固定電話の履歴だけでも、と考えたわけだ）

（なるほど。しかし、何のために？）

(わからんが、あの男は油断ならない。気を許すなよ)

(もしかすると、自分たちなりに犯人を突き止めようとしているんじゃないでしょうか)

(馬鹿な。素人のくせにか?)

(でも警部が油断ならないとおっしゃるように、あの神尾武史という人物、単なる素人ではないような気がします。ある程度の情報を提供して、協力を仰いだほうが得策ではありませんか)

(何をいってる。遺族に捜査協力をさせるのは当たり前のことだ。だからといって、こちらから無闇に情報を流すなんてのは言語道断だ。奴が犯人と繋がっていないという保証はどこにもないんだからな)

(でも、娘さんのほうは信用できるんじゃないですか。たとえば、あの留守電の声を聞いてもらったらどうでしょう?)

(留守電?)

(例の、父の銀行口座のことで電話しました、というやつです。あれはまだ正確な身元が不明のままです。声を聞くかぎり若い女性のようだし、娘さんの友達かもしれません)

(着信が残っている。その気になれば身元なんてすぐにわかる。通夜か葬儀に現れるかもしれんしな。あれは今のところ、重大な手がかりの一つだ。娘だろうが何だろうが、安易に聞かせるわけにはいかん)

武史がスマートフォンを操作して再び音声を止め、どうだ、と真世に訊いてきた。

「びっくりした。警察は、まだ私たちのことさえ疑ってるんだね」

「疑うのが奴らの仕事だからな。そんなことより、もっと気になったことはないか？」

「留守電ってやつ？」

「そうだ。正確な身元が不明だといってるだろ？　着信履歴に番号は残っているが、正確な名前はわからないわけだ。だが留守電にメッセージを残している以上、電話をかけてきた人間が名乗っていないはずがない。真世なら、どんなふうに名乗る？」

「えっ？　ふつうに名乗るけど。神尾です、いつもお世話になっておりますって感じかな」

「その際、神尾のカミは神様の神で、オは尻尾《しっぽ》の尾です、なんて説明するか？」

「そんなことわざわざしないよ。相手は知ってると思うし。――あっ、そうか」真世は自分の膝を叩いた。「電話をかけたのは森脇敦美さんだね。たぶん留守電のメッセージでは、森脇です、と名乗ってるんだ。でもそれを聞いただけだと漢字でどう書くのか断定できないから、『前田リスト』では片仮名になってるんだ」

「そう考えて、まず間違いないと思う。森脇さんは兄貴に電話をしたが繋がらなかったので、父の銀行口座のことで電話しました、とメッセージを残したわけだ」

「その人が地銀の牧原君に会いたがっていた」真世は左の手のひらを右の拳でぽんと叩い

た。「うん、何かいろいろと繋がってきた」

「たとえばこういうストーリーはどうだ」武史が人差し指を立てた。「森脇敦美さんのお父さんは事業で失敗し、資金繰りに困った。そこで敦美さんは、誰か力になってくれそうな人はいないだろうかと考え、兄貴に相談した。それを聞いた兄貴は牧原君のことを思い出し、彼に連絡してみた」

「何しろ地銀だもんね。融資係に働きかけることもできるかもしれない」

「だが兄貴から話を聞いた牧原君は、それは無理です、残念ながら今回は御期待には応えられません、と断った」

「えっ、断っちゃうの？」

「所詮は地銀の一行員だ。いくら恩師の頼みでも、聞けない場合はあるだろう。そういわれれば兄貴も引き下がらざるをえなかった。しかしそのことについて、牧原君はずっと気に掛かっていた。神尾先生は自分のことをどう思っただろうか。かつての恩師が頭を下げて頼んでいるというのに、すげなく断った教え子に対して、薄情で恩知らずな奴だと悪い印象を持ったのではないか。そこで通夜に出たついでに、先生は自分について何かいってなかったか真世に確かめた……というわけだ」

すごーい、と真世は拍手した。「見事な推理。全部辻褄《つじつま》が合ってる」

「推理ではなく単なる空想の一つで、こういうストーリーも考えられるというだけだ。辻褄が合ってるからといって、正解だとはかぎらない」武史は冷めた表情でいった。

「でも今の話なら、『前田リスト』に牧原君の名前があることにも説明がつくよ」

英一が牧原に連絡したのなら、その痕跡がスマートフォンなどに残っているに違いないからだ。

武史はテーブルの上に両肘をのせ、両手の指を組んだ。

「森脇敦美さんが牧原君に会いたかったことに、何らかの金銭問題が関わっているのは確実だと思う。おそらく父親の銀行口座に関するものだろう。だがそれが資金援助を求める、というような単純な話だとはかぎらない。もっと複雑な金銭トラブルが起きていて、それに兄貴が巻き込まれていたのだとしたらどうだ？　手なんか叩いて、はしゃいでる場合じゃないぞ」

真世は、ぴんと背筋を伸ばした。

「それが事件に関係しているかもってこと？」

「その可能性を排除する理由は、残念ながら何ひとつない。木暮もいってただろ、重大な手がかりの一つだって」

鋭い目つきをした武史の横顔を見て、真世はぞくりと鳥肌が立った。

森脇敦美という女性がどういう人間かはわからない。悪人には見えなかったが、見た目だけで決めつけるのは禁物だろう。しかし牧原については少しは知っているつもりだ。英一を慕ってくれていた教え子の一人だと認識していた。だがそんな彼が事件に関わっているのだとしたら――。

何ひとつ信用できなくなる、と真世は思った。

武史がスマートフォンを操作した。木暮たちの会話の続きが始まった。

(あの二人はほかにどんなことをしていた?)木暮は見張りに立っていた警官に問いかけたようだ。

(女性が万年筆と眼鏡をバッグに入れました。その後、二人でひそひそと話していましたが、残念ながら聞き取れませんでした。どうやらこちらが聞き耳を立てていることに気づいていたみたいで……)

(少しぐらい言葉の端くれとか聞こえなかったのか)

(物盗りとか、偽装とか、ちらっと聞こえましたが……)

(何だと? 本当か?)

(たぶん、ですけど)

(犯人が室内を荒らしたことについてじゃないでしょうか)柿谷がいった。(やっぱりあの神尾武史という男、ただ者じゃないです。単なる空き巣の犯行ではなく、犯人は最初から被害者を殺す目的で侵入したと見抜いているんですよ)

(ふん、そんなもの、大した推理じゃない。ちょっとしたミステリ・マニアなら気づくことだ。どうせあいつもそんな手合いだろう。元手品師らしいからな。――ほかにはどんな話をしていた？）

（書棚の本やファイルを見ながら被害者の思い出話をしている様子でしたが、その内容は聞き取れませんでした。女性は書棚から文庫本を一冊抜き取っていました）

（その後は？）

（室内を見回っていましたが、間もなく引き揚げました）

（部屋から持ち出したのは万年筆と眼鏡、それから文庫本だけか）

（そのはずです）

（わかった。御苦労だった）

武史は音声を止めた。「ちょっとしたミステリ・マニアということにされた」

「元手品師ってこと、知ってるみたいだね」

「恵比寿の店を調べたんだろ。少し聞き込みすればわかることだ。それより、前に俺がいった通りだろ。警察も、物盗りの犯行ではなく計画された殺人だと考えている」

「私の同級生たちが容疑者だとも？」

「しかも有力な容疑者だとな」武史は断言した。

真世が思わず両手を握りしめた時、スマートフォンにメッセージが届いた。見てみると健太からだった。『今、東京に着きました。通夜と葬儀の喪主、お疲れ様でした。何かあったら、連絡してください。すぐに駆けつけるので。身体に気をつけてね。』とあった。

少し考え、『忙しい中、わざわざ来てくれてありがとう。仕事がんばってね。また連絡します。』と返した。

「健太君か？」

「うん。叔父さん、彼とはどんな話をしたの？」

「知りたいか」

「知りたい」

「いくら出す？」

真世は、がくっと首を折った。「またそれ？　いい加減にしてくれない」

ふふん、と武史は鼻先で笑った。

「彼は真面目で正直な男だ。それは間違いない」

「ほんと？　そう思う？」

「問題は、過ぎたるは及ばざるがごとし、ということだな」

「何それ。どういう意味？　真面目で正直過ぎるっていいたいの？」

「さあ、どうかな。この話はここまでだ」

真世はテーブルを叩いた。「ちょっと、勝手に打ち切らないでよっ」

「俺が始めた話じゃない」武史は立ち上がった。「晩飯にしよう」

「叔父さん、今夜からは自腹だからね」真世は顔を上げ、睨みつけた。

「何のことだ？」

「忘れたの？　最初に取引したでしょ。私が奢るのは、宿泊費二日分と三日目のお昼代までって」

武史は苦い顔で数えるように指を折った。「今日が三日目だったか」独り言のように小さく呟いてクロゼットに近づくと、中から上着を出した。

「出かけるの？」

「そうだ」

「どこへ？」

「コンビニだ。晩飯を調達してくる。自腹ならそれで十分だ。ここの食堂は高いからな」

武史は上着を羽織り、部屋を出ていった。

17

夕食は、とんかつ定食にした。メニューの写真を見ていたら、急に食べたくなったのだ。通夜に葬儀という大イベントを終え、ほっとしたからかもしれない。

とんかつとキャベツをすべて腹に収め、味噌汁を飲み干したところでスマートフォンに着信があった。柿谷からだった。出てみると、「お葬式が終わったばかりで、お疲れのところを申し訳ありません」と謝ってきた。

「何でしょうか」

「はい、じつは確認していただきたいことが出てきまして、ほんの少しで結構ですから、お時間をいただけないかと」

「それは構いませんが、今からですか」

「はい、できましたら早いほうが。今は『まるみや』にいらっしゃるんでしょうか」

「一階の食堂にいます」

「叔父さんも御一緒ですか？」

「いえ、叔父は部屋にいますけど」

「ははあ、なるほど。ええと、『まるみや』の斜め向かいに、古い喫茶店があるのを御存じですか。『フルート』という店です」

「店名は見てないですけど、あったような気がします」

「その店に来ていただけますか。たとえば午後八時とかはいかがでしょうか」

「八時ですね」真世は壁の時計に目を向けた。七時四十分を少し過ぎたところだ。

「店の入り口には『準備中』の札が掛かっていますが、気にせず入ってきてください。店主には話をつけてありますので」

「わかりました」

　それから、と柿谷は少し声のトーンを落とした。

「できましたら、あなたお一人で来ていただきたいのですが」

　相手が何をいいたいのか、すぐにわかった。

「叔父は連れていかないほうがいいということですね」

「ええ、まあ、そういうことでして」ははは、と作り笑いが続いた。

「承知しました。私一人で伺います」

「ありがとうございます。よろしくお願いいたします」

　どうもどうも、といって柿谷は電話を切った。

　真世は席を立ち、ごちそうさまでした、と女将さんに声をかけてから食堂を出た。女将さんには、もうしばらく滞在するかもしれないと話してある。女将さんは、「どうぞゆっくりしてください。うちはいつまでいていただいても構いませんから」と愛想よくいってくれた。コロナ禍以来、宿泊業はどこも苦しいと聞く。長期滞在はありがたいのだろう。

　武史の部屋に行き、ドアをノックした。どうぞ、とぶっきらぼうな声が聞こえた。

　ドアを開け、中に入った。武史は部屋で寝転び、タブレットをいじっているところだった。テーブルの上にコンビニ弁当の空容器が載っている。蓋のシールには、『三色弁当』と印刷されていた。何が三色なのだろうか。四四〇円だった。

「柿谷さんから電話があった」

真世は武史の横に腰を下ろし、これから会うことを話した。

「情報を得るチャンスだな」

武史は身体を起こすと、部屋の隅に置いてあったバッグの中を探り始めた。やがて何かを取り出すと、真世の前に置いた。黒い蝶《ちょう》を模したアクセサリーだった。

「何これ？」真世は蝶をつまみあげた。クリップが付いている。

「盗聴器だ。ハンドバッグに取り付けておけ。尻尾の部分が折れ曲がるようになってるだろ。それがスイッチだ。店に入る前に電源を入れろ」

真世は蝶のスイッチをかちかちと何度か動かした。

「わかった。どういうことを訊かれたか、後で私が説明するより、叔父さんが直接聞いたほうが確実だもんね。でもこんなもの、一体いくつ持ってるの？」

「商売道具だといってるだろ。柿谷の質問にはありのまま答えればいい。嘘をつく必要はない。ただし、俺たちが独自に真相を追っていることはいうな」

「わかってる。そこまで馬鹿じゃない。それにしても柿谷刑事、何を訊いてくる気かな」

「まあ、おおよその察しはつくがな」武史は無精髭の伸びた顎を擦《さす》った。「おそらく同級生のことだろう」

ぎくりとした。「そうなのかな」

「警察の連中は、通夜と葬儀の芳名カードを見て、真世の同級生が多いことに気づいたんだろう。しかも『前田リスト』に載っている名前のオンパレードだ。一刻も早く詳しいことを調べようとして当然だ」

「でも、芳名カードには『教え子』としか書いてないと思うよ。どうして同級生だとわかるわけ？」

「簡単なことだ。警察はフルネームさえわかれば、運転免許証のデータベースと照合する。免許証には顔写真も付いているから、同姓同名の人間がいても判別できる。そして免許証には生年月日も記されているので、中学の何期生かすぐに割り出せる」

「あっ、そうなんだ」

真世も運転免許証は持っている。そんなふうに警察に利用されているとは知らなかった。

「同級生たちについて詳しく調べようとすれば、彼等のことをよく知っている人間に訊くのが一番手っ取り早い。しかしその人間が犯行に関わっていたらまずい。その点、真世は事件の犯人である可能性が今のところ最も低い。真世から話を聞こうという柿谷の提案に、木暮が渋々承諾したってところだろう」武史は遠くを見る目をした後、真世のほうを向いてにやりと笑った。「がんばってこい。十年の知己《ちき》の如《ごと》く、会話を弾ませろ。会話による情報収集の鉄則はただ一つ。沈黙の時間を極力減らすことだ」

純喫茶という言葉を東京で最後に見たのはどこの店だろう、とレトロな看板を見て思った。『純喫茶フルート』という文字の周りに音符が並んでいる。経営者は音楽好きか、もしかしたら元音楽関係者かもしれない。

柿谷がいっていたように入り口のドアに『準備中』の札が掛かっていた。真世はバッグに取り付けた蝶の尻尾をかちりと曲げてから、ドアを開いた。からんからんと頭上で鈴が鳴った。

店内は広く、四人掛けのテーブル席が並んでいた。中央付近に座っていた二人の男性が立ち上がった。一人は柿谷で、もう一人は意外なことに前田だった。当然のことながら、ほかに客はいない。だがカウンター内に、マスターらしき白髪の男性が立っていた。

「お疲れのところ、本当に申し訳ございません」柿谷が頭を下げる。前田も倣った。

いいえ、といいながら真世は二人の向かい側に立った。

「なるべく手短に済ませます。こちらは県警本部から応援に来ている前田巡査長です」

柿谷の紹介を受け、前田です、と若き刑事が挨拶してきた。知ってます、というわけにもいかず、どうも、と返しておいた。

真世が席につくと二人の刑事も椅子に座った。

「何かお飲みになりますか。ここのコーヒーは地元でも有名なんですが」柿谷が訊いた。

「いえ、結構です」

「そうですか」柿谷はカウンターを見て、小さく頷いた。マスターらしき男性は、合点した様子で奥に消えた。

真世は店内を見回した。古いレコードのジャケットが何枚も壁に貼られている。

「昭和の雰囲気がたっぷりでしょう。開業して間もなく四十年だそうです」

柿谷の言葉に真世は素直に驚いた。「そうなんですか」

「飲食店に灰皿があること自体、最近では珍しいですが、こんな代物、めったにお目にかかれないですよ」柿谷はテーブルの端に目をやった。細かいカットが施されたガラスの灰皿が置かれている。「神尾英一さん——お父さんは煙草《たばこ》はお吸いになられましたか？」真世のほうに視線を移してきた。

「父ですか。昔は吸ってましたけど、十年以上前にやめました」

タクシーが全国的に禁煙になった頃だと真世は記憶していた。

「当時、ライターはどんなものをお使いでした？」

「ライター？」

「愛用品はあったんでしょうか。オイルライターのヴィンテージものとか。それともやはり使い捨てのライターでしたか」

「愛用品……さあ、覚えがないですけど、ふつうのライターを使っていたんじゃないでしょうか。それが何か？」

「いや、御立派な書斎ですから、使い捨てライターは合わないと思いましてね。むしろほら、パイプとかが置いてあったら似合いそうじゃないですか。あるいは葉巻とか」

ああ、と真世は首を傾げた。「考えたこともありません」

「そうですか。いや、これは失礼しました。単なる雑談です。それはともかく――」柿谷が座り直し、背筋を伸ばして真世を見た。「通夜と葬儀、お疲れ様でした。捜査員たちから聞きましたが、コロナ禍が心配される中、参列された方も多かったようですね」

「おかげさまで」

「捜査のために芳名カードを提供してくださったこと、心より感謝申し上げます。捜査責任者からも、くれぐれもよろしくお伝えするようにいわれております」

責任者とは木暮のことだろうか。だとすればこの伝言は皮肉と受け止めたほうがいいのかもしれない。

「お役に立てればいいんですけど」

「もちろん十分に役立っています。だからこそ、今夜こうしてお呼び立てしたわけです。といいますのは、参列者の顔ぶれを調べましたところ、あなたの中学での同級生が特に多いことが判明しましてね。そこで、その方々について伺っておこうと考えた次第なんです」

武史が予想した通りのことを柿谷は切りだした。

「日曜に同窓会が予定されているので、その影響だと思います」まずは無難に答えた。

「同窓会のことは原口さんから聞いています。それでええと」

柿谷が書類鞄《かばん》から一枚の紙を出し、真世の前に置いた。通夜と葬儀の芳名カードをまとめてコピーしたものだった。そのうちのいくつかの名前には、チェックマークが付けられていた。その意味は、すぐにわかった。

「チェックの付いている名前があなたの同級生だと思うのですが、間違いありませんか。抜けている方がいたらおっしゃってください」

真世は改めてコピーを見渡し、頷いた。「間違いないと思います」

チェックマークは、『前田リスト』にはなかった柏木や沼川の名前にも付けられていた。武史がいっていたように、警察は芳名カードに『教え子』と記されている全員の免許証を調べ、生年月日から何期生かを割り出したのだろう。

「ではまず池永桃子さんのことから伺いましょうか。通夜や葬儀では受付をしておられたそうですね。かなり親しくされていると考えていいのでしょうか」

「まあ、そうです。一番親しいといっていいと思います」

「何をしておられる方ですか。芳名カードに書かれた住所は横浜になってましたが」

「前は働いていたそうですけど、今は専業主婦です。旦那さんが単身赴任で関西のほうに行っておられるので、その間、実家で過ごすことにしたと聞いています」

「旦那さんのお勤め先は御存じですか」

「たしか、『東亜《とうあ》ランド』だったと思います」

柿谷の口が、ほう、と丸くなった。

「レジャー企業の大手ですね。単身赴任とは大変だ」

「それでも昨日、通夜に来てくださいました。旦那さんも父の教え子だったらしくて」

「なるほど、なるほど」

頷く柿谷の隣で、前田が真剣な顔つきでノートパソコンを叩いている。キーを打つのがかなり早い。話をすべて入力しているのだろうか。

「池永桃子さんとは、事件について何か話をされましたか」

「特には何も。でも父の死を心から悲しんでくれている様子でした」

「最近、お父さんとは連絡を取っておられたんでしょうか」

「同窓会のことで家に挨拶に行ったそうです」

「その時、どんな話をされたかはお聞きになってませんか」

「中学の時に亡くなった同窓生の追悼会について話したとか。――あのう」真世は柿谷を見た。「こんなふうに同級生全員のことを細かく質問するおつもりでしょうか。手短に済ませるとおっしゃったと思うんですけど」

「申し訳ございません。どうか御協力お願いいたします」柿谷はテーブルに両手をつき、頭を下げた。

うんざりしたが、会話を弾ませろ、という武史の言葉を思い出した。

「まあいいです。次は誰でしょうか？」

「はい、では、杉下快斗さんについてお願いします。この方も地元を離れ、現在住所は東京ですね。葬儀に出るため、わざわざいらっしゃったんでしょうか？」

「いえ、そうではなく――」

IT企業の経営者として東京で成功しているが、諸々《もろもろ》の理由で今はこちらに帰っていることを真世は説明した。さらに、杉下が英一に挨拶の電話をかけたら東京のホテルについて相談されたことを話すと、柿谷だけでなく前田の表情も変わった。

「杉下さんがお父さんに……。それは間違いありませんね」

「杉下君本人から、そのように聞きました。本人に確かめていただければわかると思いますけど」

「了解です」

柿谷は顎を引いた後、前田に何やら目配せした。前田は険しい顔つきでキーを叩いた。やはり警察も、英一の東京行きを知っていた人間は誰か、という点に着目しているらしい。ことごとく武史がいっていた通りだ。

次に柿谷が尋ねてきたのは釘宮克樹についてだった。

「すごい有名人が同級生にいるんですね。驚きましたよ。『幻脳ラビリンス』、うちの息子たちも大好きです」目を輝かせていった。「本日の葬儀に来ておられたと聞きました」

「はい。忙しいのに、ありがたいと思いました」

「お話はされましたか？」

「少しだけ話しました。すごい活躍だねっていいました。彼からはお悔やみの言葉をいただきました」

「お父さんのことはほかに何か？」

「最近、父に会ったそうです」

「いつ頃ですか」

「先々週だとか」

二月二十五日の木曜日だが、あまり細かく覚えているのは不自然だと思い、ぼかした。

「それは何か特別な用件があったんでしょうか」

「町おこしを計画している同級生たちが、釘宮君に力を貸してもらえるよう父に仲介役を頼んでくるかもしれないけれど、面倒をかけたくないから関わらなくていいと進言しに行ったとのことでした」

柿谷は首を傾げた。「町おこし、とは？」

「私は同級生たちから聞いただけで、詳しいことは本人たちに確認してもらいたいんですけど」そう前置きし、真世は『柏木建設』の副社長たちが『幻ラビ・ハウス』に代わるイベントを計画しているらしきことを話した。

「『幻ラビ・ハウス』は私も楽しみにしていたんです」柿谷は嘆き顔になった。「中止になり、残念に思っていました。代替の町おこし計画を立てるとしても、やはり『幻ラビ』は欠かせないでしょうね。しかし釘宮さんは乗り気ではないわけですね」

「手伝いたいけれど、忙しいのでできることには限度があると……。あっ、ごめんなさい。これは釘宮君ではなく、九重さんがいったことです」

ここのえさん、と復唱してから柿谷は視線を落とした。テーブルの下で手帳を開いているようだ。「九重梨々香さんですね？」

「そうです」

「なぜその方が釘宮さんのことを？」

「それは少し説明が必要なんですけど」

九重梨々香は東京の大手広告代理店勤務だが、今は釘宮克樹のマネージャー的役割を果たしているらしいことを真世は話した。

「すると釘宮さんがお父さんに会いに行かれた時も、お一人ではなく九重さんが御一緒だったわけですね」

「そうです。仕事の話をする時は、必ず九重さんが同席するとかで」

「まさに敏腕マネージャーですね」柿谷は目を細めた。「釘宮さんや九重さんは、その日以外でお父さんと何らかのやりとりはされたのでしょうか」

「さあ、私は聞いてませんけど」

「そうですか。私も個人的には、釘宮さんの御協力が得られれば、さぞかし町おこしが盛り上がるだろうと思いますが、無理はいえないのでしょうね」

はあ、と真世は曖昧に頷くしかない。

バッグの中からスマートフォンの着信音が聞こえてきた。取り出してみると、武史からだった。

「すみません、ちょっと外していいですか」

「もちろんです。どうぞどうぞ」手のひらを上に向けた。

真世はスマートフォンを耳に当てながら店を出た。「もしもし、私だけど」

「そろそろ牧原君の話題になりそうだな」武史がいった。

「そう思う。どうしたらいい？」

「訊かれたことには正直に答えろ。ただし訊かれなければ余計なことは話すな。森脇敦美さんとのやりとりとか」

「わかった」

「そのかわり、いってほしい台詞がある。今からいうから、その通りに話すんだ」そういって武史はゆっくりとその台詞を述べた。

それを聞き、真世は当惑した。「そんなことといって大丈夫？」

「真世が心配する必要はない。しっかりやれよ」

「うん、がんばってみる」

店内に戻ると柿谷と前田があわてて姿勢を正した。失礼しました、といって真世は向かいの席に座り直した。

「話を続けても構いませんか」柿谷が訊いてきた。

「はい。次はどなたに関してでしょうか」

「そうですね。では」柿谷は手元に視線を落とし、また顔を上げた。「牧原悟《さとる》さんのことをお伺いしましょうか。この方は地元のようですね。何をしておられるか、御存じですか」

「牧原君は通夜に来てくれました。その時、『三つ葉銀行』にいると聞きました」

「ほほう、銀行員ですか」

柿谷はとりたてて強い反応は示さなかったが、前田の頬がぴくりと動いたのを真世は視認した。

「どこの支店かまではわかりませんけど」

「結構です。通夜ではどんなお話を？」

「ごくふつうの挨拶を交わしただけです。父が自分たちのことをどんなふうに思っていたか知りたい、なんてことを彼はいっていました」

武史との間で話題に上ったエピソードだったが、真世がさらりと話したせいか、柿谷は特に反応しなかった。

「ふだんお父さんと付き合いはあったんでしょうか。銀行マンとなれば、あらゆる伝手《つて》を頼って顧客を増やそうとするものです。お父さんに対してそういう働きかけをしておられても不思議ではないと思うのですが」

「さあ、そんな話を父から聞いたことはありません」答えながら真世は、今が武史から授けられた台詞を発する絶好のタイミングだ、と確信した。「それに昔から父は、経済とか財テクとかには興味がなかったんです。どちらかというと金融関係の話題には疎かったんじゃないでしょうか。だからその手のことで困ったり、悩んだりした時には、叔父に相談していたようです」

「えっ、叔父さんというとあの方ですか?」柿谷が目を見開いた。「神尾武史さん?」

「そうです」

「へええ、あ、そうですか。それは、あの、じつに意外ですね。そういうタイプの方には見えませんが」

「お金には、結構うるさいんですよ」

本当は、うるさいどころか汚いといってやりたかったが、盗聴器で武史に聞かれているので手加減した。

「そういえば現場検証の時、木暮警部に賭けをもちかけておられましたね」

「だから父と牧原君の間でお金に関する何らかのやりとりがあったなら、父は叔父に話している可能性が高いです。叔父に何か確認したいことがあるのなら、私のほうから訊いておきますけど」

「いやいや、それには及びません。ありがとうございます」

その後、柏木や沼川についても話した。だが柏木は父親の建築会社で副社長を務めていることや、沼川は居酒屋を経営している等、真世の知っていることはごくわずかだ。彼等が進めているという町おこし計画についてもよく知らない、と改めて繰り返した。

「よくわかりました。長くなってしまい、本当に申し訳ありません。御協力に感謝いたします」柿谷は立ち上がり、深々と頭を下げてきた。隣の前田もあわてた様子で真似た。

「事件について何かわかったら教えていただけますか。捜査がどこまで進んでいるか、私共も知りたいので」バッグを手に取りながら真世はいった。

「ええ、それはもう、お出しできる情報があれば、真っ先にお知らせいたします」

柿谷が愛想良くいうのを聞き、真世は虚しさを覚えた。当面何も教える気はない、といわれたも同然だった。

18

『まるみや』に戻った時、時計の針は九時を少し回ったところだった。刑事たちとのやりとりで一時間ちょうどを要したことになる。大した収穫はなかったと思ったので武史にそういうと、「そうでもないぞ」という答えが返ってきた。

武史はスマートフォンを手に取った。

「俺が電話をかけた時、バッグを席に残していっただろ。真世にしてはなかなかいい判断だった。おかげで、こういう会話を録音できた」

彼がスマートフォンを操作すると、スピーカーから声が聞こえてきた。

(三月二日に被害者からかけた電話のことは訊かなくていいんですか)ぼそぼそと話しているのは前田のようだ。

(あの様子だと何も知らないでしょう。訊いても無駄です。前田さんも木暮警部から、余計なことは相手の耳に入れるなといわれてたじゃないですか)

(はあ、それはまあ……)

(ここまで聞いたかぎりでは、特に隠し事をしているようではないし、この後もこういう感じで進めていいですね)

（ええ、お任せします）

武史は再生を止めた。「と、いうわけだ」

真世はスマートフォンから顔を上げた。あの電話の間に、こんなやりとりがあったのか。

「三月二日に被害者からかけた電話って何だろ？」

「兄貴のスマホかファクス電話のどちらかに発信履歴が残っているんだろうな。ただし固定電話の場合、履歴が残っていたというだけなら、相手と話したとはかぎらない。電話が繋がらなかった可能性もあるからな。しかし通話があったかどうかなんて、電話会社に問い合わせればすぐにわかる。警察がそれをしないとは思えない。兄貴は三月二日、誰かに電話をかけて話をしたことが確認されている、と考えるのが妥当だろう」

あらゆる可能性を考え、瞬時に結論を導き出す武史の機転に、真世は感心せざるをえなかった。隙あらば姪にたかろうとする人間と同一人物だとは思えない。

「兄貴が電話をかけた相手は、柿谷たちの口ぶりから察すると、それまでの会話に出てきた人物のようだ。桃子さんかもしれないし、釘宮君かもしれない。エリート杉下やココリカの可能性もある。誰にせよ、当人は兄貴から電話を貰ったことを真世に話していない」

「誰だろう……。気になる」

真世が呟いた時、スマートフォンにメッセージが届いた。桃子からだった。『今から電話していい？』とあったので、こちらからかけることにした。

すぐに電話が繋がり、「ごめん、大丈夫だった？」と桃子が申し訳なさそうにいった。

「うん、平気だよ。昨日と今日の受付、本当にありがとう。助かった」

「気にしないで。それよりさ、あたし今、沼川君の店にいるの。原口君も一緒」

「へえ、そうなんだ。沼川君の店にね」

「じつは今、同窓会のことで話し合ってるところ。どうしようかってことになって。神尾先生のお葬式が終わったばかりなのに不謹慎なんだけど、もう時間がないしね」

「ああ、そうだよね」

「それでさ、やっぱり真世の意見を聞かなくちゃってなったわけ。それでさ、もしよかったら、これから来ない？」

「えっ、今から？」時計を見ると午後九時半だった。それほど遅い時間ではない。

「疲れてるだろうから、無理にとはいわないけどね。でも、『まるみや』からなら歩いて来れるし、どうかなと思って」

そばで武史が小さな紙に何やら走り書きをし、真世に見せた。『行ってこい』とある。会話の様子から、誘われていることを察したらしい。

「わかった。これから行く。沼川君のお店の名前を教えて。場所は調べられると思う」

店名を聞いて電話を切った後、武史に事情を話した。

「何か新情報を得られるかもしれない。飲みすぎてアンテナを鈍らせるなよ」

「うん、気をつける。これ、返しておくね」真世は、ハンドバッグに取り付けてあった蝶形の盗聴器を武史に渡した。「じゃ、行ってきます」立ち上がった。

そのまま部屋を出ようとしたが、真世、と後ろから呼ばれた。武史が神妙な顔つきで近づいてきた。

「桃子さんの旦那さん、『東亜ランド』勤務だってな」

「そうだけど、それがどうかした？」

「以前、ネットニュースで見た覚えがある。コロナ禍以後、あの会社はリモートワークが中心になった。そして原則として単身赴任はなくしていく方針のはずだ」

えっ、と声を漏らしていた。「それ、本当？　でも桃子が……」

「一応、いってみただけだ。原則として、といっただろ。何事にも例外はある」武史は笑みを浮かべた。「みんなと飲むのは久しぶりなんだろ？　飲みすぎはいかんが、楽しんでこい」ぽんと真世の肩を叩いた後、くるりと背を向けた。

桃子がいったように、『まるみや』から沼川の店までは徒歩で十分もかからなかった。古民家を模した店構えで、入り口の戸は開け放たれていた。コロナ対策だろう。

店内は明るくて広く、真新しいテーブルが並んでいる。隅の席に年配のカップル客一組が座っていた。いらっしゃいませ、とマスクをつけた女性店員が声をかけてきた。

桃子と原口はカウンターにいた。カウンターの前には飛沫《ひまつ》防止の透明アクリル板が立てられていて、その向こうに沼川の姿があった。その沼川が真世に気づいて片手を挙げると、桃子と原口も振り返った。

お待たせ、といって真世は桃子の隣に腰掛けた。

「真世、ごめんね、無理いって」

「平気、平気。ようやく喪主から解放されて、飲みたい気分だったし」

まずは生ビールを注文し、お疲れさまー、とジョッキを掲げてから飲んだ。思えばアルコールを飲むのは、こちらに帰ってきてから初めてだ。

桃子の横顔を眺め、武史にいわれたことを思い出した。『東亜ランド』は単身赴任を廃止したのか。だが夫の池永良輔は関西に単身赴任している、といったのは桃子だ。良輔本人も、昨日、それを否定していなかった。

気にすることはないのかもしれない。例外はある、と武史もいっていた。このことは当面考えるのはやめようと真世は思った。

年配のカップル客が会計を済ませて出ていった。女性店員が彼等の使ったテーブルを消毒している。客は真世たちだけになった。

「ガラガラだな、と思ってるだろ」お通しを真世の前に置きながら沼川がいった。「土日はもう少しましなんだけど、平日はいつもこんな感じだ。コロナの前は割と流行《はや》ってたんだけどね。店員だって、多い時は三人雇ってた」

「飲食店は、どこもそうだ」原口がいった。「観光地に人が来なきゃそうなるよ。うちの配達先の飲み屋、いくつかは今年中に廃業する」

「絶対的な特効薬とかワクチンができるまでは辛抱するしかないってこと？」

真世の問いに沼川は苦笑して太い首を捻った。

「それでも元に戻るかどうか。外で飲むって感覚を忘れちゃってる人が多いからな。それにこの町自体、魅力不足だ。観光客が来てくれないとどっちみち苦しい」

「だからやっぱり『幻ラビ』頼みなんだよね」桃子が真世のほうに身体を捻った。「沼川君、この店を『幻ラビ・ハウス』風に改装することを考えてるんだって」

「えっ、本当？」真世は沼川を見上げた。

「何かやらなきゃだめだと思ってね。若い人がSNSとかで発信したくなるようなものが必要なんだよ。原口なんかも、新製品の酒に『幻ラビ』にちなんだ商品名を付けることを考えてるらしい。それも面白いよな。もしそうなったらうちで大々的に扱わせてもらおうと思っている。――なあ？」

沼川に同意を求められ、うんまあ、と原口は頭を掻きながら、ばつの悪そうな笑みを真世に向けてきた。彼の場合、すでに抜け駆けして英一に釘宮との仲介役を頼んでいたのだが、そのことは内緒にしておいてくれ、と顔に書いてあった。

誰も彼もが必死のようだ。どうやら真世が想像していた以上に、この町にとって『幻脳ラビリンス』は唯一の希望の光らしい。

「それで真世、同窓会のことなんだけど、どうしたらいい？」桃子が本題に入った。

真世はビールを一口飲んでジョッキを置いた。

「前に原口君にもいったけど、やればいいんじゃないのかな。ただ、私は遠慮しておこうと思う。みんなに気を遣わせたくないもん」

「だから気なんか遣わないって、何度いわせるわけ？」

「俺もそう思うよ」カウンターの内側から沼川がいった。「通夜や葬儀に来られなかった連中は、せめて同窓会で神尾に悔やみの言葉をいいたいはずだ。たしかに中学時代には先生の娘ってことで、神尾を避けてた奴もいたかもしれないけど、お互い大人になったんだし、そんなのはもう関係ないよ」

同感、と原口が小さく手を挙げた。

その時、どこかで着信音が鳴った。スマートフォンを取り上げたのは沼川だった。

「はい、もしもし。……うん、もちろん空いてるよ。……貸し切り？　いや、じつは原口たちが来てるんだ。あと本間と、ついさっき神尾も来てて。……ほかに客はいない。えっ？　……ああ、そういうことか。……いいよ。わかった。じゃあ後ほど」電話を切った後、沼川が真世たちのほうを見た。「これから柏木たちが来るそうだ」

「へえ、それは奇遇だな」原口がいった。「ほかには誰が？」

「牧原も一緒らしい。それから釘宮たちも来るようだ」

沼川の言葉に、真世だけでなく桃子や原口も驚きの表情を浮かべた。

「柏木が強引に誘ったみたいだ。ほかの客がいたら面倒だから店を貸し切りにしろっていわれた。みんながいることを話したら、それは大歓迎だってさ。だからとりあえず、入り口にこれを掛けておくよ」沼川は『貸し切り』と記された札を棚から出し、カウンターから出てきた。

「すごいね、柏木君。神尾先生のお葬式が終わった後だっていうのに、釘宮君と交渉する気なんだ」桃子が感心した口調でいう。

「こういう日だから誘いやすかったんだよ」原口が顔をしかめた。「神尾先生のことを一緒に偲ぼうとか、そういうふうにいったんだと思う。たぶん夕食は柏木の奢りのはずだ」

「で、食事の後は場所を変えて釘宮君を口説こうってわけね。やるなあ、さすが元『ジャイアン』」

ははは、と沼川が笑いながら戻ってきた。

「そういえば、陰じゃ『ジャイアン』って呼ばれてたなあ」

「そう、それで牧原君は『スネ夫』」

「面白いよなあ、その関係が大人になっても変わってない」原口が笑いながら手酌でビールを注いだ。「『柏木建設』は『三つ葉銀行』にとっちゃ、地元最大の顧客だ。『スネ夫』は『ジャイアン』には永遠に頭が上がらない」

彼等のやりとりを真世は楽しく聞いた。柏木のように、今ではそれなりの地位にある人物でも、国民的漫画のキャラクターになぞらえて笑えるのは同級生の特権だ。

「ところがその『ジャイアン』が『のび太』を接待するんだから、世の中ってわからないよな」沼川が少し真顔になった。「もっとも俺たちだって笑えない。コロナで生活が苦しくなって、頼ろうとしているのは、かつてのガキ大将の『ジャイアン』じゃなくて、中学時代には内心馬鹿にしてた『のび太』だもんな。我ながら現金なもんだ」

「それをいったらおしまいだって。それに、映画の『ドラえもん』では、『のび太』は結構人助けをしているわけだし」原口が苦し紛れの屁《へ》理屈をいった。

彼等がいっている『のび太』が、釘宮克樹を指していることは明白だった。釘宮は『のび太』のようになまけものでもいい加減でもなかったが、存在感が薄く、皆から軽く扱われていたことは否定できない。そしてそんな釘宮の盾となっていたのが、津久見直也だった。彼といる時の釘宮は安心感に包まれていたような気がする。つまり津久見は『ドラえもん』だったというわけか。

クラスの代表として釘宮と初めて見舞いに行った日のことを思い出した。病院のベッドで津久見は、「おう、久しぶり」と喜んで二人を迎えてくれた。「元気？」と真世が訊くと、

「気持ちだけはな」と笑った。

「いろいろと薬が開発されてさ、白血病だからって、すぐに死ぬとはかぎらないんだ。ていうか、大抵の人は治るらしいんだ。だけど俺のやつはさ、どういう薬が効くのかまだよくわかんなくて、病院の先生があれこれと試してくれてるってわけ。まあ、まだまだこれからってことだな」

深刻な内容にもかかわらず、そんなふうに語る口調は、プロ野球の順位予想でもするかの如くのんびりとしていて、まるで他人事《ひとごと》のようだった。

しかしその顔を見れば、とても呑気にしゃべっていられる状況でないことは明らかだった。髪はすっかり抜け、眉毛も睫《まつげ》も消えていた。そして一緒にいて頼もしく感じられた大柄でがっしりした肉体は、少年に戻ったように痩せていた。

釘宮が、そうだよな、と話を合わせた。

「医学の進歩はすごいからな。のんびり待ってりゃ、そのうちにいい薬が見つかるよ」

「俺もそう思ってる。とりあえず、今は待つしかない。だからさあ釘宮、そろそろ新作を読ませてくれよ。ベッドで寝てるばっかりじゃ、退屈でしょうがないんだ。描けてるんだろ、新作。どうなんだ？」

「うん、ぼちぼちってところかな」

「何だよ、それ。描き上がったら、すぐに持ってこいよ」

「わかってる。がんばるよ」ベッドの脇で釘宮は小さく拳を振った。

何のことかと真世が戸惑っていると、津久見がいった。

「羨ましいだろ、神尾。俺は釘宮が描く漫画の、最初で、しかも唯一の読者なんだぞ」

そういうことか、と納得した。釘宮が漫画家志望だということは皆が知っている。ほかでもない、津久見がいい広めたからだ。だが実際に描き上げ、それを津久見が読んでいるとは思わなかった。

彼等の話によれば、そもそも二人が親しくなったきっかけが、釘宮の描いた漫画だった。中学に入って間もなくの頃、お互いの鞄を取り違えたことがあるという。その時、釘宮が鞄に入れて持ち歩いていた自作の漫画を、津久見が読んでしまったらしいのだ。

腰を抜かすほどびっくりした、と津久見はいった。

「完全にプロだと思ったよ。絵が上手《うま》いだけじゃなくて、ストーリーがめちゃくちゃ面白いんだ。俺、一発でファンになっちまった。釘宮克樹のファンだ。だから俺から頼んだんだよ。友達になってくれって。だってさ、自慢できるじゃないか。将来、釘宮は絶対に売れっ子漫画家になるぜ。その時、俺の親友だっていえたらかっこいいだろ」

熱く語る津久見の話を聞き、釘宮はベッドの脇で恥ずかしそうに笑っていた。だがもちろん嬉しそうでもあった。

やっぱり津久見は釘宮にとって『ドラえもん』だったのかもしれない。親友の熱い励ましの言葉は、『のび太』を勇気づける『タケコプター』であり、『どこでもドア』だったのだ。

そんなことをぼんやりと考えていたら、「おう、集まってるな」と野太い声が後ろから聞こえた。

真世が振り返ると柏木が入ってくるところだった。昨夜の喪服姿でも貫禄を感じさせたが、肩幅の広い身体にクリーム色のスーツはさらによく似合っていて、マフィアのボスを連想させた。

「神尾、大変だったな。疲れは出てないか?」

「うん、大丈夫。ありがとう」

柏木の後ろから牧原が入ってきて、さらに釘宮が続いた。そして最後に九重梨々香が登場した。ブルーのワンピースの上から、キャメル色のスプリングコートを羽織っていた。どちらもスタイルに自信がなければ着こなせない代物で、今朝の喪服姿とは違った色気を発していた。東京の街中ですれ違ったら、振り返る人がいるかもしれない。

梨々香が近づいてきたので、真世は椅子から立ち上がった。

「九重さん、今朝はありがとうございました。釘宮君も」

梨々香は悲しげに眉根を寄せ、首を振った。

「とんでもない。克樹君とも話してたんです。最後に先生のお顔を見られてよかったねって。これから寂しくなると思いますけど、どうか早く元気になってくださいね」流暢《りゅうちょう》に語る様子は、まるで女優のようだった。言葉が脚本の台詞のようにしか聞こえない。

「ありがとうございます」それでも真世は礼をいった。

「さあ、とりあえず座ろうぜ。ええと、どのへんがいいかな」柏木は店内をさっと見渡してから釘宮のほうを向いた。「先生、どのあたりにしますか？」

真世は、ぎょっとした。耳を疑うとはこのことだろう。かつての同級生に対して「先生」――だがその口調に不自然さは微塵《みじん》もなかった。

「僕はどこでも……。柏木君が決めてくれていいよ」

「そうですか。じゃあ、その壁際のあたりで、贅沢にゆったりと座らせてもらいますか。――構わないだろ、沼川？」

「ああ、お好きなように」沼川がカウンターの中から応えた。

「おまえたちも一緒にどうだ？」柏木がカウンターにいる原口たちに声をかけた。

「あっ、どうしようかな……」原口が迷いを示し、腰を浮かせた。

「あたしは遠慮しておく。ここでいい」桃子は手を振った。「お仕事の話をするんでしょ？　邪魔しちゃ悪いから」

「じゃあ、とりあえず俺もこのままで」原口が腰を落とした。

「私もカウンターでいい」そういって真世は元の席に座り直した。

するとバッグの中からメッセージの届く音が聞こえた。取り出し、画面を見て目を剝《む》いた。武史からで、『柏木たちのところへ行け』とあったのだ。

どういうことかと思い、自分が羽織っているパーカーのフードを見て息を吞んだ。端に蝶が付いていたのだ。例の盗聴器だ。部屋を出る直前に肩を叩かれたが、あの時に付けられたに違いない。つまり今までの会話も、すべて武史に盗聴されていたわけだ。電波が届くわけがないから、たぶん、この近くまで来ているのだろう。

腹立たしいが怒っている場合ではない。真世は立ち上がった。

「やっぱり、そっちに行ってもいい？　邪魔はしないから」柏木にいった。

「おう、もちろんだ。ある意味、神尾は今夜の主役なんだからな。それから沼川、今夜は俺の奢りだ。そっちのカウンターの会計も、こっちに回してくれ」

何人かが手を叩いた。さすが太っ腹、と声をかけたのは桃子だ。九重梨々香だけは笑っていない。その梨々香の隣に真世は座った。

女性店員が瓶ビールを何本かとグラスを運んできた。すぐに柏木がビール瓶を手にした。

「では場所を変えたところで、先生、まずは改めて一杯どうぞ」

ありがとう、といって釘宮はグラスを出した。先生と呼ばれることに抵抗はないようだ。

全員に飲み物が行き渡った。まさか乾杯などといいださないだろうなと思っていたら、神尾、と柏木が神妙な顔つきで呼びかけてきた。

「このたびは本当に気の毒だった。俺も悲しい。せめて、神尾先生の御冥福を祈りたい。みんなも黙禱して献杯しよう」

この呼びかけに、ほかの者たちもそれぞれの飲み物を手に取った。では黙禱、と柏木の声が響く。真世もジョッキを握ったまま目を閉じながら、やっぱり『ジャイアン』は違う、と思った。

「ところでどうよ、神尾。この町に久しぶりに帰ってきて、どう思った?」黙禱後の雑談が一段落したところで柏木が尋ねてきた。

「どうって?」

「情けない町になったと思わないか。元々そんなに繁盛していたわけじゃないが、それなりに集客力のある観光地だった。この界隈《かいわい》だって賑わいがあった。それがどうだ、この有様は。営業してる店より潰れた店のほうが多い商店街ってどうよ」

うーん、と唸るしかない問いかけだ。

「今は日本中どこもそうだから。コロナが完全に収束するまでは仕方ないんじゃないの」

「収束したら、また観光客が戻ってきて、昔みたいに盛り上がると思うか?」

「それはわかんないけど……」

私に訊かないでよ、といいたい気分だった。

「たとえばだ、東京ディズニーランドはまだ入場制限してるだろ？　もしコロナが収束して、制限がなくなったらどうなると思う？　きっとまた以前みたいに客が押し寄せるぜ。いや、きっとそれ以上だ。我慢してた人たちが殺到するに違いない。そう思うだろ？」

「うん、それはたぶんね」

「だけど、ここはどうだ？　そんなふうになると思うか？　観光地なんて、ほかにいくらでもある。コロナが一段落して自由に動けるとなったって、こんな地味な観光地、後回しにされるに決まっている」

「そうかもしれないけど、ディズニーランドと比べるのは無茶じゃない？」

柏木は外していたマスクを徐に懐から取り出して装着した。

「そんなことはわかってる。ディズニーランドがスカイツリーだとしたら、この町なんてドングリだ。で、同じようなちっぽけな観光地が各地にいっぱいあるわけだから、コロナ禍が終わったら、ドングリの背比べが始まる。この町が生き残るには、その背比べに勝たなきゃいけない。そのために、今のうちにちょっとでも背を伸ばしておこう、何だったら背伸びもしようじゃないか、と俺はいってるんだよ」

マスクをつけた理由がわかった。大事なことを話すのに飛沫を気にしている場合ではないと思ったのだろう。力強い語気に真世は圧倒され、何もいい返せなかった。

柏木は再びマスクを外して内ポケットに戻すと、「――というわけで先生」と釘宮に笑いかけた。「何とか力を貸しちゃあもらえないだろうか。この町を助けると思ってさ」

釘宮は困惑した様子で、ちらりと梨々香のほうに顔を向けた。

「今夜は、そういう話はしないという約束じゃなかった？」梨々香が口を開いた。「だから食事の誘いを受けたんだけど」

「食事中はしないという意味だ。それぐらいはわかってただろ」柏木は苦笑した。

「前にもいったけれど、克樹君は今、一番大変な時期なの。新しい企画がどんどん飛び込んできて、それに対応するだけで精一杯なんだから」

「だからそこのところの交通整理は九重さん、あんたがやってくれたらいいじゃないか。そのために、一緒にいるわけだろ？」柏木は媚《こ》びるような声を出した。強面《こわもて》なので、却《かえ》って不気味に見える。

「もちろんそうだけど、克樹君の手を全く煩わせないで済ませられるわけではないの。どうかわかってちょうだい」

「わかってるって。だからこっちも、先生には極力面倒をかけないプランをいろいろと考えているわけでね」

「どんなプラン？　劇場は無理だってことには納得してもらえたはずよ」

「劇場？」真世は思わず声に出していた。「何それ？」

梨々香が真世のほうを向いた。

「『幻ラビ』を舞台化して、その専用劇場をこの町に造るって話。馬鹿げてるでしょう?あんな作品、舞台化できるわけないわよねえ。第一、役者をどうするのよ」

たしかに馬鹿げてると思ったが口には出さないでおいた。

「あれはプランの一つだ。たとえばこういうアイデアもあると一例を挙げただけだ。あの時もそういったはずだぜ。本命は今日のやつだ」柏木は隣の牧原に目配せした。

牧原がタブレットを出してきて、テーブルに置いた。

「じつは『青空の丘』を使えないかって話になってね」

「『青空の丘』?」梨々香が声のトーンを上げた。「あの、しょぼくて何もない、寂れた公園をどうしようっていうの?」

町外れにある公園だ。広いだけが取り柄で特徴はなく、たしかに寂れている。

「まあまあ、牧原の話を聞いてやってくれよ」柏木が笑いながら、手をひらひらと上下に動かした。

「漫画のキャラクターの銅像が、縁《ゆかり》のある土地に建てられるって話がよくあるでしょ?あれを『幻ラビ』でやれないかと思って」牧原が話を続けた。「だけど銅像じゃありきたりだし、やっぱり地味だ。そこで銅像じゃなくて、きちんと着色した人形にする。フィギュアの実物大といえばいいかな。材料には頑丈な新素材を使う。しかも単に主要キャラクターの人形を並べるだけではなく、名場面を再現する。これ、ファンやマニアは絶対に足を運ぶと思うんだ」

梨々香が、ふっと口元を緩めた。だがその横顔に浮かんだものは冷笑にしか見えない。

「もしかすると一回ぐらいは来てくれるかもしれないわね。でも、SNSに画像を投稿したら、それでもうおしまい。二度目はない」

「だから時々バージョンアップするんだ。新しい場面を再現したフィギュアを少しずつ増やしていく。これならリピーターが生まれるはずだ。だから『青空の丘』がいいんだ。あそこなら広さはたっぷりあるからね。名場面を次々に再現していったら、きっと話題になると思う」

「どうだ神尾、ドングリにしちゃあわりと話がでかいだろ？」柏木が真世のほうを見て、鼻の穴を膨らませた。

「名称も『幻脳ラビリンス・パーク』に変更する。公園を管理しているのは市だけど、内々に相談したら、かなり乗り気になってくれた」

牧原の言葉に梨々香が眉尻を上げた。「ちょっと、勝手にそんな話を進めないでよ」

「内々にって牧原がいっただろ。こういうのは早めの根回しが必要なんだ。九重だって素人じゃないんだからわかるだろ」柏木はなだめるようにいってから釘宮のほうに顔を向けた。「どうだろう先生、前向きに考えちゃもらえないだろうか」

「僕は何をすればいいわけ？」

「克樹君っ」

「名目上は監修ってことになる。だけど基本的には何もしなくていい。極端なことをいえば名前だけ貸してくれればいいんだ。任せてくれたらすべてこっちでやる。面倒をかけたりしない」

「だめよ、克樹君。この人たちに任せたら、『幻ラビ』の値打ちをぶち壊しにされちゃう」

「そんなことしねえよ。するわけないだろ」柏木が両手を広げた。「どうして信用してくれないんだ」

「あなたたちにそんな気はなくても、結果的にそうなる危険性が高いといってるの。『幻脳ラビリンス・パーク』なんて大風呂敷を広げて、失敗したらどうするの？　汚れて壊れたフィギュアの画像なんかが拡散したら、原作のイメージダウンは避けられない」

「失敗はしない。させない。俺が約束する」柏木の眼光が鋭くなった。

「そんな口約束に、大切な作品を預けられると思う？」

「あんたの――」そこまでいったところで柏木は呑み込んだ。

何をいいたかったのか真世にもわかった。あんたの作品じゃないだろ。だがそれをいえば険悪になる。釘宮を落とすには梨々香の力が必要だということは柏木もわかっている。

だが梨々香のいっていることはもっともだと真世も思った。田舎町の丘にある公園に人気アニメのフィギュアを並べたところで、どれだけの集客力があるかは予想がつかない。

フィギュアを奇麗に維持するのも大変な気がした。

梨々香がスマートフォンをちらりと見てから釘宮のほうに顔を寄せた。

「克樹君、そろそろ失礼しない？　今日は朝が早かったし、疲れてるでしょ」

「あ、そうだね。うん、じゃあ帰ろうかな」釘宮は向かいの柏木を見た。「今夜はごちそうさまでした」

「とんでもない」柏木は両手を左右に振って笑った。「また誘ってもいいかな」

「こういう話がないのならね」

梨々香の言葉に柏木は大げさにしかめっ面をする。「かなわないなあ、九重さんには」

「じゃあ克樹君、行きましょ」梨々香は立ち上がった。「神尾さん、またね」

「今日はありがとう。釘宮君も」

うん、と釘宮は頷き、梨々香に促されるようにして店を出ていった。

立ち上がって二人を見送った柏木が、腰を下ろし、瓶に残っていたビールを自分のグラスに注いだ。「沼川、もう一本ビールだっ」空き瓶を乱暴にテーブルに置いた。

「参ったね。あのマネージャーを何とかしないと」牧原がため息交じりに呟きながらタブレットを鞄に戻した。

「粘るしかない。今日の反応を見たかぎり、前回、劇場を提案した時よりかは脈があるような感じがした。九重はともかく、釘宮は悪くない話だと思っているはずだ」柏木はネクタイを緩め、ビールを飲んだ。

真世のスマートフォンがメッセージの着信を伝えた。画面を見ると武史からだった。その内容を読み、はっとした。今ここで発すべき台詞が指示されていたからだ。

「『幻脳ラビリンス・パーク』――たしかに実現したら面白そうだよね」真世は指示に従って発言した。

「だろ？」柏木の眉が動いた。「うまく宣伝すれば、絶対に客を呼べる」

お金の、といってから真世は咳払いをした。

「お金のほうはどうなの？　それなりに資金が必要だと思うんだけど」

「それは何とかなる。こいつの仕事だ。――なあ」そういって柏木は牧原の肩を叩いた。

「プランが固まれば、スポンサーは集められると思う」牧原がいった。

「ふうん、それならいいんだけど、叔父が気になることをいってたから」

「叔父さんが？」牧原は怪訝そうに眉をひそめた。「どんなことを？」

「父から相談されてたらしいの。教え子が金銭トラブルを起こしたかもしれない、みたいなことを。あれ、まさか君たちのことじゃないよね」

牧原の顔色があからさまに変わった。横で聞いていた柏木の表情も険しくなった。

「何だよ、それ。どういうことかな。さっぱりわからないんだけど」牧原の声が少し上擦って聞こえた。

「私も詳しいことは知らない。叔父からちらっと聞いただけだから。関係ないならいいの。ごめんなさい。忘れてちょうだい」

柏木が新たに運ばれてきたビール瓶を摑み、グラスに注いだ。勢い余って白い泡が縁から溢れた。

とにかく、と彼は強い口調でいった。

「俺たちが何とかしないとだめなんだ。資源もなければ大した売りもない町に、『幻ラビ』はようやく巡ってきた福の神だ。この町は一隻《せき》の船で、全員がその上に乗っている。今がんばらないと沈没して、みんな揃《そろ》って溺れ死ぬだけだ」グラスのビールをぐびりと飲むと、口の周りについた泡を手の甲で拭った。

19

窓から差し込む陽光が、画面に反射するようになった。ちょっとごめん、とマイクに向かっていってから、真世はモニターの角度をあれこれ調整した後、結局パソコンの向きを九十度変え、自分も座布団ごと移動した。窓の外を見ると、夕焼け空になっている。あっという間に半日以上が過ぎてしまった。

「お待たせ、もういいよ」

モニターに自分の顔が映っている必要はないんだけどな、と思いながらノートパソコンに語りかけた。

「――というわけでシステムキッチンの施工費だけだと、合計六二万八〇〇〇円になります」モニターに映っている女性がいった。同じ職場の後輩だ。

「それ、アイランドカウンターの分は入ってる？」真世が訊いた。

「ええと、いいえ、それはないです。アイランドカウンターは既存のものを使用すると聞いていますけど、そうじゃないんですか？」

「そうなんだけど、一旦取り外す必要があるでしょ。キッチンもフローリングの張り替えをするはずだから。そのための工事費のことをいってるの」

「あっと、そうでした。ちょっと待ってください」後輩は手元の資料を確認している様子だ。「はい、入ってました。脱着費は九万八〇〇〇円です」

九万八〇〇〇円、と手元のノートにメモする。

「レンジフードの換気ダクト工事はオーケーだよね。キッチンバックセットの材料費も決定したと。あとは何か残ってるかな」

「止水栓ぐらいですね」

「それ、六〇〇〇円でいい。それと消費税」

「わかりました。以上で、キッチン周りはこういう感じになります。見えますか？」手書きの工事内訳表が画面に映し出された。細かい字だが、確認はできる。

「それでいい。整理してメールしてくれる？　できれば今日中に」

「了解です」

「じゃあよろしく」

「お疲れ様でした」

モニターから相手の顔が消えたのを確認し、ふーっとため息をついてノートパソコンをぱたんと閉じた。広げた図面を眺めながら、メモした内容を改めて確認する。

有給休暇は今日まで取ってあるが、どうしても片付けておきたい案件がいくつかあり、朝からリモートで仕事を始めたのだった。おかげで来週から、スムーズに仕事に入っていけそうだ。しかしこのままずっとリモートで、というわけにはいかない。建築士という仕事は、材料や部品の実物に触れずにできるものではないからだ。顧客に説明する時だってそうだ。床材や壁紙をモニターを通して見てもらい、どれがいいでしょうか、なんて尋ねられるわけがない。

生産的な仕事をしたことのない政治家や役人は、何でもかんでもリモートでしろ、テレワーク化を進めろなどというけれど、あんたら一度現場を見てみろといいたくなる。

不意に桃子のことが頭に浮かんだ。正確には彼女の夫のことだ。

レジャー企業の社員が、開発地に一定期間留まらねばならない場合がある、という話は聞いたことがある。だから桃子の夫が単身赴任していると聞いても、少しも疑問に思わなかった。大変そうだなと同情しただけだ。

しかし武史の話――『東亜ランド』はリモートワークを中心にして単身赴任をなくしていく方針、という話が引っ掛かっている。それがもし本当なら、桃子のいっていることをどう捉えればいいのか。

ぼんやりと考えにふけっているとスマートフォンが鳴りだした。電話だ。着信表示を見て、はっとした。また柿谷だった。

「はい、神尾です」

「すみません、柿谷です。昨夜は突然申し訳ございませんでした」

「いいんですけど、まだ何か？」

「いえ、今日はあなたにではないんです。ええと、神尾武史さんは、今そちらにいらっしゃいますか」

「叔父ですか。さあ、どうでしょう。じつは今日はまだ顔を合わせてなくて」

「そうですか。では、電話番号を教えていただけませんか。ちょっと御相談したいことがありまして」

「わかりました。ちょっと待ってください」

警察は武史の連絡先を把握していなかったらしい。スマートフォンを操作し、武史の番号を読み上げた。ありがとうございます、と柿谷は礼をいって電話を切った。

スマートフォンをテーブルに置き、真世は首を傾げた。柿谷が武史に相談したいこととは何だろうか。

昨夜帰ってきたのは、間もなく零時になろうかという頃だ。武史の部屋を訪ねようかと思ったが、遅いので遠慮することにした。何より、真世自身が疲れていた。昨日は本当に長い一日だった。

今朝、朝食後に武史の部屋をノックしたが、返事はなかった。試しにドアを開けようとしたが、鍵がかかっていた。どこかに出かけたらしい。

電話をかけてみることも考えたが、特に急いで話したいわけでもなかったので、リモートで仕事を始めた、という次第だった。

昼過ぎ、昼食を買いに行く前にも武史の部屋を訪ねてみたが、戻ってきてはいないようだった。一体どこに出かけているのか。

今ひとつ気持ちを集中できないまま、だらだらと仕事を続けていたら、再びスマートフォンが着信を告げた。今度は武史からだった。電話に出ると、「部屋にいるのか？」と尋ねてきた。

「そう」

「何をしてる？」

「仕事だけど、どうかした？　柿谷さんから電話があったと思うけど」

「その件だ。今から三十分後に会うことになった。その気があるなら同席しろ」

「えっ、私が一緒でもいいの？」

「柿谷の許可は取った。姪が同席したいといい出したら連れていってもいいかと尋ねたら、渋々ながらも了承した。どうする？」

「行く。三十分後だね。どこへ行けばいい？」

「とりあえず二十分後に食堂で集合だ」

「わかった。ところで、叔父さんは今どこにいるの？」

「部屋にいる。ついさっき宿に戻ってきたところだ。じゃあ、後でな」武史は一方的に電話を切った。

真世はスマートフォンを置き、仕事用のファイルを片付けると、化粧ポーチに手を伸ばした。たとえ相手が刑事だろうが、すっぴんで会うわけにはいかない。

化粧を済ませて食堂に行くと、武史が女将さんと話しているところだった。いつものミリタリージャケット姿だ。

「叔父さん、朝からどこに行ってたの？」

「あちらこちらだ。いろいろと野暮用があってな」

こんな言い方をする時は必ず腹に一物《いちもつ》あるに違いないのだが、教えてくれる見込みはないこともここ数日でよくわかったので、これ以上は尋ねないでおいた。

「柿谷さんは、まだ来てないみたいだね」

真世がいうと武史は腕時計を見た。

「会う場所はここじゃない。向かいの喫茶店『フルート』だ。俺が指定した」

「あっ、そうなんだ。でも今の時間だと、ほかのお客さんもいるんじゃない？」

時刻は午後五時を少し過ぎたところだ。昨日は閉店後だったが、さすがにまだ営業しているだろう。

「それぐらい景気がよければいいんだがな。客がいたとしても近所の老人だろう。離れた席で小声で話せば、会話が聞かれる心配はない。よし、そろそろ行くか」

武史が玄関に向かったので、真世もそれに続いた。

『フルート』に行ってみると昨夜と同様に柿谷と前田が並んで座っていた。場所は一番奥のテーブルだ。会話を他人に聞かれないための用心だろうが、ほかに客はいなかった。白髪のマスターが、いらっしゃいませ、とカウンターの内側から小声でいった。

二人の刑事が立ち上がった。「お忙しいところをすみません」柿谷が詫びた。

「捜査に協力することには、些《いささ》かもやぶさかではない」武史は椅子を引きながら店内を眺めた。「なるほど、真世がいっていた通り、独特の雰囲気がある店だな。しかも、コーヒーがかなりうまいそうじゃないか」

「それはもうお勧めです」柿谷が頷く。

「だったら、せっかくなので御馳走になろうか」武史は椅子に腰を下ろした。コーヒー代を自分で払う気は全くなさそうだ。「真世はどうする？」

「じゃあ、私もいただく」

「ではコーヒーを四つ」柿谷が指を四本立て、マスターに向かっていった。

前田が険しい表情でノートパソコンを開いた。柿谷が武史のペースに乗せられているのが気に入らないのかもしれない。

「で、用件というのは何かな」武史が訊いた。

はい、と柿谷が姿勢を正し、マスターのほうをちらりと見た。マスターは背を向け、コーヒー豆を挽《ひ》いている。わりと距離があるから、余程大きな声を出さないかぎり、会話が聞こえることはなさそうだ。

「じつは昨日の夜、真世さんから、神尾英一さんは金融に関することはあなたに相談していた、とお聞きしたのですが、それは間違いありませんか」柿谷は低く抑えた声で訊いた。

「その件か。さほど頻繁ではなかったが、たまにそういうことはあった。兄貴はその手の話に疎くてね、以前はよく銀行屋の口車に乗せられて、わけのわからない金融商品なんぞを買わされたりしていたようだ。詳しいことは知らないが、結構損もしたんじゃないかな。亡くなった義理の姉がこぼしていたよ。人がいいものだから、多少付き合いのある銀行員に頼みこまれたら断りきれずにいる、傍で見ていて苛々するってね。だけどいつまでもそんなことをしていてはまずいと本人も気づいたらしく、俺に相談するようになったというわけだ」じつにもっともらしい口調でいった。どうせ法螺だろうとわかっているつもりの真世でさえ、本当の話なのかなと思ってしまう。

とはいえ、と武史は続けた。

「俺にしても、別に金融関係に強いってほどではない。ただ兄貴よりは多少世渡りの経験があるので、頼りにされたというところかな。要するにまあ、騙されにくいということだ」

それは事実だろう。騙しのテクニックにかけてはプロなのだから。

「最近、そういった相談をされたことはありませんか」

「このところはないな。今もいったように、本来兄貴は財テクなんかにはまるで関心がなかったんだ。カネというのは働いて稼ぐものだ、という教師らしい考えの持ち主でね。定年退職して収入がなくなった不安から、少しでも資産を増やそうと投資に走る者がいるが、素人がそんなものに手を出して火傷《やけど》をしたら大変だ、とよくいっていた。兄貴の場合、養わなければならない人間がいるわけでなし、贅沢をしなきゃ貯金と年金だけで食べていけると計算してたんだろう」

嘘か本当かは不明だが、この話には信憑性《しんぴょうせい》があった。たしかに英一はそういう慎重な性格だった。

「ではお金の相談など、このところは全くなかったというわけですか」

「聞いてないね。強いていえば、一か月ほど前に家の補修工事のことで電話があったぐらいだが……あっと、そういえば」そこまで話したところで武史は言葉を不自然に切った。さらには思考を巡らせるように視線を宙に彷徨《さまよ》わせた。

「何でしょうか？　どうかされましたか？」

「いや、ちょっと思い出したことがあるんだが、兄貴自身の資産には関係のない話だった。忘れてくれ」

「どんなことでしょうか。差し障りがなければ話していただけませんか」柿谷が食いついてきた。

「特に差し障りはないが、事件に関係があるようにも思えない。おたくらが聞いても無駄じゃないかな」

「無駄、大いに結構です。どうかお聞かせください」

「そういわれてもなあ」武史はいい渋った。明らかにもったいをつけている。

このタイミングでコーヒーが運ばれてきた。マスターが丁寧な手つきで、ソーサーに載せた四つのカップをそれぞれの前に置いていく。香ばしい匂いが、飲む前から期待を抱かせた。真世はミルクピッチャーを取り、少し注いだ。

「こらこら、評判のコーヒーだというのに、いきなりミルクを入れるやつがあるか。まずはブラックで嗜《たしな》むのがセオリーだ」武史はカップを鼻先まで持ち上げ、薄く目を閉じて匂いを嗅ぐしぐさをした。「うん、素晴らしい香りだ」さらに一口啜ると、味わうようにゆっくりと喉を動かした。「適度な酸味とコクが程よく舌に残る。コロンビアがベースとみたが、マスター、いかがだろう？」

「おっしゃる通りです。いい豆が入りましてね、それで少々アレンジを」白髪のマスターが満足そうに応じる。

「挽き具合も完璧だ。適度に渋みもある」

「恐れ入ります」

「ところでこの店は喫煙はオーケーなのかな。やけにレトロな灰皿があるが」テーブルの端に置かれたガラス製の灰皿を指して武史は訊いた。

「構いません。どうぞ」

それはありがたい、といって武史はジャケットの内側から煙草の箱を出してきた。さらに別のポケットに手を入れたところで動きを止め、刑事たちを見た。

「失礼、確認するのを忘れていた。君たちはどうだ？　吸ってもいいのか？　副流煙や臭いが気になるというのなら我慢するが」

「いえ、大丈夫です。御遠慮なく」柿谷がいった。

「そうか。申し訳ないんだが、うまいコーヒーがある時ほど、煙草を吸いたくなってね」

武史がポケットから手を出した。その手に握られていたのはオイルライターだった。

真世は驚きを顔に出さないようにするのに苦労した。武史と久しぶりに会ってから今日まで、彼が喫煙するところなど一度も見ていなかったからだ。それとも『ホテルまるみや』や斎場は全館禁煙だったので、たまたま吸う機会がなかっただけか。

武史は箱から出した煙草をくわえ、慣れた手つきでライターを着火させようとした。ところが火花が出ただけで火がつかない。二度三度繰り返した後、舌打ちしてライターをテーブルに置いた。

「ついにオイル切れか。このところ補充していなかったからな。オイルを買わなきゃと思いつつ、買いそびれていた。昨日の朝、忘れ物を取りに家に入った時、もしかするとストックが残ってるかもしれないと思って探したんだが見つからなかった」

武史は立ち上がると、マスター、と呼びかけながらカウンターに近寄った。

「マッチは置いてるだろうか」

ございます、といってマスターはカウンターの下から何かを取り出した。ありがとう、といって武史は戻ってきた。彼が手にしているのは、小さな紙マッチだった。

「何だか懐かしいな。近頃じゃ、店名の入った紙マッチなんて作らない店も多いからな」

武史はマッチの一本をむしり取って火をつけると、くわえた煙草に近づけた。煙草の先端がぼうっと赤くなる。マッチを振って火を消すと、燃えかすをガラス製の灰皿に捨てた。

「煙草をお吸いなんですね」柿谷が訊いた。

「時と場合による。是非吸いたいという時だけだ。特に吸いたいわけでもないのに惰性で煙草に火をつけ、味もわからないまま有害な煙を吐き出しているだけ、という人間と一緒にしないでくれ」

「いつもそのオイルライターをお使いで？」柿谷は、テーブルに置かれたライターに目をやった。

「そうだ。安物だが、アメリカにいた頃に買った思い出の品でね」

「先程、家にオイルのストックが残ってるかもしれないと思った、とおっしゃいましたよね。それはあなたのものですか」

「いや、兄貴のだ。以前、書棚の下に何本かストックしてあるのを見た覚えがあったものでね」

柿谷は意外そうな顔を真世に向けてから、再び武史を見た。

「真世さんからは、英一さんはずいぶん前に煙草をやめたと聞きましたが」

「建前上はね。たしかに人前では吸うことはなかった。だけどたまに気分転換で吸ってたようだ。この目で何度か見ている」

「今でもライターはお持ちだったんでしょうか」

「オイルライターをか」

「そうです」

「前はいくつか持っていたと思うが、最近は知らない。ストックのオイルがなくなっていたから、近頃は使ってなかったかもしれないな」武史はコーヒーを啜り、煙草を吸い、紫煙をくゆらせると、満足そうに何度か首を縦に振った。「いいねえ、この感じ。喫茶店で寛《くつろ》ぐというのは、こういうものでなきゃいけない」

前田が柿谷の耳元で何事かを囁いた。柿谷はノートパソコンの画面をちらりと見て小さく頷くと、武史に視線を戻した。

「ええと、先程のお話の続きなんですが」

「続き？　何だったかな」

「お金の相談についてです。英一さんから何かお聞きになっていたとか」

ああ、と武史は煙を吐きながら頷いた。

「そのことか。だからそれは兄貴自身には関係がない話だったといってるだろ。わざわざここで披露するような内容じゃない。それに、他人のプライバシーに関することだから、あまり人にはいいふらさないでくれと兄貴から釘《くぎ》を刺されていた」

「いや、しかし」柿谷は両手をテーブルにつき、身を乗り出した。「それが事件に結びついているかもしれないわけです。決して外部に漏らしたりはしません。お約束します。どんな相談内容だったか、ざっくりとでも構いませんので教えていただけませんか」

「そういわれてもなあ」武史は苦い顔を作った。「もし俺がその人の名前をいったら、どうせあんたらは当人のところへ詳しい話を聞きに行くだろ？　だったら、俺がしゃべったとばれちゃうじゃないか」

「そこのところはうまくやります。御迷惑がかからないようにします。任せてください」

熱く語る柿谷の隣で、前田も頭を下げた。

武史は指の間に煙草を挟んだまま、斜め上に視線を向けた。しばらくそのポーズを続けた後、やおら煙草の火を灰皿の中で消した。

「だったら、こういうのはどうだろう。俺から話し始めるのは抵抗がある。だけどそっちから問いかけることに対して、イエスかノーで答えるぐらいならやってもいい」

柿谷は戸惑いの色を浮かべた。「イエスかノー……ですか」

「そうだ。それでどうだ？」

前田が無言でノートパソコンのキーボードを叩いた。柿谷の視線が、ちらりと画面に向けられた。そこに前田の、つまり捜査一課としての意見が表示されているのだろう。

柿谷が武史のほうを見た。

「いやしかしそれでは、何について問いかけていいのかわかりません。やはりまずは、どういった種類の話かだけでも教えていただかないと」

武史は腕組みをし、うーん、と唸ってから、「ソウゾクだ」と短くいった。

「えっ？」

「相続、といったんだ。ある人が亡くなって、遺族が財産を相続することになった。それに関することだ。さあ、これ以上はこちらからは何も話さないからな」

真世は思わず武史の横顔を見る。一体、誰の話をしているのか。

再び前田がキーを打つ。柿谷がノートパソコンのモニターに視線を走らせた。

「その亡くなった方のお名前は？」

柿谷の質問に、武史はげんなりした表情を作った。

「人の話を聞いてないのか。イエスかノーで答えるといっただろ」

前田が素早くキーを叩いた。例によって柿谷の視線が小さく往復した。

「ではその方が亡くなったのは昨年の四月でしょうか」突然質問が具体的なものになった。

「イエスだ」

間髪をいれない答えに、また真世は驚いた。

「死因は事故ですか」

「ノー」

「病死ですか」

「イエス」

「その亡くなった方の御遺族が、相続に関して英一さんに何らかの頼み事、あるいは問い合わせをしてきた？」

「イエス」

「しかし英一さんは、自分では対応できないと考えた。それであなたに相談した？」

「イエスだが、相談というほどのものじゃない。雑談、もしくは愚痴だな」

「愚痴……つまり英一さんにとって、あまり愉快な話ではなかったわけですね」

「そこもまあイエスと答えておこうか。気が重いといってたからな」

「気が重い、ですか。その言い方から察しますと、何らかの仲介役をしておられたのではないですか」

「イエスだ。カネにまつわる仲介役なんて、誰もしたくないからな」

「その金銭トラブルの具体的な内容を聞きましたか」

「それは、ノーだな。兄貴がちらりと口走っただけで、具体的なことまでは聞いていない」

「口走った……。それはたとえば、亡くなった方には財産どころか莫大《ばくだい》な借金があった、とかですか」

「ノーだ」

「では相続で揉めている、とか？」

「それもノー」

「相続するはずの資産が消えている、とか？」

武史は少し間を置いた後、小さく頷いた。「イエスだ」

柿谷が、すっと息を吸い込むのがわかった。

「英一さんは、そのトラブルの直接の原因を御存じの様子でしたか」

「どこまで知っていたかはわからない。大きな揉め事にならなければいいが——そういう言い方だったと思う。悪いが、正確なことは覚えていない」

なるほど、と小さく呟いた後、柿谷は隣の前田のほうに顔を向けた。お互いが目配せし、同意を確認する素振りがあった。

「大変参考になりました。御協力に感謝します」柿谷が頭を下げていった。

「もういいのか」

「結構です。ありがとうございました」

武史はコーヒーカップを持ち上げ、コーヒーを啜った。

「まだコーヒーが残っている。せっかくだから、最後まで飲み干したいが」

「どうぞどうぞ、ごゆっくり」柿谷がいった。

前田はノートパソコンを閉じ、片付けようとした。だが武史がパソコンを上から手で押さえた。

「何の真似ですか」前田が初めて発言した。

「おたくら、ろくにコーヒーを飲んでないじゃないか。少しは味わったらどうだ？　店に対して失礼だろうが」

前田は口元を曲げ、露骨に不快感を示した。

「そうですね、じゃあいただきます」柿谷がカップを持ち上げ、コーヒーを啜った。「はは、たしかに美味しいですね」

「食べ物や飲み物を粗末にするのはよくないぞ」

「おっしゃる通りです」

「ところでものは相談だが、これだけ捜査に協力しているんだ。こちらからの質問にも答えちゃもらえないだろうか」

柿谷はちらりと前田と目を合わせてから愛想笑いを向けてきた。

「どういったことをお尋ねになりたいんでしょうか」

「ほかでもない。姪の同級生たちのことだ。姪から聞いたが、彼等を疑っているそうだな」

いえいえ、と柿谷は顔を振り、カップを置いた。

「決してそういうわけではありません。通夜や葬儀の参列者の中にお名前が多かったので、どういう方々なのかお尋ねしただけです」

柿谷係長、と武史は身を乗り出し、テーブルに肘をついた。

「お互い大人なんだから、そんな建前は捨てて本音でいこう。いいか？　おたくらのせいで、真世は悩んでるんだ」

えっ、と柿谷は戸惑ったような目で真世を見た。「悩まれているとは、それは一体……」

真世は黙って俯いた。武史が何をいいだす気なのか、見当がつかなかった。

「わからないかな。いいか、おたくらのせいで、同級生たちのことが信用できなくなっているんだ。それはそうだろう。父親殺しの犯人かもしれないんだからな。これからも顔を合わせなきゃいけないっていうのに、誰に対しても疑いの目を向けざるをえない。かわいそうだとは思わないか」

「いや、ですから、あくまでも参考までにお伺いしたまでででして、容疑者扱いしているとか、そういうことではないです」

「だったら、アリバイの有る無しだけでも教えてくれ」

えっ、と柿谷が目を見開いた。

「どうせおたくらは、名前が出た同級生たちに当たるんだろう？　いやもしかしたら、すでに何人かには当たっているかもしれないな。その際、アリバイを確認するはずだ。しないとはいわせないぜ。何しろ、真世や俺たちにさえもアリバイを訊いたんだからな」

「それはまあ、たぶんそういうことになるとは思いますが」

「だろう？　だからその結果を教えてくれ。アリバイがあるとわかった人間に対してなら、真世も安心して接することができるというものだ。──なあ？」

同意を求められ、うん、と真世は頷く。ここでは余計なことはいわず、武史に任せたほうがよさそうだ。

「おっしゃることはわかりましたが、それをお教えするというのはちょっと……」柿谷は口籠もった。

「だめなのか」

「申し訳ありません」

「捜査上の秘密を明かすわけにはいきませんから」横から前田が淡泊な口調でいった。

武史はテーブルから身体を離し、椅子にもたれた。「仕方ないな」

柿谷が安堵の色を浮かべた。「御理解いただけましたか」

「そういうことなら、自分たちで何とかするまでだ。それぞれの人物に俺が直接会って、アリバイを尋ねて回る」

武史の言葉に二人の刑事は、ぎょっとした顔になった。

「いやいやいや」柿谷が腰を浮かし、両手を小さく振った。「それは困ります。そういうのはやめてください」

「なぜ困るんだ。おたくらには関係ないだろ」

「捜査妨害になります」前田がいった。「関係者に当たる際には、それなりの準備が必要なんです。相手に警戒させないことも重要です。あなたに勝手な真似をされたら、そういう苦労が台無しになります」

「そんなのは、俺の知ったことじゃない」

前田は眉尻を上げた。「犯人が捕まらなくてもいいんですか」

「生きてる人間の幸せを犠牲にするぐらいならな」

「犠牲って、大げさな」

「何だと、もう一度いってみろ」武史は腰を浮かした。

「まあまあ、落ち着いて」柿谷があわてた様子でとりなした。「落ち着きましょう。コーヒーを飲みましょう」

武史は腰を下ろし、深呼吸をしてから再びテーブルに身体を寄せた。

「取り引きしようじゃないか。関係者のアリバイを教えてくれるなら、余計なことは一切しない。それを口外もしない。約束する。俺だって、捜査の邪魔なんかしたくない。兄貴を殺した犯人を早く捕まえてほしいんだよ。でもさ、かわいい姪っ子が苦しんでいるのを見ているのも辛いわけだ。なあ柿谷係長、それから前田巡査長さん、そこのところをわかっちゃもらえないかな」後半は、ねっとりとした粘着質の口調になっていた。

刑事たちは弱りきった表情で目を合わせた。

「我々だけの判断では何とも……」柿谷が首を捻った。

「そうだろうな。だから前田巡査長、木暮警部に電話だ」

武史に指差され、前田は臆した顔になった。「課長補佐に……ですか」

「そうだ。あんたが話しにくいというのなら、通夜の時みたいに俺が交渉してもいい」

「いや、それは結構です」

「だったら頼む」

前田はため息をつくと、不承不承といった顔つきで腰を上げた。懐からスマートフォンを出しながら、店を出ていった。

柿谷が苦い顔つきでコーヒーを飲み干し、カップを置いた。

「厄介な遺族だと思ってるだろ」武史がいった。

「いや、そんなことは……」

「ごまかすな。顔に書いてある。だがな、柿谷係長、同級生を疑わなきゃならない真世の身にもなってみろ。辛いだろうとは思わないか」

「それは、はい、わかっているつもりです」

「本当か？　真世から聞いたが、あんた、兄貴の教え子だったそうじゃないか。それなのに通夜にも葬儀にも現れず、線香の一本も上げてくれなかったな」

思いがけない指摘だったらしく、柿谷は明らかに狼狽した。

「いや、それは――」

「立場上できないか。任務優先というわけだな。県警本部の顔色ばかり窺っているようだが、そんな人間に真世の気持ちがわかるのか。どうなんだ？」

柿谷はいい返すことなく、下を向いている。ズボンのポケットからハンカチを出すと、こめかみのあたりを押さえた。

前田が戻ってきた。

「関係者へのアプローチはそれなりに慎重に行う必要があり、すぐに全員に当たるわけではありません。また当人がアリバイを主張したとしても、裏付けを取る必要があります。不確実な情報を出すわけにはいかない、というのがこちらの考えです」

「それはつまり、確実な情報なら出してもいいが多少時間はかかる、ということだな」

「そうです。ただし、絶対に口外はしないでください」

「わかっている。約束する」

前田は立ったままでパソコンを鞄にしまい始めた。コーヒーは飲まず、このまま立ち去る気のようだ。柿谷も腰を上げた。

「もう一つ、教えてほしいことがある」武史が人差し指を立てた。「先週の土曜日、兄貴は東京に行っていた。『東京キングダムホテル』で会っていた相手は誰だ？　もうわかってるんだろ？　事件とは関係ないはずだから教えてくれてもいいんじゃないか？」

二人の刑事が顔を見合わせた。

「それはまだ判明していません」前田が答えた。

「本当か？」

「仮に判明していたとしても」柿谷がいった。「申し上げるわけにはいかないんです」

前田が、はっとした顔になり、険しい目を所轄の係長に向けた。そんな視線に気づかぬ様子で柿谷は続けた。「プライバシーに関わることですから」

「わかった。ところで、未だに俺たちの家の前に見張り役が立っているが、いつまで続ける気だ？　近所の目もあるし、そろそろ引き揚げてもらいたいんだが」

「申し訳ないのですが、それはもうしばらく、ということでお願いします」柿谷が慇懃《いんぎん》な口調でいった。「その代わり、お二人が中にお入りになる際、その場に立ち会うことはもういたしません。ただし書斎には、なるべく立ち入らないでください。そしてもし何か持ち出される場合は、御面倒でも、そのことを見張りの警官にひと言いっていただけると助かります」

「たしかに面倒だが、まあいいだろう。明日の午前中、行く予定だ。見張り役に伝えておいてくれ」

「了解です。何か取りに行かれるのでしょうか」

「姪が卒業アルバムや卒業文集を取りに行きたいそうだ。日曜日に同窓会があるとかで」

そんなことをいった覚えは真世にはまるでなかったが、黙っていた。

「わかりました。見張りの者にいっておきます」

「よろしく。じゃあ真世、引き揚げるぞ」そういって武史は立ち上がった。

20

『ホテルまるみや』に戻ると、部屋に入るなり武史は上着を脱ぎ捨て洗面所に駆け込んだ。何をするのかと思って覗いたら、歯を磨いている。真世は首を傾げながら、レジ袋の中身をテーブルに並べた。コンビニで買った弁当やお茶だ。今夜は武史に倣って、夕食をこれで済ませることにした。女将さんには申し訳ないが、先々のことを考えると、少しは財布の紐を締めないとまずい。

弁当のラップを外しながら、何気なく部屋の隅に目を向けると、紙袋が置いてあった。昨日まではなかったものなので、何だろうと思って中を見たら、コミックスがぎっしりと入っていた。『幻脳ラビリンス』全巻らしいが、釘宮のほかの作品もあるようだ。

「ようやくすっきりした」洗面所から武史が出てきた。

「叔父さん、この漫画どうしたの？」

「どうしたもこうしたもない。買ったに決まってるじゃないか。ただし古本屋でだがな」

「昼間、これを買うために出かけてたの？」

「それだけじゃない」武史は胡坐をかくと、自分のレジ袋からミートソース・スパゲティと缶入りハイボールを出してきた。それが今夜の夕食らしい。スパゲティを食べる前に、ハイボールの缶を開けて一口飲み、不満そうに唇を歪めた。「やっぱり口の中に、まだ少しヤニの臭いが残っている。煙草を吸うとこれだから嫌だ」

「叔父さんが煙草を吸うところなんて初めて見た」

真世がいうと武史は少し考える顔つきをした後、ハイボールの缶をテーブルに置いた。脱ぎ捨てられた上着を引き寄せると、内ポケットから煙草の箱を出してきた。蓋を開け、一本引き抜き、真世を見た。「百円玉を持ってるか？」

「百円玉？　あると思うけど」

「貸してくれ」

真世はバッグから財布を出し、百円硬貨をテーブルに置いた。武史はそれを左手で取ると、右手に持った煙草を徐に近づけた。

次に彼が煙草をくわえ、顔を上げたのを見て、真世はぎょっとした。百円硬貨に煙草が貫通していたからだ。

「えっ、なんで？」

武史は煙草を口にくわえたまま百円硬貨を指先で摘まむと、すっと引き離してからテーブルに置いた。真世はすぐにそれを手に取った。だが硬貨に穴など空いていない。

「もう一回やって」

「素人はすぐにそれをいう」武史はげんなりした顔で煙草を箱に戻すと、箱ごとゴミ箱に放り込んだ。「時にはこういう小ネタを披露しなきゃいけないこともあるから、マジシャンたるもの煙草ぐらいは吸えなきゃいけないというわけだ」

「お願い。もう一回だけ」真世は両手を合わせた。

「しつこいぞ」

「この百円、あげるから」

「馬鹿にしてるのか。そんなことより、まずは腹ごしらえだ」武史はスパゲティに手を伸ばし、ラップを外して蓋を開けると、プラスチック製のフォークを使って食べ始めた。ごくふつうの動きだが、その手つきすら幻惑的に見えるから不思議だ。

真世は割り箸を取り、弁当の蓋を開けた。唐揚げ弁当だ。表示カロリーを見たら、結構な数字だった。今夜はいいとしても、こんなものばかり食べていたらあっという間に太りそうだ。

「叔父さん、ちょっと訊いていい？」

「何だ、健太君のことか」

ぎくりとした。「どうしてわかるの？」

「物欲しそうな顔をしているからだ」

むかついたが、ここは堪えた。

「叔父さんさあ、彼のスマホとか見た？」

「スマホ？　どうして？」

「だってスマホの盗み見、好きじゃん」

「誤解するな。捜査状況を知りたいから、やむを得ず刑事たちのスマホから情報を取り出しただけで、好きなわけじゃない」

「じゃあ見てないの？　彼のスマホ」

「そんな悪趣味なことはしない」

「何だ、だったらもういい」真世は再び弁当を食べ始めた。

武史も黙々とスパゲティを口に運んでいたが、その手を急に止めた。

「彼はモテるみたいだな」

お新香を嚙んでいた真世は、むせそうになった。あわててペットボトルの日本茶を飲んだ。

「健太さん、自分でそういったの？」

「口には出さなかったが、話していればわかる。交際した相手は一人や二人ではない」

「それは聞いたことがある」

「女性経験が多いのはいいことだ。真世は厳選されたというわけだからな」

「そうなのかなあ」つい首を傾げてしまった。

「真世はどうなんだ。何人もの男性の中から選び抜いたのが健太君なのか」

「そんなにいっぱい付き合ったわけじゃない。でもよく考えたつもり」

「そうか。まあ、俺にとってはどうでもいいことだがな」そういって武史はまたスパゲティを食べだした。

すべて食べ終え、空になった容器を捨てると、武史は二本目のハイボールを開けた。

「さてと、では刑事たちとのやりとりのおさらいを始めるか」

いいね、といって真世も弁当の容器を片付けた。食べすぎてはいけないと思いつつ、結局全部たいらげてしまった。

「まず私から質問。どうして吸いたくもない煙草を吸ったわけ？」

「その話は後回しだ。まずは刑事たちの用件からいこう。狙い通り、餌に食いついてきたな。金融関係について兄貴からどんな相談をされたか、俺に確かめようとしただろ」

「そのことだけど、横で聞いてて、何が何だかさっぱりわからなかった。相続って何よ？」

「それについては説明する必要がある。じつは今朝、森脇さんの家を見てきた」

「森脇さんって、森脇敦美さんのことだよね。会ってきたわけ？」

「そんな迂闊《うかつ》な真似はしない。家を見てきた、といっただろ。住宅街にある、なかなか立派な邸宅だった。それもそのはずで、主だった森脇カズオさんはやり手の実業家で、いくつもの大企業の役員を務め、九年前まではアメリカにいたらしい。帰国後は故郷に帰ってきて、顧問という名目で関わっている会社はあったものの、実質上は引退しておられたようだな。カズオさんは平和の和に、夫と書く」

「ずいぶん詳しいね。誰から聞いたの？」

「近所の人々だ。森脇和夫さんは人格者だったらしく、悪いことをいう人がいなかった。町内会の活動にも積極的に参加していたそうだ」

「また刑事のふりをして聞き込みをしたの？　本物の刑事と鉢合わせしたらどうする気？」

「どうもしない。悪いことをしているわけじゃない。それに俺は自分のことを刑事だとは一言もいっていない。向こうが勝手にそう思い込んでいたかもしれないが」

思い込むように武史が仕向けたに違いなかったが、そこを指摘するのは時間の無駄だ。

「今の言い方を聞いてると、その森脇和夫さんは亡くなっているみたいだね」

「去年の四月、亡くなっていた。死因は新型コロナウイルスによる肺炎だ」

「ああ、あの頃か……」

コロナ禍による死者や重症者が最も多かった時期だ。

「以上の情報から、森脇敦美さんが留守電に吹き込んだ『父の銀行口座』とは、どうやら遺産のことらしいと見当をつけた」

「ああ、それで柿谷さんたちに、相続に関することだといったんだね。でも財産が消えているってことは、どうやって知ったの？」

「それはさっき柿谷から聞いて初めて知った」

「えっ、でも、イエスって叔父さんが答えたんじゃない」

「そういうシグナルが出たからだ」

「シグナル？」何のことかわからず、真世は眉をひそめ、首を傾げた。「どういうこと？」

「その前の二つの質問を覚えているか？　一つ目は、亡くなった人には財産どころか莫大な借金があったのか、で、二つ目は、相続で揉めているのか、だった」

「そうだったね。それに対して叔父さんは、どちらにもノーと答えた」

「柿谷の目が一瞬右上を向いたからな」

「目？　右上って？」

「一般的に人間は、何かを想像しながら話そうとすると目が右上を向きやすい。逆に事実を思い出しながらだと左上を向く。極めて大雑把にいうと、嘘をつく時は右、本当のことをいう時は左だ」

「えっ、そうなの？」真世は目を左右に動かした。「今度、誰かに試してみようかな」

「本人も自覚しない一瞬のことだから、慣れないと感知するのは難しい。それに一般的に、といっただろ。何事にも例外は存在する。しかし柿谷と何度か会って話してみて、あの男にはこの法則が通用すると確信していた」

「へえ、そうだったんだ」

「それともう一つ、前田にも注目していた。あの若い刑事は、関心の有る無しが身体の反応に現れやすい。興味のない話題の時はキーボードに置いた指の筋肉が弛緩《しかん》しているが、興味のある話になれば途端に緊張する。瞬きの回数も一気に減る。柿谷が、相続すべき財産が消えているといった時、二人が発するシグナルは明確にイエスを示していた」

真世は無精髭を生やした叔父の顔をしげしげと見つめた。

「どうした?」

「いや、その能力をもっといいことに生かせないのかと思って。人助けとか」

「大きなお世話だ。とにかくおかげで、大まかな事情を知ることができた。おそらく警察は森脇敦美さんに当たり、兄貴に電話をかけた理由や留守電に残したメッセージの意味などを尋ねたのだろう。敦美さんの答えは、去年亡くなった父の銀行口座を調べたところ、大金が消失していたので、その理由を銀行の担当者に尋ねてほしいと神尾先生に頼んだ、というものではないかな。なぜ兄貴にそんなことを頼んだのか。それはその担当者は兄貴に紹介してもらった人だと父親がいっていたから——そんなところだと思う」

「その担当者が牧原君？」

「そう考えれば筋が通る。その話を聞いた警察は、二つの目的を果たすために俺のところへ柿谷たちを寄越した。一つは敦美さんの話が本当かどうかの裏取り、そしてもう一つは、口座から預金が消えた理由や、カネの行方を兄貴が知っていたかどうかの確認だろう」

「だとすれば警察は、どちらの目的も果たせなかったことになるね。だって叔父さんは、じつは何も知らなかったわけだから」

「そうなんだが、敦美さんの話はおそらく本当だろう。そんな嘘をつく理由がない。問題は、預金が消えた理由を兄貴が知っていたかどうかだ。知らなくても、薄々見当がついていた可能性はある。何しろ、金融関係にはわりと詳しかったからな」

「えっ」ここでもまた真世は声をあげた。「そういうのには疎かったって、さっき刑事さんたちにいってたじゃん」

「疎かったという設定にしないと、兄貴が俺に相談したという状況を説明できないからだ。若い頃には株に手を出したこともあったから、財テクに無関心というわけじゃなかった」

「全然知らなかった」

「昔の話だ。近年は、不景気でリスクが高いとかいって、消極的だった。いずれにせよ、預金が消えた理由に兄貴が気づいてたのだとしたら、話は一気に不穏になってくる。そのことを明かされたくない人間がいるに違いないからな」

武史の言葉の意味を悟った瞬間、ぞわりと鳥肌が立った。

「その人間がお父さんを殺したっていうの?」

「少なくとも警察は、その可能性を考えている」

「まさか……牧原君?」

「今いったことが真相なら、彼が無関係ということはないだろうな。昨夜、同級生の居酒屋での牧原君とのやりとりを思い出してみろ」

「教え子が金銭トラブルを起こしたかもしれないって、お父さんが叔父さんに相談したらしいって話ね」

「それを聞いた時の牧原君の反応はどうだった? 盗聴器で聞くかぎり、平静ではなかったようだが」

「たしかにちょっと不自然だったけど……」

ありえない、といいかけて真世は言葉を呑み込んだ。誰が犯人であっても同じ台詞を口にするだろう、と武史に指摘されたことを思い出した。

「そのセンが当たりなら、早晩警察が明らかにするだろう。俺たちとしては成り行きを見守るしかない」武史は冷めた口調でいい、ハイボールを含んだ。

真世は吐息を漏らし、ペットボトルのお茶を口にした。同級生が父親殺しの犯人——考えたくないことだが、覚悟はしておいたほうがいいのかもしれない。それにしても、と昨夜の居酒屋での様子を思い出す。牧原は英一の死に関わっていながら、真世のいる場所で平然と『幻脳ラビリンス・パーク』の話をしていたのだろうか。

脱ぎ捨てられた武史の上着のポケットから、光るものがこぼれ出ているのが目に留まった。オイルライターだ。

「そのライター、前から持ってたの？」

これか、といって武史はライターを手に取った。

「この町にはろくな雑貨屋がない。漫画を入手するついでに、隣町のホームセンターまで行って買ってきた。小売店が少なくなった地方の町には、やっぱりああいう大型施設が必要だな」

アメリカにいた頃に買った、という話はやはり嘘のようだ。

「刑事さんたちの前で煙草を吸った理由、まだ聞いてないんだけど」

「昨夜、真世が柿谷と会った時、奴が妙なことを訊いてきただろ。兄貴は煙草を吸ったか、ライターはどんなものを持っていたか」

「そうだった。おかしなことを訊くなあと思ったんだけど、あれがどうかした？」

「刑事の質問には必ず意味がある。考えられるのは、現場もしくは遺体からライターの痕跡が見つかった、ということだ」

「ライターの痕跡？」真世は眉をひそめた。「何それ？　意味わかんないんだけど」

「妙な表現だが、そういう言い方をするしかない。ライター自体が見つかったのなら、それを真世に見せ、兄貴のものかどうかを訊くだろう。つまり見つかったのはライターそのものではなく、ライターが存在したことを示す何かだ。俺はライター用のオイルではないかと睨んだ。そこでこういうものを用意し、刑事たちの反応を窺ったというわけだ」武史はオイルライターの蓋を、かちりかちりと開閉した。

「柿谷さん、食いついてきたよね。お父さんが今もオイルライターを持ってたかどうか、叔父さんに訊いてきた」

「あれで確信した。もしかすると兄貴の服にオイルが付着していたのかもしれない。ライターのオイルは蒸発しても、臭いがいつまでも消えない。鑑識なら気づくだろう」

真世は頬に手を当て、想像を巡らせた。

「犯人はオイルライターを持っていて、お父さんと格闘中、何かの弾みでオイルが漏れた——そういうこと？」

「その可能性はあるだろうな。同級生の中で煙草を吸うのは？」

「どうかな。昨日、沼川君の店では誰も吸ってなかったけど、わかんないよね。もしかしたらいるのかも」

「飲食店では喫煙しないというのが、最近の常識になっているからな」

「そうだよね。ところで、ひとつ訊きたいんだけど、お父さんが最近でも時々煙草を吸っていた、というのは本当？」

「もちろん嘘だ」

「やっぱりね」真世は武史の顔を睨んだ。「だんだんと叔父さんの手口がわかってきた」

「それはどうかな。俺はそんなにわかりやすい人間ではないぞ」

「相手を口車に乗せる名人だということはたしか。最後もうまく聞きだしたよね」

「兄貴が東京で会ってた相手のことか」

「そう。名前は教えてもらえなかったけど、身元が判明していることはわかった。どうやら事件に関係していないらしいことも」

「あれは俺が聞きだしたというより、柿谷がわざと教えてくれたんだ。前田は気に入らない様子だったが」

「わざと？　どうしてだろう」

「さあな。線香代わりじゃないのか」

武史の言葉に、そういうことか、と真世は納得した。そして柿谷のことをほんの少しだけ見直す気になった。

「さてと、作戦会議も終わったし、今夜は読書三昧といくか」武史は両股《りょうもも》を叩いて立ち上がり、壁際に置いた紙袋から『幻脳ラビリンス』を何冊か取り出した。

「まさかこれから、それを全部読む気？」

「いけないか？」

「そんなことはないけど、結構大変だと思うよ」

「我が故郷の町おこしになるかもしれない漫画だ。多少大変でも、読んでおいて損はない」武史は壁にもたれ、コミックスを開いた。表紙を見たら、第一巻だ。葬儀の時、釘宮にお世辞をまくしたてていたが、全くの未読でよくあんな真似ができるものだ。

「じゃあ、私は部屋に戻るね」真世は腰を上げた。

「明日は朝から出かけるから、そのつもりでな」

「どこに行くの？」

「話を聞いてなかったのか。家に行くと柿谷にいったじゃないか」

「あれ、本当だったんだ。またロからでまかせかと思った」

「でまかせとはなんだ。計算し尽くされた会話のテクニックといえ」

「卒業アルバムや文集を取りに行くというのは嘘でしょ。本当の目的は何？」

「それは向こうに着いてから教えてやる」

「ふうん……。わかった。じゃあ、おやすみなさい。読書、がんばってね」

武史は漫画に目を落としたまま、右手を小さく挙げた。

部屋に戻り、化粧を落としていたら電話がかかってきた。健太からだった。

「聞いたよ。今日、リモートで打ち合わせをしたそうだね」

「どうしても今日中に片付けておきたいことがあって。おかげで来週の予定を変えずに済みそう」

「来週は出社するの？」

「そのつもりだよ。どうして？」

「いや、もしかしたら、当分の間はそっちで仕事をするつもりなのかなと思って」

スマートフォンを耳に当てたまま、真世は笑った。

「そんなわけないでしょ。それは無理だよ」

「そうかな。今回行ってみて思ったけど、静かないい町だよね。同級生もたくさんいるし、東京に戻りたくなくなってるんじゃないかと心配した」

「それはないよ。いろいろと雑務があるから帰れないだけ。警察の人とも会わなきゃいけないし」

「そうなんだ」健太の声が沈んだ。「捜査、進んでる感じ？」

「わかんない。警察に任せてるから」

「そうか。そりゃそうだよね、そうするしかないよな」

「あまり考えないようにしてる」

「うん、それがいいと思う。俺、そっちに行かなくていいか？　明日は土曜日だから、朝から行けるけど」

「来てくれたら嬉しいけど……うん、やっぱりまだいい。本当に雑務がいっぱいあって、ゆっくり話すこともできないと思うから」

「そうなのか。じゃあ、余裕ができたらいってくれ。俺、すぐに行くから」

「ありがとう」

電話を終えた後、思わず吐息を漏らした。

健太に来てほしいという気持ちはある。しかし現在の状況を考えると、彼に来られたら厄介なのは確実だった。武史との自主捜査のことは隠しておきたい。

静かないい町だよね——健太の言葉を反芻した。

もし同級生が犯人だったとして、そのことを健太の両親が知ったら、この町をどんなふうに思うだろうか。昨日まではふつうだった人間が、突如変貌して中学時代の恩師を殺害してしまうなんて、野蛮な無法地帯のような町だと思わないだろうか。

本当はいい町なのに。

名もなき町、殆どの人が訪れたことのない平凡で小さな町なのに。

21

翌朝、真世が食堂で朝食を摂っていると、武史がのっそりとやってきて向かいの席に腰を下ろした。その顔は明らかに疲れている。目の下には隈ができているように見えた。

「もしかして、徹夜した？」

武史は首を大きく回し、右手で肩を揉んだ。「一時間ぐらいは寝たかな」

「全巻、読破したの？」

「もちろんだ。あのラストには驚いた。まさか、仮想空間から現実世界に戻ってきて、両手両足がない状態で敵と戦うとはな。よく考えたものだ」

武史の食事が運ばれてきた。朝食代は宿泊費に含まれているのだ。だが珍しく食欲がないのか、すぐには箸に手を伸ばさず、お茶ばかりを啜っている。

しかし、と武史は湯飲み茶碗を手に呟いた。

「たしかに『幻脳ラビリンス』は傑作だと思うが、釘宮君の初期作品も悪くない。デビュー作なんて、なかなかの名作じゃないかな」

「デビュー作？　そんなものまで読んだの？」

「『もう一人のボクは幽霊』というタイトルだ。主人公には生まれてこられなかった双子の兄の魂が宿っていて、幽霊となって現れたり、あの世とこの世を行ったり来たりできる、という設定だ。主人公は幽霊の兄と力を合わせて、様々な困難を乗り越え、問題を解決していく。ストーリーは面白くて楽しく、ハートウォーミングで後味もいい」

「ベタ褒めだね」

「その作品で釘宮君はプロとしてスタートしている。以後しばらくは、同様のテイストの作品を発表しているが、あまり注目はされなかったようだ。それで思いきってがらりとイメージを変えたらしいが、全く違う路線に変更し、それで成功したのだから相当な才能の持ち主だといわざるを得ない」

ずいぶんと肩入れしている。一晩がかりで読破し、ファンになったのかもしれない。

「やっぱり天才なんだよ、津久見君が保証してたし」

「津久見君というのは、亡くなった同級生だな」武史がようやく箸を手に取った。「その少年が、どんなことを保証してたんだ」

「いわなかったかな。釘宮君の漫画家としての成功を、だよ」

真世は中学時代の釘宮と津久見直也の関係をざっと説明した。同級生たちのことを『ジャイアン』や『スネ夫』に喩えていた際、『のび太』の釘宮にとって津久見は『ドラえもん』だったなと考えていたことも付け足した。

「ふうん、『ドラえもん』ねえ……」武史は朝食に箸をつけ始めたが、その顔は料理を味わっているようには見えなかった。

「何考えてるの？」

「『ドラえもん』には、もう一人重要なキャラクターがいたな。女の子だ」

「『しずかちゃん』ね。『のび太』の憧れの少女」

「釘宮君と一緒にいた美女が、それに当たるのか」

「ココリカかあ」真世は大きく首を捻った。「いやあ、それはどうかなあ。何だかんだいっても、『しずかちゃん』は『のび太』を応援してるからなあ」

「ココリカはそうじゃないというのか」

「あれは違うと思う。応援はしてるけど、打算からだもの。『幻ラビ』関連で、もっと大きな企画がどこかから出てくるのを待ち構えているだけ。そもそもココリカなんて、中学時代は釘宮君のことなんて眼中になかったんだもの。ガン無視してた」

「釘宮君のほうはどうだ？　ココリカのことが好きなのか。原口君は、そんなようなことをいっていたが」

「あっ、それは間違いないと思う。でなきゃ、いいなりにはならないよ」

武史は顎を揺らすように頷いてから、再び箸を動かした。

朝食後、それぞれの部屋で出かける準備をした。葬儀の時に使っていたでかいバッグを持ってこいと武史にいわれたので、トートバッグを肩に下げて部屋を出た。

タクシーを呼び、それに乗って二人で家に向かった。門の前には、相変わらず見張りの警官が立っていた。だが柿谷から話を聞いていたらしく、警官は真世たちの姿を見ると一礼して脇に移動した。通ってもらって結構、ということのようだ。

書斎に入ると、武史は真っ直ぐに書棚に向かった。学校関連のファイルの前に立つのを見て、真世は意外に思った。本当にそんなものに用があったのか。

武史が一冊のファイルを引き抜いた。真世たち、四十二期生の卒業文集だ。

「これをバッグに入れてくれ」

差し出されたファイルを受け取ると、ずしりと重かった。原稿用紙にして二百枚以上あるはずだから当然だ。トートバッグに入れると肩に持ち手が食い込んだ。

「ちょっと訊くが、卒業文集というのは、印刷されたものが卒業生全員に配られるんじゃないのか」

「そうだよ。卒業式の日に配られた」

「真世は今でも持ってるのか」

「文集を？　さあ、捨てた覚えはないから、たぶん部屋の本棚にあると思うけど」

「部屋というのは、ここの二階の部屋のことだな」

「そう、私の昔の部屋」

「だったら捜してみてくれ。見つかったら、それもバッグに入れておくんだ」

「あんなもの、どうするの？　このファイルに綴じられてる原稿と内容は同じだよ。活字にして、印刷してあるだけ。ていうか、あれを持っていくんなら、こんな重いファイルはいらないんじゃないの？」

「うるさいな。いいから、つべこべいわずにいわれた通りにしろ」

「はあい」

気の乗らない返事をして部屋を出ようとすると、ちょっと待て、と呼び止められた。振り返ると武史が書棚から別のファイルを引き出すところだった。

真世は前に回ってファイルの表紙を見た。『三十七期生　卒業文集』とあった。

「どうしてその代の文集を見てんの？」

真世が訊いたが、武史は答えない。険しい顔つきでファイルをぱらぱらとめくっている。

やがてその手が止まった。

「やっぱりそうか。思った通りだ」にやりと笑った。

「どういうこと？　早く教えてよ」

武史はファイルをぱたんと閉じると、真世のほうを向いた。その顔から笑みは消えていた。目に深刻そうな光が宿っている。

「弱ったな。俺としては、この手の面倒な話には関わりたくないんだが、真相を突き止めようとするからには、そんなことはいってられないし」

「何いってんの？　もったいぶってないで、さっさと説明して」

武史は小さくため息をついてから口を開いた。「真世に頼みたいことがある」

「私に？　どんなこと？」

「少々厄介なミッションだ。気が進まないなら断ってくれていい。その場合はほかの方法を考える」

22

白い壁に赤い屋根、庭には芝生《しばふ》がはってある。昔からこんなにお洒落な家だったっけ、と首を傾げながらインターホンのボタンを押した。間もなく、はーい、と明るい声が聞こえてきた。

「真世です。こんにちは」

「はーい、門を開けて入ってきて」桃子の声がいった。

いわれたように敷地に入ると、玄関のドアが開き、トレーナー姿の桃子が出迎えてくれた。足元に半ズボンを穿《は》いた男の子がいる。真世は思わず、わあ、と声をあげた。

「こんにちはっ。よろしくねー」

男の子は警戒した表情で桃子のジーンズの後ろに隠れた。

「どうしたの？　御挨拶は？」

桃子に促され、男の子は何か言葉を発したようだ。聞き取れなかったが、ありがとう、と返しておいた。

リビングルームに通された。庭に面した明るい部屋だ。中学生の頃、何度か遊びに来たことがあったが、まるで記憶になかった。真世がそういうと、そりゃそうだよ、と桃子は笑った。

「三年前に改築したんだもん。父が定年で、居心地のいい家にしたいとかいいだしたわけ。おかげで退職金の三分の一ぐらいが吹っ飛んじゃった。それであわてて、まだ働かなきゃやばいとかいって、子会社に再就職しちゃってんの。馬鹿だよねえ」

「お母さんも働いておられるんだよね。毎日？」

「パートで週に三、四日だけ。隣町の介護施設。ごめんね。本当だったら今日は母が家にいたはずなんだけど、急に呼ばれたらしくって」

「いいよ、気にしないで。私も久しぶりに来られてよかったし」

用があるので会えないか、と真世から連絡したのだった。すると、会う時間はあるけれど今日は父親がゴルフでいないし、母親も仕事で留守なので息子を連れていってもいいか、と訊かれた。外の店だと子供の行動が気になって、ゆっくりと話ができないだろうと思われた。だったら家に行こうかと真世が提案したら、そうしてくれたらこちらも助かる、と歓迎してくれたのだった。

貢《みつぐ》という名の男の子は、今年二歳になるらしい。目がぱっちりとしたかわいい顔立ちだった。リビングルームの隅で、積み木遊びを始めている。

「真世、コーヒーとお茶どっちがいい？　それとも――」桃子はグラスを傾けるしぐさをして悪戯っぽく笑った。「ビールとかいっちゃう？　まだお昼前だけど」

「あっ、私はそれでもいいけど」

「じゃあ決まり」

「ごめんね。何か持ってきたかったんだけど、いいものが思いつかなくて。地元のお土産を買ったって仕方ないし」

「そんな気を遣わなくていいよ。この町にろくな店がないことはみんな知ってるんだから」

桃子は軽やかな足取りでキッチンに入ると、缶ビールとグラスを二つずつ、そしてナッツを入れた皿をトレイに載せて戻ってきた。

それぞれがグラスにビールを注ぎ、一口飲んだ。桃子がにっこりした。「土曜日の昼間にビールなんて最高だね」

「そうだね」

「あっ、そうそう。ひとつ報告。明日の同窓会、津久見君の追悼会は中止になった」

「そうなの？　どうして？」

「津久見君のお母さんからの申し出。ありがたい話だけど、この十数年の間に亡くなった方はほかにもいらっしゃるかもしれないし、うちの息子だけが悼まれるのは申し訳ないってことだった」

「ふうん、そうか。それ、父のことも気遣われたのかな」

「そうかもしれない」桃子は否定しなかった。「で、用って何？　じつは気になってるんだけど」

うん、と真世はグラスを置き、友人の顔を見つめた。

「訊きたいことがある。三月六日、先週の土曜日のこと」

「土曜日？」桃子の瞳が微妙に揺れた。

「その日、父は東京に行って、『東京キングダムホテル』で人と会ってた。その相手が誰なのか、桃子は知ってるよね？」

桃子の顔から笑みが消えた。大きく呼吸し、胸を上下させた。

「それ、警察の人から聞いたの？」

真世は首を振った。

「刑事さんは教えてくれなかった。プライバシーに関わることだからって。でも叔父さんが推理したの」

「あの人が？」桃子は怪訝そうに眉根を寄せた。

「変わり者だけど、頭はいいんだ」真世は書斎でのやりとりを思い出しながらいった。

武史の推理は理路整然としていた。

「兄貴が東京で密会した人物は誰か？　それをXとしよう。待ち合わせの約束をしたわけだから、Xからの着信あるいはXへの発信の記録が、兄貴のスマホか固定電話に必ず残っているはずだ。仮にその時点では番号登録していなかったとしても、慎重な兄貴のことだから、何らかのアクシデントに備えて、当日には相手の番号をスマホに登録しておくだろう。それを警察が見逃すはずがないから、Xの名前も例の『前田リスト』に入っていないとおかしい。ところがあのリストに載っていたのは、三月六日にはこの町にいた人物ばかりで、わざわざ東京に行かなければ会えない人物の名前はなかった。一体どういうことなのか。そこでまず思いついたのが、Xの身元はすでに把握しているので、敢えてリストに名前を載せるまでもないと警察が判断したケースだ。被害者の娘の婚約者、とかね」

「健太さん？」思いがけない名前を突然出され、真世は声が裏返った。「お父さんが会ってたのは彼だっていうの？」

「密談のためにわざわざ上京するなんて、兄貴にとって余程大事な相手ということだ。しかも東京在住となれば、一人娘かその婚約者ではないかと考えるのは当然だろう。そこでさりげなく健太君に探りを入れたんだが、外れだった。先週の土曜日、彼は栃木の実家に帰っていたらしい」

「あっ、そうだよ。私、リモートで御両親と挨拶を交わしたもん」

「健太君でないのならば、兄貴が会っていたのは誰か。そしてなぜ『前田リスト』に名前がないのか。リストを眺めているうちに第二の可能性に気づいた。一つの名前が、一人の人物だけを示しているとはかぎらない、ということにだ。たとえば発信や着信の履歴に『神尾』という名字だけと『神尾真世』というフルネームの二つが残っていた場合、リストに両方を書く必要はない。『神尾真世』のほうだけを載せておけば、リストの目的は果たせる。神尾姓の別人が現れても、捜査員たちは反応できるからな。さて、では同じ名字の二人とはどういう関係か。親子、きょうだい、親戚、ほかにないか？　もう一つある。夫婦だ。そのどちらとも兄貴と連絡を取り合う仲だったとなれば、答えは見えてくる」

池永夫妻だ、と武史は結論づけた。そして彼は持っていた、『三十七期生　卒業文集』のファイルを改めて開いた。そこに綴じられていた文集の名前欄には、『池永良輔』とあった。

「久しぶりに池永君に会うにあたり、兄貴はその人となりを確認しておこうと思ったんじゃないかな。そこで昔の文集なんぞを引っ張りだした。ところが書棚に戻す時、位置を間違えたというわけだ」

武史は書棚の『三十八期生　卒業文集』の隣を指差した。前に来た時、そのファイルと順序が入れ替わっていたのを真世は思い出した。

「父が東京で会っていたのは良輔さん、そうだよね？」

真世の問いかけに、うん、と桃子は口元を緩めて頷いた。「黙ってて、ごめんね」

「事情を訊いてもいい？　答えたくないなら、それでもいいけど」

「ううん、ちゃんと説明する。事件には関係ないと思うけど、先生には最後までお世話になったから。でも、どこから話したらいいかな。あたし、こういうの苦手なんだよね」

「とりあえず、今の状況を教えてくれない？　あのさ、叔父さんによれば、良輔さんの会社って、コロナ騒ぎ以来、単身赴任はなくしてるってことなんだけど……」

痛いところをつかれた、というように桃子は顔をしかめた。

「じつはそう。単身赴任は嘘。今も横浜のマンションにいる」

「つまりあなたたち、別居してるってわけ？」

「まあ、そうなんだ。いろいろと事情があってさ」

ふっと肩を落とし、桃子は話し始めた。


池永良輔とは、学生時代からの友人の結婚式で出会った。自己紹介する機会があり、同じ町の出身で中学も同じだと判明した。良輔は桃子の五年先輩だった。

良輔は多弁ではないが、意味のあることを的確に語る知性を持った人物だった。桃子の話に対するコメントもおざなりではなく、誠意を感じられた。清潔感のあるルックスも桃子のタイプだった。

程なくして交際が始まったが、同時に良輔の辛い生い立ちを知ることにもなった。彼は小学生の時に交通事故で両親を亡くしていた。卒業まで施設に預けられた後、真世たちの町に住む親戚に引き取られたらしい。強い自立心や何事にも完璧を求める性格は、そうした環境によって育まれたようだった。

交際して半年ほど経った頃、桃子は良輔にプロポーズされた。桃子に断る理由などなかった。両親に会わせたところ、二人とも賛成してくれた。

「あんな真面目そうな人が、よくあんたみたいないい加減な娘と結婚しようって気になったもんだわね。ああいう人は何かと几帳面だから、雑なことをして嫌われないようにしなさいよ」口の悪い母は、そういって笑った。

だが一緒に生活するようになって間もなく、母の指摘は鋭かったと思うようになった。家事などで、あれこれと良輔から注意されることが多いのだ。食事を出すタイミングがばらばらだとか、部屋が片付いてないとかだ。いずれも些細なことだし、良輔の口調も冗談めかしたものではあったが、気になってはいるのだろうなと思った。

当時桃子は都内にある小さな旅行会社で働いていたのだが、しばしば帰宅が遅くなることも良輔としては面白くない様子だった。彼が勤めているのは、桃子の会社とは比較にならない大手企業だ。実力主義なので若手でも高給を得られる。そして彼は、その方針に合致した社員だった。桃子の収入がなくても生活には困らない。だが桃子は働くのが好きだし、仕事が気に入っていた。専業主婦には向かないとも思っていた。

ある日、どうしても終業後の飲み会に付き合わねばならなくなった。一時間だけ参加したいという旨を良輔にメッセージで送った。すぐに、わかった、という短い答えが返ってきた。ところが楽しさに気を取られ、予定より三十分ほど長居をしてしまった。急いで帰宅すると、部屋で待っていた良輔の様子は明らかに違っていた。まずいと思ってすぐに謝ったが、彼の機嫌は直らなかった。

「約束は守ってほしい」彼は落ち着いた口調でいった。「時間を守るなんて、人として当然のことだろ」

「ごめんなさい。三十分ぐらいはいいかなと思って」

「三十分ぐらい？」良輔の顔色が、さっと変わるのがわかった。「ふざけるなよ。待ち合わせの相手が何の連絡もなしに三十分も遅れて、何とも思わないか？　へらへらと笑って現れた相手を許せるか？　どうなんだ？」詰問するうちに彼の声は大きくなり、口調はきついものに変わっていった。自分が発する言葉に、彼自身が刺激されているように見えた。

帰宅時間が遅くなるのと待ち合わせに遅れるのは違うのではないかと思ったが、ごめんなさい、と桃子は謝った。「以後、気をつけます。ほんとにごめんなさい」

「君はいつもそうだ」

「えっ？」

「今後は気をつけるといいながら、少しも改善しようとしない。掃除の仕方だってそうだ。効率を考えろといってるのに、無駄なやり方で時間ばかり食う。おかげでこっちは落ち着いて休日を過ごせない。それだけじゃない。出かける時間を決めていて、その通りに支度できたことがあったか？　あれやこれやで遅れて、その後の予定が狂うってことが何度あった？　だからいってるだろ。桃子には家事と仕事の両立なんて無理なんだ。いい加減、気づいたらどうなんだっ」

まるでこれまで心の奥に溜《た》まっていた汚物を吐き出すように、良輔の口から桃子に対する不平不満が溢れ出てきた。それらのいずれもが彼のいう通りで、反論の余地などなかったが、ここまで鬱憤が溜まっていたとは想像外だった。桃子は項垂《うなだ》れ、黙って聞いているしかなかった。

ところが不意に良輔が黙り込んだ。怒りの言葉が尽きたのかと思い、桃子は顔を上げた。すると思いがけない姿が目に飛び込んできた。良輔は泣いていたのだ。頭を下げ、ごめん、と呟いた。

「桃子の帰りが遅くて、何かあったんじゃないかと心配で、それでつい頭に血が上ってしまった。こんなひどい言い方をするつもりじゃなかった。どうかしてた」

一瞬、桃子は頭の中が空っぽになった。あまりの豹変《ひょうへん》ぶりに、さっきまでの態度は芝居だったのかと思ったほどだ。

良輔は無言で立ち上がると、そのまま寝室へと消えた。

桃子は動けず、呆然《ぼうぜん》としていた。彼は謝ってはくれたが、心にもないことをいったわけでないのはたしかだった。これまでずっと我慢していただけなのだ。それを思うと情けなさと罪悪感で胸が苦しくなった。

しばらく経ってから寝室に行くと、良輔はベッドの上で背中を向けて寝ていた。寝息は聞こえてこなかった。

翌日は、どちらもよそよそしかった。しかし前日の話が出ることはなかった。

やがて少しずつ元の関係に戻っていった。以前のように笑顔が出るようになった。

ただ、何もかもが元通りになったわけではなかった。少なくとも桃子の気持ちはそうだ。良輔から浴びせられた言葉の数々が頭から離れず、何をするにも気を遣った。

要するに良輔は完璧主義なのだ。すべてにおいて綿密にプランを立て、その通りにやり遂げられないと気が済まない性格だ。だからこそ仕事で成功し、今の地位を手に入れられたのだろう。そしてそれを仕事だけでなく、家庭でも実践しないと納得できないのだ。当然、妻にも完璧を要求してくる。

このままやっていけるだろうかという不安が、いつも頭の片隅にあった。

そんな中、桃子の妊娠が判明した。良輔は跳び上がって喜んでくれた。

その日から、新たに増える家族のことが話題の中心になった。男の子がいいか、女の子がいいか。名前はどうしよう。いくら話してもネタは尽きない。

ただ一つだけ、どちらも避けているテーマがあった。桃子が仕事を続けるかどうかだ。

口にこそ出さないが、良輔が辞めてほしいと願っているのは明白だった。しかし桃子は続けたかった。

　産休という形で、その問題は先送りされることになった。出産すれば育休だ。その先を考えると気が重くなるので、桃子は考えないようにした。

　その頃から良輔の仕事が忙しくなった。大規模なリゾート開発計画が持ち上がり、そのプロジェクトリーダーに任命されたからだ。出張が増えたし、帰りも遅くなった。良輔は、この仕事をものにできるかどうかで将来が決まる、などと口にした。その顔つきには悲壮感さえ漂っていた。

　やがて桃子は出産した。元気な男の子で、貢と名付けた。

　家族が増え、新しい生活が始まった。桃子は育児に追われるようになった。何もかもが初めてで、慣れないことばかりだ。つい、育児以外の家事に手が回らなくなってしまう。おまけに貢は夜泣きがひどく、ゆっくりと眠らせてくれなかった。おかげで昼間はいつも眠く、頭がぼんやりしていた。食事の支度が遅れたり、ものを片付け忘れるといったことが増えるようになった。

　良輔が何もいわないのは、桃子の大変さを理解しているわけではなく、仕事のプレッシャーが大きく、それどころではなかったからだ。貢のことはかわいがってくれたが、それ以外のことは目に入っていない様子だった。休日出勤も増えたし、家でも仕事をしていた。

思えばどちらも心に余裕がなかった。ゴム紐を限界まで引っ張り、何かの弾みでぱちんと切れそうな、そういう精神状態だった。そんな毎日を送っていたタイミングで、思いがけない事態が日本を、いや世界を襲った。新型コロナウイルスだ。謎多き病原体は、世の中のすべてを変えてしまった。

良輔は会社に行かなくなった。リモートワークに変わったからだ。外出自粛で、平日でも一日中家にいるようになった。

それだけならまだいい。最も深刻なのは、良輔の手がける巨大リゾート施設の開発計画が、中断してしまったことだ。計画は、中国や韓国などからの観光客によるインバウンド増を前提にしたものだった。それらを全く計算に入れられなくなった以上、計画を進めるわけにはいかなくなったのだ。

そのことにより、明らかに良輔の様子が変わった。いつも神経を尖らせ、苛々しているように見えた。一日中パソコンに向かいながら、ぶつぶつと独り言を呟き、貧乏揺すりをしていた。

さらに全く無関心だったはずの家の中のことに、あれこれと口を出すようになった。食事の支度が遅い、ものが散らかっている、何度も同じことをいわせるなよ――初めの頃は、ぼそぼそと小さな声で短く注意するだけだったが、次第に口調がきついものへと変わっていった。しかも彼の指摘は的を射ており、決していいがかりではなかった。貢の世話が大変だからと自分に言い訳をして、家事の手抜きをするようになったが、その習慣が抜けなくなっていることは自覚していた。

おそらく良輔は、また鬱憤を溜めているのだろうと桃子は想像した。きちんと家事をしなければと気をつけるのだが、うっかりミスはなくならず、そのたびに良輔の怒りが爆発するのではないかとびくびくした。

彼が仕事をしている最中は、騒音を出さないよう注意しなければならなかった。一度リモート会議中に掃除機を動かしてしまい、寝室から出てきた良輔に怒鳴られた。以来、会議の間は息をひそめるようにしていた。貢が泣きだすと、抱いてベランダに出た。

コロナ禍は、依然として他国で猛威をふるっていたが、国内では一定の落ち着きを示し始めた。国やそれぞれの自治体の規制が緩和され、少し日常が戻ってきた。

良輔も出社するようになったが、リモートワークが基本になったらしく、大抵は家にいた。そして暗い表情は相変わらずだった。何もいわないが、巨大リゾート施設の開発計画が白紙になろうとしているのは明らかだった。リモート会議でそういう会話が交わされているのを聞いてしまったのだ。

桃子のほうにも悪い情報が入ってきた。勤めていた旅行会社が倒産したのだ。保育所を探さねばと思っていた矢先のことだった。良輔に話すと、「ふうん、別にいいんじゃないか」という気のない答えが返ってきただけだ。

さらに数か月が経った。コロナ禍の状況は相変わらずで、決して小さくない波が訪れては下火になるという繰り返しだ。そのたびに自粛を強いられたり、行動を制限されたりする。そのことに慣れた人々もいる一方で、すっかり疲れ果て、もはやどうでもいいと思い始める人も少なくなかった。桃子は後者のほうだ。外出すると感染を恐れて気を遣い、家の中では良輔の機嫌を損ねることを恐れて気を遣った。結婚した時は、こんな日々が訪れるとは思いもしなかった。

そんな毎日の中、あの出来事が起きた。

良輔がリモート会議をしている時のことだ。突然、貢が泣きだした。外は雨が降っているし、一月なので寒い。ベランダに出るのは躊躇われた。何とか泣きやませようとしたが、泣きやまない。トイレやバスルームに閉じこもることも考えたが、どちらも寝室に近く、かえって声が届いてしまいそうだ。

貢は大声で泣き続けている。思わず口を手で塞ぎ、どうしたらいいかと思案した。やっぱりベランダに出ようと思い、貢をソファに置いてコートを羽織ろうとした。だが貢がぐったりとしていることに気づいた。

桃子は気が動転し、貢の身体を揺すりながら大声で名前を呼んだ。すると貢は目を開け、また大きな声で泣き始めた。呼吸を止められ、一時的に気を失っていたようだ。

そこへ良輔がやってきた。「おい、一体どうしたんだっ」

「ごめんなさい。口を塞いだら、動かなくなっちゃって……」

「口を塞いだ？　何、馬鹿なことをやってるんだ」

「だって、会議の邪魔をしちゃいけないと思って……なかなか泣きやまないし」

「ほかに方法があるだろ。少しは考えろ。それでも母親かっ」

良輔の言葉を聞いた途端、桃子の中で何かのスイッチが入った。夫を睨んでいた。なんだ、と彼は訊いてきた。桃子は息を吸い込んだ。

「考えてるわよっ。いっぱい考えてる。貢のこともあなたのことも。それなのに何よ。仕事がうまくいかないからって八つ当たりしないでっ」

「八つ当たり？」

「そうでしょ？　リゾート計画がぽしゃったぐらいのことが何？　クビになったわけじゃないでしょ？　こっちは会社が潰れてるんだ。甘ったれてるんじゃないよっ」

次の瞬間、桃子は床に倒れていた。左頬が熱くなり、痺《しび》れている。叩かれたのだとわかった。

良輔は大きな足音をたてて、寝室に戻っていった。

桃子は呆然として、しばらく動けなかった。気がつくと貢がそばにいた。皮肉なことに笑っていた。その顔が救いだった。そっと抱きしめ、頭に頬をつけた。

夕方になっても食事の支度をする気になれなかった。ずっとソファで横になっていた。

すると良輔が寝室から現れ、「仲間と外で飯を食うことになったから」といって、桃子のほうを見ようともしないで出ていった。

しばらくして桃子は実家に電話をかけた。これから帰ってもいいかと母に尋ねた。

「いいけど、ずいぶん急ね。何かあったの？」

「うん、じつは今日から良輔さんが長期出張なの。それで貢と二人だけでいるのも寂しいなと思って。そっちのほうがコロナの心配は少ないし」

母は怪しまなかった。出張が多いことはよく知っている。気をつけて帰ってきなさい、といってくれた。

大急ぎで支度をすると、「実家に帰ります」と書いたメモをダイニングテーブルに残し、家を出た。急げば二時間半程で帰れる。

実家では両親に笑顔で迎えられた。久しぶりに孫の顔を見て、二人とも嬉しそうだった。

良輔からメッセージが届いたのは、深夜一時頃だ。『電話していい？』というものだったので、『いいよ』と返した。すぐに電話がかかってきた。

「どういうこと？」良輔は尋ねてきた。落ち着いた口調だった。

「うん……しばらく別々に暮らしたほうがいいかなと思って」

「しばらくって、どれぐらい？」

「わかんない。まだ何も決めてない」

そうか、といってから良輔は少し黙り込んだ。

「御両親には何と説明したの？」

桃子は母にいった通りのことを話した。そう、と答えた良輔の声には安堵の響きが含まれているようだった。

「じゃあ、うちの家にもそういうふうに説明しておく。出張先は関西方面にしておこう。細かいことは知らないっていえばいいんじゃないかな」

「わかった」

話を聞きながら、そういうことかと桃子は合点した。ダイニングテーブルのメモを見て、真っ先に良輔が考えたのは、今日の出来事を桃子が親に話すかどうかだった。話せば、良輔の親戚にも伝わるだろう。彼としては、それだけは何としてでも避けたかったに違いない。彼は自分を育ててくれた親戚に恩義を感じている。立派な大人になり、きちんとした家庭を築くことが恩返しだと思っている。それがうまくできていないことを知られたくないのだ。

あのさ、と良輔がいった。「別れる、とかは考えてないよね？」

桃子は、ふうーっと息を吐いた。考えないどころか、荷物をまとめている時からずっと頭の中心にある。しかし彼女はそうはいわず、わかんない、と答えた。「今はまだ何も考えられない」

そうか、と良輔は呟いた。

こうして別居生活が始まった。実家で暮らすと、その快適さに心が解放されるようだった。両親は貢をかわいがってくれるし、母を手伝っての家事も苦ではない。体調はよくなり、鏡を見て、肌が少し若返ったんじゃないか、と思うこともあった。

良輔からは、たまにメッセージが届いた。桃子はあまり読まないようにしていた。彼から謝られたら、許してしまいそうになる。だがすぐに家に帰ったところで、本当の意味での問題解決にはならず、同じことを繰り返すだけのような気がした。

「――と、まあ、そういうわけ」桃子は缶ビールの残りをグラスに注いだ。

「そうなんだ。何というか、やっぱり大変なんだね、結婚って」

「ごめんね、夢を壊しちゃったみたいで。でも真世たちは大丈夫だと思う」

真世は桃子の丸い顔を見つめた。「その根拠は?」

すると桃子は首を傾げた後、ははは、と笑った。「ない」

「でしょー」

「絶対に幸せになれると思ってたもんね、あたしだって。こんな展開になるなんて予想外。もっとも神尾先生には、夫婦にはこの程度のトラブルなんか、あって当然だっていわれたんだけどね」

「別居してること、父に話したの？」

「最初は話す気はなかった。前にいったように、同窓会のことだけを伝えるつもりだった。でも先生から良輔さんのことをいろいろと訊かれるうちに、嘘をつき続けているのが辛くなって、それで打ち明けることにしたんだ。神尾先生が、良輔さんにとって特別な存在だってこともわかってたし」

「そういえば良輔さん、父にはすごく世話になったといってたね」

「うん、本当に恩人だって。詳しい話を聞いて、あたしもそう思った」

「その話、聞かせてもらってもいい？」

「もちろんいいよ。それを聞いてもらわないと事情を説明しにくいから」そう前置きして、桃子は再び池永良輔に関する昔話を始めた。


よその土地からやってきた良輔と違い、中学校の生徒たちは、ほぼ全員が地元の小学校からの持ち上がりだった。知り合いのいない良輔は孤立した。同級生たちは、都会から来た変なやつとでも思っているのか、誰も近寄ってこなかった。

良輔によれば、「いじめすらなかった」らしい。完全な無視で透明人間みたいだった、とその頃のことをいった。

次第に学校に行くのが苦痛になり、休みがちになった。夏休み明け以後は、完全に不登校になった。それに対して、親戚のおじさんもおばさんも何もいわなかった。たぶん扱いに困っていたのだ。

そんな良輔を訪ねてきたのが、担任だった神尾教諭だった。彼は良輔がどんなふうに過ごしているのかを尋ねると、学校で出されている宿題などを手渡した後は、身体に気をつけるようにとだけいい残して帰っていった。

神尾の訪問は毎日のように続き、子供の頃の思い出や亡くなった両親のことなどを訊いてきた。最初は会うのが面倒だったが、良輔は徐々に神尾に心を開くようになった。

ある日神尾は、少し外に出ようといって良輔を連れ出すと、ある場所に連れていった。その場所とはほかでもない、神尾の自宅だった。

書斎に入ると大きな本棚があった。神尾は、どの本でも好きに読んでいいといった。「授業が始まる頃に来て、終わる頃に帰ればいい。ここが君にとっての学校だ。大丈夫。給食もちゃんと出る」神尾はそういった。

あまり気は進まなかったが、家で親戚の人たちといるのも気詰まりなので、翌日、良輔は神尾の家に行った。家には神尾の妻と母親がいて、優しく迎えてくれた。

書斎に行くと机の上に一冊の本が置かれていた。『走れメロス』だった。読書に関心があるほうではなかったが、退屈なので読んでみることにした。すると面白くて、あっという間に読み終えてしまった。次に何を読もうかと考えながら書棚を眺め、『名探偵ホームズ』のシリーズが並んでいることに気づいた。小学生の時、誰かが面白いといっていたことを思い出し、手に取った。

昼になると食事を用意してもらえた。神尾がいった、「給食」だ。

その日以後、平日はほぼ毎日通った。読書は面白く、時間があっという間に過ぎていった。そんなふうにして一か月ほどが過ぎたある日の午後、玄関から賑やかな声が聞こえてきた。神尾がクラスの生徒たち五人を連れてきたのだった。

同級生たちは良輔を見て、驚いた様子だった。すると神尾が皆にいった。

「池永はこの部屋の図書係だ。ここにある本のことで何かわからないことがあれば、彼に訊いてくれ」

良輔は当惑した。そんな話は聞いていなかったからだ。

戸惑っているのは同級生たちも同様だった。だがやがて一人の女子が近づいてきて、「どの本が面白い？」と尋ねてきた。良輔は彼女の好みを尋ねた後、『兎《うさぎ》の眼』を勧めた。学校ものが好きだと彼女がいったからだ。

神尾は、課外図書授業という名目で彼等を連れてきたのだ。いきなり全員は無理なので、数人ずつ連れてくるつもりらしい。

そんなことが何回かあった後、「そろそろ学校に来ないか？」と神尾が訊いてきた。良輔自身が背中を押してくれることを欲していた絶妙のタイミングだった。翌日、久しぶりに学校の門をくぐった。間もなく十二月になろうとしていた。

その後は不登校になることなく、人並みの中学校生活を送れた。無論完全に順風満帆というわけではなく、時には悩みや挫折もあった。それでも何とか乗り越えられたのは神尾のおかげだった。神尾はいつも良輔を見守り、彼が線路から外れるのを食い止めてくれた。

「良輔さんがよくいうんだ。今の俺があるのは神尾先生のおかげだ、最大の恩人だって。中学卒業後も手紙でたまにやりとりをしていたらしいよ。少しでも恩義を伝えたいから、メールじゃなくて手書きするんだといってた」

桃子の話を聞き、真世の記憶にかかっていた霧が急に晴れた。「そのこと、覚えてる」といった。

「小学校の低学年だった頃、中学生ぐらいの男の子が、うちの居間で本を読んでた。顔はよく見なかったけれど、あれは良輔さんだったんだね」

「そうだと思う」

「あっ、そうか」もう一つ、真世の頭に浮かんだ光景があった。それは昔のものではない。つい最近、目にしたものだ。「父の葬儀で、棺の中に文庫本が入っていたのを覚えてる？あれ、『走れメロス』だったんだよ」

「本が入ってるのには気づいたけど、よく見なかった。そうだったんだ」

「通夜の時、桃子と良輔さんが焼香してくれたよね。棺の中を見た良輔さんが、少し驚いたような顔をしたのを覚えてる。気のせいかと思ったけど、そうじゃなかった。きっと良輔さんは、昔のことを思い出したんだ」

「そうなのか……」

「今の話を聞いて、父が良輔さんにとって特別な存在だったってことはわかった。それで別居のことを打ち明けたら、父は何ていった？」

「うん、だからさっきもいったように、夫婦にはその程度のトラブルはあって当然、そんなことの繰り返しだっていわれた。特にコロナみたいな異常事態に見舞われたらって。そうして、池永と別れたいのかって訊かれた」

「何と答えたの？」

「別れたいというより、別れたほうがいいのかなって思うことはありますと答えた。だけど彼の考えがよくわからなくて、それで答えを出せないって。すると先生は、もし君が構わないなら、自分が池永に会ってみて、正直な気持ちを聞いてみてもいいけどっていってくださったの」

「そういうことだったのか。それで桃子は父に任せるといったわけね」

「少し迷ったけど、ほかに解決策は見つからないしね。お願いしますと答えた」

桃子によれば、先週の金曜日に英一から、明日会ってくるよ、と連絡があったらしい。良輔が仕事で東京にいるので、東京駅の近くにあるホテルのラウンジで会うことにした、とのことだった。

「土曜日は、二人の話し合いの結果がどうなったのか気になって、何も手につかなかった。でも夜になっても、先生から連絡はなかったんだよね。日曜日も電話がないから、あたしのほうからかけてみようかとも思った。だけど、もしかしたら良輔さんとの話し合いの結果があまり良くなくて、それで連絡しづらいのかなと思うと、かける勇気が出なかった。そこで思いついたのが真世のこと」

「私？　どうしてそこで私が出てくるの？」

「もしかしたら先生は、東京に行ったついでに真世に会ってるかもしれないと思ったわけ。会って、あたしたちのことも話したんじゃないかって」

そうか、と真世は合点した。

「だからあの夜、電話をかけてきたんだね。同窓会を口実に」

「じつはそうだった。ごめん」

「別に謝らなくていいよ。でも私が父に会ってないとわかったから、その話はしなかったんだね」

「そういうこと。そのまま月曜日になっちゃったわけだけど、それから後のことは……わかってるよね。原口君から連絡があって、神尾先生が自宅で亡くなってた、しかも殺されたみたいだって聞いた。あたし、頭の中が真っ白になった。信じられなかった。で、真っ先に思ったことは、良輔さんが関係しているのかどうか、だった」

「それでどうしたの？」

「迷った末、神尾先生が亡くなったってメッセージを送った。するとすぐに彼から電話がかかってきた」

「彼は何て？」

「当たり前だけど、びっくりしてた。俺には全く心当たりはない。土曜日は、ふつうに話して別れた。じゃあまた今度、といって先生はお帰りになった——彼はそういってた。それを聞いて、嘘じゃないと思った」

「父との話し合いのことは訊いたの？」

「訊けなかった。何だか、それどころではないような気がして」

真世は頷いた。それはそうかもしれない。

「隠しててごめん」桃子がまた謝った。「話そうかとも思ったんだけど、やっぱりいいだせなくて」

「だから良輔さん、通夜が終わったらすぐに帰っちゃったんだ。息子さんの顔も見なくていいのかなと不思議だったんだけど」

まあね、と桃子は答えた。「あの夜は仮面夫婦に徹した」

「いろいろと大変だったんだね」

「過去形じゃない。大変の真っ最中」

「それで、今後はどうするの？　まだ別居を続ける気？」

「わかんない。もう少し考えてみる」

「そう。じつはね、叔父さんが良輔さんと話をしたいんだって」

「あの叔父さんが？」桃子は不安そうな顔をした。

「心配しなくても、父の代わりに仲裁役を買って出ようってことではないよ。あの人は、そんなものには全然関心のない人だから。事件に関して訊きたいことがあるみたい」

「でも彼は何も知らないと思うけど」

「それはわかってるんだって。だから良輔さんに連絡してもいい？」

「そういうことなら別にいいけど……」桃子は逡巡《しゅんじゅん》する目をした。

23

ノートパソコンのモニターに向かって武史は軽く頭を下げた。

「初めまして。通夜では御挨拶できず、失礼しました」

モニターには三人の顔が映っている。武史と桃子、そしてもう一人が池永良輔だった。

武史が挨拶した相手は良輔だ。

「こちらこそ早々に帰ってしまってすみませんでした」そんなふうに応じた良輔の表情は硬い。彼の内心を考えれば当然だった。これから何を訊かれるのかわからず、戸惑っているに違いない。

しかし横で聞いている真世にしても、これから何が始まるのか、まるで予想がつかなかった。武史が何も教えてくれないからだ。

良輔に連絡するのはいいけれど、どんなことを訊くのか自分も知りたいと桃子がいうので、武史と相談し、こういう方法を取ることにした。ここは武史の部屋だが、パソコンは真世のものだ。リモート会議用のアプリなら、いくつか入っている。

「まず最初にいっておくけれど、君たち夫婦のことに首を突っ込む気はない。その手の質問はしないから、心配しないでほしい」

「わかりました」良輔が答えた。

「まず知りたいのは警察のことだ。君のところにも刑事が来たんじゃないか？」

「来ました」

「いつ？」

「昨日の昼過ぎです。午前中に電話があって、話を聞きたいといわれました。それで午後、会社の近くのコーヒーショップで会いました」

「会社というのは横浜だね」

良輔は少し気詰まりそうな顔で顎を引いた。「そうです」

「どんなことを訊かれた？」

「神尾先生と最近連絡を取ったかどうかを訊かれました。少し迷いましたけど、殺人事件の捜査だとわかっていたので、協力しなきゃいけないと思い、三月六日に先生と東京で会ったことを話しました。場所と時間を詳しく教えてほしいといわれたので、午後六時から二時間ほど、『東京キングダムホテル』のラウンジで話したと答えました」

「すると刑事は何と？」

「先生と別れた後の行動を訊いてきました。アリバイってやつですよね、きっと。僕は友人たちの飲み会に合流したので、そう答えました」

「その友人たちの名前や入った店の名は訊かれたかな」

「いえ、そこまでは訊かれませんでした」

武史は頷き、真世のほうを向いた。

「やはり警察は、池永君を疑ってはいないようだ」そういって再び画面を見た。「刑事は、ほかにはどんなことを？」

「先生と会うことを誰かに話したかと訊かれました。話してないと答えました」

「ほかには？」

あとは、といって良輔は少し口籠もってから、何かを吹っ切る顔になった。

「先生の用件はどういうものだったか、差《さ》し支《つか》えがなければ教えてほしいといわれました。話さないといけませんかと僕が訊いたら、話したくないなら構わない、ただ神尾真世さんがあなたの奥さんから聞いた話では、あなたは関西に単身赴任しているということだった。だが実際にはこうして横浜にいる。その食い違いに関係することと考えていいかと訊かれました」

「ずいぶんとまどろっこしい訊き方をしたものだな。それで君は何と？」

「その通りです、と答えました。ただしプライバシーに関わることなので、決して口外してほしくないとも。約束すると刑事さんはいってくれましたけど」

「警察は約束を守っている。桃子さんから聞いたかもしれないが、兄貴が会っていた相手が君ではないかと推理したのは俺だ」

「そうらしいですね。一体、どう推理したんですか」

「それはいずれ話そう。刑事の質問は以上かな？」

「はい」

「ありがとう。――さて、桃子さんにも訊きたいことがあるんだが、いいかな？」

「何でしょうか」小さな画面の中で、桃子が少し表情を引き締めた。名指しされることを予想していなかったのかもしれない。

「君のところにも刑事が来たんじゃないか」

「その通りです。来ました」

「いつ？」

「昨日の夕方です。四時ぐらい……だったかな」小さな画面の中で桃子が首を傾げた。

「どんなことを訊かれた？」

「今の話と大体同じです。先週の土曜日に神尾英一さんと御主人が東京で会うことを知っていたか、知っていたとすれば誰から聞いたか、そしてそれを誰かに話したかって訊かれました。先生から聞いて知っていたけど誰にも話してません、と答えました」

「そのほかには？」

「あたしもやっぱりアリバイを訊かれました。土曜日の夜なんて家から一歩も出てないから、そう答えました。両親も一緒だったから、確かめてもらえればわかるって」

「家族は証人にはなれないんだ」良輔がぶっきらぼうにいった。「知らないのか？」

「そんなことといったって……じゃあ、どう答えればいいのよ」

「両親が一緒だったなんていわなくていいといってるんだ」

「だって事実なんだから、いってもいいでしょ」

「痴話げんかは」武史が割って入った。「この後、ゆっくりやってくれ。まだ俺の用件が終わっていない」

すみません、と二人は揃って小声で謝った。

「池永君に訊くが、兄貴と会うことになった経緯を教えてほしい。兄貴から連絡があったんだろうか」

「そうです。先生から電話がかかってきて、話したいことがあるので来週あたり会えないだろうか、と訊かれたんです。どこへでも自分のほうから出向くし、短時間でも構わないから、と」

「それはいつ？」

「ええと、ちょっと待ってください」

良輔が手元の何かを見ている。スマートフォンで確認しているのだろう。

「二月二十六日の金曜日です」

二月二十六日、と武史は呟いた。「それで？」

「生憎、予定が詰まっていて、強いていえば来週の土曜日が空いているけれど、その日も東京に行く用事があって、身体が空くのが何時頃になるかはわからないと答えました。すると先生は、来週の土曜日でも自分は構わないし、東京に出向くのも問題ないので、予定が決まったら連絡してくれないかとおっしゃいました。わかりましたといって電話を切りました」

「それで君の予定が決まってから電話をかけたわけだね」

「そうです。三月三日の夜です。電話をかけて、土曜日の午後六時ぐらいから二時間程度なら大丈夫です、と答えました」

「電話をかけたのは三月三日の何時頃？」

「会社から帰って、夕食を食べる前だったと思うので、午後七時頃だったと思います」

「七時ね……。かけたのは兄貴のスマホに？　それとも自宅の固定電話？」

「固定電話です。電話を貰った時に残ってた着信の番号に、そのままかけました。土曜日になってから、携帯番号を聞いてなかったことに気づいて、少し焦りましたけど」

ふむ、と武史はパソコンの前で腕組みをした。

「すまないが、その時の会話を可能なかぎり細かく再現してもらえないだろうか」

「えっ、どうすればいいんですか？」

「俺が兄貴の役をやる。君はその時のことを思い出して、同じように話してくれればいい。では始めるぞ。まず君が電話をかけてきたんだったな。呼び出し音を聞き、兄貴が電話に出る」武史は左手で受話器を耳に当てるしぐさをした。「はい、神尾です。——次は君の番だ。何といった？」

「あっ、ええと、池永です。先日は失礼しました」モニターの良輔は、実際にスマートフォンを耳に当てている。

「こちらこそ、忙しい時に面倒なことをいって申し訳なかった。土曜日の予定は決まったのだろうか——こういう感じかな？」

「まさにそうでした。すごいですね、口調までそっくりだ」

「ありがとう、兄弟だからな」

真世も横で聞いていて驚いた。ゆったりとしていて厳格そうな口調は、英一そのものだった。この人物は、こんな芸当もできるのか。

「決まりました。午後六時ぐらいから二時間程度なら大丈夫です。でも東京まで出てきていただくのは、何だか申し訳ないんですが」

「気遣いは無用だよ。コロナのせいで、このところずっと家に籠もりきりでね、たまには遠出したいと思っていたところなんだよ。ついでに真世に会うのも悪くないしね」

「あ……いえ、それは違います」画面の中で良輔が手を横に振った。「それは先生はおっしゃってません。真世さんのことは僕から訊きました」

「君から？　どんなふうに？」

「先生が、東京に出るぐらいは何でもない、という意味のことをおっしゃったのはたしかです。それで僕のほうから、真世さんにも会われるんですかと訊きました。すると先生は、いや今回はそれはない、あれには内緒だから……と」

「あれには内緒、か。あれに、といったんだね。真世に、ではなく」

良輔が一旦遠くを見る目をしてから頷いた。「そうだったはずです」

「わかった。続けよう。その後の会話はどうなった？」

「どちらに伺えばいいでしょうか、と僕が尋ねました」

「『東京キングダムホテル』を知っているかな。東京駅のそばにあるホテルだが」英一の口調になって武史がいった。

「知っています。何度か使ったこともあります」

「ではあそこの一階ラウンジに午後六時ということでいかがだろうか」

「『東京キングダムホテル』のラウンジに十八時ですね。了解しました」

「では土曜日に。楽しみにしているよ」

「あっ、あの、先生」良輔が少し狼狽えた様子を見せた。「お話というのは、桃子に関することでしょうか」

武史は少し間を置いた後、「まあ、そんなところだ」といった。

「わかりました。では土曜日に」

「よろしく」武史は受話器を耳から離す仕草をした。「その時の会話は、今のようなものだったわけだね」

「大体そうです。やっているうちに思い出しました」

「ありがとう。おかしなことに付き合わせて申し訳なかった」

「いえ、何だか本当に先生と話しているような気になりました。そうして、あの……」続きをいい淀《よど》んだ。

どうした、と武史が訊いた。

「神尾先生は亡くなったんだってことを改めて実感しました。信じられないです。ちょうど一週間前、お会いしたっていうのに……」

「そうだ。君と別れ、自宅に帰った直後、何者かに殺された」

モニターの中の良輔と桃子が同時に沈痛な表情を浮かべた。

つまり、と武史は続けた。

「殺されるほんの少し前まで兄貴の頭の中にあったのは、ついさっきまで一緒にいた教え子と、その妻のことだったはずだ。どうすれば二人がやり直せるか、幸せになれるか、自分は何をしてやれるか、それを考えていたに違いない」

この言葉に、若き夫妻は突然水を浴びせられたように顔を強張らせた。良輔の目つきは険しい。

「そのことを念頭に置いたうえで、この後、二人で痴話げんかでも罵《ののし》り合いでもすればいい。リモートでね。では、俺はこれで失礼しよう。御協力に感謝する」そういうなり武史はパソコンを操作し、リモートを切ってしまった。

真世は叔父の冷めた横顔を見つめた。「手厳しいね」

「いけなかったか?」

「ううん、二人のためにはよかったと思う。たまにはいいことをいうんだね」

「たまには、は余計だ」武史はモニターをぱたんと閉じ、パソコンを真世のほうに差し出した。「助かった。リモート会議は悪くない」

「必要な時にはいつでもいって」

「パソコンを借りることはもうないと思うが、頼みたいことがある」

「また？　今日は多いね」

「文句あるのか？　真相解明の助手をしたいといったのは真世だぞ」

「多いねっていっただけでしょ。次は何をすればいい？」

「うん、次は」武史は人差し指を立てた。「『ドラえもん』の家だ」

24

『つくみ美容室』は賑やかな商店街ではなく、主要道路に沿って住宅が立ち並ぶ中にあった。外観も大きめの窓が付いている程度で、遠慮がちに掛けられた小さな看板がなければ、洋風の少し洒落た民家と思うだけで、美容院とは気づかないかもしれない。

ゆっくりとドアを開いた。店内は明るく、いい匂いがした。壁際のソファに座っていた女性が笑顔で立ち上がった。「いらっしゃい」

津久見直也の母、絹恵《きぬえ》だ。葬儀で会った時よりも若く見えるのは、服装と化粧のせいだろうか。白いシャツにクリーム色のベスト、そしてジーンズという出《い》で立ちだった。

「突然すみません」真世は頭を下げた。「お忙しいんじゃなかったですか」

全然、といって絹恵は笑った。

「今日は午前と午後に一人ずつ予約が入っていただけで、たぶんもう誰も来ないだろうから、そろそろ閉めようと思っていたところなんです。ちょっとごめんなさいね」

絹恵は外に出ると、看板を外し始めた。それが営業中か否かの目印らしい。

真世は店内を見回した。カットやシャンプー用の椅子が二台並んでいるだけのこぢんまりとした空間だが、落ち着いた雰囲気があった。棚に置かれたアンティーク調の置き時計が、午後五時過ぎを示している。

津久見直也の父親は自衛隊員で、彼が小学生の時、演習中の事故で亡くなったという話だった。それ以来、この店が一家の生活を支えることになったわけだが、息子がわずか十四歳で父親の後を追うとは、あまりに酷な話だ。

絹恵が店内に戻ってきて、外した看板を壁際に置いた。

「さあ、これでゆっくりお話ができます」絹恵は店の奥に進み、ドアを開けた。その先が居室らしい。「どうぞ。狭いところですけど」

お邪魔します、と真世はまた頭を下げた。

案内されたのは、四人掛けのテーブルが置かれたダイニングルームだった。テレビやサイドボードが並んでいるから、居間としての役割も果たしているのだろう。独り暮らしなら、これで十分かもしれない。出窓にはチェック柄のカーテンが掛けられていて、明るい雰囲気を醸し出していた。

カウンターキッチンから絹恵が出てきた。「どうぞ、お掛けになって」

「あ、はい」真世は椅子を引き、腰を下ろした。

絹恵は紅茶を出してくれた。紅茶には輪切りのレモンが添えられている。さすがに桃子とは違い、ビールでもいかが、とはならないようだ。

「少し落ち着かれました？」絹恵が訊いてきた。

「無事に通夜と葬儀を終えられたことには、ほっとしています。でも、犯人が捕まらないうちはやっぱり……」

「そうですよね。紅茶、冷めないうちにどうぞ」

「はい、いただきます」レモンを紅茶に浮かべ、真世は啜った。ハーブの香りが豊かな紅茶だった。

「先程の電話では、お父様――神尾先生がやりかけていたことを引き継ぎたい、というお話でしたね。それで直也の作文なんかも見せてほしいと。もう少し詳しく教えていただけるとありがたいのですけど」

はい、と返事し、真世は両手を膝に置いた。

「父の遺品を整理していたところ、かつての教え子たちの作文のコピーが何枚も出てきたんです。どうやら気に入った作文があった場合には、本人に返す前にコピーして手元に残していたようです。自費出版のパンフレットなんかも集めていたみたいなので、いずれはまとめて本にして、親しい人たちに配ろうとしていたのかもしれません」

この説明に、絹恵は首を何度か縦に振った。

「神尾先生のお考えになりそうなことですね。それで、そこに直也の作文も入れてくださる予定だったと？」

「そうです。じつは、作品を書いた生徒たちの名前のリストも見つかっていて、その中に津久見君の名前があったんです。つまり、彼の作品も載せるつもりだったんだと思います。ところがどういうわけか、津久見君の作文のコピーが見当たらないんです。もしかしたら紛失したか、あるいはコピーし忘れたのかもしれません。それで御相談しようと思ったわけです」

絹恵は目を瞬《しばた》かせ、口元に笑みを浮かべた。

「大変ありがたくて嬉しいお話です。ただ申し訳ないんですけど、その話は初耳で、どの作文が神尾先生に気に入っていただけたのか、私にはちょっと……」

わからない、ということのようだ。

「そうだろうと思います。だから、もし津久見君が中学時代に書いた作文が残っているのなら、すべて読ませていただけるとありがたいんです。じつは叔父――父の弟が、今こちらに帰ってきているんですけど、自分ならば兄がどの作品を選ぶつもりだったかわかるような気がする、というんです」

「そういえば葬儀の際、あなたの横に男性がいらっしゃいましたね。そうですか。あの方は神尾先生の弟さんでしたか。で、先生の文学的趣味を十分に理解しておられる、というわけなのですね」

「はい、本人はそういっています。それでお貸しいただけないかと思いまして。もちろん大切に取り扱いますし、コピーしたらすぐにお返しします」

「直也が中学時代に書いたものすべて、なのですね。さっきちょっと調べてみたんですけど、かなり数がありましたよ。十作以上はありそうでした」

「あると思います。何しろ父は生徒に作文を書かせるのが好きでしたから。夏休みや冬休みの宿題だけでなく、学校行事があるたびに何かしら書かせていました。もちろん通常の授業でも。神尾先生は嫌いではないけど、あの作文攻めは勘弁してほしいって、何人かからいわれたことがあります」

「あれを全部ですか。わかりました。ちょっと待っててくださいね」絹恵は立ち上がり、部屋を出ていった。階段を上がる音が聞こえる。二階に津久見直也が使っていた部屋があり、もしかしたら亡くなった時のままで保存されているのかもしれない。

英一が教え子たちの作文の中から気に入ったものを厳選し、自費出版しようとしていたという話は、いうまでもなく武史の作り話だ。そうとでもいわなければ、父親が殺されて大変な状況なのに、昔の同級生の作文をすべて読ませてほしい、などと頼んだら怪しまれるだけだというのだった。その意見には真世も同意するが、問題はなぜ津久見直也の作文が必要なのかだ。ところがそれについては、「事実関係がはっきりしたら教えてやる」と武史はいうだけだ。

そんなわけで真世は、桃子や池永良輔に連絡を取った時と同様、目的もわからないまま、とにかく武史に命じられた通りに行動しているのだった。

トートバッグに目をやった。持ち手に蝶の形をしたアクセサリーが付いている。例の盗聴器だ。電源スイッチの尻尾は、当然曲がっている。武史は近くに来ているはずだ。

階段を下りる足音が聞こえてきて、絹恵が段ボール箱を抱えて入ってきた。

「たぶん、これで全部だと思うんですけど」

「拝見させてもらっても構いませんか」

「ええ、どうぞ」

段ボール箱の中には、二つ折りにした原稿用紙が入っていた。それらをすべて取り出し、テーブルに置いた。重ねると厚さは二センチ近くある。二つ折りにしてあることを考慮しても、五十枚以上はありそうだ。

ざっと見たところ、すべて原稿用紙だった。つまり作品の実物ということだ。

「コピーはなかったですか」

「コピー？」質問の意図がわからないらしく、絹恵は首を傾げた。

「作文は一旦提出した後、しばらくして本人に返却されるんですけど、中には返ってこないものもあるんです。文科省が後援するコンクールに提出する場合とかです。自分の作文を手元に残したい者はコピーしておくように、といわれました。だから津久見君も、そういうコピーを残していたんじゃないかと思ったんですけど」

「ああ、なるほどねえ。いいえ、ありませんでした。そんな、コピーをしてまで自分の作文を残したいと思うような子ではなかったですからね」絹恵は苦笑した。

そういわれれば自分もそうだったな、と真世は納得した。コピーなんて一度も取ったことがなかった。

だが武史はがっかりするかもしれない。コピーが残っていたら必ず預かってこい、といっていたからだ。むしろ実物よりも重要だというニュアンスだった。

真世は一番上に載っていた原稿を手に取った。『尊敬する人』という題名だ。出だしは、『私の尊敬する人は、小学生の時に亡くなった父です。』というものだった。作文によれば、父親の死後しばらくして、神戸から見知らぬ女性が焼香に訪ねてきたらしい。彼女は阪神・淡路大震災の被災者で、父親に救助されただけでなく、瓦礫《がれき》の中、背負ってもらって何キロも離れた避難所まで運んでもらったという。父がどんな仕事をしていたのか初めて知り、誇らしい気持ちになった、と締めくくられていた。

「いいお話ですね、これ。お読みになりました？」

真世が訊くと絹恵は小さく頷いた。「何度も読みました」

そうだろうな、と思った。読んでは涙ぐんだに違いない。

「津久見君、どの科目も成績優秀だったけど、作文も上手だったんですね。すごくうまくまとまっています」

「それはね、裏技を使ってたからだと思います」絹恵は小さな秘密を明かすようにいった。

「裏技？」

「主人の形見のパソコンです。ワープロソフトを使って下書きして、それを見て原稿用紙に手書きしていたんです。漢字を調べなくていいから楽だ、とかいってました。入院後も病室で使っていました。そんな手抜きはいけないって注意したんですけどね」

「そうだったんですか。いえ、仮にそうだとしても、やっぱり上手だと思います」

トートバッグの中でスマートフォンが震えた。ちょっと失礼しますといってバッグから取り出すと、武史からメッセージが届いていた。『そのパソコンをゲットせよ』とある。

その狙いは真世にも理解できた。

「そのパソコンは、まだあるんですか」

「ありますよ。私はあの手のものは苦手なので、触ったことはありませんけど」

「それをお借りすることはできませんか」

「あれを？」絹恵は意外そうに目を見開いた。「何のためにですか」

「作文の下書きが残っているかもしれないからです。確認したいんです」

「そうですか。あっ、でも、何も残ってないはずですよ。直也がいってました。データは全部消してあるから、あのパソコンのことは気にしなくていいって」

「そうなんですか……」

絹恵の言葉に、真世は少し胸の痛みを覚えた。

津久見直也は自らの死が近いことを悟っていたのだ。だからパソコンを扱えない母親のことを考え、そこには何も残さないほうがいいだろうと考えたに違いない。

膝に置いたスマートフォンに、またメッセージが届いた。『ゲットせよ！』と表示されている。

「それでも構いませんので、一応見せていただけませんか」真世は絹恵にいった。

「わかりました。でも動くかしら。すごく古いものですよ」

絹恵は再び部屋を出て、二階に上がっていった。

真世はスマートフォンで武史に電話をかけた。すぐに繋がり、「何だ」と無愛想な声で訊いてきた。

「お目当ての品は、そのパソコンに入ってるかもしれないってこと?」

「そうであることを祈る」

「データは消してあるって話だけど、それでもいいんだね」

「ノー・プロブレムだ。何とかする」

「だったら、こっちはいらないいんじゃない。実物の原稿のほう。わりと重たいんだけど」

「馬鹿なことをいうな。作文を借りる表向きの理由を忘れたのか。それを置いていったら意味ないだろうが」

「あっ、そうか」

「重いぐらいのことは我慢しろ。全部持って帰ってこい」乱暴に電話が切られた。

ぺろりと舌を出しながらスマートフォンをバッグに入れていると、絹恵が戻ってきた。

「これなんですけど」テーブルに把手《とって》の付いたケースを置いた。パソコン用のバッグらしい。その中から出てきたのは、黒くて四角い機械だった。

真世の目には、それはパソコンには見えなかった。角張っていて、厚さは五センチぐらいはありそうだ。持ち上げてみると、ずっしりと重かった。これをノートパソコンと呼んでいいのか。パソコン用のバッグがあって助かった。トートバッグは原稿用紙だけで一杯で、その上こんなものまで入れたら重くて持ち上げられないだろう。電源コードにも大きな器具が付いていて、とにかくごつい印象だった。

「お借りしていいですか」真世は改めて訊いた。

「いいですけど、壊れてないかしら」

「叔父に確認してもらいます。もし壊れてたら、私のほうで修理に出しても構いませんか。もちろん代金はこちらが持ちます」

「それは申し訳ないです。そういうことになったら、いってください」

「じゃあ、その時には改めて御相談するということで」

「そうですね」絹恵はパソコンに視線を落とした。「これのこと、すっかり忘れていました。何か入っているのかしら。インターネットはしてなかったと思いますから、おかしなものは残ってないはずなんですけど」

「うまく動かせるようでしたら、御覧になったらいいんじゃないですか。使い方を聞いておきますから」

「それは是非お願いします。楽しみができました」

「ではお借りしますね」真世はパソコンをケースに入れた。

「ところで、明日の同窓会には出席されるのですか」絹恵が訊いてきた。

「そのつもりですけど、あ、そういえば津久見君の追悼会を中止にすることは、お母様からの御希望だと伺いました」

ええ、と絹恵は寂しげな笑みを浮かべた。

「せっかくの同窓会ですから、皆さんに心から楽しんでいただきたいんです。直也のことは、また別の機会に思い出してくだされば十分です」

その言葉を聞き、真世の胸に複雑な思いがよぎった。

「そういうことなら、私は行かないほうがいいんでしょうか。父のことをみんなに思い出させてしまうから」

すると絹恵はあわてた様子で手を振った。

「あなたは行けばいいと思います。むしろあなたが行かなかったら、出席している人たちが、自分たちだけ楽しんでいいんだろうかと後ろめたさを感じてしまいます。もし嫌でなければ参加してあげてください。私からもお願いします」

頭を下げられ、真世は焦った。「やめてください、そんなこと……」

絹恵は顔を上げると、それに、といってにっこり笑った。

「あなたには同窓会に参加してほしいんです。直也もきっと、あの世から見ていると思うからです。あの子があなたを好きだったことは気づいておられたでしょう？」

「あ、いえ、それは……」わけもなく髪を触った。

「行ってあげてください。直也はあなたに会いたがっていると思います」

真摯《しんし》な目で見つめられ、年甲斐もなく照れている場合ではないと気づいた。前向きに検討します、と真世は答えた。

25

ケースから取り出したパソコンをテーブルに置き、武史は口笛を鳴らした。

「『メビウス』か。お久しぶり、お元気でしたか、と挨拶したい気分だな」

どうやら知っている機種のようだ。

「動くかな」

「『オデッセイ』という映画を知ってるか。マット・デイモン主演の、火星にたった一人で取り残された宇宙飛行士の物語だ」

「誰かから聞いたような気がするけど、観たことはない」

「その中に、『マーズ・パスファインダー』という実在の火星探査機が出てくる。一九九七年に着陸したものだ。主人公はそれを砂の下から掘り出し、起動させ、地球との交信に成功する。『メビウス』が発売されたのは、『マーズ・パスファインダー』の着陸と同じ時期だ。動いたとしても、何の不思議もない」

「でもその映画、フィクションでしょ？」

「極めてリアリティのあるフィクションだと評判だ。とにかく百聞は一見にしかずだ」武史は電源コードをコンセントに差し、パソコンのパワースイッチを入れた。

間もなく画面が明るくなり、濃紺の背景にカラフルな帯のイラスト、そして『Mebius』という文字が表示された。

「ほら見ろ、無事に起動した。しかもありがたいことに、パスワードを要求してこない。どうやら津久見君は、このパソコンを後ろ暗いことには使っていなかったようだな」

「盗聴器で聞いてたと思うけど、インターネットはしてなかったみたい」

「二〇〇〇年代前半か。ませた中学生なら猥褻《わいせつ》画像や動画をコレクションしていてもおかしくないが、当時の病院ではネット環境が整ってなかっただろうしな」

武史はキーボードやトラックパッドをあれこれと操作した後、ふっとため息をついた。

「お母さんがいってた通りだ。データはすべて消去されている。保存されているファイルは一つもないし、ゴミ箱もメールボックスも空っぽだ。パスワードが設定されていないのは、誰かがこのパソコンを使う時のことを考えたからかもしれない」

「どうするの？　何とかするっていってたけど」

武史は腕組みして少し考える様子を示した後、腕時計をちらりと見てからパソコンの電源を切った。コードもコンセントから抜き、パソコンごとケースに戻し始めた。

「ちょっと出かけてくる」

「これから？」

「まだ七時過ぎだ」

「どこに行くの？　私も付き合うよ」

「ちょっとした知り合いのところだ。真世は来なくていい。そのかわり、それを読んでおけ」武史は真世が傍らに置いているトートバッグを指差した。津久見直也の作文の束が覗いている。

「これを読んで、どうすればいい？」

「印象に残ったものがあれば教えてくれ」

「どんなふうに印象に残ったもの？」

「そんなのは読んでみないとわからない。驚いたり、感激したりするものがあったら、ピックアップしておくんだ」

「ええー」真世は顔をしかめた。「抽象的な指示だなあ」

「文句ばかりいってないで、さっさと部屋に戻って読め」武史は立ち上がり、クロゼットから上着を出した。「ああ、そうだ。柿谷に電話してみてくれ。同級生たちの何人かには当たっているはずだ。アリバイを確認できた人間がいるかどうか訊いてみろ」

「いいけど、素直に教えてくれるかなあ。何だかんだいって、ごまかされそうな気がする」

「騙されていると感じたら、教えてくれないなら、明日の同窓会で片っ端からアリバイを尋ねて回るといって脅せ」

ふつうの人間が口にしていたら冗談にしか聞こえない台詞だが、この叔父の場合は本気だから怖い。

「自信ないけど、やってみる。ところで叔父さん、晩御飯はどうするの？」

「そんなものは適当に済ませる。帰りは遅くなると思う。作文を読んだら、この部屋に置いといてくれ」武史は部屋の鍵を真世のほうに投げてきた。

自分の部屋に戻ると、真世は早速柿谷に電話をかけてみた。用件を察したのか、昨日はどうも、と応じた柿谷の口調には警戒感が含まれているようだ。

「お忙しいところをすみません。同級生たちのアリバイが確認できたかどうか問い合わせてみろ、と叔父にいわれまして」とりあえず武史のせいにしてみる。

「それにつきましては、まだ捜査の途中でして、はっきりしたことを申し上げられる段階ではないんですよねえ」予想通り、はぐらかそうとしてきた。

「現時点でわかっていることだけでも教えていただけませんか。だって明日、同窓会があるんですよ。私、みんなとどう接していいかわかりません」

「ははあ、なるほど。ええと、ちょっと待ってもらえますか」

電話から聞こえる背後の雑音が消えた。柿谷は場所を移動したようだ。

「そうですねえ、三月六日夜の所在が確認できた人といえば、まずは原口浩平さんですね。遺体発見者の」

原口のことなど端《はな》から疑っていない。こんなことでお茶を濁す気かと思うと本当に腹が立ってきた。「ほかには誰がいますか?」声が尖った。

「あとは沼川さんですね。自分の店で働いておられたそうです」

これまた全く論外の名前だ。いわれなくてもわかっている。「ほかには?」

「柏木さんも確認済みです。あの夜は仕事仲間の方々と会食しておられたようです」

そういうからには、裏は取ってあるのだろう。「ほかは? 釘宮君とか」

「釘宮さん……ですか。まあ、微妙ですねえ。アリバイがあるかないかといえば、ありそうなんですが」途端に歯切れが悪くなった。ごまかそうとしている気配が濃厚だ。

「はっきりしてください。今いってくれないと、私、釘宮君に直接訊きますよ」

あわてるかと思ったが、柿谷の反応は違った。

「うーん、もしかしたら、そうしていただいたほうがいいかもしれません。何しろ、プライバシーに関わることですから」

「どんなプライバシーですか。私、誰にもいいませんから教えてください」

柿谷は電話の向こうで、うーんと唸り声を漏らした。かなり困惑しているようだ。

「じつはですね、最初は実家にいたとおっしゃってたんです。ただ釘宮さんが寝泊まりしているのは母屋ではなく庭に建てられた離れだそうで、証人はいないとのことでした。だからその時点ではアリバイはなかったわけです。ところが後に、ある人と一緒にいたことが判明しましてね」

「ある人？　ココリ……九重さんですか」

「いや、そういうことは私の口からはいえません」

九重梨々香で当たりのようだ。

「それでアリバイが証明されたことになるんですか？　一緒にいたって口裏を合わせてるだけかもしれないじゃないですか」

「それはそうなんですけどね、会ってた場所が場所ですから。いやあ、困っちゃったなあ。真世さんね、ここまでお話しするのは、あなたが神尾先生のお嬢さんだからですよ。ふだんはこんな捜査上の秘密をべらべらとしゃべったりしません」

「わかっています。ありがとうございます」真世は早口でいった。「で、その場所ってどこなんですか？」

「だから、そんなことはいえませんって。どうか勘弁してください」

「ヒントだけでも」

「弱ったなあ。ええとですね、この町からクルマで三十分ほどのところです。高速を使ったら二十分かな。その方はクルマをお持ちで、自分で運転して行かれたようです。そのクルマに釘宮さんも同乗しておられたそうなんです。到着した先で二時間ほど滞在された後、戻ってこられたということです。スマホの位置情報を確認させてもらいましたから、間違いないと思われます。その話を聞き、改めて釘宮さんに確かめたところ、それで間違いないとお認めになりました。もちろん別の人間が、スマホを持ってクルマを運転した可能性はありますが、防犯カメラで確認すれば判明するわけで、まあ信用していいんじゃないかと我々は考えています」

「クルマで高速を使って二十分……どこだろう?」

「お願いですから、あまり考えないでください」柿谷は嘆願するようにいった。

「アリバイのある人は、ほかにはいないんですか」

「今のところは。自宅にいたといっている方はいるんですが、確認が難しくて」

桃子のことかな、と考えた。

「その場合、スマートフォンの位置情報ではだめなんですか」

「自宅ではねえ。自分がいなくても、部屋に置いていけばいいわけですから。一応、確認させてもらいますが」

それもそうか、と得心する。

「どこかに移動した人であれば、位置情報でアリバイが確認できるんですね」

「そうなんですが、皆さんが協力的だとはかぎりません」

「というと?」

「プライバシーを盾に、スマホの提示を拒否する人がいます。ほかのデータは絶対に見ません、あなたの前で位置情報を確認するだけだといっても、なかなか納得してもらえません。令状を取れればいいのですが、それだけの理由がなければ難しいです」

　そうだろうな、と真世は首肯する。自分だって、刑事にスマートフォンを触られるのは抵抗がある。

「現在の状況はこんなところです。さっきもいいましたが、あなただからここまで打ち明けたんです。ふつうだったら、こんなことは絶対にあり得ませんから」

「ありがとうございます。亡き父に代わって感謝します」丁寧な口調でいい、真世は電話を切った。

　今夜は食堂で夕食を摂ることにした。来週からは出勤する予定で、明日はチェックアウトしなければならない。ここで食事をするのは、明日の朝が最後だからだ。

　食堂に行くと、昨日までより少し客が多かった。さすがに土曜日だと観光客が増えるらしい。従業員たちも活《い》き活きとしているようで、何だか嬉しくなった。

　隅のテーブルで天ぷらセットを食べながら周囲を眺めているうちに違和感を覚えた。何かが少しいつもと違っているように思えるのだ。やがて気づいた。壁に貼ってあった『幻ラビ・ハウス』のポスターが消えている。

　女将さんが通りかかったので、そのことを訊いてみた。

「そろそろ剝《は》がしたほうがいいと思いましてね」そういって女将さんは目を細めた。「終わったことをいつまでも悔やんでたって仕方ないし、この町にだっていいところはいくつもありますから」

「そうですよね」真世は頷いた。この町に来て、初めて威勢のいい言葉を聞いた気がした。

どうぞごゆっくり、といって女将さんは立ち去った。

真世が食事を再開した時、ひと組の男女が、隣のテーブルについた。どちらも白髪頭で、夫婦に見えた。男性のほうが座るなり、蕎麦屋の話を始めた。観光名所の竹林の近くにある、知る人ぞ知る蕎麦屋に行ってみたい、というのだった。それを受け、明日のお昼御飯は決まりましたね、と妻らしき女性が応じている。

竹林と蕎麦屋か――。

そう、名もなき町にだって誇れるものはあるのだ。

食事を終えると部屋に戻り、津久見直也の作文を読み始めた。その数は十二作あった。一年生の時に七作、二年生で五作を書いている。『尊敬する人』は二年生の時の作品だ。

作文のテーマは、予め決められている場合と自由な場合とがある。『私の家族』や『夏休みの思い出』、『学校に望むこと』は、おそらく前者だろう。メジャーリーガーのイチローを賞賛する『走攻守!』や、インターネットの可能性を紹介する『ネットワーク』は、自由テーマかもしれない。『友達について』は、どちらだろうか。読んでみると、予想通り釘宮克樹のことが書かれていた。本当の友人に出会えて幸せだ、という一文には胸が熱くなる。

改めて思うのは、やはり津久見直也は作文が上手いということだった。真世もそうだったが、多くの生徒たちは原稿用紙の枡目《ますめ》を埋めることに精一杯で、内容などは二の次だ。読む人の興味をひこうなんてことはこれっぽっちも考えない。しかし津久見の作文には、きちんとした主張があり、読み手に伝えようとするものが感じられた。しかも冗長でなく簡潔にまとめられている。

そういえば見舞いに行った時、病室には常に本が置いてあった。読書が好きだといっていたのを覚えている。だがどんな本が好きなのか、これまでに読んだもののナンバーワンは何か、といった話は全くしなかった。病室ではいつも自分のことばかりを話していた、ということに真世は改めて思い至った。しかも学校での楽しい出来事ではなく、概《おおむ》ね愚痴だった。親が同じ学校の教師だと窮屈――相変わらずの不平不満だ。よく津久見は付き合ってくれたものだと思う。

一作一作丁寧に吟味していたら、十二作すべてを読み終えるには二時間近くを要した。目が疲れたし、肩も凝った。真世は立ち上がった。気分転換に温泉に浸《つ》かってこようと思った。この町には温泉だってある。何だ、『幻ラビ』以外にも売り物はいろいろあるじゃないか。

ゆったりと湯に浸かりながら、この一週間の出来事を振り返った。思いがけないことの連続で、頭の中を整理するのに苦労した。健太と二人でブライダルサロンに行ったことなど、遠い昔のような気がする。あれは日曜日だったから、明日でまだ一週間だ。

ふと、今は何時頃だろう、と思った。英一が殺害されたのは先週の土曜日だ。時刻は午後十一時頃、と武史がいっていた。今はちょうど、それぐらいの時間帯ではないのか。

先週の今頃、英一はどんなことを考えていたのだろうか。武史がいったように、どうすれば桃子と池永良輔が幸せになるか、頭を捻っていたのかもしれない。間もなく何者かに殺害されるとは夢にも思わずに――。

気がつくと頰に何かが伝っていた。涙なのか汗なのか、それとも天井から落ちた滴か、真世にはわからなかった。

部屋に帰ってから、もう一度作文を読み直した。印象的なものがあれば教えてくれと武史にいわれたが、難しい注文だ。どれもよく書けていて印象的だ。端的にいえば、全部ということになる。

考えがまとまらぬまま、作文を抱えて部屋を出た。武史の部屋に行くと、鍵がかかっていなかった。宿の従業員が布団を敷きにきて、施錠せずに出ていったのだろうか。

室内は真っ暗だった。壁のスイッチを入れた途端、悲鳴をあげそうになった。部屋の中央で武史が胡坐をかいていたからだ。

「びっくりした。帰ってたの？」

「ついさっき帰った」武史は目を閉じたまま答えた。

「部屋、どうやって入ったの？　鍵がかかってたでしょ」

「そんなものは、どうとでもなる」

鍵師の技術まで持ってるらしい。一体何なのか、この男は。

「それにしても電気ぐらいつけたら？」

「考え事をするのに明かりは不要だ」武史は目を開き、真世のほうに顔を向けた。

「作文は読んだか？」

「読んだ。上手に書けてるから感心した」真世は腰を下ろした。

「感心しただけか。驚くようなものはなかったのか」

「驚き……は別になかったかな」

「そうか。俺も読んでみるから、そこに置いといてくれ」

真世は原稿用紙の束をテーブルに置いた。「例のパソコンはどうなった？」

「データを復元し、別の場所に置いてある」

「復元できたんだ。どこにあるの？」

「それはいえない」

「何でよ」真世は口を尖らせた。

武史はかすかに眉根を寄せた。「真世が見たがるだろうからだ」

「そりゃ見たいよ。何で見せてくれないの？」

「いずれは見せてやる。今は時期尚早だ」

「なに、それ。またもったいつけるわけ？」

「いろいろと考えがあってのことだ。それより柿谷には連絡したか？」

「した」

「首尾はどうだ？」

「渋々って感じだったけど、わりとちゃんと教えてくれたと思う」

真世は柿谷から聞いたことをそのまま話した。

「私が驚いたのは、ココリカと釘宮君が一緒だったってことなんだよね。土曜日の夜に、だよ。この町からクルマで三十分ほどのところに行って、二時間ほど滞在。その場所ってさ、ホテルじゃないかな。しかもラブホテル」

「そう考えるのが妥当だろうな」

「びっくりだよね。あの二人、やっぱりできてたんだ。『のび太』、なかなかやるよね。それとも『しずかちゃん』を装ったココリカの枕営業かな」

真世のこの言葉に武史は乗ってこず、「牧原のアリバイについて、柿谷は何かいってなかったか」と訊いてきた。

「いってなかった。だから確認できてないんだと思う」

「牧原は結婚しているのか？」

「ううん、独身のはずだよ。桃子から聞いた覚えがある。それがどうかした？」

だが武史は答えず、また目を閉じ、腕組みをした。そしてそのまま動かなくなった。

叔父さん、と真世は呼びかけた。するとしばらくして、武史はようやく目を開けた。さらに口元を緩め、ふふふふ、と不気味な含み笑いをした。

「なるほど、なるほど。そういうことか。これですべて繋がったぞ」

「なに？　気持ち悪いよ。何がわかったの？　教えて」

「いわれなくても教えてやる。ただし――」武史は腕組みをほどき、両手を広げた。「ショータイムまで、今しばらくお待ちを」

26

日曜日、正午――。

地図で示された場所に行ってみると、この町にこんな洒落た店がいつできたんだ、といいたくなるようなレストランが建っていた。木をシンプルに組み合わせて造った、異国情緒のある建物だ。桃子がいっていたようにオープンスペースもある。表に貸し切りの表示が出ていた。

店に入ると、すぐ横に細長いテーブルがあり、桃子が受付をしていた。

「また受付？　通夜に葬儀に同窓会。大変だね」

「ほんとだよ。受付嬢として、どこか雇ってくれないかな」おどけたようにいうが、昨日のことがあるからか桃子は少し照れ臭そうだ。あの後、リモートで池永良輔と話し合ったのだろうか。

手指消毒を済ませると、席次表を渡された。やはり立食ではなく、テーブルにつくらしい。店内は広く、たっぷりと余裕をもたせて椅子が配置されている。そして向かいの席との間には、テーブル上にアクリルの衝立《ついたて》が置かれていた。飛沫防止だろう。

真世が席を探していると、同級生たちから声をかけられた。皆、英一の死を知っているようで、悔やみを述べてくれる。「早く事件が解決することを祈ってるから」、「身体には気をつけて」、という言葉に空々《そらぞら》しさはなかった。名刺を差し出しながら、「力になれそうなことがあれば連絡して」といってくれる言葉も口先だけとは聞こえなかった。

鈴木《すずき》という同級生も挨拶してきた。今日の司会進行役を任されたらしい。

「シャンパンが配られるけど、神尾先生のことがあるので、乾杯というのはまずいと思うんだ。そこで十秒だけ黙禱して、それからグラスを傾けるってことでどうだろうか」

「私はいいよ。任せる。でもその後は、もうあまり気を遣わずにふつうに進めて」

「わかった。ありがとう」鈴木は、ほっとした様子で離れていった。

皆から優しい言葉をかけられ、中学時代は父親が教師であることが嫌で嫌で仕方がなかったが、生徒から慕われている父親をもっと誇りに思うべきだったのかもしれない、と真世は思った。

通夜や葬儀に来てくれた連中も、ちらほらと姿を現した。スーツに身を包んだ原口がいたので、真世から近づいていって声をかけた。

「ちょっとお願いしたいことがあるんだけど、頼まれてくれる？」

「いいよ。何をすればいいんだ？」

「お香典をいただいた人たちにお返しをしたいの。ここでの食事が終わったら、みんなで学校に行くんでしょ？」

「そうらしいな。思い出の場所がどうなっているかを見たり、記念写真を撮ったりするって話だ」

「その後、帰らずに少しだけ残っててほしいの。原口君は大丈夫？」

「俺はいいけど、香典返しなんて、そんな気を遣う必要はないと思うけどな。俺もそうだけど、みんなそれほど大きな額を香典袋に入れてたわけじゃないだろ？」

「私じゃなくて、叔父さんがお礼をしたいんだって」

「叔父さんって、あの面白い人か。へえ、そうなのか」原口の顔に好奇の色が浮かんだ。

「そういうことだから、残っててくれない？」

「わかった。ほかの連中にも俺から声をかけておこうか」

「そうしてくれると助かる」

「オーケー、お安い御用だ」

背中を向けて遠ざかっていく原口を見送り、真世は安堵の息を吐いた。少しも怪しんでいる様子はなかった。

彼等を学校に残すように、というのはもちろん武史からの指示だ。だがその後のことは何も聞いていない。一体、何をするつもりなのか。

間もなく全員が席についた。人数は三十人弱といったところか。元々、一学年で二クラスしかない小さな学校だから、これでも集まったほうかもしれない。

司会進行役の鈴木がマスクをつけて現れた。右手にマイクを持っているが、先に左手を持ち上げた。その手には大きなパネルが摑まれていて、『大声での発声は御遠慮ください』と書かれている。コロナ対策らしい。少しだけ笑いが起きた。

鈴木はパネルを下ろし、マイクを口元に近づけた。「皆さん、こんにちは」抑え気味の声だ。こんにちは、と小さい声で何人かが応じた。

「そうそう。こんな御時世ですから、声のボリュームはそれぐらいでお願いします。久しぶりに会った仲間も多くて、盛り上がりたいところでしょうが、そこはひとつ、今日は我慢願います」さすがに司会役を引き受けるだけあって話術が巧みだ。

それぞれの席に飲み物が運ばれてきた。真世の前にはミニシャンパンのボトルとグラスだ。グラスにはラップがかけられている。感染予防のために手酌で、ということだろう。

鈴木が、先程真世と打ち合わせたこと――乾杯はしないことを皆に説明した。異論が出るはずもなく、黙禱の後、全員が静かに飲み物を口にした。

食事も出てきた。再び鈴木から説明が始まる。これから在校時代の恩師である三人の元教諭からの挨拶があるが、食事をしながら耳を傾けてもらえばいい、とのことだった。なるべく早く料理を食べ終えてしまったほうが、マスクをつけられるので、その後の歓談を気兼ねなくできるという理由からだった。元教諭たちも了承してくれているらしい。

実際に元教諭たちの話が始まると、そのやり方で助かったと真世は痛感した。老いた元教諭たちの話は揃って長く、ただ聞いているだけでは退屈で苦痛だっただろうと思われたからだ。しかも真世たち四十二期生に関する話題は乏しく、概《おおむ》ね自らの思い出話と自慢を交えた近況報告だった。それでも三人とも、釘宮克樹の活躍には触れた。卒業生の中から、これほどの実績を築いた人間が出たことは誇りだ、という意味のことをいった。もっとも三人とも、釘宮がどんな作品を描いたかについては詳しくないようだった。

軽めのランチだったこともあり、元教諭たちの挨拶がすべて終わる頃には、多くの者が食事を終えていた。予定通り、後はマスクをつけての歓談となった。

真世は、通夜や葬儀に来た者たちとの会話は敢えて避け、本当に久しぶりに会った同級生たちと言葉を交わした。中には事件について尋ねてくる、やや無神経ともいえる者もいたが、うまくはぐらかした。

やがて鈴木が、この店での利用時間が終わりに近づいていることを告げた。

「まだまだ話したいことはたくさんあると思います。続きは我が母校にて行いましょう。今日は校内利用の許可も取ってありますし、移動のための貸切バスも用意しました。懐かしい場所を眺めながら、昔話に花を咲かせようではないですか」

鈴木は明るく呼びかけるが、参加者たちの反応は今ひとつだ。二次会の場所が中学校では、盛り上がれというほうが無理だろう。しかしバスも用意してあるならと、全員が乗り込んだ。

学校に着くと、体育館から始まって、職員室、音楽室、保健室といった具合に、懐かしの場所を皆で見て回ることになった。案内してくれるのは、現在中学二年生の二人の女子たちだった。この日のために誰かに頼まれたらしいが、日曜日なのに気の毒なことだ。それでも嫌な顔ひとつせず、熱心に今の環境や設備について説明してくれる。

教室に入ってみて驚いたのは、大きなモニターが教壇の脇に置いてあることだ。案内役の少女によれば、教師が操作するパソコンの画面を大写しにできるらしい。こんな田舎でもＩＴ教育はそれなりに進んでいるのだ。

廊下を歩いていると、神尾さん、と九重梨々香から声をかけられた。すぐ隣には例によって釘宮がいる。

「原口さんから、これが終わった後、そのまま残っていてほしいと神尾さんがおっしゃってると聞いたんですけど、詳しいことを教えていただけます？」言葉遣いは丁寧だが、響きには棘《とげ》が感じられた。

「通夜や葬儀のお礼をしたいと叔父がいってるんです。何をするつもりなのかは、じつは私も知らなくて」

九重梨々香は、かすかに眉をひそめた。

「正直いうと、私と克樹君は気が進まないんですよね。だってほら、また柏木さんたちに絡まれるおそれがあるでしょう？　さっきのお店でも、何とかしてこっちに近づいてこようとしているのがわかりました。津久見さんの追悼会に出たいと克樹君がいったので出席することにしましたけど、それは中止になったんだから、来なければよかったと思ってるぐらいなんです」

「いろいろと大変なんですね、釘宮君のマネージャーって」そんなつもりはなかったが、皮肉めいた言い方になってしまった。

案の定、九重梨々香の両方の眉尻が上がった。

「私は『幻脳ラビリンス』を高く評価していますから、安っぽい商売に利用されたくないだけです。作品にふさわしい企画を見つけようとしているんです」

「わかっています。でも、どうしてもって叔父が……。そんなに時間はかからないという
ことなので、少しだけお付き合いしてください」顔の前で両手を合わせた。

九重梨々香はわざとらしく大きなため息をつくと、行きましょ、と釘宮を促して歩きだ
した。

階段教室で記念写真を撮り、すべて終了となった。学校の門は午後五時には閉まるので、
それまでには退出するように、と鈴木がいった。今は午後四時過ぎだ。

真世は武史に電話をかけた。

「今、終わったよ」

「よし。じゃあすぐに、みんなを三年一組の教室に集めてくれ」

「わかった」

やや怪訝そうな様子で残っている柏木や牧原、そして釘宮たちに、そういった。

「おい神尾、おまえの叔父さんは一体何を始めようってんだ？」柏木が訊いた。

「わかんない。行けばわかると思う」

三年一組の教室は校舎の三階にある。皆でぞろぞろと階段を上がった。

教室に行くと暗かったので、真世が明かりをつけた。特に変わった様子はない。

めいめいが適当に離れて席についた。柏木だけが、一番前の机に腰掛けた。真世は教壇

の脇に立ち、武史が現れるのを待った。

「遅いな。いつまで待たせる気だ？」柏木が腕時計を見てから苛立ったようにいった。

その直後だった。黒板の上にあるスピーカーから、チャイムの音が聞こえてきた。きーんこーん、かーんこーん——懐かしいメロディが響いた。

なんだなんだ、と誰かがいった直後だ。がらり、と前の戸が開いた。皆の目がそちらに向いた。

教室に入ってきた人物を見て、真世は叫びそうになった。いや、実際に何人かが驚きの声をあげた。

姿を見せたのは神尾英一——つまり真世の父親だった。

27

もちろん本物ではない。武史が変装しているのだ。

だが白髪交じりの髪、ファイルらしきものを小脇に抱え、若干猫背気味で、首をほんの少し左に傾けた立ち姿——何もかもが英一そのものだった。焦げ茶色のヘリンボーンのスーツは、現役教師だった頃に何度見たことか。

その人物が、教壇に向かって歩いてきた。歩き方も、足を運ぶリズムも英一にそっくりだ。トレードマークだった丸眼鏡をかけ、しかもマスクをつけているので、本人にしか見えない。

いくら兄弟だといっても似すぎている。それに本来、顔のタイプや体つきなどは、まるで違うのだ。身長は武史のほうが英一よりも十センチ近く高いはずだ。しかし目の錯覚を利用しているらしく、違和感が全くない。

「こいつは驚いた」最初に声を発したのは柏木だった。「先生かと思ったぜ。――なあ」皆に同意を求めると、ほぼ全員が頷いた。

英一に化けた武史は立ち止まると、眼鏡に触れながら柏木のほうを向いた。

「チャイムが聞こえなかったのか、柏木。君が腰掛けているものの名称は机という。読書や書き物などをする台であって、座るものではない。座るためのものは、その後ろにある小さいほうで、名称は椅子だ。知らなかったのなら、覚えておきなさい」

はははは、と柏木は笑って手を叩き、腰を上げた。「これは参った。声までそっくりじゃねえか」そういいながら椅子に座った。

武史は次に真世に目を向けてきた。「神尾真世。君が授業をしてくれるのかな。それならば私のほうが席につくことにするが」

「あ……ごめんなさい」真世は教壇から降り、窓際の席についた。神尾真世――中学時代、たしかに英一はそんなふうにフルネームで呼びかけてきた。神尾、と名字だけでは自分と同じでおかしな感じだし、だからといって真世と名前を呼ぶのは変だと思ったからしい。

武史は再び歩き始め、教壇に上がった。ぐるりと皆を見回し、ファイルのようなものを開いた。よく見るとそれは出席簿だった。

「では出席を取ります」厳かな口調で武史はいった。「柏木広大」

「えっ、何だ、これは？」柏木が戸惑ったような薄笑いを作った。

「柏木広大。いないのか？　柏木は欠席かな？」

「いやいや、いますよ。はいはい、ここに」何のつもりかは不明だが余興に付き合ってやろう、とばかりに柏木は手を挙げた。

「神尾真世」

はい、と真世は手を挙げた。

「釘宮克樹」

はい、と釘宮が応じる。その後、九重梨々香、杉下快斗、沼川伸介《しんすけ》、原口浩平、本間桃子、牧原悟の順番に名前が呼ばれ、各自が返事をした。桃子を旧姓で呼んだのは、当時を再現したいというこだわりだろう。

結構、といって武史は出席簿を閉じた。「全員、出席のようですね。何よりです」

神尾先生、と柏木が手を挙げた。「一体、何が始まるんですか」

武史は再び皆を見回してから柏木に目を戻した。

「十五年も経つと教師の担当科目を忘れてしまうものかね。それは少々残念だねえ」

「えっ、国語の授業をするんですか？　これから？」

いかにも、といって武史は教室内を見渡した。

「本日の同窓会には私も呼ばれていた。ところが思わぬアクシデントに見舞われ、この世を去らねばならなくなった。しかし何らかの形で皆の顔を見たいと思って、こうして臨時授業をすることにしたわけだ。短い時間ではあるが、共に過ごそうではないか」

はい、と手を挙げた者がいた。原口だ。

「どんな授業をするんですか？　俺たち、教科書を持ってきてないんですけど」

「その心配は無用だ。教科書は必要ない。今日の授業のテーマは手紙だ」

全員が戸惑いの表情を浮かべ、口々に何かを呟いた。真世も意外な展開に頭がついていかない。

静かに、と武史が英一の声色で注意した。

「なぜ手紙か？　それを説明する前にいっておくことがある。本日は津久見直也の追悼会も行われる予定だったが、中止になったと聞いた。しかしせっかくこうして集まっているのだから、我々だけでささやかな追悼会をしたいと思う。ええと、釘宮はどこにいる？　おお、そこにいたか。ちょっと立ってみてくれ」

武史に指名され、中央付近の席にいた釘宮が立ち上がった。

「昨日、津久見のお母さんから神尾真世のもとに連絡があったらしい。改めて津久見の遺品を整理していたところ、古い封筒が出てきたそうだ。中には分厚い手紙らしきものが入っていて、きちんと封がしてあり、宛先は釘宮と私の連名になっているという。神尾真世はお母さんから、どうしたらいいだろうと相談され、だったら釘宮君に渡してくださいと答えたといってるんだが、お母さんから何か連絡はあったかね」

真世は狼狽えた。全く身に覚えのない話だからだ。こういう作り話をするのなら、なぜ事前に教えておいてくれないのか。

「知っています。同窓会に出る前に受け取りに行ってきました」

釘宮が平然と答えるのを聞き、真世はまた驚く。そんな封筒の話、昨日は出なかった。するとあの後でお母さんが見つけたのか。しかしそのことをなぜ武史は知っているのか。

「封筒の中身が気になるのだが、今、持っているかね」

「ええ、ここに」釘宮は上着の内ポケットから封筒を出してきた。

「宛名が君と私の連名ということは、私も手紙を読ませてもらってもいいのだろうか」

「もちろんです。ただし手紙ではありませんでした」

「手紙じゃない？　では何かな」

「御覧になればわかります」

釘宮は前に出ていき、どうぞ、といって封筒を武史のほうに差し出した。

武史が封筒に入っていたものを取り出した。折り畳まれた紙だ。広げると便箋よりもずいぶんと大きい。離れていても、それが何なのかは真世にもわかった。原稿用紙だ。

「ほほう、作文か。タイトルは『友達について』。なるほど、それで君に渡したかったのだろうね。すまないが釘宮、少し読んでみてくれないか」

「今ここで、ですか?」

「そうだ。照れることはない。書いたのは君ではなく津久見だ。津久見はあの世で照れているかもしれないが、ここは我慢してもらおう。さあ、皆に読み聞かせてやってくれ」武史は原稿用紙を釘宮に渡した。

釘宮は皆のほうを向くと、小さく咳払いをしてから読み始めた。

「『友達について』、二年二組津久見直也。『友達は何人いると聞かれたら、たくさんいると答えます。小学生の時から、ぼくは大勢の友達に囲まれていました。楽しい友達、面白い友達、頼りになる友達、いっぱいいます。みんな、良い所があります。だから友達に何か良いことがあったなら一緒に喜びたいし、もし困っていたら、何とかして助けてやりたいです。それが友情というものだと思います。だから誰が一番の親友かと聞かれたら、困ります。ぼくは友達に順位なんて付けたくないからです。』――あのう」釘宮が武史のほうを振り返った。「まだ読まなきゃいけませんか」

「もう少しだけ頼む」

釘宮はため息をつき、再び前を向いて読み始めた。

「『でも中学生になり、釘宮克樹君と会って、その考えが変わりました。釘宮君こそ、本当の親友だと思えるようになったからです。これまでぼくはいろいろな友達と一緒にいて、この友達みたいになりたいと思ったことはありませんでした。人はみんなそれぞれで、違っていて当然だと思っていたからです。でも釘宮君と会って、初めてこんな人間になりたいと思いました。漫画家になりたいという意志の強さ、漫画に取り組む姿勢、何より並外れた才能は、ぼくにはないものです。釘宮君と一緒にいることで、そうしたものを少しでも吸収できたらと思います。』――」

「ありがとう。そこまででいい」

釘宮は安堵した顔で武史のほうを向いた。武史は釘宮から作文を受け取ると、丁寧に折り畳み、封筒に戻した。そして、「大切に取っておきなさい」といって釘宮に返した。

釘宮は封筒をポケットに戻しながら、元の席に戻った。

「国語の授業は以上で終わりだ」武史はいった。「津久見の追悼会も」

「なかなか感動的でしたけど、次は何が始まるんですか」柏木が訊いた。

「授業が終わったら、やることは決まっている。ホームルームだ」

「ホームルーム？」柏木は呆れたように声を高くした。

「反省会、といってもいいかもしれない。卒業して十五年、その間、それぞれ反省すべきことがあるはずだ。そういうものを振り返ろうというわけだ」武史は教壇から降り、柏木の席に近づいた。「せっかくだから、柏木から始めよう。異論はないな？」

「構いませんよ。わりと面白い趣向だ。でも困りましたね。俺は何を反省すりゃいいんでしょうか？　ぱっとは思いつかないんですが」柏木は斜めに座り、通路にはみ出た足を組んだ。

「君の場合は、格好のネタがあるではないか。町おこしだよ。噂は私の耳にも入ってきている。この町のためにがんばってくれているようだね」

「そりゃあそうでしょう。生まれ育った町なんだ。何とか活気づかせたいと思って当然じゃないですか」

「その気持ちに関しては感心するしかないのだが、さて、反省点は何もないのかな？　すべてが順風満帆に進むなんてことは、そうそうはない。大きなことに取り組んだ場合は尚更だ。『幻ラビ・ハウス』のプロジェクトは『柏木建設』が主体だったと聞いている。計算外だったこと、準備不足、計画頓挫後の後始末の不備、そういったものが何ひとつなかったとは思えないのだが」

柏木は鼻の上に皺を寄せ、唇を曲げた。

「それをいわれたら耳が痛い。返す言葉がありません。何もかもをコロナのせいにする気はないです。中止の判断をもっと早くにしていたら、関連企業や関係者たちの負担をもう少し軽減できたとは思っています」

「なかなか冷静で客観的な見解だ。問題は、その反省を今後にどう生かすかだと思うのだが、そのあたりはどう考えているのかな」

「もちろんこの経験を生かさない手はありません。御存じかもしれませんが、『幻ラビ・ハウス』に代わる、次の計画を立案中です。この次はしくじりません」

「しかし何事にも先立つものは必要だろう。そのあたりはどう考えているのかな」

柏木の表情が一瞬険しくなり、さらにちらりと右横に視線を走らせたのが真世にもわかった。その視線の先にいるのは牧原だ。

「資金のことなら大丈夫です」柏木は武史を見上げ、笑い顔を作った。「いろいろと考えています。カネのことで先生に心配をかけるようなことはありません」

「うん、それならいいんだがね。そうか、お金の話を君にするのは筋違いだったかもしれんねえ」武史は身体の向きを変えて移動し、牧原の前に立った。「お金といえば君だ。何しろプロだからね」

牧原の表情はすでに硬くなっている。「どういう意味でしょうか」

「言葉通りだよ。銀行員は、他人様からお金を集めるプロだ。あれやこれや、いろいろと魅力的な話を並べたてるんだろうね。多少の脚色を交えながら、さぞかし言葉巧みに」

「そ……そういう一面もある仕事だということは認めます」牧原は細い声でいった。

「問題はお金を集めた後だ。そのお金がどうなろうと知ったことではない、という考えがどこかにあるのではないかね。預金が消えてなくなろうと構わない、と」

牧原が臆したような目で武史を見上げた。

「何のことをいっておられるのか、よくわからないんですが」

「そうかね？　最近、君のお客さんの中に、不本意な形で財産を失った人はいないかな」

「それは、あの、『幻ラビ・ハウス』の出資者のことですか」

この言葉を聞き、なるほど、と真世は膝を打ちたくなった。『幻ラビ・ハウス』の時から、牧原は資金調達に関与していたのだ。

「出資者たちにはどのように説明をしたのかな？　大金が消失するリスクについて説明したか？　リスクなんか全くないかのようにいったのではないか？」

「それは聞き捨てならないな」そういったのは牧原ではなく柏木だ。「リスクのことは事前に説明しましたよ。さっき、何もかもコロナのせいにする気はないといいましたが、『幻ラビ・ハウス』の計画が頓挫したのは、やっぱりコロナが原因です。そんなことはあなただってわかってるでしょう？　出資者だって、みんな理解している。文句をいった人はいません」

「出資者は理解している？　出したお金が戻ってこなくて、どんなふうに理解しているのかな？」

柏木は少しげんなりしたような顔で頭の後ろを掻いた。

「御存じかどうかは知りませんが、『幻ラビ・ハウス』の建設は途中まで進んでたんです。それにかかった費用だとか、中止が決まってからの撤去費用は、出資者全員が負担するしかないでしょう？　保険には入ってたけど、感染症による中止なんて適用外で、一銭も出なかった。いっておきますが、うちの会社だって出資したんです。大損したのは同じです」

「出資者には、そのように説明を？」

「そうです。説明会だって開きました」

「説明会には出資者全員が出席したのかね」

「実際に出席できなくても、委任状とかを出してもらいました。この御時世ですからリモートで出席した人もいます」

「その時点で亡くなっていた人は？」

武史の問いに、柏木の目つきがいきなり鋭くなった。牧原のほうをちらりと見てから、唇を舐めた。「それ、森脇さんのことですか」

真世は、ぎくりとした。ついに森脇和夫の名前が出た。しかも彼等自身の口から。森脇も『幻ラビ・ハウス』計画に出資していたらしい。

「森脇さんは計画中止を知ることなく亡くなった。当然、説明会なるものにも出席できなかったわけだが、それについてはどう対応した？」武史が訊く。

「それはどうしようもないでしょう」柏木は蠅を追い払うように片手を振った。

「しかし御家族に説明する義務はあるだろう」武史は牧原のほうに向き直った。「森脇和夫さんのお嬢さんから相談を受けた。父親の口座から多額の預金が消えている、と。なぜきちんと説明してやらない？」

「それは、あの……」牧原は顔を少し紅潮させていた。「『幻ラビ・ハウス』にお金を出すことは家族には内緒だ、と森脇さんがおっしゃっていたからです。反対されるに決まっているからと。使用する預金口座は家族には教えないつもりだって」

「秘密の口座か。それはまた、君たちにとってはじつに都合のいい話だねえ」武史は再び柏木を見下ろした。「『幻ラビ・ハウス』の途中までの建設費用や撤去費用のことはわかったが、それで資金がゼロになったわけではないだろう？　残ったお金はどうしたのかね。説明会では出資者たちへの返金方法も発表されたのだろうが、その場に森脇さんはいなかった。あの方が出資したお金に関しては、丸々君たちの手元に残しても誰にもばれない。いやそもそも諸経費の見積もり自体、正当なものだったのだろうか。『柏木建設』が主体となって建物を造り、壊し、撤去したんだろう？　かかった費用などいくらでも操作できる。いわば一人で将棋を指しているようなものではないかな」

おいっ、と声を荒らげて柏木が立ち上がった。

「いくら神尾先生の弟だからって、いっていいこととそうじゃないことがあるぜ。大人しく聞いてりゃ、ずいぶんと失礼なことをいってくれるじゃねえか。うちの会社が費用を水増しして請求したとでもいうのか？　いっておくがな、『幻ラビ・ハウス』には損得抜きで取り組んだんだ。よその会社だったら、倍近くはかかってた。何も知らないくせに、寝ぼけたことをいってるんじゃねえぞ」

「たしかに私は何も知らない。だが本物の神尾英一ならどうだったかな？　経済や金融問題に詳しかった神尾英一ならば、もっと深くこの問題を掘り下げていたかもしれない。今、私がいったような単純な構造ではなく、複雑な陰謀が絡んでいることに気づいていたとしたらどうだろう？　その場合、気づかれたと知った首謀者たちは、神尾英一の存在を疎ましく思わないだろうか」

「あなたは……」牧原が声を震わせた。「僕たちを疑ってるんですか。僕たちが神尾先生をどうにかしたとでも……」

「今いったような推理が成り立つ以上、その可能性がゼロだとはいいきれないだろう？」

「やってられねえ。何をいいだすかと思えば」柏木が吐き捨てるようにいった。「呆れた話だ。引き揚げようぜ、牧原。最初は面白い趣向だと思ったが、こんなおっさんの失礼極まる茶番劇に付き合えるほど、俺たちは暇じゃない。みんなもそうだろ？　さっさと帰ったほうがいい」

「俺は茶番劇をしているつもりなど全くない」武史の声が響き渡った。これまでの英一の声色ではなく、強い地声だった。

武史は教壇に上がり、教卓の向こうに立った。そしてくるりと背中を向けると、上着を脱いだ。中に着ていたのは真っ黒なシャツだった。そのまま こちらを向いた。白だったマスクが、黒に変わっていた。教卓から離れると、スラックスも黒に変わっている。全身、黒ずくめだ。

「ここからはショー・タイムの二幕目だ」全員が唖然としている中で、武史は宣言するように高らかにいった。「真相が明かされる時が来た。俺は何としてでも突き止めてみせる。今日、この場で、兄貴を殺した犯人を」

柏木が気圧されたように後ずさりした。「そいつは……穏やかじゃないな」

「当たり前だ。事は殺人。穏やかなわけがない。さあ、わかったら席についてもらおうか」

さすがの柏木も圧倒されているらしく、席に戻った。

「そういうことなら、もう少し付き合いましょう。だけど、証拠もないのに、いきなり俺たちを犯人扱いするとはどういうことです?」

「犯人扱いなどはしていない。可能性があるといってるんだ。さっき披露した推理は、さほど突拍子もない話だとは思えない。『幻ラビ・ハウス』で動いたカネは億単位だろう。

何らかの不正が働いたとしても不思議ではない」

「だからそんなものはありませんって。何遍いったらわかるんだ」柏木が辟易《へきえき》した様子を見せた。

「ではなぜ牧原君は目をそらした」武史が牧原を指差した。「通夜の時、なぜ遺影をちゃんと見られなかった？」

牧原は瞬きを繰り返した。「何のことですか？」

武史は教室の前に置いてあるモニターのほうを向き、ぱちんと指を鳴らした。するとその直後、モニターに映像が表示された。そこに映っているものを見て、真世ははっとした。読経している僧侶を正面から捉えている。さらには棺が見える。これは通夜の会場だ。

やがて画面に現れた人物を見て、一層驚いた。喪服姿の柏木だった。棺の前で立ち止まって中を覗き込んだ後、こちらを真っ直ぐに見つめてから焼香を始めた。

「おいおい、何だ、これは？」柏木が血相を変えた。

「正面に兄貴の遺影が飾ってあっただろ。あれの目の部分にカメラを仕込んであった。つまり遺影から見た、君たちの姿だ」

武史は何でもないことのようにいったが、真世ですら初耳だった。いつの間に仕込んだのだろうと考え、通夜の前に真世が控え室で野木と打ち合わせをしていた時、武史が会場で一人だったことを思い出した。あの時に仕込んだに違いない。

そしてカメラは例のものだと気づいた。武史の部屋に飾ってある絵に仕掛けてあった隠しカメラだ。英一の遺品を探しに家に行った時、武史は二階から下りてきた。たぶんカメラを回収するのが目的だったのだ。

「それはおかしい。そんな話は聞いてない。一種の盗撮じゃないですか」柏木が語気荒く抗議した。「聞いてない？　盗撮？　それはいいがかりというものだ。通夜と葬儀会場でカメラを回すことは事前に参列者たちにもいってあったはずだ」

武史の主張に柏木は、ぐっと言葉を詰まらせた。納得はできないが反論もできない、といったところか。

「もっとも、目的が単に記録を残すことではなく、犯人捜しだったことは認めよう。焼香する前に遺体と対面してもらうことにしたのも、犯人の油断を誘発するためだ」武史は皆を見回しながらいった。「兄貴を殺害した犯人が参列していた場合、遺体と対面すると聞いて、きっと緊張したはずだ。そして自分にこういい聞かせる。決して遺体から目をそらしてはいけない、そんなことをしたら怪しまれるだろうから、と。だがおそらく犯人は、遺体との対面にはさほど緊張を強いられず、ほっとしたはずだ。なぜなら棺の中の遺体は目を閉じているからな。無事に対面を終えた犯人は、焼香台に向かう。そしてそこで初めて気づくんだ。遺影は目を開けていることに。つまりこちらのほうが犯人としては心の負担が大きい。遺体との対面とはわけが違う。目を合わせるのを避けたくなる」

そういうことだったのか、と真世はまたしても武史の周到ぶりに舌を巻く。遺体との対面は、いわば捨て駒だったのだ。

柏木の顔がアップになった。合掌を終えた後、真剣な目をじっとカメラに、つまり遺影に向けてから一礼し、画面から消えた。

「さすがは一流企業の二代目、堂々としたものだ。目を神尾英一の遺影に真っ直ぐに向けていて、全く揺らぐことがなかった」

武史に褒められてまんざらでもないのか、柏木が少し表情を和ませた。

「そんなのは当たり前でしょう。神尾先生には散々世話になった。もっと長生きしてほしかった、こんなことになって本当に無念だっていう思いを込めて焼香させてもらったんです」話す口調も丁寧なものに戻った。

なるほど、といって武史はまた指を鳴らした。映像のサイズが元に戻った。次に現れたのは沼川だった。彼も柏木と殆ど同じ動きを示した。眼力に柏木ほどの強さはないが、遺影に向けてきた視線は動かなかった。

続いて牧原がやってきた。棺の中を見てから、ゆっくりと焼香台に近づいた。焼香をすると手を合わせ、目を閉じた。

その顔がアップになった直後、瞼が開いた。だが牧原の黒目は、やや下に向いていて、明らかに正面を捉えていない。そして彼はそのまま画面から消えた。

武史が指を鳴らすと映像が止まった。

「説明してもらおうか。なぜ遺影を正視しなかった？」

「いや、そんな覚えは……ちゃんと見たつもりだったんですけど」

「だがこうして映像が残っている。動かぬ証拠というやつだ。答えてくれ。なぜ兄の遺影をきちんと見なかった？　何か後ろ暗いことがあったからではないのか？」

牧原は口を半開きにして、顔を左右に振った。

「そんなことはないです。信用してください」

「君を森脇さんに紹介したのは兄貴じゃないのか？　だから森脇敦美さんは、父親の預金が消えたことで兄貴に相談した。兄貴は責任を感じ、君を問い詰めた。カネの着服をごまかせないと思った君は、三月六日土曜日の夜に兄が出かけることを知り、家に忍び込んで待ち伏せし、兄が帰宅するなり殺害した。だから通夜の時、遺影をまともに見られなかった。そうではないのか？」

「違います。そんなわけないじゃないですか。僕は、あの夜はずっと家にいたんです。本当です」

「では森脇さんの預金がどこに消えたか、この場で説明したまえ」

「それは……」牧原は迷ったような目を柏木に向けた。

柏木が、ふうーっと息を吐いた。

「しょうがねえな、牧原。なんでまた、よりによって通夜の席で怪しまれるようなことをしたんだ？」

「いや、でも本当に覚えがなくて……」

「もういいよ。ここまで疑われたら、全部話すしかない。たぶん森脇さんも許してくれるだろうし」

「森脇さんが？　どういうことかな？」

柏木は、ふうーっと息を吐いた。「牧原、説明しろ」

牧原は逡巡するように俯いた後、ほっと息を吐いた。

「神尾先生から森脇さんを紹介されたのは、今から二年ぐらい前です。森脇さんは、あちこちに散らばっている資産を一つにまとめたいとのことだったので、僕が口座開設の手続きをしました。間もなく、その口座に入金が始まりましたが、その額は優に一億円を超えたので驚きました。そうなると銀行員の僕としては投資を持ちかけることになります。ところが意外な話が森脇さんから出ました。慈善団体などに寄付したいというんです。はっきりとしたことはおっしゃいませんでしたが、現役時代、海外でのマネーロンダリングなどで不正に得たお金だったようです。このカネを遺産として家族に残すのは気が引けるので、世の中の役に立つことに使いたい、というお話でした」

「ふん、ずいぶんと殊勝な話だな」

「でも本当なんです。森脇さんは、若い頃は危ない橋を渡るのがビジネスだと思っていたけれど、歳を重ねるうちに、それが大きな間違いだったと気づいた、とおっしゃっていました。だから地元に帰って、貢献したいと思うようになったと」

真世は、この話は嘘ではないと思った。武史が森脇和夫について近所で聞いてきた話とも一致する。

「そこで『幻ラビ・ハウス』への出資を持ちかけたというわけか」

武史の質問に牧原は首肯した。

「提案すると、森脇さんは乗り気になられました。地元の町おこしに使われるのなら、少しは罪悪感も薄れると。ただし出資者の中に自分の名前が残るのはまずい、出資したことは家族にも秘密にしたいとおっしゃいました。だから柏木さんと相談して、会員権購入という形を取ることにしたんです。二十万円を支払えば、『幻ラビ・ハウス』のVIP会員になれるという制度で、すでに実際の応募が数百件ありました。森脇さんも同意してくださったので、約五百人の仮名を使い、お金をすべて移しました」

「会員権というからには、証券があるんじゃないのか。それはどこに保管してある?」

「うちの金庫にしまってあります。作り話なんかじゃありません」柏木が、やや穏やかな口調でいった。

「これですべてうまくいったと思ったのも束《つか》の間《ま》、思わぬ誤算がありました。森脇さんが新型コロナで急死されたのです。例の秘密の口座を解約する前でした。御遺族が口座の存在に気づかないことを祈るしかありませんでした」

「誤算はもう一つあったな、コロナのせいで『幻ラビ・ハウス』の計画が消えた」

「その通りです。特別会員権購入は出資とは違いますから、全額返金しなければなりません。問題は森脇さんの分をどうするかでした。返金する以上、御遺族に話さないわけにはいきません」

「次の計画に回そうと提案したのは俺です」柏木がいった。「それが森脇さんの意向に添えると思いました。いっておきますが、断じて自分たちの懐に入れる気なんかはなかった。一億円ぽっちのカネをちょろまかすほど、小物ではないつもりです。ましてや、それで神尾先生をどうにかしようなんて馬鹿なこと、考えるわけがありません」

武史は警戒する目をしつつ、ゆっくりと頷きながら、その場で小さく歩き回った。やがて足を止めると、また牧原を見下ろした。

「この件について、兄貴と連絡を取ったのはいつだ？」

「三月六日の昼間です」

「六日？　兄貴が殺された日だな」

「そうです。先生から電話がありました。ただその時僕は電話に出られなくて、連絡がほしいと留守電にメッセージが入っていたので、僕のほうから電話をかけたんです。いただいた電話が固定電話の番号なのでそちらにかけたのですが、繋がらなかったから携帯電話にかけました。先生は移動中の御様子でした」

「東京に向かっていた途中だったんだろう。兄貴は何と？」

「昨日、森脇さんのお嬢さんに会ったとおっしゃいました。留守電に、父の銀行口座のことで電話したというメッセージが入っていたから、先生から連絡したそうです。それで君に尋ねたいことがあるから会えないかといわれました。月曜日の夜なら時間がありますといったら、じゃあ月曜日に改めて連絡するといって電話をお切りになりました」

この話を聞き、真世はまた一つ腑《ふ》に落ちたことがあった。牧原の名前が『前田リスト』に載っていた理由だ。英一から固定電話にかけた発信記録、牧原から英一の固定電話とスマートフォンにかけた着信履歴を、警察は確認したのだ。

「その電話では、兄貴はそれ以上詳しいことはいわなかったんだな」

「そうです。森脇さんの口座のことで尋ねたいことがある、とだけで」

「それを聞いて、君はどう思った？」

「何となく、不安になりました。神尾先生が、どこまで御存じなのかわからないし、もしかしたら僕たちのことを疑っておられるんじゃないかと思いました」

「だから通夜の時、真世に訊いたんだな？　先生は自分たちのことで何かいってなかったか、と」

「そうです。何か不正をしているように誤解されたままなら不本意ですから」

「だから遺影をまともに見られなかった？」

「そうかもしれません。無意識でしたけど」

「しかしこれで俺たちに対する疑いは晴れたんじゃないんですか」柏木がいった。「少なくとも動機はなくなった。それでも疑うというんなら、森脇さんとの間に交わした覚書を見せてもいい」

「その必要はない。君たちの言葉を信用しよう」ただし、と武史は続けた。「森脇さんの消えた預金に関する疑惑が晴れただけで、神尾英一殺害事件の容疑者リストから外れたわけじゃない」

「どうしても俺たちを犯人にしなきゃ気が済まないようだな」柏木が、やれやれとばかりに頭を揺らした。

「さっきもいったように、犯人はあの日に兄貴が東京に出かけることを知っていた。そして私が把握しているかぎり、そのことを知っていた人間は、この中にしかいない。同窓会の打ち合わせで、兄の上京予定を杉下君から聞いたのは、桃子さん、沼川君、そして牧原君の三人だけだ。ただし、この三人からさらに話を聞いた人間がいる可能性もある」

「俺は知らなかった。それにアリバイがある。あの夜は知り合いと飲んでいた」柏木が面倒臭そうにいった。

「牧原君はどうだ？　同窓会の打ち合わせに出たんだろ？」

「たしかに出ましたけど、杉下から聞いたことなんてすっかり忘れていました。土曜日に先生に電話した時も、移動中だとわかりましたけど、東京に向かっているとは思いませんでした。ただ、あの夜は自宅に一人でいたので、残念ながらアリバイはありません」

はい、と手を挙げたのは沼川だ。

「三月六日の土曜日は、いつもと同じように店で働いていました。従業員に聞いてもらったらわかります。お客さんだって、覚えてくれていると思います」

「俺は知り合いと麻雀《マージャン》を打ってました」原口がいった。「そのことは刑事さんにも話しました」

真世の後ろに座っている桃子が、つんつんと背中を突いてきた。

「あたし、アリバイがないんだけど、どうしたらいい？　先生が東京に行くことも知ってたし」真世の耳元で訊いた。

「何もいわなくていいよ」真世も小声で応じた。「叔父さんは桃子のことなんか疑ってないし」

「だったらいいんだけど……」

武史は机の間を行ったり来たりし始めた。

「ほかの者はどうだ？　アリバイのある者はどんどん名乗り出てくれ。どうした？　もうおしまいか？」

すっと手を挙げた者がいた。九重梨々香だった。武史は立ち止まってから、彼女のそばに寄っていった。「アリバイは？」

「ございます」梨々香は武史の顔を見ず、真っ直ぐ前を向いたままで答えた。「すでに警察の人にもお話ししてあります。そして神尾先生が三月六日に上京されることなど、全く知りませんでした。同窓会の打ち合わせに出た方々にお尋ねになってください。私に話した人などいないはずです」

武史は梨々香の横顔を見つめた。「三月六日の夜、君はどこにいた？」

「それはお答えできません。プライバシーに関わる問題ですから。ある人とある場所にいた、とだけ申し上げておきます」

「その相手の名前も教えてもらえないのかな」

「申し訳ございませんが」

「しかしそれでは到底アリバイがあるとはいえない。ある人とある場所にいた、というだけではね。警察にどんなふうに話したのかは知らないが、俺にとって君は依然として容疑者ということになる。しかも極めて怪しい容疑者だ」

九重梨々香は、ようやく武史のほうに顔を向けた。「私が神尾先生を殺したとして、その動機は何ですか？」

「動機？　そんなものは不明でも何ら問題ない。ミステリの探偵役の場合、動機から真犯人を突き止めるのが常道だが、現実の警察はそんなものにはお構いなしだ。科学捜査で犯人を逮捕したら、後はじっくりと本人の口から動機なり何なり語らせればいいと思っているからな。さあ、どうだ。三月六日の夜、どこにいたか、あるいは誰と一緒だったか、そのどちらかだけでも話してくれないか」

何らかの迷いが生じたらしく、九重梨々香が黙り込んだ。すると彼女の隣に座っていた釘宮克樹が不意に武史を見上げた。「僕です」

「何？」武史が訊く。

「九重さんが会っていた相手は僕です。僕が一緒でした」

この言葉に対する周りの者の反応は複雑だった。昨夜の真世と同様、やっぱりそうかという思いと、意外に感じている部分が交錯しているのではないか。釘宮は九重梨々香に惹《ひ》かれているだろうが、梨々香が釘宮に接近しているのは、あくまでもビジネスのために違いない、との思いが頭から離れないからだ。

「そうなのか？」武史は九重梨々香に尋ねた。

梨々香は不本意そうな表情で小さく頷いた。

「そういうことか……」

武史は呟き、右手で目元を覆った。思考を巡らせているのかもしれないが、何かを思い悩んでいるようにも見えた。

やがて武史は手を下ろし、上を向いて大きく深呼吸してから釘宮を見た。

「先程の作文を思い出したよ。君は津久見君の遺志を継承しているらしい。友情を大切にしているんだろうな。しかし過ちを犯した者を庇《かば》う行為は友情とはいえない。時には突き放すことも必要だ」

釘宮は顔に当惑の色を浮かべた。「どういう意味ですか？」

武史は梨々香の前に立ち、顔を覗き込んだ。

「君はやはり、『しずかちゃん』ではないようだな」

「はあ？」

「本物の『しずかちゃん』なら、『のび太』を裏切ったりはしない」そういって武史は移動した。立ち止まったのは、杉下の前だった。「『出木杉』と不倫などしない」

杉下が電気ショックを受けたように、目を見開き、びくんと上体を起こした。「何をいいだすんですかっ」

「君のアリバイを訊こう。三月六日土曜日の夜、どこにいた？」

「こ……答える義務はありません」声が裏返った。

「しかし警察には答えたんじゃないのか？　君もアリバイを訊かれただろ？　どのように

答えた？　それとも答えられなかったのか？　どうした？　それすらもいえないのか？」

杉下は俯き、無言になった。その顔はひきつっているように見えた。

真世は、またしても頭が混乱した。『出木杉』というのも『ドラえもん』に登場するキャラクターの一人だ。成績優秀でスポーツ万能、『のび太』に劣等感を抱かせる優等生で、たしかに杉下と重なる。その杉下と九重梨々香が不倫？　これまでの武史の会話で、一度も出てこなかった話題だ。そんな重大なことを、なぜ今まで黙っていたのか。いやそれ以前に、武史は、なぜそのことに気づいたのか。

武史は杉下の机に両手をついた。

「では私が答えてやろう。土曜日の夜、九重梨々香君と一緒にいたのは、釘宮君ではなく君だった。場所はラブホテル。そうだろう？」

この言葉は、先刻の釘宮の発言よりはるかに、周りに与えるインパクトは大きかった。その証拠に原口などは、がたんと音をたてて椅子から腰を浮かせた。

「馬鹿馬鹿しい。何をいいだすのかと思ったら」机を叩き、梨々香が立ち上がった。「柏木君のいう通りだった。こんなくだらない茶番に付き合っていられない。さっさと帰ればよかった」

「いや、茶番だといったのは撤回する」柏木が手を挙げていった。「俄然《がぜん》面白くなってきたじゃないか。俺は最後まで話を聞きたいね」

「どうぞお好きに。私は帰らせてもらう」梨々香は大股で歩きだした。

「今逃げたら、身の潔白を証明できないぞ」武史が梨々香の背中に向かっていった。「それでもいいのか」

梨々香は立ち止まって振り返り、武史を睨みつけた。

「私にはアリバイがあるといってるでしょっ」

「たしかに君にはあるかもしれないな。ラブホテルの防犯カメラの映像には、クルマを運転する君の姿が映っているだろう。しかし彼の姿はどうかな？　杉下君が乗っているところは映っているだろうか？　助手席には誰もいなかったんじゃないか？　誰かに見られるのを避けるため、杉下君は後部座席で身を潜めていたから？　いつもはそうかもしれないが、その時は違ったんじゃないか。実際に、ほかには誰も乗っていなかった」

武史は視線を杉下に移した。

「杉下君がラブホテルに到着したのは、九重君から一時間近く遅れてからだ。それまでどこで何をしていたか？　俺の推理を話そう。杉下君は神尾英一の自宅に行き、本人が帰ってくるのを待っていた。そして帰宅した神尾英一に襲いかかり、首を絞めて殺害した」

杉下が目を剥き、大きく口を開けた。「違いますっ。何をいいだすんですか」

「君は、その前の土曜日に兄に電話をかけて挨拶したといったな」武史は構わずに話を続けた。「その際、東京のホテルを教えてくれといわれたそうだが、それ以外にも兄貴からいわれたことがあったんじゃないのか。ほかでもない、九重梨々香君との関係だ。どういう経緯かは不明だが、兄貴は君たち二人の関係を知り、そういうことはやめたほうがいい、もし続けるなら君の奥さんに告げる、といった。それを聞いた君は、このままでは身の破滅だと思い、兄貴の殺害を決意した」

真世の胸で心臓が飛び跳ねた。まさか、そんなことが——。

「でたらめだっ」杉下が両手で机を叩き、立ち上がった。「そんなわけないでしょうっ」

「首尾よく犯行を成し遂げた君は、九重君が待つラブホテルに行き、事の次第を報告した。その後は、殺害で昂《たか》ぶった気持ちを優しく癒やしてもらったんじゃないのか？」

「いい加減にしてください。あなたは頭がおかしいっ」

杉下の怒鳴り声を無視し、武史は梨々香に近づいた。

「ラブホテルに行ったのはアリバイ作りのためではないから、不倫を世間に知られたくない杉下君は警察には話せない。だが君は、一緒に行った相手を用意すれば、自分のアリバイを主張できると考えた。スマホには位置情報が残っているしな。そこで利用したのが釘宮君だ」武史は後ろを振り返った。「そうだろ、釘宮君？　君は九重君に頼まれて嘘をついた。本当は君は自宅にいた。違うか？」

釘宮は答えない。苦しげな表情で梨々香を見た後、視線を落とした。

武史は再び杉下の前に戻り、彼を指差した。

「君が兄貴を、神尾英一を殺した。認めるか？」

「違います。そんなことはしていない」杉下は身をよじらせ、顔を歪めた。「梨々香……九重さんと一緒にいたことは認めます。だけど先生を殺したりはしていません。本当です。信じてください」

今にも泣きださんばかりの杉下を、武史は冷徹な目でじっと見つめた後、何度か頷きながら教壇に近づいた。

「杉下君の態度には、なかなか信憑性がある。あれが演技なら大したものだと思うが、その可能性は捨てられない。そうなるとまた、人間の深層心理に尋ねるしかないな」武史がモニターのほうを向き、指を鳴らした。

映像がスタートした。先程は通夜の模様だったが、葬儀に変わっている。僧侶の位置が違うので真世にはわかるのだ。

杉下が現れた。棺の前に立ち、続いて焼香台に移動した。

顔がアップになった。杉下は遺影を見上げ、焼香し、手を合わせた。そして再び遺影を見てから一礼し、画面から消えていった。その目はしっかりと遺影を捉えているように真世には見えた。

武史は映像を止め、全員を見渡した。

「みんなの意見を聞こうか。今の映像を見て、どう感じた？　桃子さん、どうだ？」

突然の指名に、後ろで桃子が緊張する気配が伝わってきた。

「あたしは、杉下君はきちんと遺影を見てたように思いました」

「そうか。ほかの者にも尋ねてみよう。原口君は、どう見た？」

「俺もそうです。視線をそらしたとか、そんなことはなかったと思います」

同感、と柏木が手を挙げていった。

なるほど、といって武史は杉下に近づいた。

「遺影を見つめる君の目に後ろ暗さを感じさせるものはない、というのが皆の一致した感想らしい」

「当たり前です。何もしてないんですから、そんなものを感じる理由がないです」杉下は声に怒りを含ませていった。

「何もしてない……か。不倫をしている程度では、恩師に顔向けできないなんてことはない、というわけか」

杉下は気まずそうな顔で俯いた。その肩を武史はぽんと叩き、「座っていい」といってから九重梨々香の前へと移動した。

「では、偽者の『しずかちゃん』はどうだろうな。葬儀の時、遺影をしっかりと見られたのだろうか」

「確認していただければわかると思います」武史の顔を睨みつけながら、梨々香はきっぱりとした口調でいった。

「そうしよう」武史は指を鳴らした。

映像が動きだした。間もなく九重梨々香が登場した。その姿勢はファッションモデルのように堂々としている。余裕のある足取りで棺の前、そして焼香台へと移動した。すでに彼女の目は遺影に向けられている。丁寧な手つきで焼香を一度して、合掌。それを解き、再び遺影を見上げる。その悲しげな表情は少し作り物めいているが、目がそらされることはなかった。

映像が止まると、「いかがですか」と勝ち誇ったように梨々香が訊いた。

「完璧だな。まるで女優のようだ」

この言葉に梨々香は一瞬眉をひそめたが、すぐに笑みを浮かべた。

「どういう意味かはわかりませんが、褒め言葉だと受け取っておきます」

「なぜ妻子持ちの男と恋愛なんかを？　君らしくないように思うが」

「恋愛ではありません。ビジネス・パートナーです」

「やっぱりね」武史は杉下のほうを振り向いた。「彼の会社で計画している、『幻脳ラビリンス』のオンラインゲーム化に関するビジネスだな」

梨々香が眉を動かした。「よく御存じですね」

「コンピュータ業界に詳しい知り合いから聞いた。『幻ラビ』のゲーム化にはいくつかの

IT企業が名乗りを上げているそうだな。杉下君の会社も、その一つだ」

「おいおい、そんな話、俺は聞いてないぞ」柏木が口を挟んだ。

「あなたに話す義務なんてないでしょ。何の関係もないんだから」梨々香は冷たくいい放った。

真世の後ろで桃子が、前を向いてあっと声を漏らした。真世も見ると、止まっていたはずの映像がいつの間にか動きだしている。

現れたのは釘宮だ。おずおずと棺に近づき、手を合わせた。その後、やや俯き加減の姿勢で焼香台の前に立った。下を向いたまま焼香し、目を閉じて合掌した。その手を下ろし、顔を上げた。

その瞬間、真世はぎくりとした。後ろの桃子が、えっ、と声をあげた。

釘宮は目を閉じたままだったのだ。その目を開けることなく頭を下げると、横を向き、そのまま画面から消えていった。

真世は釘宮を見た。彼は呆然とした様子でモニターを見つめている。ほかの者たちの視線は、すべて彼に集まっていた。

馬鹿な、と釘宮が呟いた。

「そんなはずない。僕は目なんか閉じてない。きちんと先生の顔を見た」

「自分でそう思ってるだけじゃないのか」

武史は釘宮に近づいていった。その口調は淡々としていて、この事態が彼にとって予想外ではないことを示していた。

「目をそらしてはいけないと思いつつ、罪悪感や恐怖心から瞼を開けられなかった。だが自分では目を開けたと思っている。自分で自分を欺いていたわけだ」

「そんなことはない。絶対に違う」釘宮は立ち上がり、モニターを指差して喚いた。「こんなのはインチキだ」

武史が釘宮の顔を覗き込んだ。

「なぜそんなにむきになる？　目を閉じた覚えなどないが、映像に残っているのならそうなのだろう、だが目を閉じた理由はわからない――そういえばいいだけのことだ」

「だって遺影を正視できないのは怪しいとあなたがいうから……」

「怪しいだけで、犯人だと断定するわけではない。牧原君がいい例だ。彼は目をそらしていたが、どうやら別の理由があったかららしい。君が目を閉じていたのにも、何か理由があったからかもしれない。それとも君は怪しまれて困ることでもあるのか」

釘宮は激しくかぶりを振った。「そんなものはありません」

「だったら、なぜそんなにヒステリックになる？　俺にいわせれば、その態度こそが怪しい。そういえば、ひとつ気になっていることがある。さっき君が見せてくれた封筒だ。宛先は釘宮克樹と神尾英一の連名になっていた。しかし中に入っていたのは『友達について』という題名の作文だけ。それなら宛先は君の名前だけで十分ではないだろうか。なぜ兄貴の名前も書いたのだろうか」

「そんなこと、僕にはわかりません」

「もしかすると封筒には、兄貴に読ませたいものも一緒に入っていたのではないか。封筒に入っていたのは、本当にさっきの作文だけなのか」

「あれだけです」

「さっきの封筒を見せてくれ」

釘宮は内ポケットから封筒を出した。その手が少し震えているのが、真世の位置からでもわかった。

「中を確認してくれ」

「しつこいですね」釘宮は封筒の中から原稿用紙を引き出した。その時、ぽとりと何かが彼の足元に落ちた。折り畳まれた紙のようだ。

「何か落ちたぞ」

釘宮はそれを拾い上げ、開いた。その途端、ぎょっとしたように目を見開いた。さらに頰をひきつらせている。

「ほら、やっぱりもう一つあったじゃないか」武史が横からいった。「原稿用紙をコピーしたもののようだな。何かの作文らしい。俺に見せてくれ」

釘宮は逃げるように教室の後方に移動した。

「そんなはずはない。どうして……」

「そんなはずはない、か。あれは捨てたはずなのに。あるいは燃やしたはずなのに、か」

武史がゆっくりと近寄っていく。「作文のタイトルは『将来の夢』。『ぼくには夢がありま す。将来、漫画家になりたいという夢です。でもぼくは絵が苦手なので、誰にも言ってい ません。特に友達の釘宮君には、はずかしくて言えません。釘宮君も漫画家を目指してい ますが、絵の上手さはぼくとは比べものになりません』——さらに津久見君はこの作文で、 どんな漫画を描きたいか、具体的なアイデアも書き記している。地球環境破壊を嘆いた天 才科学者たちが仮想空間を作りだし、現実の地球を滅ぼそうと考える、というものだ」

真世は息を呑んだ。驚きのあまり声を出せなかった。武史がいった内容は、『幻脳ラビ リンス』そのものではないか。

「津久見君のお母さんから封筒を受け取った後、ここに来る途中で中身を確認し、君はあ わてた。こんなものを人に見られるわけにはいかない。そこで急いで処分した。ところが、 封筒から再び同じものが現れた。狼狽して当然だ」

釘宮は顔を歪め、周りを見回した。「罠《わな》だったのか。何もかも……」

「ほかの者は何も知らない。俺一人が仕組んだことだ。観念するんだな」

釘宮は身体を震わせると、くるりと踵を返し、駆けだした。教室の後ろの戸を開け、飛び出していった。

原口が立ち上がった。だが武史の、「追わなくていい」という言葉で動きを止めた。間もなく廊下から奇声が聞こえた。甲高い、悲鳴とも絶叫ともいえる声だった。再び原口が走りだしたが、今度は武史も止めなかった。原口に続いて、沼川や柏木も教室から出ていく。桃子が駆け出すのを見て、真世も急いで後に続いた。

廊下に出ると、意外な光景が広がっていた。大勢の男たちが一人の男を取り押さえていたのだ。捕まっているのは釘宮だった。そしてそばに柿谷の姿があった。

真世に気づき、柿谷が近づいてきた。

「屋上に出ていくところを捕まえました。飛び降りる気だったのかもしれません」

「柿谷さんたちはどうしてここに？」

「あなたの叔父さん——神尾武史さんから連絡をもらったんです。この教室を見張っていてほしい、ここから逃げだす者がいたら捕まえてほしい、その者が兄貴を殺した犯人だから、と」

釘宮が刑事たちに連れられていく。それを見届ける前に真世は教室に戻った。だがそこに武史の姿はなかった。

教壇を見ると、教卓の上に丸眼鏡が残されていた。

28

中学一年の時、釘宮克樹は津久見直也と同じクラスになった。片や地味で目立たない少年、片や名だたる人気者、ふつうならば接近することは考えにくいのだが、思わぬ出来事がきっかけで、二人の距離が一気に狭まった。

ある日、釘宮が帰宅してから鞄を開けると、まるで見覚えのない筆箱が入っていた。すぐに鞄を間違えたのだと気づいた。その日、釘宮は掃除当番だった。掃除をしている間、鞄を廊下に放置していた。おそらくその近くに同じ鞄を置いた者がいたのだろう。

どうしようかと思っていたら、来客があった。間もなく母が呼びにきた。クラスメートが来ているという。誰だろうと思って玄関に行くと津久見が立っていた。鞄を提げているのを見て、合点した。

「ごめん、たぶん俺が間違えた」津久見は鞄を差し出した。

受け取って中を確かめると、間違いなく釘宮のものだった。

急いでもう一つの鞄を取りに部屋に戻った。津久見に渡すと中を見ることなく、「うん、俺のだ」と頷いた。それからどことなく気まずそうな表情を作った後、「あのさあ」と口を開いた。「誰の鞄かわからなかったから、中身をちょっと見せてもらった。早く返さなきゃと思ったし……」

「ああ、そうか。そうだろうね」

鞄に名前は書いていない。

「それでさ、ええと、あれも見ちゃったんだ」津久見は頭を掻いた。「『もう一人のボクは幽霊』ってやつ」

あっ、と思わず声を漏らした。

その頃釘宮が描いていた漫画だ。いつもは学校に持っていくことはないが、その日は図書館で参考資料を探すかもしれないと思い、たまたま鞄に入れていたのだ。

「あれ、釘宮が描いたのか?」

「そうだけど……」

答えながら、不安になった。笑われたり、馬鹿にされたりするのではないかと思った。だが次に津久見が発した言葉は、「すげえな」だった。「めちゃくちゃ絵が上手いじゃん。びっくりした。プロかと思った」

「あっ、そう……」釘宮は驚き、戸惑った。相手の反応はまるで予期しないものだった。

「それに話が面白いよ。俺、読み出したら止まらなくなった」

熱い口調で語る津久見の言葉は、嘘やお世辞には聞こえなかった。無断で読んでしまったという後ろめたさは多少あるかもしれないが、本気で感想を述べているように釘宮には感じられた。そうなれば無論、悪い気はしない。ありがとう、と素直にいえた。

「ほかにはないのか？」

「えっ、ほかにって……」

「描いたものだよ。あれが最初に描いた漫画ってわけじゃないだろ？　これまでに描いたもの、あるんじゃないのか」

「それはまあ、いくつかあるけど」

「そうだろうなあ。あんなもの、いきなり描けるわけないもんなあ」津久見は感心したような声でいった後、指先でこめかみを掻きながら釘宮を見た。「そういうのって、誰にも読ませてないのか？」

「そうだね。読んでもらったことはない」

「そうなのか。何だかもったいないな。だってさ、漫画って読むものじゃん。読ませてなんぼだろ？　違う？」

「いや、そうだと思うけど」釘宮は呼吸を一つしてから津久見を上目遣いに見た。「もしよかったら、見てみる？」

「いいのか？」津久見の顔が、ぱっと輝いた。

「いっておくけど、下手だよ。前に描いたものだから」

「全然オッケー」津久見は運動靴を脱ぎ始めた。

釘宮は津久見を部屋に案内し、それまでに描いた漫画をいくつか見せた。そんなことをするのは初めてだった。そもそも友達を部屋に入れたことさえなかった。途中、ジュースと菓子を運んできた母は、何だか嬉しそうだった。

見せた漫画はいずれも短い作品で、話が完結していないものもあった。それでも津久見は食い入るようにページをめくった。その真剣な横顔から、本当に没頭していることがわかった。

すごいすごいを連発しながら読み終えた後、津久見はしげしげと釘宮の顔を見つめていった。「釘宮、おまえ、天才だよ。小学生の時に、こういうのを描いちゃったわけだろ？あり得ないって」

「そんな……大したことないよ」釘宮は謙遜しながらも満更でもなかった。

「やっぱ、漫画家になるんだよな」

「それはまあ、なれたらいいなと思ってる」

「なれるよ、絶対。今でもこんなのが描けるんだから大丈夫だって。すっげえ。友達に漫画家がいるなんて最高だ」

津久見がさらりと発した「友達」というひと言に、釘宮はどきりとした。顔が赤くなるのが自分でもわかった。

しかし当の津久見は特別なことを口にしたという意識はないようだ。

「なあ、釘宮が漫画を描いてるってこと、学校でもしゃべっていいよな」気安い口調で尋ねてきた。

「いや、それはちょっと……」

「どうして？」

「だってほら、からかわれるかもしれないし」

すると津久見は大きく手を横に振った。

「そんなわけないって。もし何かいうやつがいたら、これを見せてやりゃいい。絶対に黙るからさ。もしそれでもおかしなことをいったら、俺が説教してやる。将来釘宮が有名な漫画家になったら、土下座して謝れってな」

彼の言葉は釘宮の胸で頼もしく響いた。この人物がみんなから一目置かれているだけでなく、誰からも頼りにされる理由もわかった。要するに器が大きいのだ。

その日を境に、二人は本当に友達になった。話題の殆どは、釘宮が描く漫画のことだった。釘宮が自分から話すわけではなく、津久見があれこれと尋ねてくるのだ。どうやってあんなストーリーを思いつくのか、キャラクターの姿格好はどんなふうに決めるのか——所謂《いわゆる》創作過程に興味がある様子だった。

「映画とかのメイキング映像とかあるじゃん。俺、本編よりもあっちのほうが面白いってことがよくあるんだよな」そんなふうにいうこともあった。

津久見と友達になれたことで、釘宮の学校生活はそれまでとは比べものにならないほど快適なものになった。それまでは大人しいために、気の強い連中から面倒な当番を押しつけられたりもしていたが、そんなことは一切なくなった。

ところが二年生になってから、その津久見が白血病で入院した。頑健で病気とは全く縁がなさそうだったので、聞いた時には何かの間違いではないかと思った。

もちろん釘宮は毎日のように見舞いに行った。そのたびに津久見は、漫画の続き、もしくは新作を読ませろといった。日に日に弱っていったが、決して弱音を吐かなかった。

だが別れの時は唐突に訪れた。三年生になって間もなくの頃だった。

二日後に通夜があり、その翌日に葬儀が行われた。釘宮は同級生らと共に参列し、津久見を見送った。棺の中の親友は、身体の大きさが元気だった頃の半分になっていた。ただ表情は穏やかに眠っているようで、それだけは救いだった。

葬儀の後、津久見の母から声をかけられた。近々家に来てほしいというのだった。

「釘宮君に受け取ってほしいものがあるの。自分が死んだら釘宮に渡してくれって直也から頼まれていたものがあって。大きな封筒に入っていてね、しっかりと糊《のり》付けしてあるのよ。男と男の秘密だから絶対に中を見たらだめだっていわれていて」

釘宮は首を傾げた。どんな秘密だろうか。心当たりはなかった。

翌日、津久見の家を訪ねた。渡されたのはＡ４サイズの封筒だった。もしかすると日記の類いかもしれない、と思った。何でも包み隠さずに本音で話し合ってきたつもりだが、津久見のほうには打ち明けられない思いがあったことは十分に考えられる。たとえば病気や死に対する恐怖などだ。そんな弱音を密《ひそ》かに書き綴っていたのかもしれない。それならば母親にも見せたくないというのはよくわかる。

すぐに持ち帰り、自分の部屋で封筒を開けた。入っていたのは大学ノートだった。表紙を見て、はっとした。アイデアノート、と書いてあった。

表紙を開き、驚いた。文字がびっしりと並んでいた。読んでみて、さらに愕然とした。それは日記でも手記でもなかった。そこに書かれていたのは物語の粗筋だった。しかもオリジナルだ。

ストーリーは十作ほどで、一ページで終わる短いものもあれば、多くのページを使って書かれているものもあった。キャラクターだと思われるイラストが、ところどころに描かれている。

そういうことだったのか、と長年の謎が解けた思いがした。

津久見も漫画家志望だったのだ。プロになることまで夢見ていたかどうかはわからないが、自分でも漫画を描いてみたいと思っていたに違いない。このノートは、その準備段階のものだ。釘宮のことが気になり、友達になろうとしたのは、同じ志を持っている者として親近感を覚えたからだろう。

ではなぜそのことを正直に話さなかったのか。自分も漫画を描きたいといってくれれば、アドバイスとまではいかなくても、相談に乗れることはたくさんあった。

おそらく、ごく単純に恥ずかしかったのだろうな、と描かれたイラストを見て思った。率直にいって、上手とはいえなかった。バランスが悪いし、線も奇麗ではない。少年はかっこよくないし、少女はかわいくなかった。釘宮が小学生の時でも、これより数段上手く描けていた。

そのことを津久見本人も自覚していたに違いない。だから思いついたストーリーを粗筋に書いても、漫画にはしなかったのだ。あるいは描こうとはしていたが、釘宮の漫画を見て、到底敵《かな》わないとショックを受け、諦めたのかもしれない。そういえば津久見がいっていたことがあった。俺にも釘宮みたいな才能があったらなあ、と。

いってくれていたらよかったのに、と釘宮は思わざるをえない。プロの漫画家にも、絵があまり上手でない者もいる。練習すれば、誰だってそこそこの絵なら描けるようになるのだ。読者に好まれる絵柄というのはあるが、やはり大切なのはストーリーだ。

その点——。

津久見のノートに書かれたストーリーは、どれもこれも魅力的だった。ＳＦや冒険ものもあれば、青春ものやミステリ仕立てもある。いずれも独創性に溢れ、既存作の焼き直しと感じるものは一つとしてなかった。

特に釘宮が強く惹かれたのは、『ゼロワン大戦』という題名が付けられた大作だった。舞台は近未来だ。地球の環境破壊に悲観した天才科学者が、世界中の同志たちと共にコールドスリープに入る。彼等は脳をコンピュータに繋いで、広大な仮想空間の中で生きているのだ。その上で、現実の世界を破滅させるため、電力網をコントロールしていた。食い止めるには、誰かが仮想空間に侵入し、制御プログラムをストップさせるしかない。その任務に選ばれたのは、かつては世界的な冒険家で、現在は事故のために手足が動かせなくなっている主人公だった。果たして彼は地球を救えるのか——『ゼロワン大戦』の内容は、そういう壮大なものだった。

惜しい、と心の底から思った。これを漫画にしていたら、きっと傑作になっただろう。

釘宮はノートを封筒に入れ、本棚に差し込んだ。もし家が火事になっても、これだけは絶対に持ち出そうと自分にいい聞かせた。

だがそんな大切な宝物のことを、釘宮はしばらく忘れていた。自分のアイデアを作品に仕上げることで頭がいっぱいだったのだ。

高校生になると漫画雑誌に投稿するようになり、何度か佳作に入選した。卒業後は東京の私立大学に進んだが、勉強する気などなかった。漫画を描く時間が欲しかったのだ。

やがて出版社の編集者が接触してきて、漫画雑誌掲載のチャンスが与えられた。習作をいくつか見せたところ、『もう一人のボクは幽霊』を気に入ってもらえ、それを改めて描き直したものがデビュー作となった。

その後も何作か掲載された。だがいずれも短い作品で、連載の話はなかなか来なかった。

担当者からは、「あと一歩、何かが足りない」といわれた。

「これまでの作品も、いい出来だと思います。でもまとまりすぎてるというか、話が小さいというか、どうも迫力が感じられない。こちらとしては、もう一つ何か突き抜けたものがほしいんです。それがあれば、今すぐにでも連載をお願いしたいと思っています」

この言葉に釘宮は傷つきつつ、やっぱりなと納得してもいた。指摘されたことは自分でも感じていた。

「次の作品には、もう取りかかっているんですか」

「いえ、これからです」

「アイデアはあるんですか。もしあれば、是非聞かせていただきたいんですが」

「それは……いくつかありますけど」

釘宮は次に描こうと思っていた作品の構想を聞かせることにした。だが話しながら担当者の表情を見て、焦りを覚えた。関心を持っているようには思えなかった。

「とりあえず描いてみて、出来上がったら、連絡をください。それを見て、また相談しましょう。漫画にしてみたら、印象が全く変わるってこともありますしね」

要するに、話を聞いたかぎりでは魅力的ではないということなのだろう。

一体、どんな話を描けばいいのか。

家に帰ってから担当者に話したアイデアを振り返ってみたが、たしかにインパクトに乏しかった。釘宮自身が描きやすい題材ではあるが、逆にいうと世界が広がっていないのだ。自分の知識が及ぶ範囲だけで何とか完結しようとしている。『もう一人のボクは幽霊』にしても、日常から一歩も外に出ていない。

これといったアイデアが浮かばないまま時間だけが過ぎ、焦燥感に襲われるようになった。このままいつまでも描けなければ、担当者に愛想を尽かされるかもしれない。向こうにしてみれば釘宮など、掃いて捨てるほどいる「有望かもしれない漫画家の卵の一人」に過ぎないのだ。

そんなふうに苦悶していたある日、ふと津久見のノートを思い出した。段ボール箱に入れたままで、上京以来一度も開いたことがなかった。

特に深い考えもなく、ノートを引っ張りだした。アイデアを拝借する気などなかった。初めて読んだ時には面白いと思ったが、所詮は中学生が考えたものだ。今読めば、稚拙だと感じるに違いない。しかし何かヒントぐらいは摑めるかもしれない——その程度の気持ちで改めて読み返した。

そして再び衝撃を受けた。

たしかに幼稚で安易な部分も多い。だが根本になっている発想のユニークさには瞠目《どうもく》すべきものがあった。初めて目にした時の驚きは錯覚でも何でもなかった。このノートは、奇抜なアイデアの宝庫なのだ。

津久見は釘宮のことを天才だといったが、逆だったのだと悟った。津久見のほうこそ天才だった。単に彼は、アイデアを形にするテクニックを持っていなかっただけなのだ。

ノートに残されたアイデアはいずれも秀逸だが、とりわけ魅力的なのはやはり、『ゼロワン大戦』だった。仮想空間を扱った漫画やゲーム、映画は多いが、現実世界の環境破壊と絡ませてある点が斬新だった。とても中学生が考えたとは思えない。

寝たきりの主人公が仮想空間では自在に動ける、というのも魅力的だ。もしかすると津久見は病気で倒れた自分と重ね、発想を広げていったのかもしれない。

その日以来、釘宮の頭から『ゼロワン大戦』のことが離れなくなった。自分なりのストーリーを考えなくてはと思うのだが、気づけばキャラクターをイメージし、実際に描いたりしていた。

そんな時、担当者から連絡があった。進捗状況を知りたいというのだった。

そろそろ描き始めようと思っていたところだ、と釘宮は答えた。

「それはいいですね。どんなアイデアですか」

そう問われ、しゃべり始めていた。ほかでもない、『ゼロワン大戦』のことだった。

手短に説明したのだが、相手の反応は前回とは明らかに違った。

「これまでとは全く違う、スケールの大きい作品ですね。いいと思います。その序盤だけでいいですから、描いてみてください。無理に完結なんてさせなくていいですから」担当者の口調からは熱意といえるものが感じられた。

釘宮の心の中で安堵感と罪悪感が交錯した。ようやく一歩を踏みだせそうだと思う一方で、津久見の作品を横取りしてもいいのだろうかという迷いがあった。

だが津久見は、もうこの世にいない。自分が描かないかぎり、『ゼロワン大戦』が日の目を見ることはない。何より、津久見の作品だということは誰も知らないのだ。

描こう、と決心した。もう迷っている場合ではない。この機会を逃せば、連載を貰えるチャンスは永遠に来ないかもしれないのだ。

それからは一心不乱に描き続けた。約一か月後、完成した漫画を抱え、出版社を訪ねた。その場で漫画を読んだ担当者は、見る見るうちに険しい顔つきになり、やがて、「ちょっと待っていてください」といって漫画を持って、どこかへ消えた。

しばらくして戻ってきた担当者の後ろには、年配の男性がいた。差し出された名刺を受け取り、釘宮は一気に緊張した。編集長だった。

その後の展開は予想外だった。今回描いた漫画をベースに連載をしてみないか、といわれたのだ。まずは試しに十回ほど掲載してみて、評判が良ければそのまま続けたいとのことだった。

俄（にわ）には信じられなかった。がんばりますと答える声が震えた。実感がこみ上げてきたのは、帰宅し、編集長の名刺を机の抽斗にしまった時だった。

担当者と何度も話し合いを重ねた。タイトルは『ゼロワン大戦』から、『幻脳ラビリンス』に変更された。キャラクターにも手が加えられることになった。しかし基本的なストーリーは元のままだ。

こうして連載が始まった。第一回は世界中で異常気象による被害が出る中、事故で寝たきりになっている主人公のところに、政府関係者が訪れるという内容だ。「地球を救えるのは君しかいない」という台詞が最終シーンに出てくる。

雑誌の発売日は朝から落ち着かなかった。読者の感想はどうだろうか。そんなことをしても何もわからないと思いつつ、近所の書店の前をうろついた。

漫画の評判の善し悪しは、読者からのアンケートによって判断される。発売から数日後に連絡があり、人気投票で五位だったと知らされた。それがいいのか悪いのか、釘宮には判断がつかなかったが、担当者によれば「まずまず」らしい。

その後しばらくは五位や六位あたりを前後する程度だったが、主人公による仮想空間での冒険が本格化してくると徐々に順位が上がり始めた。担当者によれば、現実では寝たきりの主人公が仮想空間ではスーパーヒーローばりの活躍をする、というギャップが受けているらしい。

やがて『幻脳ラビリンス』は人気一位を獲得し、連載の延長が決まった。それにより、漫画家としてやっていける、と釘宮は自信を深めた。両親を説得し、大学は中退した。『幻脳ラビリンス』の連載は、途中何度かインターバルを挟みながら、結局十年近くも続いた。その気になれば、まだ続けられたかもしれない。それだけ発想が広がりやすいアイデアだったわけだ。

連載終了に伴い、いくつかインタビューを受けた。誰もが真っ先に尋ねるのは、「あのような壮大なストーリーをどうやって思いついたのか」ということだった。

デビュー当初は日常に起きたことなどをヒントにしていたが、もっと自分の殻を破らなければいけないと担当者からいわれ、だったら地球全体を舞台にしちゃえ、何だったら仮想空間にもう一つ地球を作って、それも舞台にしてしまえと半ばやけくそで描いたところ、ようやく評価してもらえた——そんなふうに答えた。

当然津久見のノートについて話すわけにはいかなかったのだが、釘宮自身、嘘をついているという自覚がなかった。ずっと『幻脳ラビリンス』のことだけを考えてきた。いつの間にか、何もかも自分で作りだしたような気になっていたのだ。

『幻脳ラビリンス』はアニメになり、こちらも大ヒットした。むしろ、アニメによって世間の認知度が格段に上がったといっていい。

周囲の態度も変わった。かつては所謂《いわゆる》「上から目線」だった出版社の人間たちが、露骨なまでのお世辞をいったりする。釘宮の意見に異議を唱える者などいない。

故郷でも急に英雄扱いされるようになった。挙げ句に『幻ラビ・ハウス』の建設計画だ。出版社を間に入れて契約したので、主要企業が『柏木建設』だということは、ずいぶん後から知った。副社長の柏木広大には、小学生の頃、ずいぶんといじめられた。たぶん本人は覚えていないだろうが。

極めつきが九重梨々香だ。出版社を通じてコンタクトを取ってきた。担当者には、「中学生時代に一番仲の良かった異性」と説明したらしい。

中学時代、九重梨々香は好きだったというより憧れの存在、もっといえば畏怖する対象だった。自分などが好意を寄せること自体、分不相応だと思っていた。仲が良かったどころか、まともに口をきいてもらった記憶さえない。そんな彼女が会いたがっていると聞き、舞い上がった。

十数年ぶりに再会した梨々香は、やはり美しかった。大人の色気が濃厚で、挨拶の時に釘宮はろくに声を出せなかった。

ところが梨々香のほうは、克樹君、といきなり名前で呼びかけてきたのだ。そんなことは中学時代には一度もなかった。ビジネスのためだとわかっていても嬉しかった。会社ぐるみでバックアップしたいので行動を共にしてもいいかと問われ、断る理由がなかった。

同窓会の案内を受け取った時には、いいチャンスだと思った。『幻ラビ・ハウス』の計画は頓挫したが、故郷の人々は、きっとまだ『幻ラビ』を当てにしているだろう。帰郷すれば、いろいろな案が持ち込まれるに違いない。出版社を通すのではなく、そんな声を直に聞きたいと思った。もちろん、旧友たちに自分の成功した姿を見せたいという思いもあった。ただし、鼻に掛けていると思われないように注意しなければ、とも思った。

帰郷すると、予想通りだった。ほぼ毎日誰かが連絡してきて、『幻ラビ』を絡めた商売を持ちかけられた。助かったのは、梨々香がいたことだ。彼女は自分が仲介者であることを各方面に宣言し、釘宮への直接のコンタクトを実質的にシャットアウトした。あの柏木でさえ、彼女には逆らえなかった。彼が屈辱感に耐えて「先生」と呼ぶのを聞き、溜飲《りゅういん》が下がった。

神尾先生に御挨拶しておきましょう、といいだしたのも梨々香だ。柏木あたりは神尾に、釘宮の協力を得られるよう口添えを頼みそうだから、先手を打っておこうというのだった。久しぶりに会った神尾は、それなりに老いてはいたが元気そうだった。釘宮の成功を知っていて、誇りに思うといってくれた。柏木たちのことをいうと、「よくわかった」と納得してくれた様子だった。

その神尾から改めて連絡があったのは、翌週の三月二日だ。同窓会のことで話があるので会えないかと訊かれたので、翌日の夜に会う約束をした。用件には見当がつかなかった。電話の声は明るかったので、深刻な話ではなさそうだと思った。

次の日、家を訪ねた。神尾が笑顔で切りだしたのは、追悼会ではみんなの前で津久見の作文を披露したいのだが問題ないだろうか、ということだった。

「津久見の作文って？」

「三年生になって間もなく、作文の宿題があったのを覚えてるかな。津久見は入院していたけれど、ちゃんと提出してくれた。そのまま返す機会がなかったので、君たちの卒業文集の原稿と一緒に保管してあったんだ」

「そうでしたか。すみません、よく覚えてないです。でもどうして僕に相談を？」

「作文の内容に君が関わっていると思ったからだよ」

「僕が？」

「読んでもらえればわかると思う」神尾は数枚の紙を綴じたものを差し出した。Ｂ４サイズの原稿用紙だった。

釘宮は受け取り、視線を落とした。鉛筆で書かれた丁寧な字が並んでいる。見覚えのある津久見の筆跡で、懐かしかった。作文の題名は、『将来の夢』だった。ぼくには夢があります、というのが書き出しだった。

『ぼくには夢があります。将来、漫画家になりたいという夢です。でもぼくは絵が苦手なので、誰にも言っていません。特に友達の釘宮君には、はずかしくて言えません。釘宮君も漫画家を目指していますが、絵の上手さはぼくとは比べものになりません。』

作文を読み進めるうちに釘宮の手が震え始めた。

途中から津久見は、どんな漫画を描きたいか、具体的なアイデアを書いているのだ。天才科学者たちによる、仮想空間を使った恐るべき人類滅亡計画——それはまさに『ゼロワン大戦』だった。単なる概要ではなく、かなり細かいところまで記されていた。

読み終え、原稿用紙から顔を上げた釘宮に、「どう思う？」と神尾が尋ねてきた。

「どうって……」

「君は知っていたんだろ？　津久見も漫画家志望だったってことを。釘宮君には恥ずかしくていえない、なんてことを書いてあるけれど、結局、君だけには打ち明けていた、そうなんだろ？」

何とも答えられずに釘宮が黙っていると、「あの作品」と神尾がいった。「君の代表作の『幻脳ラビリンス』。あれを初めて読んだ時、おやと思った。どこかで読んだことがあるような気がしたからだ。で、やがて思い出したんだよ、津久見の作文に書いてあったストーリーだって。どうして津久見が作ったストーリーを釘宮が漫画にしたのか。少し考えてみて、事情がわかった。そうか、これはきっと津久見に託されたんだなってね。亡くなる前、津久見から頼まれたんだろ？　この物語をいつか漫画にしてほしいって。それが自分の願いだって。そうなんだよな？」

釘宮は絶句した。とんでもない勘違いだ。しかしそう考えるのも無理はない。そして釘宮が何も反論しないことで神尾は確信したらしく、一層目を輝かせて続けた。

「そのことに気づいた瞬間、私は胸が熱くなった。何という強い絆《きずな》、固い友情か、とね。つまり『幻脳ラビリンス』は、若くして亡くなった親友との共作だったわけだ。こんな感動的な話は、そうそうあるもんじゃない。この作文のことはこれまで誰にも話さなかったが、津久見の追悼会が同窓会で行われると聞き、今こそみんなに聞いてもらうべきタイミングではないかと考えた次第なんだよ」

この言葉に釘宮は目眩《めまい》がしそうになった。神尾は、この作文を皆の前で読み上げるつもりなのだ。

「どうだろう？　特に問題はないと思うのだが」

能天気に話す神尾の口を塞ぎたくなった。特に問題はない？　そんなことがあるわけないではないか。

「いや、あの、先生……それは少し問題があります」

「うん？　どういう点でかな」

「じつは津久見と約束したことがあるんです。彼が漫画家になりたいという夢を持っていたことは、ずっと秘密にするって」

神尾は不服そうに眉根を寄せた。「どうして？」

「だからそれは、作文に書いてある通りです。皆に知られるのは恥ずかしいから、と」

「何を恥ずかしがることがある？　立派な夢じゃないか。しかも彼はある意味、夢を叶えている。親友の力を借りて、ではあるがね」

「でも、その……やっぱりそっとしておいてほしいんです。『幻脳ラビリンス』については、僕と津久見だけの秘密ということで……。お願いします」釘宮は頭を下げた。

だが神尾は納得できないらしく、首を傾げた。

「いいエピソードだと思うんだけどねえ。この美談が広く知られたら、『幻脳ラビリンス』は、さらに話題になって、また売れるんじゃないか」

「そういうのはいいです。そんなことで話題になりたくないですし」

そうか、と神尾は浮かない顔つきながらも頷いた。

「君にそこまでいわれたら、私としても無理にでもとはいえないな。わかった。では今回は諦めるとしよう。これからもチャンスはあるかもしれないしね。その時には、改めて相談させてもらうよ」

「わかりました。ありがとうございます」

「いやあ、しかし残念だな。是非、みんなに聞かせたかったんだが」

神尾は未練の残る目で作文を見つめた後、立ち上がって書棚に近づくと、並んでいるファイルの一冊を引き抜いて戻ってきた。

「これが君たちの学年の卒業文集だ。君のもあるはずだ。ほら、ここにあった。三年一組釘宮克樹」

たしかにそのページには釘宮の作文が折り畳んで差し込んであった。何を書いたのか、まるで覚えていない。少し読んでみたが、案の定、大した内容ではなかった。たったの二枚しかない。

「じゃあ、とりあえずこれは戻しておくか」神尾が丁寧な手つきで津久見の作文をファイルに綴じた。

神尾の家を辞去し、自宅に戻ってからも、釘宮は落ち着かなかった。津久見の作文が頭から離れない。まさか、あんなものが存在していたとは――。

今回の同窓会で読み上げられることは断念させられたが、今後、何かといえば神尾から打診されるに違いなかった。いや、打診してくれればいいが、釘宮への相談なしに誰かに話す可能性は大いにあった。何しろ神尾は「美談」だと思っている。ここだけの話だと断ったうえで披露する分には問題ないと考えるのではないか。しかもその相手が一人や二人で済むという保証は何もない。

そうなれば、その後はどうなるか。話を聞いた人間全員が約束通りに口をつぐんでくれればいいが、それを期待するのは無理だ。何人かは、きっとSNSなどで発信するだろう。もしかするとあの作文を撮影し、画像を公開するかもしれない。今の時代、そんな情報は一気に拡散する。

何年か前、ある漫画について、構図を別の有名作品から盗んでいるという指摘がネット上に流れたことがあった。その作品と元の作品のいくつかのシーンを並べ、いかに似ているかを比較するサイトも出現した。偶然の一致と言い逃れるのは無理な状況で、出版社は「詳細を調査中」とコメントした。作者が謝罪し、さらに引退を表明したのは、それから間もなくだった。

あの出来事を思い出し、釘宮は震えた。あれと同じようなことが自分の身に起きるのではないか。

いくつかの雑誌でインタビューを受けたことも気になった。どのように『幻脳ラビリンス』の構想を練り上げたか、熱弁をふるってしまった。記事を読んだ人間が、騙された、と騒ぐことは容易に想像できる。

業界の反応も怖かった。釘宮の才能に疑惑の目が向けられるのは間違いないだろう。特に、出版社の担当者たちからは、失望されるかもしれない。

九重梨々香や柏木のことも気になった。どちらも離れていくに違いない。それだけでは済まず、侮蔑の言葉を浴びせてくるかもしれない。梨々香などは賠償金を請求してくるのではないか。

要するに釘宮にとってあの作文は、未来永劫《えいごう》公表されるわけにはいかない代物だった。だが神尾の手元にある以上、いつ明かされるかわかったものではない。それどころか、今度の同窓会だって安心はできない。教え子たちに囲まれて気持ちの昂ぶった神尾が、うっかりしゃべってしまうことは十分に考えられた。

とにかくあれを何とかしなければならない。あの作文がこの世に存在しているかぎり、心が平静になることはない。

盗みだすことを真っ先に考えた。家に忍び込み、例のファイルを盗むのだ。いや、ファイルごと盗んだのでは目立ってしまう。あの作文だけを抜き取れば、盗難に遭ったこと自体、神尾が気づかない可能性もある。

だがもし気づいたらどうなるか。あるいは気づいてなかったとしても、早い時期に再びファイルを確認したらどうか。津久見の作文が消失していることを知れば、まずは釘宮のことを疑うのではないか。

どうせなら、金目のものも一緒に盗むか。窃盗犯が手当たり次第に家のものを盗みだし、その中に例のファイルも混じっていたことにするか。

釘宮は首を振った。それではだめだと思った。

単なる窃盗犯が、中学生の卒業文集なんかを奪うわけがない。釘宮たちの年代のファイルだけが盗まれるというのも不自然だ。やるなら、家中のものを一切合財盗む必要があるが、そんなことは不可能だ。

そこまで考えたところで、ふと思いついた。

一切合財盗むことは不可能だが、なくしてしまうことならできるのではないか。消失、いや焼失だ。火事に遭ってすべてが燃えてしまえば、犯人の目的はわからない。神尾にしても、まさか津久見の作文が狙いだったとは思わないだろう。神尾の家は古い日本家屋だ。火をつければ、たちどころに炎が燃え広がるに違いない。

あの作文さえなくなってしまえば、神尾が何をいおうとも大きな問題ではない。証拠はないのだから、釘宮がとぼけていれば済む話だ。それに家が火事になれば、神尾としてはそれどころではなく、いずれ忘れてしまうのではないか。

考えれば考えるほど、いいアイデアだという確信が深まっていった。また同時に、それ以外に道はないと思えてくるのだった。やるしかないのだ。

しかも、それを実行する絶好のタイミングがあった。

神尾の家を訪ねて間もなく、電話がかかってきた。電話に出た神尾の会話から、土曜日の夜に東京で誰かと会うようだとわかった。神尾の娘である真世が東京で働いていることは釘宮も知っていた。何の用で上京するのかは不明だが、ついでに娘にも会うだろう。おそらく、その夜は泊まるに違いない。無人ならば家に火をつけても、通報されるのは遅れるはずだ。何より、神尾を火事に巻き込みたくない。

三月六日土曜日の夜、釘宮はライター用オイルの小缶とマッチ、そして古いタオルを懐に入れ、家を出た。万一どこかの防犯カメラに姿を捉えられていても身元がばれないよう、ひさしの長いキャップを目深に被り、マスクをつけ、黒いウインドブレーカーを羽織った。いずれもこの日のために購入したものだ。量販品だから、買い手の特定など不可能だろう。犯行後には、即座に処分するつもりだ。

神尾の家に近づくと、周囲に人影がないことを確かめてから、素早く門に駆け寄り、扉を開けて敷地内に侵入した。手袋をしているので指紋が残る心配はない。

家の窓から明かりは漏れていなかった。やはり神尾は留守なのだろう。塀伝いに家の裏へと回った。例の作文が保管してある書棚は、裏庭に面した居間にある。居間さえ燃えてくれれば、全焼する必要はない。庭を挟んでいるから、裏の家にまで飛び火する心配もないと思われた。

しゃがみこんで縁の下を覗き込んだが、真っ暗で何も見えなかった。しかしオイルを染みこませたタオルに火をつけて放り込めば、炎が床に燃え広がるのではないか。

やってみようと思い、懐からタオルとオイルの小缶を取り出した。そして缶の蓋を開け、慎重にタオルにオイルを含ませている時だ。がらりと戸の開く音がした。ぎくりとして顔を上げ、声をあげそうになった。暗い屋内に人が立っていた。

「誰だっ」鋭く発せられた声は神尾のものだった。「そこで何をしている?」

釘宮はあわてて缶の蓋を閉め、逃げだそうとした。しかし立ち上がる際に足がもつれ、転んでしまった。急いで身体を起こそうとしたが、左腕を摑まれた。

「何者だ。警察を呼ぶぞっ」神尾にマスクを引き剝がされそうになった。

釘宮は無我夢中で手足を動かし、抵抗した。すると何かの拍子に神尾がバランスを崩し、地面に倒れた。その背中に釘宮は乗った。

地面に落ちているタオルが目に入った。それを手に取ると、神尾の首に回し、渾身《こんしん》の力を込めて引っ張った。

どのぐらいの時間、そうしていたのかはわからない。気づくと神尾は動かなくなっていた。呼吸をしている気配もなかった。

釘宮は、ふらつきながら立ち上がった。うつぶせになったままの神尾の背中を見下ろした。顔を確認する勇気はなかった。

やってしまった、殺してしまった――。

なぜこんなことになってしまったのか。神尾の命を奪うことなど、露程も考えていなかった。だから留守中を狙った。あの作文さえ燃えてくれれば、それでよかったのだ。

しかし、もはや後戻りはできなかった。神尾は死んでしまった。今考えるべきなのは、自分が逮捕されないためにはどうすればいいか、ということだ。

暗闇の中、釘宮は懸命に思考を巡らせた。

29

恵比寿駅から歩いて約十分、メイン道路から少し外れたところに『トラップハンド』はあった。通りに面してはいるが、ガソリンスタンドとマンションに挟まれ、とにかく入り口がわかりづらい。おまけに大きな看板が出ているわけではなく、店名を刻んだブロックが無造作に地面に置いてあるだけだ。一見客《いちげんきゃく》には気安く入ってこられたくないということかもしれないが、それほどの店か、といいたくなる。

『準備中』の札が掛かっているドアを開け、薄暗い店内に入った。カウンターの中で武史がグラスを磨いているところだった。黒いシャツの上から、黒いベストを着ている。

「ずいぶんと早いな」武史は腕時計を見た。「約束したのは五時だろ。まだ十分近くある」

「本当は、もっと早く来たかった」

「ほう、そんなに俺の顔を見たかったか」

「そういうことじゃない」真世はカウンターのスツールに腰掛けた。「一体どういうことよ。勝手にいなくなるなんて。あれから大変だったんだから」

例の同窓会後、預けてあった荷物を取りに『ホテルまるみや』に戻ったところ、武史はチェックアウトを済ませて消えていたのだ。それ以来、全く連絡が取れなくなった。メッセージが届いたのは、五日も経った昨日の夜だ。話があるから『トラップハンド』に来い、という内容だった。

「木暮や柿谷たちに、あれこれ訊かれるのが面倒だったからだ。どうせ真世も事情聴取されたんだろ？」

「されたなんてもんじゃないよ。同窓会での出来事を説明するのに、どれだけ時間がかかったか。おまけに例の映像、どこにもないし」

「映像？」武史は眉をひそめる。

「通夜と葬儀で、参列者たちが遺影に向かっているところを隠し撮りしたやつ。あの映像がないから、うまく説明できなくて、すっごく苦労した。真相解明を素人なんかに先を越されたってことで、警察の偉いさんたちは怖い顔して聞いてるし」

「よかったじゃないか。一生に何度も経験できることではないぞ」

「他人事みたいにいわないで。一番訊かれるのは、どうして真相に気づいたか。だけど私には答えられない。だって叔父さんから何も聞いてないもん。それ、誰よりも私が知りたい。今日は何としてでも教えてもらうからね」

武史は顔をしかめ、カウンターに両手をついて見下ろしてきた。

「スピッツじゃあるまいし、そうキャンキャン騒ぐな。まずは一杯どうだ。何でも奢ってやるぞ」

「えっ、そうなの」真世は、ぴくんと反応する。「お勧めは？」

「ビールだ」

「はあ？　何それ。カクテルじゃないの？　ビールなんて、いつも飲んでる」

「ふつうのビールとは違う。飛騨高山《ひだたかやま》の地ビールだ」

武史は奥に下がり、冷蔵庫から紺色の瓶を出して戻ってきた。栓を抜き、グラスにビールを注ぐと真世の前に置いた。

真世は一口飲んで、はっとした。ふわりとした香りが鼻に抜ける。

「ほんとだ、美味しい」

「濃厚だろう。昨日、現地で調達してきた。もちろんクーラーボックスに入れて運んだ。酵母をたっぷり使っているから熱に弱いんだ」

「現地？　あのさ、一体どこに雲隠れしてたの？　柿谷さんたち、叔父さんに連絡がつかないって困ってたよ」

「一週間も店を休んだから、ついでだと思い、もう少し休むことにした。クルマで日本中を回っていた」

「あっ、そういえば『まるみや』の女将さんから聞いた。叔父さん、クルマに乗って出かけたって。クルマなんて、どこに隠してたの？」

「別に隠してない。コインパーキングに駐《と》めてあった」

「盗聴器とか、いろんなインチキ道具を次々と出してきたけど、もしかして、そのクルマに積んであったわけ？　喪服とかも」

「インチキ道具というのは聞き捨てならんが、まあ、そんなところだ」

「何でいわないのよ。クルマがあったらいろいろと便利だったのに」

「そんなことはない。酒が一滴も飲めなくなる」武史はグラスをもう一つ出してきて、そこにビールを注いだ。「釘宮克樹はすべて自供したのか？」

　真世は、ふっと息をついて頷いた。

「そうみたい。大体のことは柿谷さんから聞いた」

「ではまず、それを聞かせてもらおうか」

　真世は、ぴんと背筋を伸ばした。「私が先に話すの？」

「文句があるなら帰っていい」

「わかったよ」真世はビールを飲み、口の中を潤した。

　柿谷は例によって、「あなただから特別にお話しするんですよ」と前置きしてから、釘宮が英一を殺害するに至った経緯を説明してくれたのだった。それは釘宮と津久見の出会いから始まっていた。親友の死を乗り越えてようやくプロの漫画家になったが、なかなか芽が出ず、つい親友の遺品であるアイデアノートに手を出してしまった。それで売れなければ何も起きなかったが、爆発的な人気作となった。本当のことなどいえず、後戻りできなくなるのも無理はない。

供述の一部始終を聞き、真世は切なくなり、改めて物悲しさに襲われた。

釘宮の気持ちはわからなくもない。ようやく摑んだ栄光が大きすぎるゆえに、それを失う恐怖心も甚大だったのだろう。

英一にだけは正直にいえばよかったのに、と真世は思う。アイデアを盗んだと世間から責められるのが怖いから秘密にしておいてください——そういえば、英一はきっと納得してくれた。いいふらしたりはしない。

父親を殺されたのだから到底許せないのだが、未だに「釘宮君」と君付けで呼んでしまうのは、憎悪の炎が完全には立ち上っていないからかもしれない。不幸な誤解だったと思いたいのだ。

「唯一の救いは、殺す気で忍び込んだんじゃなかったってことかな」柿谷から聞いたことを話し終えてから、真世は自分の感想をいった。「まさか放火する気だったとはね。叔父さんは、そのことにも気づいてたの？」

「そのことにも、というより、それがスタートだった」ビールの入ったグラスを片手に武史はいった。「刑事たちの発言から、兄貴の衣類にライターのオイルが付着していたのではないか、と推理したことは覚えているな？」

「うん。あの推理も当たってた。柿谷さんによると、シャツの襟のところから揮発性の臭いがしてたんだって。成分を調べたところ、ライターオイルだったそうだよ」

「真世は、犯人はライターを持っていて、格闘中にオイルが漏れたんだろうかっていってたな。しかしオイルライターというのは、めったなことではオイル漏れは起きない。犯人はオイルそのものを持っていた、と考えるほうが妥当だ。何のためにオイルなんかをと考えたら、何かを燃やすため、つまり放火という答えに辿り着く。すると初めから謎だった、なぜ凶器にタオルのようなものを使ったのかという疑問にも解答が見えてくる。そのタオルはオイルを染みこませるためのものだった」

「その推理はマジですごい、釘宮君の供述通り」

「放火の目的は何か。兄貴を殺した後は放火せず、家の中を荒らしたのはなぜか。この二つの疑問の答えも明白だ。犯人の狙いは、屋内にある何かを焼失させることにあった。だが屋内に侵入できたので、それだけを盗みだせばよかった。部屋の荒らし方が不自然だったのは、窃盗犯の仕業に見せかけたカモフラージュで犯人の目的は盗みではなかった、と警察に思い込ませるための二重の偽装工作だ。しかしここでまた疑問が生じる。それなら放火ではなく、忍び込んで盗めばよかったのではないか。裏のガラス戸を破ることなど、さほど難しくない。だがそれではだめだと犯人は考えた。なぜか。兄貴を殺害したから盗むだけでよくなったが、兄貴が生きていたら、犯人がわかってしまうおそれがあったからだ。つまりお目当ての品は、誰もがほしがるような貴重品などではなく、極めて個人的なもの、そして火事になれば焼失するものだ。紙、書類、書籍といったところか。データや複製は存在せず、この世に唯一無二のもの。手書きの手紙、あるいは原稿」

真世は武史の胸元を指差した。「それで卒業文集のファイルに目をつけたんだ」

「文集自体は印刷され、生徒たちに配られている。だがあのファイルには、掲載されなかった原稿も綴じられていたのではないかと考えた。そこで真世に配られた文集を持ってこいといったんだ」

「比べてみて、どうだった？」

「ファイルされていた原稿は、すべて文集に掲載されていた。しかしそれ自体は不思議じゃない。犯人が持ち去った可能性を疑っているわけだからな。ではそれはどんな原稿だったか。そこで思い出したのが、桃子さんに兄貴がいった、津久見君の追悼会ではとっておきのネタを披露したい、という台詞だ。それは津久見君の作文ではなかったのか。それをほかの生徒たちの卒業文集と一緒にファイルに保管してあったのではないか、と考えた。兄貴の性格を考えた場合、やりそうなことだ」

真世は武史の顔を見つめ、眉根を寄せた。

「大した推理力だと思うけど、そこまでわかってたのなら、どうしてもっと早く話してくれなかったの？」

「雑念や邪念が入ると、顔や態度に出るおそれがある。真世にはいろいろと動いてもらう必要があったからな」

「そうかもしれないけど……で、あの古いパソコンに行き当たったわけね」

「データを復元すると、作文をまとめたファイルが見つかった。最後に書かれたのが、『将来の夢』だった。読んでみて、これに違いないと確信した。犯人は、やはり釘宮克樹だった」

「やはり……って、叔父さんはいつから釘宮君を疑ってたの？」

「発端は、『前田リスト』に載ってた人物たちの行動を整理している時だ。釘宮克樹の名前があるのが引っ掛かった。彼が兄貴と接触したのは、九重梨々香と二人で挨拶に行った時だけのはずだ。その時、どちらが兄貴に連絡しただろうか。俺はマネージャー役のココリカのほうだと思った。だから彼女の名前が電話の履歴に残っていてもおかしくはない。しかし釘宮克樹の名前がリストにあるのは奇妙だ。彼は何らかの形で兄貴と連絡を取り合った。真世が最初に『フルート』で柿谷たちと会った時、真世が席を外している間に刑事たちが話した内容を覚えてるか？　たしかこうだ。三月二日に被害者からかけた電話のことは訊かなくていいんですか――。釘宮こそ、その日に兄貴が電話をかけた相手ではないかと考えた。だとすれば、釘宮はなぜそのことを隠しているのか。津久見君の作文が鍵だと気づいたことにより、一層疑わしくなった。二人は親友同士だったと聞いていたからな。だが釘宮が犯人だとすれば、一つだけ疑問があった。彼は兄貴の東京行きをいつ知ったのか、という点だ。同窓会の打ち合わせに出た連中と、その話をした形跡はなかった。そこで、こう考えた。兄貴の口から聞いたのではないか。だとすれば、それはいつか。そしてなぜ兄貴はわざわざ話したのか」

「そこで、もしかするとお父さんが池永さんと電話で話している時、そばに釘宮君がいたんじゃないか、と考えたわけね。だから池永さんと、あんな小芝居みたいなやりとりをしたんだ」

「小芝居とは何だ。シーンの再現といえ。釘宮が兄貴から津久見君の作文を見せられたタイミングを考え、ちょうど同じような時期かもしれないと思った。池永君は電話したのは三月三日で、固定電話にかけたといった。つまりその時、兄貴は自宅にいた。二日に兄貴から釘宮に電話して、会う約束をしたとすれば、三日の夜に釘宮が家に来ていた可能性は高い。さらに兄貴が真世のことを『真世には内緒』ではなく『あれには内緒』といったと池永君から聞き、そばに真世のことを知っている人間がいるからではないかと睨んだ」

「そういうことだったのか」

武史はグラスを置き、両手を上げた。「推理は以上だ。しゃべりすぎて疲れた」

「ちょっと待って。まだわかんないことがいっぱいある。たとえば、ココリカと杉下君が不倫してるって、あれ何？　急な話でびっくりしちゃったんだけど」

「あんなものは大した推理じゃない。少し考えれば誰でもわかることだ。釘宮克樹が犯人なら、アリバイはない。事実、最初は自宅にいたといっていた。しかしココリカがラブホテルにいたのは事実だろう。ところが相手の名前はいえない。仕方なく出したのが釘宮の名前だ」

「それはそうみたい。釘宮君のところにココリカから連絡があって、そういうことにしてほしいと頼まれたんだって。何だか、そんなのも切ないよね」

柿谷によれば、釘宮は九重梨々香の相手が誰かは知らなかったらしい。だが彼女に恋人がいたとしても少しも不思議ではないので、特にショックは受けず、渡りに船とばかりに話に乗ったそうだ。九重梨々香の弱みを握れば、今後は自分がイニシアティブを取れると計算してもいたという。

「ではココリカの相手は誰か？　今回の関係者の中にいるとはかぎらないが、本来東京で働いているはずのココリカが付き合っているのだから、地元にいる人間の可能性は低い。あるいは久しぶりに会った同級生との火遊びか。柿谷によれば、スマホの位置情報確認を拒否している人間がいるようだが、それは誰か。アリバイがないのは牧原と杉下。牧原は独身なのだから、ココリカとの交際を隠す必要がない」

「そうか、そういわれたら杉下君しか考えられないか」

「何度もいうが、もう少し頭を使え」武史が自分のこめかみをつついた。

「偽者の『しずかちゃん』と『出木杉』かあ。あっ、そういえばこれも柿谷さんから聞いたんだけど、『幻脳ラビリンス』のオンラインゲーム化話、釘宮君は知らなかったんだって。ココリカと杉下君が勝手に進めてたみたい」

「そうなのか。まあ、そんなところだろうな」武史は真世のグラスにビールを注ぎ足してくれた。今日はなかなか気前がいい。

「あと一つ、肝心なことを聞いてない。あれはどういうこと？　釘宮君が津久見君のお母さんから受け取った、作文の入った封筒。あれ、叔父さんが用意したんだよね」

「もちろんそうだ。あの朝、『つくみ美容室』を訪ねて、お母さんに預けた。釘宮に連絡して、渡してほしいってな。兄の荷物から見つかったものですが、封筒の裏に津久見直也君の名前が記されているので、津久見君の遺品から出てきたことにしてくださいといって頼んだ」

「その封筒には二つの作文を入れたわけだよね。一つは原稿用紙に書かれた『友達について』で、もう一つが『将来の夢』のコピー。で、コピーのほうは叔父さんが推理した通り、釘宮君が同窓会に出る前に、破って川に捨てたって話だけど」

「そんなところに捨てたのか。環境破壊だ。けしからんやつだな」

「柿谷さんから叔父さんに訊いといてくれっていわれてるんだけど、あのコピーは、どこから持ってきたの？」

「どこからも持ってきていない。俺が書いた」武史は何でもないことのように、さらりといった。

「叔父さんが？」

「当たり前だ。ほかに誰が書く？　パソコンから見つかった下書きを見て、俺が原稿用紙に書き写し、コピーを取った」

「するとつまり偽物だったわけだよね。釘宮君、どうして気づかなかったのかな」

「筆跡を津久見君に似せたからな。おそらく釘宮は、兄貴の部屋から盗んだ作文をすぐに処分したはずで、そんなにはよく見ていなかったんだろう。津久見君が学校に提出する前にコピーを取ったものだと考えるのがふつうだ」

「釘宮君、まだ本物だと思ってるみたいだよ。それどころか警察も。柿谷さん、証拠として使うようなことをいってたけど、どうするの？」

「俺の知ったこっちゃない」グラスに残ったビールを飲み干した。

「あとそれからさっきいった映像。通夜と葬儀で参列者が遺影を見てるやつ。あれを貸してほしいんだって」

武史は首を横に振った。「あんなものは役に立たん」

「どうして？」

「実際の映像では、釘宮は目を閉じてなどいない」

「えーっ」

「映像を確認したところ、あいつ、正面から真っ直ぐに遺影を見てやがった。なかなか腹が据わっている。『のび太』のくせに」

「じゃあ、あの映像は？」

「加工した」

「はあ？」

「しかしおかげで釘宮の動揺を誘うことができただろ？　あの場でもいったが、もし無実なら、目を閉じているところを撮影されたところで痛くも痒《かゆ》くもないはずだ。そんな覚えはないし、なぜ目を閉じたのかは自分でもわからない、と答えるだろう。ついでにいえば、牧原君が視線をそらしてるのも加工だ」

「えっ、そうなの？」

「いろいろと演出が必要だったものでね」

急に牧原のことが気の毒になってきた。彼があの場で責められたのも演出なのか。

「じゃあ、最後にもう一つ質問」

「まだあるのか。今度は何だ？」

「何で指を鳴らしたの？」

「指？」

「鳴らしてたでしょ、教室でモニターを動かしたり止めたりする時」真世は右手で指を鳴らすしぐさをした。だが苦手なのでうまく鳴らなかった。「あれ、必要あった？　どっちみち、もう片方の手でリモコンを操作してただけでしょ」

武史は不快そうに唇を曲げた。「ショーにパフォーマンスは不可欠だ」

「それによく考えたら、お父さんに変装する必要もなかったような気がする」

武史が、むっとした顔で睨んできた。「うるさいやつだな。質問は終わりか？」

「まあ、こんなところかな」

「よし、じゃあ次はこっちの番だ」

「えっ、私に何か用があるの？」

「大ありだ。そのために呼んだ。まずはステージを変えよう」武史は奥のテーブルを指差した。

エピローグ

円形のテーブルには白いクロスをかけてあった。真世が座ると武史はワイングラスを二つ置き、赤ワインを注いだ。「二〇〇〇年のボルドーだ。特別に飲ませてやる」

「ふうん」

そんなことをいわれても真世には価値がわからないが、遠慮なくいただくことにした。ひとくち舐めてみたところ、たしかに良い香りがする。

武史が向かい側の椅子に腰を下ろした。

「さてと、俺のいいたいことは、ただ一つだ」身を乗り出し、顔を近づけてきた。「気乗りのしない結婚なんかはやめてしまえ」

「えっ……」

口に含んでいたワインを吐き出しそうになった。

「どうしてそのことを知ってるのか、という顔だな」武史は満足そうな笑みを浮かべ、椅子の背もたれに身体を預けた。「種明かしをすると、得意技を使わせてもらった」

「得意技って？」

武史は真世が膝に置いているバッグを指した。「スマホだ」

「えーっ」真世はバッグからスマートフォンを取り出した。「いつ見たの？」

『幻脳ラビリンス』のことを説明するのに、そのスマホで検索して、インターネットの百科事典の記事を俺に読ませただろ。あの時だ」

そういえば、そんなことがあった。

「しまった、油断してた」

「迂闊だったな。おかげで例のものを見せてもらったぞ。なかなか面倒臭いことになっているようだな」

「最低。人のメールを読むなんて」

「かわいい姪に幸せになってもらいたいという思いからだ。で、どうするんだ？　このまずるずると問題を先延ばしにする気か？　それで結婚して、後悔しない自信はあるのか」

「それをいわれると辛いんだよね」真世は肩を落とし、武史を上目遣いに見た。「どうしたらいいと思う？」

「迷っているのならやめたほうがいい。結婚は一生の問題だ」

「やっぱりそうだよねえ……」

「結婚に踏みきるのは、仮に勘違いであったとしても、この人こそ唯一の伴侶だと確信できている場合だけだ。ほかに気持ちが揺れているようなら、絶対にやめるべきだ」

「えっ？」

「まあ、よくあることだ」武史は人生経験を誇るかのように頷きながら続けた。「結婚の直前に、もっといい相手が現れる。その相手こそ運命の人ではないのかと思ってしまう。珍しい話じゃないし、自分を責める必要もない。人間とは、そういう動物だ。その相手と結ばれるかどうかは別にして、とりあえず健太君との話は白紙に戻す。それでいいじゃないか。何なら、俺も一緒に謝ってやろう。健太君の御両親に頭を下げてもいい」

「ちょっと待って」真世は右手を出した。「何のことをいってるの？」

「だから真世の新しい恋の話だ。健太君とは違う相手から告白メールを受け取った。その男性にも関心があるので心がざわついている。そうだろ？」

まるで見当外れなことをいわれ、真世は混乱した。だが、にやにやしている武史の顔を見て、ようやく気づいた。

「やられた。叔父さん、私のスマホを見たなんて嘘でしょ」

ははは、と武史は笑い、ワインを口に含んだ。

「さすがに気がついたか。そうだ、そんなものは見ていない。しかし健太君との間で何かわだかまりがあるようだから、軽く探りを入れてみたというわけだ。たぶんスマートフォンに、それに繫がるものが何か入っているだろうと見当をつけた」

真世はため息をついた。「やっぱり感じてた？」

「感じないほうがどうかしている。コロナや父親の死で結婚式を延期することはあっても、入籍まで先延ばしにする理由がない。ところがそういう話が一切出てこない。真世が健太君に連絡を取る頻度も少なすぎる。到底婚約中のカップルが取る行動ではない」

「そうかあ」

「放っておいてくれというのなら、話はここまでにしよう。だが相談に乗ってほしいのなら、今ここで話せ。俺は忙しい。この次は、いつ相談に乗れるかわからん」

「わかった」真世はスマートフォンを操作し、一通のメールを表示させた。「私を悩ませているのはこれ」

「拝見しよう」武史がスマートフォンを受け取った。

そのメールが届いたのは、今から一か月ほど前だ。仕事を終え、帰りの電車に乗ったところで着信があった。知らない相手からだったが、タイトルが『神尾真世さまへ』となっていたので、スパムメールではなさそうだ。

本文は、『このたびは御婚約おめでとうございます。』という書き出しで始まっていた。健太と結婚することは一部の人間に知らせてある。その情報を伝え聞いた誰かが送ってきたようだ。

だが文面を読み進め、すぐに単なる祝福メールではないと気づいた。文章は次のように続いていた。

『愛する人との結婚が決まり、さぞかし幸せな気持ちでおられることだろうと思います。そんな時に水を差すようなことをしたくはなかったのですが、やはりお知らせはしておいたほうがいいと判断し、こうしてメールさせていただく次第です。

名乗るわけにはいきませんが、私は以前、中條健太さんとお付き合いしていた者です。単なる遊びではなく、結婚を見据えた真剣な交際でした。少なくとも私のほうはそう考えておりました。

そんな中、私の身体に変化がありました。生理が来なかったのです。病院で診てもらったところ、妊娠五週目だといわれました。

驚きと歓びが同時に襲ってきました。私はいわゆる「できちゃった婚」でも構わないと思っていたからです。結婚してからもなかなか子宝に恵まれず、悩んでいる女性を何人も知っています。そんな人たちに比べたら、自分は何とラッキーなんだろうと思いました。

すぐに健太さんを呼びだし、報告しました。きっと彼も喜んでくれるだろうと信じていました。満面の笑みを浮かべてくれることとしか予想していませんでした。

ところが実際には、そうはならなかったのです。健太さんは険しい顔つきで、「今、子供を作るのはまずいよ」といったのです。

冷水を浴びせられたようでした。なぜまずいのか、私は理由を質しました。

彼の答えは、「結婚して家庭を持つのも、子供を育てるのも、まだまだ先のことだと考えていたから」というものでした。

私は目眩がするほどショックを受けました。彼は私と結婚する気はなかったのです。だったらなぜきちんと避妊しなかったのか。それを問い詰めると、ごめん、と謝るばかりです。そして、「お金は出すから今回は堕《お》ろしてほしい」と頭を下げるのでした。

悲しくて涙が出ました。そんな私に健太さんは、「ほんとうにごめん。もう少しだけ待ってほしい。この次、もしできたら、その時は産んでいいから」といったのです。

納得したわけではないのですが、その言葉を信用するしかありませんでした。一人で子供を産むわけにはいきません。

私は泣く泣く赤ちゃんを堕ろしました。

でもその後、私が妊娠することはありませんでした。当然です。健太さんが徹底的に避妊を心がけたからです。何が何でも妊娠させてなるものか、とばかりに。彼の言葉は、まったくの嘘っぱちだったのです。

そんな彼に失望し、私の心も離れました。程なくして、どちらからともなく別れようということになったのです。

ごめんなさい、神尾さん。きっといやな気持ちになっただろうと思います。

でもあなたが一生の伴侶にすると決めた相手の、隠された部分も知っておく必要があると思うのです。中條健太という人は、そういう一面も持っているのです。

知ったうえで、それでも彼と結婚するというのであれば、私からは何も申し上げることはございません。お幸せに、と祈るばかりです。

もし以上の話をすでに健太さんから聞いておられるのなら、貴重なお時間を無駄にさせてしまったこと、深くお詫び申し上げます。』

真世は、読みながら顔から血の気が引いていくのが自分でもわかった。息苦しいほどに鼓動が速くなった。いつ電車を降りたのか、どこをどう歩いたかわからず、気づけば自室のベッドに倒れ込んでいた。

「なるほどね。たしかに簡単には看過できない内容だな」武史は真世にスマートフォンを返してきた。

「その日以来、このメールが頭から離れない。でも、どうしたらいいのかわからなくて困ってる」

「具体的には、何を気にしている？　そのメールの差出人が誰かということか？　それとも健太君に、そういう過去があったということか？」

「その両方」真世は答えた。「差出人が誰かっていうのは、当然気になる。私と健太さんの結婚を知っている人間となれば限られてくる。つまり、身近に健太さんの元カノがいるってことでしょ。そんなの、今まで全然知らなかった。気にするなっていうほうが無理だと思わない？」

「それはそうだろうな」

「その元カノを妊娠させて、しかも堕ろさせてたというのもショック。メールに書いてある通りで、健太さんにそんな一面があるなんて夢にも思わなかった。そんな相手と結婚して、この先大丈夫なんだろうかと迷う気持ちがあるのはたしか」

「その気持ちも大いにわかるが、真世は大事なことを忘れている。そこに書かれた内容が事実なのかどうか、という確認だ。真世たちの結婚を妬んだ誰かが、作り話を送ってきたのかもしれないじゃないか」

ううん、と真世は首を振った。「それはないと思う」

「どうしてそういいきれる？」

「嘘か本当かなんて、その気になればすぐに確かめられるでしょ？　私が健太さんに訊けばいいだけのこと。関係ない人にデマを流すならわかるけど、私本人に作り話を送ったって意味ないじゃん」

「一理あるが、確認は必要だ。真世は今、その気になればすぐに確かめられるといった。ではなぜ、その気にならない？」

「だって、これについて健太さんとは話したくないんだもの」

「どうして？」

「嫌な話題だからに決まってるでしょ」真世は声のトーンを上げた。「こんなこと、彼は秘密にしていたいに決まってる。それなのに私が知ったとなれば、たぶんふつうじゃいられない。これをきっかけに二人の関係がぎくしゃくするのは避けたいわけ」

ふん、と武史は鼻で笑った。「そいつはおかしい」

「何がおかしいのよ」

「ぎくしゃくするのは避けたい？　これが笑わずにいられるか。とっくの昔にぎくしゃくしてるじゃないか。実際、結婚していいものかどうか迷ってるんだろ？」

「そうだけど……」今度は声のトーンが落ちてしまった。

「メールの差出人の心理を想像してみろ。いつまでも破談にならないことに苛々しているはずだ。どうせ、この後も意地悪メールが追加で来てるだろ？」

その通りなので何もいえない。真世は黙って唇を尖らせた。

「差出人は、おそらく健太君にも何らかのものを送っている。彼の態度がおかしいのは、そのせいだ。彼と話してみて、隠し事をしていることを確信した」

「そうなのかな。でも私は別れたいわけじゃないんだよ」

「同じことだ。今、ごまかして結婚したところで、真世はこの問題で悶々《もんもん》とし続ける。抱えた思いがいずれ爆発した時、もっとぎくしゃくするだろう。ここに、ぼろぼろの屋敷があるとする。勢いよくドアを開け閉めするだけで崩れ落ちそうなほどガタガタだ。だから真世は、そっとドアを開けて中に入ろうとしている。入るだけでなく、そこに住もうとしている。それでまともな生活を続けていけるか？　いつか、ドアを勢いよく開け閉めしてしまう時が来るだろう。その時に壊れた屋敷の下敷きになるぐらいなら、中に入る前に壊したほうがいいと思わないか」

「私と健太さんの関係をぼろぼろの屋敷に喩えないでっ」胸の前で両方の拳を固めた。

「じゃあ朽ち果てた橋がいいか？　それとも泥で造ったトンネルか？　そんなものは壊してしまえ。そうして一から造り直せっ」

そういうなり武史は立ち上がり、テーブルクロスの両端を摑んだ。さらに、勢いよくその手を後ろに引いた。赤ワインの入った二つのグラスをテーブルに残し、純白のクロスが消えた。

見事に引き抜かれたクロスは、椅子の横に移動した武史の手にあった。自分の身体の前で広げている。

「すごい……とは思うけど、一体何をしたいわけ？」

「だからいってるじゃないか。ぼろぼろの屋敷なんか壊してしまえ」

武史は広げたクロスで、たった今まで自分が座っていた椅子を隠した。

「君たちのショータイムだ」そういって、さっとクロスを取り除いた。

真世は、あっと声をあげた。

椅子に健太が座っていた。

「健太さん、どうして？」

「いや、あの、それが……」健太は身体を縮めたまま、ばつが悪そうに頭を掻いている。

「今までのやりとりを彼は聞いていたはずだ。後は二人で話し合うことだな。つまり古い屋敷をぶっ壊せってことだ。その後、新しい屋敷を建てるかどうかを二人で決めればいい」武史は手早くクロスを畳んでテーブルに置き、くるりと踵を返してドアに向かって歩きだした。だが途中で立ち止まると、振り返った。

「では、ごゆっくり。それから健太君、今のマジックの種明かしは禁止だ」そういってドアを開け、黒い魔術師は颯爽《さっそう》と出ていった。

※この作品はフィクションであり、実在の団体等とは一切関係がありません。

二〇二〇年十一月　光文社刊

光文社文庫

ブラック・ショーマンと名《な》もなき町《まち》の殺人《さつじん》

著者　東《ひがし》野《の》圭《けい》吾《ご》

2023年11月20日　初版1刷発行
2024年11月30日　9刷発行

発行者　三宅貴久
印刷　萩原印刷
製本　ナショナル製本

発行所　株式会社　光文社
〒112-8011　東京都文京区音羽1-16-6
電話（03）5395-8147　編集部
8116　書籍販売部
8125　制作部

ISBN978-4-334-10117-6　Printed in Japan

組版　萩原印刷